KB262282

송대의 신유학자들은 문학을 어떻게 보았는가

송대의 신유학자들은 문학을 어떻게 보았는가

박 석

도서출판 역락

책머리에

이 책은 십 여 년 전에 썼던 박사학위 논문 ≪송대이학가문학관연구 宋代理學家文學觀研究≫를 수정 보완한 것이다. 학위를 취득하고 난 직후에 지도교수님으로부터 논문의 내용이 송대 신유학자들의 문학관을 포괄적으로 다룬 것이고 관점도 신선하니 책으로 출간해도 괜찮겠다는 말씀을 들었다. 그러나 당시 막 학위논문의 굴레에서 벗어난 나로서는 다시 수레바퀴 아래로 들어가고 싶은 마음이 없었다. 그보다는 좀 더 자유롭게 하고 싶은 명상을 마음대로 하고 읽고 싶은 책들을 마음껏 읽고 싶었다.

세월이 흘러가면서 자꾸 은사님의 말씀도 떠오르고 박사학위논문을 그냥 도서관 서가에만 꽂아둘 게 아니라 일반 독자들과 나누고 싶은 마음도 들었다. 그렇지만 논문을 펼쳐들 때마다 눈에 띠는 오자들, 그리고 어색한 문장들과 엉성한 논리전개들 때문에 새롭게 다듬을 엄두가 나지 않았다. 이런 저런 핑계로 계속 미루다가 마침내 이렇게 나가다가는 영영 출간하지 못할지도 모르겠다는 생각이 들어 이번에 출간을 결심하게 된 것이다.

제목부터 약간은 부드럽게 바꾸고 체제도 새로 다듬고 오자, 탈자, 틀린 문장, 논리적 오류 등을 고쳐나가면서 당시 논문주제의 선정은 가까운 선배의 권유와 나의 순간적인 영감으로 다소 즉흥적으로 이루어진 것이었지만 지금에 와서 보니 나에게는 정말 소중하고 필요한 공부였다는 것을 새삼스럽게 확인할 수 있었다.

　　그때부터 나는 송대 문화에 대해 지속적인 관심을 가지고 공부하게 되었고 시간이 흐르면서 중국문화사에 있어 송대 문화가 차지하는 비중에 대해서 나름대로 깊은 통찰을 얻게 되었던 것이다. 이런 통찰은 이번에 원고를 수정하면서 서론 부분에 새롭게 첨가하였다.

　　송대 문화는 우리 문화에 상당히 많은 영향을 미쳤고 그 중에서도 특히 송대에 발흥한 신유학이 조선조 문화에 미친 영향은 긍정적이었던 부정적이었던지 간에 실로 지대하다. 퇴계선생의 도산십이곡陶山十二曲이 주자의 무이구곡武夷九曲의 영향을 받은 것은 주지의 사실이고 그 외 조선조의 수많은 선비들의 시가 속에서 송대 신유학자들의 문학관의 흔적을 찾는 것은 그리 어려운 일이 아니다. 이 책이 송대 신유학자들과 조선조 선비들의 고아한 정신세계와 그들의 문학관을 이해하는 데 약간의 도움이라도 되기를 기대하는 마음이다.

　　끝으로 어려운 여건 속에서도 출판을 허락해주신 역락출판사의 이대현 사장님과 한없이 늦어지는 원고를 묵묵히 기다려주시고 친절한 배려를 아끼지 않은 이태곤 팀장님과 한자 많고 까다로운 원고를 꼼꼼하게 교정해주신 김민희님께 감사를 드린다.

　　사고가 치밀하지 못하고 아는 것이 부족하여 오류가 적지 않을 것이다. 강호제현의 날카로운 지정을 부탁드린다.

1 들어가는 말

송대는 중국사에 있어 여러모로 매우 중요한 변혁의 시기였다고 할
수 있다. 세계제국인 당의 번영이 극에 달하였을 때 일어난 안사安史의
난은 그 사이 서서히 진행되어 오던 사회구조의 변동을 가속화시키는
역할을 하였고 그것은 송대에 완성되었다. 토지제도의 변화, 과거제도
의 확립 등을 통해 대지주 중심의 세습귀족층이 몰락하고 중소지주 중
심의 사대부층이 새로운 지배세력으로 등장하게 되고 상업의 발달로
인해 사회는 이전에 비해 훨씬 유동적이고 도시화되었다. 이러한 사회
구조의 변동은 문학·예술·종교·사상 전반에 걸쳐 괄목할 변화를
불러왔으며 이전의 시대와는 확연히 구분되는 새로운 전통을 낳았다.
그 새로운 전통의 기본 틀은 청대에까지 계속된다. 이런 면에서 볼 때
송대는 중국문화사에 있어 후기 봉건제국시대의 기틀을 다진 시기라고
할 수 있다.[1]

문학사에 있어 송대는 매우 주요한 변화의 시기이다. 소위 정통문학
이라고 할 수 있는 시와 문은 송대에 이르러 발전의 극에 이른다. 육
조시대 이래로 자구의 정제, 대구의 원칙, 평측과 압운 및 전고의 운용
등으로 인해 매우 정형화되고 장식적인 수사기교를 보이는 변려문이
문장의 주류를 이루었지만 송대에는 자구의 수나 대구의 원칙에 구애
받지 않고 화려한 외양적 수사기교보다는 담백한 내면적 기상을 더욱

---

1) 찰즈 허커, 박지훈 등 공역, ≪中國文化史≫, 서울: 한길사, 1987, p.266 참조.

중시하는 고문이 새롭게 문장의 주류로 등장하였고 그 우위는 청말까지 계속되었다. 시에 있어서도 주목할 만한 변화가 있는데 당대까지는 농염한 풍격으로 감정을 발산하는 화려한 시풍이 주조를 이루었지만 송대에 이르러서는 평담한 풍격으로 관조적·철리적 성향을 중시하는 새로운 사조가 형성되었다. 송대 이후 시와 문에 있어서는 더 이상 괄목할 만한 새로운 발전은 거의 없고 대신 문학사의 주도권은 사와 곡, 희곡, 소설 등의 민간문학으로 넘겨진다.

　회화에 있어서도 송대는 괄목할 만한 변화가 있었던 시기이다. 당대까지는 인물화와 채색화가 주조를 이루었지만 송대에 이르러서는 산수화가 크게 발전하고 수묵화가 본격적으로 주류로서 자리를 잡게 된다. 그리고 화원畵院의 전문 화가들이 아닌 일반 문인들이 그리는 문인화가 등장한 것도 새로운 변화라고 할 수 있고, 그림 속에 여백의 공간을 남겨서 함축미를 강조하는 것과 시화일률론詩畵一律論의 기치 아래 그림 속의 시적 운치를 강조하는 것 또한 송대 회화의 큰 특징 가운데 하나이다. 송대 회화에 나타나는 이러한 새로운 경향은 청말까지 그대로 이어졌으며 오늘날 다른 문화권의 그림과는 대별되는 중국회화의 주요한 특징으로 여겨지고 있다. 그 외 인쇄술의 발달로 인한 도서의 광범위한 보급, 산수자연의 풍치를 집안으로 끌어오려고 하는 원림건축의 발달, 청자·백자 등의 도자예술의 발달 등은 모두 송대에 일어난 주요한 변화들이다.

　문화·예술뿐만 아니라 사상에 있어서도 송대는 매우 주요한 전환의 시기이다. 중국문화의 기본 틀이 잡혀지던 한대에 이르러 유가 사상은 관학의 지위에 올랐으며 그 기본적인 지위는 청말까지 큰 변화가 없었다. 그러나 한대 말기 환관들의 전횡과 농민반란으로 인해 천하가 혼란에 빠지고 마침내 삼국으로 분열될 때부터 도가사상이 새롭게 각광을 받기 시작하고 곧 이어 외래종교인 불교가 그 자리를 이어받으면서 유교는 그저 정치사회적 윤리로서만 인식되었고 지식인들의 지적 관심을 별로 자극하지 못하였다. 이러한 경향은 북송초까지 계속 되었는데 북송중엽에 이르러서야 이학理學2) 또는 도학道學이라 불리는 새로운 유학이 흥성하여 도교와 불교를 압도하고 다시 사상사의 주도권을 잡기 시작하였다. 이후 불교와 도교는 유교에게 빼앗긴 지위를 다시 되찾지 못하였다. 송대에서 명대까지 계속된 신유학은 청대에 이르러서는 비판을 받고 그 세력이 꺾였지만 신유학 가운데 가장 주요한 학파인 주자학은 원대 이후에 새로운 관학으로 등장하였으며 그 권위는 청말까지 계속되었다. 이런 면에서 볼 때 송대는 사상적인 면에서 있어서도 후기 봉건제국의 기틀을 다진 시기라고 할 수 있다.

　신유학자들은 그들의 본분이라고 할 수 있는 철학 및 윤리체계의 건립에 주력을 가하였지만 문학의 공용성을 강조해온 공자 이래의 전통 때문에 문학에 대해서도 그들 나름대로의 견해를 피력하였다. 문학과 사상의 연관성이 다른 어떤 문화권보다 긴밀한 중국에서는 피할 수 없는 현상이라고 할 수 있을 것이다. 신유학자들의 문학관은 송대 문학이론의 주류가 될 수는 없었지만 학문세력의 확장에 힘입어 당대와 후대의 문학에 긍정적이든 부정적이든 적지 않은 영향을 끼쳤다. 이 책은 신유학자들의 문학관과 그것이 문학에 미친 영향을 살펴보는 것을 주요목적으로 한다.

　지금까지 이들 신유학자들의 문학관에 대한 연구는 그들의 철학적 업적에 가려져 그다지 큰 성과를 보이지 못하고 있는 실정이다. 개개 신유학자의 문학관에 대해서는 그런대로 약간의 연구가 이루어져 있으나, 한 시대를 총괄해서 다룬 연구 논문은 그리 많지 않은 편이다. 그리고 신유학자 문학관을 논하고 있는 대부분의 논저들이 주로 신유학자 문학관의 유가적 측면만을 강조하고 있을 뿐, 전체 유가 내에서 이전의 전통유학과는 다른 신유학 특유의 면모에 대해서는 대체로 간과

---

2) 이학이라는 용어는 광의와 협의가 있다. 광의로는 북송에서 흥기하여 명대에 이르기까지 발전한 신유학 전체를 지칭하는 것이고, 협의로는 주희가 정이를 중심으로 북송의 신유학을 집대성하여 이룩한 하나의 학문 체계를 지칭하는 것이다. 후자는 흔히 程朱理學이라고 하는데, 육구연과 왕양명이 이룩한 학문 체계인 陸王心學에 대별되는 의미가 있다.

하고 있다.

신유학이라는 명칭 자체에서 알 수 있듯이 그들의 학문적 성격은 이전의 전통유학3)과는 상당한 차이가 있다. 신유학이 사상적으로 전통 유학과 무엇인가 다른 점이 있다면, 문학과 사상의 유기적 연관성으로 인하여 신유학자의 문학관 역시 전통 유학의 문학관과는 약간의 차이가 생기지 않을 수 없을 것이다.

신유학과 전통 유학과의 차이를 설명하는 방법은 관점에 따라 여러 가지가 있다. 어떤 이는 신유학의 본질이 유불선 삼교를 지양, 통일한 것이므로 자구의 해석을 위주로 하는 한당대漢唐代의 훈고학訓詁學에 비해서는 두드러지게 사색적이며 소박한 원시 유학보다는 철학적이라고 기술하고 있으며,4) 어떤 이는 한당대의 유학을 얕고 비루한 종교 신학으로 간주하고 이것이 송대의 신유학에 이르러서는 정세하고 치밀한 사변 철학으로 발전하였다고 기술하고 있으며,5) 어떤 이는 한당대 유생들의 지엽적인 지식이나 단순한 박학에 비해 신유학은 조직적이고 사변적인 탐구를 그 특징으로 하고 있다고 기술하고 있다.6) 이들은 약간의 차이는 있지만, 대체로 신유학의 특징을 전통 유학에 비해 보다 사변적이고 철학적이라고 보는 점에 있어서는 일치하고 있다.

어떤 이는 원시 유학은 원래 심성론 중심의 학문이었는데 이 전통이 한당대에는 우주론 중심의 학문으로 경도하였다가 송명대에 이르러서는 다시 공맹의 본래적 전통을 회복하여 심성론 중심의 학문으로 복귀하였다고 기술하고 있다. 그는 초기의 신유학은 한당대의 여습인 우주

---

3) 흔히 선진시대의 유학을 원시유학 혹은 선진유학이라 하고 한대와 당대의 유학을 훈고학 내지는 한학이라 하고 송명 시대의 유학을 이학 또는 송학이라고 한다. 송명의 유학을 신유학이라고 칭하는 것은 송대 이전의 유학 전체와 대별하여 하는 말이다. 그런데 송대 이전의 유학 전체를 총칭하는 용어는 없으므로 여기서는 편의상 전통 유학이라 칭하고자 한다.

4) 金谷治 외, 조성을 역, ≪中國思想史≫, 서울 : 이론과 실천, 1988, p.219 참조.

5) 敏　澤, ≪中國美學思想史≫ 卷二, 濟南 : 齊魯書社, 1987, p.245 참조.

6) 시마다 겐지 저, 김석근, 이근우 역, ≪朱子學과 陽明學≫, 서울 : 까치, 1989, p.39 참조.

론 중심의 철학을 탈피하지 못하였으나 후기에 이를수록 점차 순수 심성론 쪽으로 경도하고 있으며, 따라서 전기에 속하는 정주이학보다는 후기에 속하는 육왕심학이 공맹의 본래의 취지에 보다 근접하고 있다고 주장하고 있다.[7]

어떤 이는 전통 유학과 신유학의 특징을 외왕外王과 내성內聖이라는 말로써 설명하고 있다. 내성과 외왕이라는 말은 원래 ≪장자・천하편≫에 나오는 말로서, 천하가 어지러워져 백가로 나누어지기 이전의 고대 학술의 종지를 가리키는 것이다. 내성이란 안으로 성인이 됨, 즉 내면적인 수양을 통하여 도덕성을 함양하는 것을 말하는 것이고, 외왕이란 밖으로 천하를 다스림, 즉 경세치술을 통하여 정치를 베푸는 것을 말한다. 유가는 원래 수기치인修己治人, 즉 수신修身, 제가齊家, 치국治國, 평천하平天下를 그 이상으로 하였으므로 내성외왕이라는 이 말은 유가의 종지를 잘 대변하는 적절한 용어라고 할 수 있다.[8] 이들은 공맹의 원시유가에서나 훈고와 주소注疏를 중시하였던 한당대의 유학에 있어서나 송명대의 신유학에 있어서나 내성외왕을 근본 이상으로 하였던 것은 마찬가지였지만, 이전의 유학이 대체로 외왕을 중시한 반면 신유학은 이전의 유학에 비해 현저하게 내성을 중시하고 있다는 점을 지적하고 있다.[9]

그리고 어떤 이는 전통 유학과 신유학의 특징을 '밖에서 구함'과 '안에서 구함'이라는 말로 설명하고 있다. 그는 이전의 전통 유학은 많은 경전과 사서를 읽고 경세치용의 도를 구하고 문장을 쓰는 것을 중시하였는데 모두 밖에서 구하는 것이라면, 신유학은 심성과 의리를 궁구하는 학문으로서 안에서 구하는 것이라고 하였다.[10] 전통 유학과 신

---

7) 勞思光, 정인재 역, ≪中國哲學史≫, 서울 : 탐구당, 1988.
8) 蔡仁厚, ≪宋明理學・北宋篇≫, 臺北 : 學生書局, 1988, p.8 : "儒家之學, 立己以立人, 成己以成物, 必然地要求由內聖通外王. 所以內聖外王一語, 最足以表徵儒家的學問與心願".
9) 이 견해를 대표하는 사람은 牟宗三과 蔡仁厚이다. 위의 책, p.8 참조.
10) 錢穆은 북송 유학의 흐름을 서술하면서, 북송초의 여러 유생들이 밖에서 구

유학의 특징을 내와 외로 나누는 방식은 내성과 외왕으로 나누는 것과 결국 상통한다고 할 수 있다.

전통 유학과 신유학의 차이를 설명하는 데에는 이처럼 관점에 따라 여러 가지의 방법이 있는데, 여기에서는 그중 내성과 외왕으로써 설명하는 방법을 채택하고자 한다. 이 책에서는 전통유학과 신유학의 이러한 학문적 경향의 차이점이 그들의 문학관에서도 나타나고 있음을 밝히는 데 주안점을 두었다. 즉, 신유학자들의 문학관 속에는 이전의 문학관과는 달리 내성적 경향이 두드러지고 있다는 것을 밝히려고 하였다.

송대의 신유학에는 북송 중엽으로부터 시작하여 남송 말엽에 이르기까지 복잡한 전승관계에 의한 수많은 학파가 존재한다. 그런데 이들을 다 다룰 수는 없으므로 자연 그 학문적 중요성과 후대에 끼친 영향력을 고려하여 주요 학파와 인물을 추출할 필요가 있을 것이다. 여기서는 신유학의 발전과 그에 상응하는 신유학자 문학관의 발전을 고려하여 초기 단계인 북송과 완숙 단계인 남송으로 나누어 고찰하였다.

북송대에는 각기 다양한 학문적 성격을 지니고 북송 신유학의 발전을 이끌었던 주돈이周敦頤, 소옹邵雍, 장재張載, 정호程顥, 정이程頤의 북송오자北宋五子를 들었다. 이들이 북송 신유학을 대표하는 인물이라고 하는 데는 별다른 이견의 여지가 없다.

신유학이 활짝 꽃피기 시작하는 남송대에는 북송대에 비해 훨씬 많은 학자들과 학파들이 있었다. 그 가운데 학문적 세력이 가장 왕성하고 후대에 지대한 영향을 끼친 학파는 주희朱熹가 중심이 되어 정이의 학설을 기본 토대로 하여 북송오자의 다양한 학설들을 통합한 이학파理學派와 육구연陸九淵이 새롭게 제창한 심학파心學派이다. 이들 양대 학파 외에도 호상학파湖湘學派, 영가학파永嘉學派 등의 여러 학파가 있었으

하는 것을 중시한 반면 신유학자들은 안에서 구하는 것을 중시하였다고 하였다. 錢　穆, ≪朱子新學案 卷一≫, 臺北：三民書局, 1982, p.18 참조. 여기서 북송초의 여러 유생이란 한당의 유생에 비해서는 여러 면에서 다른 면을 보이고 있지만 기본적으로는 밖을 중시하는 전통 유가에 포함되고 있다고 할 수 있다.

나 모두 한 지역에서 일시적으로 유행하다가 이들 양대 학파에 의해 흡수 통합되어 버리고 이로 인해 후대에 별로 영향을 끼치지 못하였다. 따라서 여기서는 주희의 이학파와 육구연의 심학파를 다루었다.

문학관을 논함에 있어서는 주희 외에 진덕수眞德秀와 위료옹魏了翁을 들었고 심학파에는 육구연 외에 포회包恢 한 사람만 들었다. 진덕수, 위료옹, 포회 등은 각기 도통을 잇거나 학문적으로 발양광대시킨 면은 별로 없지만 문학관에 있어서는 비교적 많은 관심을 표명하고 공헌을 남겼기 때문에 선정되었다. 전체적으로 보아 정주학파를 중심으로 하고 특히 주희에 비중을 많이 두었는데 그 이유는 다음과 같다.

첫째, 철학적으로 보아 주희는 북송 오자의 신유학을 집대성하였고 또 그의 학문이 그의 계승자에 의해 관학으로 추존되어 원대 이후 중국의 사상에 심대한 영향을 끼쳤기 때문이다. 주희는 이정二程의 학설에 가장 큰 영향을 받았지만 주돈이와 장재의 학설을 적극 흡수하고, 이정 문하에서는 이단시되었던 소옹의 학설까지도 수용하여 북송의 신유학을 집대성하였다. 그리고 주희는 본인 스스로 유가의 도통을 이었다고 자처하였을 뿐만 아니라 후에 그의 후계자들에 의해 도학의 정통으로 추존되었다.11) 주희가 과연 참으로 유학의 도통을 이었는지에 대해서는 이설이 있을 수 있다. 그러나 주희의 학문이 원대 이후 관학의 지위에 오르게 되고 그의 필생의 역작인 ≪사서집주四書集注≫가 과거의 교본으로 채택됨에 따라 그의 학문의 영향력은 기타 신유학자와는 비교가 되지 않으리만큼 심대하였다고 할 수 있다.

둘째, 신유학자들이 대체로 문학에 대해 부정적인 태도를 취하거나 문학에 대해 큰 관심을 표명하지 않았던 데에 비해, 주희는 신유학자

---

11) ≪宋史·列傳≫에는 ＜道學列傳＞ 사권이 따로 있는데 일권에는 북송 오자를 싣고 있고, 이권에는 정씨문인, 삼권에는 주희와 그의 도반 張栻, 그리고 사권에는 주희 문인이 실려 있다. 그 외 심학의 창시자인 육구연과 호상학파 등은 모두 유림열전에 편입되어 있다. 이는 원대에 ≪宋史≫를 편찬할 즈음에는 이미 주자학파가 사상계를 완전히 장악하고 있어서 주자학과 대립관계에 있는 이들을 도학의 정통계열로 인정할 수 없다고 여겼기 때문일 것이다.

가운데 문학에 대해 가장 많은 관심을 표명하고 비교적 체계적인 문학론을 제시하였을 뿐만 아니라 문학적인 소양이라는 측면에서도 역대 신유학자 가운데 가장 뛰어났다고 할 수 있기 때문이다. 이러한 주희의 태도로 인해 이후 신유학자들도 문학에 많은 관심을 가지게 되었다. 진덕수가 신유학적 관점에서 역대의 시문을 선집한 ≪문장정종文章正宗≫을 편찬하고 원대의 김이상金履祥이 역대 신유학자의 시를 모아 ≪염락풍아濂洛風雅≫를 편찬한 것은 모두 주희의 이러한 문학에 대한 관심을 계승한 것이라고 할 수 있다.

그들의 문학관을 논함에 있어서는 시와 문에 한하였다. 그 이유는 신유학자들의 주된 관심이 주로 정통문학이라고 할 수 있는 시와 문에 있었기 때문이다. 신유학자 가운데 송대에 완성된 주요한 운문의 하나인 사詞에 대하여 견해를 피력한 자는 거의 없으며, 사작 활동도 별로 없었다. 천이백여 수의 시를 지은 주희의 경우를 보아도 사는 겨우 십구 수가 전할 따름이다. 이는 아마 신유학자의 관점에서는 민간가요에서 새로 시가의 한 장르로 정착한 지 얼마 되지 않은 사가 아무래도 아정하지 못하다고 여겨졌기 때문일 것이다. 그 외 다른 문학 장르에 대해서도 거의 언급한 바가 없기 때문에 논의 대상에서 제외하였다.

2 신유학은 어떠한 배경 아래 흥성하였고 어떻게 발전하였는가

송대에 신유학이 흥성하였던 데는 어떠한 배경이 있는가

춘추전국 시대 여러 사상 가운데 하나였던 유가는 한대에 이르러 관학의 지위에 이르게 되고 국가의 전폭적인 지지 아래 비약적인 발전을 이루게 된다. 한대에는 오경박사 제도가 있었는데 시, 서, 역, 예, 춘추 다섯 분야에 전문가를 두고 그 아래에 많은 문하생을 양성하게 하는 제도였다.

국가의 전폭적인 후원 아래 막강한 세력을 구가하던 유가는 강력한 통일 왕조였던 한 왕조가 붕괴하면서부터 그 지위가 흔들리기 시작하였다. 정변이 난무하는 혼란기를 맞이하여 많은 지식인들이 정치사회 윤리에 더 많은 비중을 두고 있는 유가사상보다는 초현실적인 도가 사상이나 인도에서 수입되어 점차 세력을 확장하던 외래종교인 불교사상에 더 많은 관심을 보였다.

이때부터 유학은 관학으로서의 명목상 지위에는 큰 변함이 없었지만 이미 지식인들의 지적 흥분이나 호기심을 자극하는 매력은 상실하였다. 중국사상사의 주도권은 도가사상과 불교사상으로 넘어갔고 이러한 경향은 당대를 거쳐 송초까지 계속 이어졌다. 송대에 이르러 수백 년에 걸쳐 성행하였던 도교와 불교사상이 쇠퇴하고 유학이 새롭게 흥성하게 된 데에는 여러 가지 역사적 배경이 있을 것이다.

먼저 정치사회적 배경을 살펴보자. 강력한 세계제국적인 성격을 지니고 찬란한 문명을 꽃피웠던 당조는 기본적으로 육조의 뒤를 이어 문벌 중심의 귀족 사회로 출발하였다. 한대 이래 발전해 온 호족 세력들은 남북조에 들어와서는 자신들의 세력을 더욱 공고히 하여 왕조의 교체와도 무관하게 자신들의 정치경제적 지위를 계속적으로 누려 왔다. 북위北魏에서 균전제均田制가 실시되고 수양제隋煬帝가 이를 보완한 이후에는 이전에 종종 반왕조적 성격을 지닌 호족들이 점차 천자를 둘러싼 관료 귀족으로 변하고,1) 이러한 상황은 당대 전기에까지 계속되었던 것이다.

그러나 번영의 극치를 구가하였던 현종의 말년에 일어난 안록산安祿山과 사사명史思明의 난은 강력한 세계제국이었던 당조의 위신을 떨어뜨림과 동시에 오랫동안 계속되어오던 대지주 귀족 세력들의 지위도 크게 흔들어놓았다. 번진藩鎭을 중심으로 한 무인 세력과 혼란의 와중에 새로이 부상하기 시작한 중소지주층이 점차 이들 귀족의 자리를 대신하게 되었다.

특히 안사의 난 이후 악화된 재정난을 타개하기 위하여 실시된 양세법兩稅法을 위시한 몇 가지의 개혁 정책은 균전제의 붕괴와 토지사유제 및 상업의 발달을 더욱 가속화시켰으며, 이에 새로운 중소지주와 상인들의 세력도 점차 커져 갔다. 이들 중소지주와 상인들은 일부는 과거를 통하여 중앙의 정계에 진출하기도 하고, 일부는 번진의 무인 세력과 결합하여 당조의 귀족정치에 대항하기도 하였다. 황소黃巢의 난 이후 당조가 완전히 무기력하게 되자 각 번진의 무인세력들은 중소지주와 부상 등의 토착세력들과 결합하여 번진의 자립화를 추진하게 되고, 마침내 오대십국五代十國이라는 무인정권의 난립기가 시작되었다. 그러나 이러한 무인정권은 그리 오래 존속하지 못하였는데, 무인체제는 당나라의 귀족관료 체제로부터 송나라의 문관 관료 체제에 이르는 과도기적인 체제에 불과하였던 것이다.2)

---

1) 貝塚茂樹 외, 윤혜영 편역, ≪中國史≫, 서울 : 弘盛社, 1987, pp.221-223 참조.

후주後周의 군권을 장악한 뒤 송을 건국한 조광윤趙光胤은 한편으로는 천하통일에 힘을 쓰면서, 한편으로는 당의 멸망과 오대의 혼란의 주요 원인이 군권의 지방 분화에 있다고 여겨 군권의 중앙 집중과 무인세력의 약화에 전력을 기울였다. 그는 이를 위하여 먼저 경험 많은 노장들을 파면하고 대신 젊고 경험이 부족한 장수들을 임명하고, 전국의 정병들을 수도로 집결시켜 지방의 군사력을 약화시키고, 지방관의 군권을 대거 축소하고 대신 후한 봉록으로 무마하고, 각 지방에 통판通判과 전운사轉運使를 설치하여 지방관들의 군권과 재정권을 감독하게 하는 등의 정책을 펼쳤다.3) 태조의 뒤를 이은 태종도 군권의 중앙 집중과 무인세력의 약화를 위한 정책에 더욱 박차를 가하여 마침내 지방의 군권을 중앙에서 철저하게 통제할 수 있게 되었고, 장수들은 군권을 함부로 할 수 없게 되었다.4)

북송초의 여러 왕들은 무인세력의 해체와 아울러 과거제도의 개선을 통하여 문인관료를 적극 우대하였으며 이들을 황제 개인의 지배 하에 두려고 노력하였다.

원래 과거제도는 수나라의 문제가 문벌 귀족의 세력을 억제하고 효율적인 중앙 집권을 실현하기 위하여 만든 제도이다. 그러나 당대에는 당시까지 실세를 장악하고 있던 문벌 귀족의 반발로 인해 과거 제도의 본래 취지가 제대로 살려지지 못하였다. 당조의 최고 치세기인 현종玄宗 때에도 두보杜甫 같은 이는 과거시험을 치려고 해도 재상들이 과거시험을 시행하지 않아 시험을 칠 기회조차 박탈당하기도 하였다. 송대에 이르러서야 여러 가지 여건의 성숙으로 과거 제도에 대한 수정·보완이 대대적으로 이루어져 본래적인 의미에서의 과거가 제대로 실시되게 되었다.

송대 과거제도의 발전 가운데 가장 주목할 만한 것으로는 우선 전시殿試 제도의 창설을 들 수 있다. 전시란 궁전에서 치러지는 시험이라는

---

2) 위의 책, p.259 참조.
3) 林瑞翰, ≪宋代政治史≫, 臺北 : 正中書局, 1989, pp.7-15. 참조.
4) 위의 책, pp.54-62 참조.

뜻으로, 황제가 출제 및 합격 등위를 직접 결정하는 시험이다. 당대의 과거시험은 상서성尙書省에서 관장하는5) 성시省試가 최종 시험이었지만 송대의 태조 때부터 성시에서 합격한 사람을 황제의 주관 하에 다시 시험을 치르게 하는 전시의 전통이 생기게 되었다.6)

　전시는 과거의 권위를 크게 높였다. 당대에는 성시에 합격하고 나서도 관직에 임용되기 위해서는 이부吏部에서 주관하는 자의성이 농후한 면접시험인 전선銓選을 거쳐야만 했다.7) 그래서 당대에는 과거에 급제하고서도 관리에 등용되지 못하고 오랫동안 대기하는 경우가 많았다. 고문운동으로 유명한 한유韓愈도 과거에 급제하고서도 이부의 전선을 통과하지 못하여 십 년간 포의로 지내야만 했었고, 심지어 급제한 뒤 이십 년 동안이나 등용되지 못한 자도 있었다.8) 그러나 전시가 시행된 이후에는 과거시험의 최종 합격자는 즉시 그 성적에 따라 관직에 임용될 수 있었다. 전시의 의의로는 우선적으로 황제와 과거급제자 사이의 보다 직접적이고 개인적인 관계의 형성을 통하여 황제 집권적 문인 관료 체제의 확립에 보다 박차를 더할 수 있었다는 점을 들 수 있다.

　또한 과거 시험의 공정성 또한 이전에 비해 크게 향상되었다. 송대에는 시험의 공정성을 위하여 답안지에서 수험자의 이름을 가리는 봉미법封彌法, 답안 내용을 일괄적으로 필사하여 그 필사본으로 채점하는 등록법謄錄法, 선발 담당관으로 지목된 사람을 시험이 끝날 때까지 외부인사와 접촉을 하지 못하게 한 곳에 머물게 하는 쇄원鎖院, 시험관의 친척들을 따로 모아 시험을 치르게 하는 별두시別頭試 등의 여러 가지

---

5) 처음에는 상서성 이부에서 관장하였으나 당 현종 때에 예부로 이관되었다. 이후 간혹 다른 부서로 이관되었으나 예부가 과거를 관장하는 것이 통례가 되었으며, 이는 청대에 이르기까지 큰 변화가 없었다.

6) 許樹安, 같은 책, pp.87-88 참조.

7) 이부의 전선은 身言書判이 그 기준이었다. 전선에 대해 그것이 비교적 공정하였다고 주장하는 견해도 있지만 그 평가에 있어서 아무래도 자의성이 개입될 가능성이 많음을 부인할 수는 없다고 하겠다. 하원수, <宋代士大夫論>, 서울대학교동양사연구실 편, ≪講座中國史 Ⅲ≫, p.99 참조.

8) 朱瑞熙, ≪宋代社會硏究≫, p.92 참조.

제도가 마련되었다.9) 이상의 제도들이 실시됨에 따라 송대에는 신분이나 지위에 상관없이 순수하게 자신의 실력만으로도 관료로 진출할 수 있는 길이 폭 넓게 열리게 되었다. 송대의 과거 급제자들 가운데 본인의 앞 삼대 이내에 관료를 전혀 배출하지 못했던 비관료가문 출신이 반 이상 차지하였다는 사실은 이러한 상황을 잘 설명해주고 있다.10)

이렇게 과거의 권위와 공정성이 크게 향상되자 정치사회의 주도권은 대지주 문벌귀족으로부터 중소지주 사대부에게로 확실하게 넘어가게 되었다. 아울러 사회 전체적으로 지식인들의 지위는 크게 향상되었다. 당대에는 벼슬을 구하는 길이 주로 전쟁터에 나가는 것이었다면 송대에는 벼슬을 구하는 가장 빠른 길은 책을 읽는 것이었다.

송 황실의 문인 우대정책은 결과적으로 군사력의 약화를 초래하였고, 이로 인해 송은 대외적으로는 세계제국인 당과는 달리 주변 국가들에 대해 시종 열세를 면치 못하였다. 그러나 대내적으로는 외적의 위협 때문에 오히려 정치가 더욱 안정될 수 있었고, 이러한 정치적 안정과 경제의 지속적인 발전에 힘입어 학술 문화는 더욱 발전할 수 있게 되었던 것이다.

송대의 다양한 학술문화의 발전 중에서도 가장 특기할 만한 것은 역시 신유학의 흥성이라고 할 수 있다. 그것은 중국 사상사의 흐름을 일변시킨 큰 사건이었고 송대 이후 사회문화에 지대한 영향을 끼쳤다. 수세기 동안 방치되었던 유학이 다시 흥성하여 송대 학술문화의 꽃이 된 것은 당시의 시대 상황이 그것을 필요로 하였기 때문이다. 황실에서도 강력한 중앙 집권적 관료 체제를 세우기 위하여 윤리 강상의 재건립을 절실히 필요로 하였을 뿐 아니라 학술 문화의 담당자인 문인들 역시 이를 필요로 하였기 때문이다.

송대에 새로운 지배층으로 등장한 문인 관료들은 대부분 중당 이래

---

9) 朱瑞熙, ≪宋代社會硏究≫, pp.90-93 참조.
10) 하원수, <송대사대부론>, 서울대학교동양사연구실 편, ≪강좌중국사 Ⅲ≫, pp.77-78 참조.

지속적으로 성장해온 중소지주들이다. 이들은 안사의 난 이후 귀족의 몰락에 힘입어 차츰 성장하였고 당말 오대에는 무인 세력과 결탁하여 자신들의 세력을 계속 확장해 나가다가 마침내는 무인 세력을 대신하여 새로운 지배층으로 부상하였다.11) 관호官戶 혹은 형세호形勢戶라고 불리는 관료 지주12)들은 대부분 자신들의 장원을 경영하고 있었다. 이들 관료 지주의 토지를 경작하는 사람들은 흔히 전호佃戶 혹은 객호客戶라고 불리는 소작농13) 혹은 노비들이다. 이중 전자는 당송의 변혁기에 새로이 나타난 농민 계층으로서 이들의 사회적 지위에 대해서는 각 학파에 따라 설이 매우 분분하다.14) 그러나 이들 전호의 지주에 대한 신분상의 관계가 이전의 문벌 귀족 시대에 비해 독립성이 높아졌다는 것은 사실이며 이것은 역사 발전의 추세라고 할 수 있다. 전호의 독립성이 높아졌다는 것은 상대적으로 지주층의 지위가 그만큼 불안정해졌

---

11) 지주 토호계층이 무인 세력을 누르고 점차 새로운 지배층으로 등장하는 과정에 대해서는 貝塚茂樹 외, 윤혜영 편역, ≪중국사≫, pp.277-278 참조.

12) 송대의 관료지주들은 법률상이나 습관상 일반적으로 관호 혹은 형세호 혹은 형세관호 등으로 불렸다. 그런데 관호라는 말은 당대에는 국가가 직접관리하는 농노를 이르는 것으로, 그 지위는 관노 보다 약간 높은 정도였다. 그러던 것이 북송 인종仁宗에 이르러 서서히 관료를 이르는 말로 쓰여지다가, 神宗에 이르러 비로소 정식으로 법률상에 반영되게 되었다. 朱瑞熙, ≪宋代社會研究≫, 臺北 : 弘文館出版社, 1986, pp.30-31 참조.

13) 다 같은 소작인이라도 스스로 토지와 생산 수단을 소유하고 동시에 지주에게 의존하는 형태도 있고, 자신의 생산수단은 전혀 없이 전면적으로 지주에 의존하는 형태도 있고, 또 중간 형태도 있어서, 이들의 명칭도 佃戶, 佃客, 莊客, 種戶, 浮客 등 다양하였다. 신성곤, <唐宋變革期論>, 서울대학교동양사학연구실 편, ≪강좌중국사Ⅲ≫, 서울 : 지식산업사, 1989, p.20 참조. 그리고 나누는 방법에 따라 자영농을 주호主戶라고 하고 소작농을 客戶라고 하기도 한다. 앞에서 말한 전호, 전객 등은 모두 객호라 할 수 있다. 方 豪, ≪宋史≫, pp.302-303 참조.

14) 크게 둘로 나누어 보면 다음과 같다. 前田直典을 중심으로 한 교토학파에서는 전호를 농노라고 보고 地主佃戶制를 서양 중세의 장원제와 비슷한 형태로 파악하는 데에 비해, 宮崎市定을 중심으로 한 도쿄학파에서는 전호를 자유인으로 보고 지주전호제를 근세적인 자본주의적 경영과 유사하다고 간주하고 있다. 이범학, <宋代의 사회와 경제>, 서울대학교동양사학연구실 편, ≪강좌중국사 Ⅲ≫, pp.137-145 참조.

다는 것을 의미한다. 따라서 송대의 지주층은 자체적으로 전호를 완전하게 지배할 수가 없어 공권력에 의존하지 않을 수 없었다.[15] 이에 지주들 자신들도 강력한 국가 권력과 사회적 윤리 강상의 재확립을 필요로 하였는데, 이는 황제와 중앙 정부의 요구와 서로 부합하는 것이었다.

송대에는 전호의 지주에 대한 관계가 느슨해졌을 뿐 아니라 지주 자신들의 신분도 대대로 확고부동의 지위를 누렸던 이전의 문벌 귀족에 비해 상대적으로 부침 현상이 심하였다.[16] 이전의 귀족들이 커다란 문벌을 형성하여 여러 가지 정치 경제적 특권을 독점하여 세세토록 누린 데 비해 송대의 관료 지주들은 그들의 사회적 경제적 지위의 원천이 전대에 비해 훨씬 공정한 과거를 통하여 얻어지는 것이어서 설령 선대에 부귀를 이룩하여도 후손이 불초하여 과거에 급제하지 못하면 몇 대 가지 못하고 몰락하기 십상이었다. 이러한 이유 때문에 관료 지주들의 왕조에 대한 의존도는 이전에 비해 현저히 증가하였다. 왕조에 대해 비교적 독립성을 유지할 수 있었던 문벌 귀족의 시대였던 육조나 당대에 정치 윤리를 중시하는 유교보다는 개인적 독립성을 비교적 중시하는 불교나 도교가 유행하였던 것에 비해 왕조에 대한 의존도가 비교적 높은 관료 지주의 시대였던 송대에 정치적 사회적 윤리를 중시하는 유교가 다시 부흥할 수 있었던 것은 당연한 시대적 추세였을 것이다.

신유학의 흥성을 이야기할 때 빼놓을 수 없는 것 중의 하나로는 사립 학교인 서원의 발달을 들 수 있다. 송대에는 국가의 교육기관도 이전에 비해 대대적으로 정비되고 새로운 발전을 맞이하였지만 특히 사립기관이 크게 발달하였다.

서원의 기원은 당 현종 때의 여정서원麗正書院에서 비롯된다. 초기의 서원은 학자들이 모여서 천하의 서적을 수집 정리하고 편집 간행하는 일종의 도서관과 비슷한 기구였으나 후대에는 점차 사설화되면서 학문을 전수·연마하는 교육 기관으로 변모하였다. 특히 관학의 기능이 유명

---

15) 이범학, <송대의 사회와 경제>, 같은 책, p.159 참조.
16) 朱瑞熙, 《宋代社會硏究》, pp.31-33 참조.

무실해진 당말 오대에는 학술 사상의 중심이 서원에 있었다고 해도 과언이 아닐 정도로 그 중요성이 증대하였다.[17] 송대에 이르러서도 관학의 정비에도 불구하고 대대적인 발전을 하였는데, 이러한 서원의 발전은 송대 학술 문화, 그 중에서도 신유학의 홍성에 많은 공헌을 하였다.

서원이 신유학의 홍성에 큰 영향을 끼칠 수 있었던 이유는 다음과 같다. 과거 지향의 관학이 아무래도 형식적 학문에 빠지기 쉬운 반면, 서원은 사대부 가운데 뜻이 있는 자가 건립한 사학이기 때문에 보다 순수한 학문을 중시하는 전통이 있었다.[18] 오대 송초의 서원에서는 유교의 경전 가운데 특히 ≪주역≫과 ≪중용≫을 중시하였는데[19] 이러한 학풍은 신유학의 학문적 전통의 선구가 되었다.[20] 또한 서원에서는 사생 상호간에 자유로이 토의 변론하는 기풍이 성행하였는데, 이는 가법을 중시하여 교조주의에 빠지기 쉬웠던 한당대의 학풍에 비해 보다 발전적인 것[21]으로 송대 학술 사상의 발전, 특히 신유학의 발전에 많은 공헌을 할 수 있었다.

이상의 여러 가지 이유 외에 또 들 수 있는 것은 시대정신의 성숙에 의한 자신에 대한 재발견이라고도 할 수 있다. 중국문화의 큰 특징 가운데 하나는 인문정신이다. 은대의 문화는 제정일치의 문화이고 샤머니즘 요소가 강한 문화이다. 그러나 중국문화의 기틀이 잡혀지는 주나라에 이르러 중국인들은 초월적인 절대자를 숭배하거나 현실 너머의 종교적 세계를 추구하기보다는 인간을 가치의 중심에 놓고 현실의 안녕과 조화를 추구하는 인문주의의 전통을 확립하게 된다. 주대의 예악제도는 중국적

---

17) 貝塚茂樹 외, 윤혜영 편역, ≪중국사≫, p.295 참조.
18) 오대의 서원은 녹리 획득의 수단으로서의 학문보다는 자기 교양의 학문을 중시하는 전통이 있었다. 송대에 들어와 사대부의 관계 진출이 본격화되자 서원도 과거를 위한 학습의 장소로 이용되었지만, 이와 동시에 오대 때의 전통도 계승되어 순수한 학문을 중시하는 경향이 있었다. 위의 책, p.295 참조.
19) 위의 책, p.296 참조.
20) 주돈이를 위시한 여러 도학가의 학설이 ≪주역≫과 ≪중용≫을 그 바탕으로 하고 있다는 것은 주지의 사실이다.
21) 石 訓 등 편저, ≪北宋哲學史≫ 上卷, p.22 참조.

인문주의의 기초가 되었고 제자백가 가운데 주나라의 예악제도를 창조적으로 재해석하였던 공맹의 유가가 한대에 이르러 중국의 주도적인 사상으로 된 것은 바로 그 전통을 이은 것이라고 할 수 있다.

그러다가 위진남북조를 거치면서 현실보다는 초월의 세계를 더 중시하는 도교와 불교가 득세를 하게 되었다. 특히 인도에서 유입된 불교에서 유교에는 없는 새로운 종교사상을 접하게 되자 많은 지식인들과 민중들은 깊게 심취하게 되었다. 이에 불교는 남북조 이후 신유학의 흥성 이전까지 중국사상계의 주류를 차지하게 되었다. 불교에 대한 중국 지식인들의 열정은 정말 놀라운 것이었다. 수많은 인도경전들이 앞을 다투어 중국어로 번역되고 일부 지식인들은 오직 순수한 종교적 열정 하나만으로 가혹한 사막과 험준한 산맥을 넘어 인도로 유학을 갔고 많은 제왕들도 불교에 심취하여 불교를 장려하였다.

그러나 점차 시간이 흐르면서 그들은 문화적 주체성을 자각하게 되고 맹목적 수용에서 주체적 수용으로 전환하게 된다. 초기에는 주로 인도에서 수입된 경전을 중심으로 형성된 교종이 흥성하였으나 후기에 이르러 중국화된 불교인 선종이 주도권을 잡게 된다.

외양상으로 드러나는 선종의 가장 큰 특징은 불립문자不立文字이다. 불립문자 속에는 두 가지 의미가 있다. 첫째는 도가사상의 주요한 주제 가운데 하나로서 언어와 문자로는 궁극적인 진리를 드러낼 수 없다는 것이다. 그들은 불립문자를 내세워 경전의 권위를 강조하는 교종을 누를 수 있었던 것이다. 그러나 선사들이 모든 언어와 문자를 거부한 것은 아니었다. 그들은 불립문자를 강조하면서도 실제로는 많은 책을 남겼다. 그들이 주로 거부한 것은 인도의 논리적·산문적 언어와 문자였다. 대신 그들은 중국인들에게 더 맞는 직관적·시적 언어를 애용하였다. 불립문자 속에는 중국적인 불교를 모색하려는 숨어 있었던 것이다.[22]

선종의 또 하나의 주요한 특징은 초월적 성스러움의 세계로부터 다

---

22) 박　석, <禪宗의 言語와 文字에 대한 양면적 태도>, 중국어문학연구회, ≪중국어문학논총≫ 13집, 2000. 1. 참조.

시 일상으로 돌아오는 것을 중시한다는 것이다. 이것은 성스러움의 빛을 부드럽게 하여 다시 범속함과 하나가 되어야 함을 주장한 노자의 화광동진和光同塵의 사상과 많은 관련이 있으며23) 좀 더 근본적으로는 일상의 현실을 중시하는 중국인의 문화정신이 반영된 것이라고 할 수 있다. 거시적인 관점에서 볼 때 초기에 인도식의 초월적인 성스러움에서 매료되었던 중국인들은 결국 주체적인 관점에서 성스러움을 재해석하면서 중국식의 성스러움을 창조하는 과정에서 나타난 현상이라고 할 수 있다. 불립문자가 외양적 특징이라면 화광동진이야말로 더 본질적인 특징이다.

남북조 말기에 시작된 선종은 초당의 육조 혜능慧能 선사에 이르러 서서히 중국적인 면모를 갖추기 시작하였으며 성당 후기의 마조馬祖 선사에 본격적으로 피어나기 시작하여 만당 오대를 거쳐 송대에 이르러서는 압도적인 우위를 점하게 된다. 불교 토착화가 거의 완성될 즈음에 이르러 신유학이 새롭게 발흥하기 시작하였다고 할 수 있다. 아마도 주체성에 대한 자각이 본격적으로 이루어지면서 오랫동안 외래사상에 눌려온 자신들의 고유의 사상인 유가사상에 대한 관심이 새롭게 일어났기 때문일 것이다. 그리고 초월적 성스러움에서 일상적 범속함으로 다시 돌아오는 것이 깊어졌을 때 그 종착점은 결국 일용지간을 강조하는 유가가 될 수밖에 없었을 것이다.24)

송대 유가의 부흥은 불교와 도교에 대하여 유가의 우위를 회복하는 것이지만 그렇다고 해서 단순히 한당대의 유가를 답습하는 것은 아니었다. 송대의 유자들은 한당대의 훈고 주소학이 송대 사회의 시대적 요청에 부합하지 않는다는 것을 확연히 인식하고 송대의 현실 사회에 대응하는 지도원리를 도출할 수 있는 창조적 재해석이 가능한 새로운 유학을 모색하였던 것이다. 이를 위하여 그들은 오랜 세월 중국 사상

---

23) 박　석, <和光同塵이 禪宗 깨달음에 미친 영향>, 상명대 어문학연구소, ≪어문학연구≫ 8집, 1999. 2. 참조.

24) 박　석, <大巧若拙 사상과 宋代文化>, 중국어문학연구회, ≪중국어문학논총≫ 22집, 2003. 2. 참조.

계를 지배하였던 불교와 도교의 성과도 최대한 흡수하려고 노력하였다.

신유학의 기원 혹은 성격을 논하는 경우 불교와 도교의 영향을 무시할 수 없다. 신유학의 시조라 할 수 있는 주돈이는 일찍이 승려들과 많은 교유가 있었으며[25] 노장적 취향도 다분히 있었고 그 외 장재나 정호, 주희 등 대부분의 주요 신유학자들이 상당한 기간 동안 불교와 도교를 섭렵한 뒤에 다시 유가의 테두리 안으로 돌아와 자신의 학문을 완성한 것만 보아도 이를 잘 알 수 있다. 특히 불교의 영향은 매우 강조되어 때로는 불교 없는 신유학은 없다던가, 신유학은 양으로는 유교이며 음으로는 불교라는 비난을 받았다.[26] 먼저 신유학에 나타난 불교의 영향을 살펴보자.

신유학에 나타난 불교의 영향 가운데 우선적으로 들고 싶은 것은 누구나 다 노력하면 성인을 이룰 수 있다는 것을 강조했다는 점이다. 유학은 원래 인륜을 기본으로 한 정치 사회적 윤리를 중시하는 학문으로서 내면의 해탈이나 성도는 그리 중시하지 않았다. 송대에 흥성한 신유학의 가장 큰 특징 중의 하나는 그것이 성인을 이루는 학문이라는 것이다.[27] 그들은 성인은 배워서 이룰 수 있는 것이라고 주장하였으며 이를 위해 각기 다양한 수양 방법론을 제시하였다. 이러한 경향은 한당의 유학에서는 찾아 볼 수 없는 새로운 현상인데, 불교의 성불의 원리 특히 선종의 견성성불의 원리에서 시사 받은 바가 크다고 볼 수 있다.[28] 즉 그들은 불교의 현실 부정적 태도에 대해서는 크게 반대하였지만, 그들의 견성성불하겠다는 구도정신에 대해서는 긍정하였을 뿐만

---

25) 杜松栢, <宋明理學與禪宗>, ≪宋明理學研究論輯≫, 臺北 : 黎明文化事業公司, 1983, pp.280-281 참조.

26) 시마다 겐지 저, 김석근・이근우 역, ≪주자학과 양명학≫, 서울 : 까치출판사, 1987, p.6 참조.

27) 주돈이의 사상사적 공적 가운데 하나는 성인은 배워서 이룰 수 있다고 주장한 것이다. '성인은 배워서 이르러야 한다'는 것이야말로 송학 전체의 근본적인 모티브이고 대전제이며, 이후 송학의 전개에 큰 영향을 끼쳤다. 시마다 겐지 저, 김석근・이근우 역, ≪주자학과 양명학≫, pp.44-46 참조.

28) 杜松栢, <宋代理學與禪宗之關係>, ≪宋明理學研究論輯≫, pp.311-316 참조.

아니라 오히려 암암리에 적극 흡수하는 태도를 보였던 것이다.

　신유학의 궁극 목표는 물론 치국·평천하이며, 신유학이 지향하는 성인도 불교의 성인과는 그 성격이 다르다. 그러나 신유학은 사회적 윤리의 완성을 이룸에 있어 개인의 도덕성에 대한 자각을 특히 중시하였다는 데서 이전의 유학과는 크게 다른 면모를 보이고 있다.29) 이 때문에 신유학은 이전의 유학과는 달리 심성론과 수양론을 중시하였다. 그것은 불교의 성불의 원리를 유교적으로 변용하여 수용한 결과라고 할 수 있다.

　다음으로 들 수 있는 것은 불교의 철학적 논리나 개념을 원용하는 것이다. 신유학의 이론 가운데는 불교의 논리나 개념을 빌려 쓴 것이 많은데, 예를 들면 체용의 논리는 불교의 인과론에서 유래한 것이라고 하며,30) 이기理氣의 논리는 ≪화엄경≫의 이사론理事論에서 나온 것이라고 한다.31) 그 외에도 신유학의 도통설이 선종의 전등설에서 나온 것이라고 하기도 하고,32) 신유학의 사변적인 성격 자체가 불교에서 유래되었다고 하기도 하고,33) 심지어는 신유학자들 사이에서 유행한 어록이 선사들의 어록을 흉내낸 것이라고 하기도 한다.34)

　다음으로는 도교35)가 신유학에 끼친 영향을 살펴보자. 도교가 신유학에 끼친 영향으로 우선 들 수 있는 것은 우주론 방면이다. 신유학의 시조라 할 수 있는 주돈이의 <태극도설太極圖說>는 신유학의 우주론의 건립에 막대한 역할을 하였다. <태극도설>은 <태극도>를 설명하는

---

29) 물론 공맹에게서도 이러한 요소가 없는 것은 아니지만 한당 이래 별로 중시되지 않았다.
30) 시마다 겐지 저, 김석근·이근우 역, ≪주자학과 양명학≫, pp.8-14 참조.
31) 유명종, ≪송명철학≫, 서울 : 형설출판사, 1982, pp.30-34 참조.
32) 杜松栢, <宋代理學與禪宗之關係>, ≪宋明理學研究論輯≫, pp.303-304 참조.
33) 시마다 겐지 저, 김석근·이근우 역, ≪주자학과 양명학≫, p.6 참조.
34) 杜松栢, <宋代理學與禪學之關係>, ≪宋明理學研究論輯≫, pp.302-304 참조.
35) 원래 도가 사상과 신선술과 도교는 각각 그 성격이 다른 것이지만 육조 이후 도교가 도가 사상과 신선술을 흡수하여 종합적 체계를 이루었기 때문에 흔히 도교라 하면 이 세 가지를 포괄하는 의미를 지니게 된다.

것인데, 이 <태극도>의 연원에 대해서는 송대 이래로 여러 가지 설이 분분하다. 그러나 대체로 도사 진단陳摶에게서 나온 것이라는 보는 것이 현재 고증하여 규정할 수 있는 범위 내에서 가능성이 가장 높은 설이다.36) 물론 <태극도설>은 우주의 생성 원리를 설명하는 우주론으로서, 연단鍊丹의 원리를 설명한 본래의 <태극도>와는 성격이 다르다고 볼 수도 있다. 그러나 주돈이가 비록 연단의 원리를 뒤집어 우주의 생성 원리를 설명하였다 하여도 그 근본 착상이 도교에서 나온 것임에는 틀림없다. 왜냐하면 현상세계에서 무극으로 다시 복귀한다는 연단의 원리 속에는 이미 무극에서 현상세계가 나온다는 우주의 생성 원리가 전제되어 있기 때문이다.

도교의 우주론에 가장 심취했던 신유학자는 소옹이다. 그는 도사인 이지재李之才에게서 <하도河圖>와 <낙서洛書> 그리고 <팔괘도八卦圖>와 <육십사괘도六十四卦圖>등을 전수받았다. 그의 도교적 상수학은 이정과 그 문하에서는 그리 인정받지 못했으나 우주론의 건립에 관심이 많았던 주희에 의해 신유학의 학문 체계에 편입되었던 것이다. 주희는 이 밖에도 자신이 직접 ≪역학계몽易學啓蒙≫과 ≪주역참동계고이周易參同契考異≫를 지어 도교의 우주론을 자신의 학문 체계에 끌어들였다.

다음으로 들 수 있는 것은 신유학이 도교의 개념과 논리를 원용하였다는 사실이다. 예를 들어 신유학자들이 흔히 사용하였던 복초復初, 만물일체, 무욕, 무극, 허, 정 등의 개념이나 용어는 원래 유가의 것이 아니라 노장에게서 나온 것이다. 그 외 신유학자들이 천지를 대우주로 인간을 소우주로 간주하고 이 우주를 총괄하는 우주적인 원리와 공감하려고 하는 논리를 지녔던 것37)이 바로 도교적 전통에서 유래한 것이라는 사실도 들 수 있다.38)

---

36) 勞思光 저, 정인재 역, ≪중국철학사≫ 송명편, p.167 참조.
37) 신유학자들이 가장 크게 관심을 두었던 문제 가운데 하나는 "개인이 어떻게 하면 우주와 합일할 수 있을까?"라는 문제이다. 李日章, ≪宋明理學研究≫, 臺北 : 復文圖書出版社, 1985, p.1 참조.
38) 시마다 겐지 저, 김석근·이근우 역, ≪주자학과 양명학≫, pp.18-19 참조.

이상으로 신유학에 끼친 불교와 도교의 영향에 대해 간략하게나마 고찰해 보았다. 신유학이 흥성하게 된 데에는 이처럼 불교와 도교의 영향이 큰 것이 사실이다. 그러나 신유학의 주체는 사대부이고 그들의 궁극적인 관심은 유교의 부흥에 있었다. 그들은 불교와 도교의 사상을 다수 받아들였음에도 불구하고 사실은 이를 통하여 유가 자체의 철학적 취약점을 보강하고 나아가 불교와 도교를 보다 체계적으로 공격·비판할 수 있는 능력을 배양하였던 것이다. 그리하여 신유학의 철학 체계가 완성된 이후에는 불교와 도교는 다시는 사상적 우위를 차지할 수가 없었고[39], 지식층의 관심은 다시 유교에게로 돌아 설 수 있었다. 이러한 의미에서 신유학은 실제적으로는 한유韓愈로부터 시작되어 온 도불 배척론을 더욱 철저히 계승하여 완성하였다고 할 수 있다.

북송 신유학의 개척자인 다섯 스승

북송 신유학의 발전은 북송 오자를 중심으로 이루어졌다. 이들은 모두 북송 중엽의 사람들로서 최연장자인 소옹과 최연소인 정이의 연령 차는 겨우 이십세 정도였다. 이 가운데 이정과 소옹은 당시 구법당의 중심지인 낙양에 거하였고, 장재는 관중關中 지방에 거하였는데, 상호 간에 학문적 왕래가 자주 있었다. 다만 주돈이는 이정이 어렸을 때 부친의 권유로 잠시 배운 적이 있었을 뿐 다른 사람과는 교유가 거의 없었다. 북송 오자 가운데 주돈이, 소옹, 장재는 신유학의 발달에 있어 초기에 속하는데, 주로 우주론 방면에 많은 공헌이 있었고, 이보다 약간 뒤인 정호, 정이는 신유학의 보다 핵심적인 부분이라고 할 수 있는 심성론과 수양론 방면에 많은 공헌을 하였다.

---

39) 이후로도 종교로서의 불교와 도교의 발전은 계속되었지만 육조나 당대처럼 중국 사상사를 주도하는 위치에 설 수는 없었다.

흔히 신유학의 시조라고 불리는 주돈이(1017-1073)는 본명이 돈실敦實이나 후에 영종英宗의 구휘舊諱를 피하기 위해 돈이로 고쳤다.[40] 그는 자는 무숙茂叔이고, 도주道州 영도營道(湖南省 道縣) 사람이다. 영도현에는 염계濂溪라고 하는 시내가 있었는데 후에 그가 여산에 거할 때 자신의 거처를 고향의 시내의 이름을 따 염계당이라 불렀고 이에 사람들이 그를 염계선생이라 칭하게 되었다. 그는 은자적 성격이 농후하였으며, 장재나 이정처럼 하나의 학파를 세울 만큼 뚜렷한 학문적 활동을 하지도 않았다. 저작도 그리 많지 않아 <태극도설>과 ≪통서通書≫, 그리고 약간의 시문이 전할 뿐이다.

주돈이가 신유학의 종사가 된 것은 주희의 추존에 힘입은 바가 크다고 할 수 있다. 북송 신유학의 핵심인물이라 할 수 있는 이정이 나이 십오륙 세 때 그에게서 수학한 바가 있으나, 이정 자신이 이를 크게 중시하지 않았고 또 주희 이전까지는 이정의 문하생 사이에서도 주돈이에 관심을 기울인 자가 거의 없었다.[41] 그러나 우주론의 건립에 관심이 많았던 주희가 그의 <태극도설>과 ≪통서≫에 주해를 달고 아울러 이정의 학문이 주돈이에게서 나왔다고 천명함에 따라 주돈이는 신유학의 종사로 추존되었던 것이다.

먼저 그의 대표작이라 할 수 있는 <태극도설>에 대해 살펴보자. <태극도설>은 태극도를 설명한 겨우 250字 내외의 짧은 글이다. 전반부에서는 먼저 우주의 근원으로서 무극과 태극을 제시하고 이어 음양과 오행으로써 만물의 생성 원리를 설명하고 후반부에서는 만물의 영장인

---

40) 潘興嗣가 지은 墓志銘에는 '敦'자를 '惇'자라고 하고 있으나, ≪宋史≫나 ≪宋元學案≫에는 모두 '敦'자를 따르고 있고 또 이것이 일반적이기 때문에 여기서도 이를 따른다.

41) 주돈이가 과연 이정의 학문적 연원이었던가에 대해서는 역대 이래로 부정하는 자가 많았다. 청대 학자 全祖望은 ≪宋元學案·序錄≫에서 이정이 어릴 때 일찍기 주돈이에게서 배운 바가 있으나 그 후에 얻은 것은 실로 주돈이에게서 나온 것이 아니며, 이에 대해서는 이정 문하의 呂希哲과 그 손자 呂本中이 이미 이를 밝혔으며, 또 이정이 종신토록 주돈이를 그리 추존하지 않은 것을 보아도 두 여씨의 말이 거짓이 아님을 알 수 있다고 서술하고 있다.

34 송대의 신유학자들은 문학을 어떻게 보았는가

인간과 선악의 기원 문제, 그리고 성인이 제시한 인극人極, 즉 인간의 가치기준 등에 관한 문제를 간략히 언급하고 있다.

다음으로는 《통서》를 살펴보자. 《통서》는 모두 40장으로 되어 있는데 짧은 것은 불과 몇 자에 지나지 않고 긴 것 역시 불과 백여 자에 지나지 않는다. 그 주요 내용으로는 성誠, 기幾, 성聖, 도道, 성학聖學, 예악禮樂 등이 있는데, 주로 《역전易傳》과 《중용中庸》에 의거하여 논지를 펼치고 있으며 노장적 요소도 다분히 있다. <태극도설>이 주로 우주론에 중점을 둔 데 비해, 《통서》에서는 심성·윤리 문제들을 많이 다루고 있다. 그러나 주돈이의 주관심이 우주론과 형이상학에 있었기 때문에, 그의 심성론 및 윤리설은 그다지 정세하지는 못한 편이다.

소옹(1022-1077)은 자가 요부堯夫이고, 원래 범양范陽(河北省 涿縣)사람이었으나 후에 하남河南(河南省 洛陽縣)으로 와 선친을 이수伊水에서 장례지내고 마침내 하남 사람이 되었다. 하남에 오기 전 공성共城(河南省 輝縣)에 있을 때 당시 공성의 수령이었던 이지재李之才로부터 선천상수학을 전수받았다고 한다. 그는 낙양에 와서는 당시 구법당의 거두였던 사마광司馬光, 부필富弼 등의 도움을 받아 유유자적한 생활을 하며 많은 사람들과 교유하였는데, 특히 이정과는 이웃에 살면서 많은 교류가 있었다. 그러나 이정은 그의 학문을 그다지 인정하지 않았으며,42) 특히 상수학에 대해서는 배울 생각조차 하지 않았다.43)

그가 남긴 저서로는 《황극경세서皇極經世書》와 시집인 《이천격양집伊川擊壤集》이 있다. 《황극경세서》에는 선천상수학이라 할 수 있는 팔괘와 육십사괘에 관한 여러 가지 도표와 특히 그의 독특한 역사관이라 할 수 있는 <경세일원소장지수도經世一元消長之數圖>가 있으며, 우주론과 인식론 및 심성론을 다루는 비교적 방대하면서도 잡박한 <관물내외편觀物內外篇>이 있다. 아울러 어부와 나무꾼의 문답을 빌어 자

---

42) 勞思光 저, 정인재 역, 《중국철학사》 송명편, pp.183-186 참조.
43) 《宋元學案·百源學案下》: "明道云, 堯夫欲傳數學于某兄弟, 某兄弟那得工夫. 要學, 須是二十年工夫".

신의 철학적 견해를 피력한 <어초문답漁樵問答>과 자신의 학문과 세계관을 전기의 형식을 빌어 은근히 자랑한 <무명공전無名公傳>이 외서로 첨가되어 있다. 그의 학문적 관심은 주로 ≪주역≫을 바탕으로 한 우주론에 있었기 때문에 심성론에 대해서는 정세하지 못하였으며, 다만 '이물관물以物觀物'이라고 하는 비교적 독특한 인식론 내지는 수양론을 제기하고 있다는 것이 특기할만하다.

그는 비록 유가를 표방하고 있지만, 그의 학문의 핵심이라 할 수 있는 선천상수학은 도사 진희이陳希夷에게서 나온 것이고 그의 이물관물론도 장자와 선의 영향을 많이 받은 것이니, 순수한 유가라고 보기는 어렵다. 그의 생활 태도도 사명감이 충만한 유자라기보다는 은둔형의 도사에 가깝다. 그는 이러한 순수하지 못한 학문과 생활태도로 인해 정씨문하에서 인정을 받지 못하였고 후세에도 방계로 인식되어 신유학의 정통이라 할 수 있는 염낙관민濂洛關閩44)에도 끼일 수 없었다. 그러나 우주론에 대한 관심이 풍부하였던 주희가 그의 선천지학을 존중하여 그를 추존하자, 소옹은 주장이정周張二程과 나란히 북송 오자의 한 사람으로 열입되었다.45) 이상으로 보아 주돈이와 소옹의 학문은 우주론을 중심으로 하고 있으며, 학문이나 생활 정취가 도가 및 도교의 영향을 완전히 극복하지는 못하고 있음을 알 수 있다.

장재(1020-1077)는 자는 자후子厚이고, 선대는 대대로 대량大梁(河南省 開封縣)에 거하였으나 부친이 부주涪州(泗川省 涪陵縣)에서 벼슬을 살다가 타계하는 바람에 다시 고향으로 돌아가지 못하고 마침내 미현郿縣 횡거진橫渠鎮(陝西省 郿縣 橫渠鎮)에 머무르게 되었다. 이로 인해 사람들은

---

44) 주돈이의 학문을 염학, 이정의 학문을 낙학, 장재의 학문을 관학, 주자의 학문을 민학이라고 하여 흔히 신유학의 정통으로 삼는다.

45) ≪宋史·道學列傳≫에서는 소옹은 옛 사서에는 원래 隱逸列傳에 있었으나 마땅하지 않아 지금 장재 뒤에 둔다고 밝히는 말이 있다. 소옹은 연령상으로는 주돈이보다 육년 연상이니 북송 오자 가운데 가장 연장자이지만 학문의 비정통성으로 인해 가장 뒤에 두어졌던 것이다. 그나마 은일열전에서 도학열전으로 격상된 것은 순전히 주희의 공이라 하겠다.

그를 횡거선생이라 불렀다. 소시적에는 병법을 이야기하기 좋아하고 자못 공명심이 있었다. 범중엄范仲淹의 권고로 학문에 뜻을 두고 ≪중용≫을 읽었으나 미진한 것이 있어 여러 해 동안 불교와 도교에 출입하였다. 이후 마침내 육경으로 다시 돌아와 진지한 탐구를 계속하였다. 삼십육 세 무렵에 이정과 담론하고 하고 난 뒤에 완전히 유교로 귀의하였다. 삼십칠 세에 진사에 급제한 후 기주祁州, 위주渭州, 명주明州 등에서 외직을 맡았으며 내직으로는 숭정원교서崇政院校書를 맡은 적이 있었으나 당시 신법을 추진하던 왕안석王安石과의 정견 차이로 오래가지는 않았다.46)

그는 관중關中 지방에서 많은 문인들을 거느리고 오랫동안 학술적인 활동을 하였으므로, 후세 그의 학문은 관학關學이라 불렸다. 그는 또 이정에게는 외가 쪽의 아저씨뻘이어서 자연 이정과도 많은 교류를 가졌다. 장재도 주돈이나 소옹과 마찬가지로 우주론과 형이상학에 많은 관심이 있었으나 심성론 방면에도 많은 관심을 쏟아 비교적 정세한 학설을 갖추었다. 그가 남긴 저작으로는 ≪정몽正蒙≫, ≪역설易說≫, ≪경학이굴經學理窟≫, ≪어록≫, ≪문집≫, <서명西銘> 등이 있다. 그의 철학 사상을 잘 엿볼 수 있는 대표적인 저작은 ≪정몽≫과 <서명>이다.

그의 우주론은 주로 ≪정몽≫에 잘 나타나 있다. ≪정몽≫의 첫머리인 <태화편太和篇>에는 그의 대표적인 이론인 기일원론이 제시되어 있다. 그는 만물의 생성을 기氣의 취산으로 설명하고 있다. 기氣의 본체를 '태허太虛'라고 하고 기氣가 모일 때는 만물이 되고 만물이 흩어지면 다시 태허가 된다고 하였다. 장재의 기일원론은 이기이원론을 주장한 이정에게서 비판을 받았고, 주희 또한 우주론을 논할 때 장재의 '태허즉기太虛卽氣'설은 취하지 않았다.

≪정몽≫에는 우주론뿐만 아니라 심성론 및 인식론에 대해서도 비교적 체계적인 이론을 제시하고 있다. 그의 우주론이 일원론인데 비해 그의 심성론과 인식론은 이원론이다. 그는 성性을 기질지성氣質之性과

---

46) 黃秀璣, ≪張載≫, 臺北 : 東大圖書公司, 1988, pp.3-4 참조.

천지지성天地之性으로 나누고 잘 돌이켜 천지지성으로 돌아가야 함을 주장하였다. 또한 심心과 성性과 정情의 관계에 대해서 심心은 성性과 정情을 통괄한다는 심통성정설心統性情說을 주장하였다. 인식론에 있어서도 덕성지지德性之知와 견문지지見聞之知로 나누고, 외물과 접하여 얻어진 지식은 참다운 지식인 덕성지지가 될 수 없음을 강조하였다. 그의 이러한 설들은 주희에 의해 크게 추존되었다. 이로 보아 장재의 학문적 성격은 우주론 중심에서 심성론 중심으로 점차 발전하는 과정에 있음을 알 수 있다.

<서명>47)에서는 주로 '만물일체'와 '이일분수理一分殊'48)를 논하였다.49) 이정은 ≪정몽≫의 기일원론에 대해서는 부정적인 입장을 취한 데 비해, <서명>에 대해서는 맹자 이래 최고의 문장이라 극찬을 하였다.50) 이로 인해 <서명>은 이후 정씨 문하에서도 줄곧 중시되어 왔다.

장재의 문하에는 여대충呂大忠, 여대균呂大鈞, 여대림呂大臨 삼형제와 소병蘇昞, 범육范育, 반증潘拯, 정사도程師道, 유사웅游師雄, 이복李復 등 수많은 제자들이 있었다. 그러나 장재가 죽은 후에 일부 제자들이 낙양으로 가 이정의 문하에 귀의하였다. 장재의 득의한 제자이며 후에

---

47) <서명>과 <東銘>은 원래 장재가 학문을 강의할 때 동서 양쪽 창에 붙여 놓았던 격언으로서 서쪽은 <訂頑>, 동쪽은 <貶愚>라 하였는데 후에 정이가 고쳐서 각각 <서명>, <동명>이라 불렀다.

48) 理一分殊란 우주만물의 기본 원리인 이는 하나이지만 자연 현상과 인사 현상은 여러 가지로 나누어진다는 설이다. 이일분수 설은 장재의 <서명>에서 연원한 것인데 정이와 주희가 이를 중시하였다. 韋政通, ≪中國哲學辭典≫, 臺北 : 大林出版社, 1980, p.567 참조.

49) <서명>의 문장은 너무 간결하여 후세 학자 가운데 이를 의심하는 자가 있었다. 예컨대, 楊時는 <서명>이 지나치게 일체를 강조하여 묵자의 겸애설와 다름이 없다고 오해하게 만드는 허물이 있다고 하였다. 이에 대해 정이는 <서명>은 이일분수를 잘 밝혔고 장재의 설 가운데 허물이 있는 것은 ≪정몽≫이지 <서명>이 아니라고 답하였다. 그러나 <서명>의 원문에는 확실히 이일분수를 밝히지 못한 결점이 있다. 勞思光 저, 정인재 역, ≪중국철학사≫송명편, pp.206-207 참조.

50) ≪二程集・河南程氏遺書≫, 臺北 : 漢京文化事業有限公司, 1983, 卷二上 : "伯淳言, 西銘某得此意, 只是須得他子厚如此筆力, 他人無緣做得. 孟子以後, 未有人及此".

그의 행장을 지은 여대림은 장재 사후 이년 뒤인 신종 원풍元豊 이년
(1079) 낙양으로 찾아가 이정의 제자가 되었는데[51] 이는 그 전형적인
예라 하겠다. 그리고 정이는 장재의 제자들과 토론하기 위하여 장재가
죽은 지 삼 년 뒤인 신종 원풍 삼년(1180)에 친히 관중에 가서 강학하
였으며, 이에 관학은 낙학에 의해 점차 흡수되었던 것이다.[52] 비록 유
사웅, 이복 등이 순수한 관학을 이었으나 후계자가 없었으며, 이로 인
해 관중이 금에 의해 점령되어 버린 남송에 이르자, 학파로서의 관학
은 더 이상 존재하지 않게 되었다.

　다음으로는 정호와 정이 형제를 보도록 하겠다. 이정의 선대는 대대
로 중산中山(河北省 定縣)에서 살았으나 후에 개봉開封(河南省 開封)에서 하
남으로 이사하였다. 정호(1032-1087)의 자는 백순伯淳이고, 이십육 세 때
진사에 급제하였다. 섬서陝西, 강소江蘇, 하북河北, 하남河南 등의 지역에
서 지방의 하급 관리나 현지사縣知事 등을 역임하였고, 한 때는 중앙의
어사로 임명된 적도 있었다. 그는 정이와 함께 십오륙 세 때 아버지의
지시로 주돈이에게서 가르침을 받은 적이 있었는데, 이후 도를 구하고
자 하는 뜻이 있어 여러 학파를 두루 살피고 도교와 불교에 출입한 지
수십년에 마침내 육경으로 돌아와 학문을 이루었다. 문언박文彦博이 그
의 묘지명을 지을 때 명도선생明道先生이라 하여, 후세 사람들이 명도
선생이라 불렀다. 정호는 뚜렷한 저술활동을 하지 않았는데, 주요 저술
로는 <정성서定性書>, <식인편識仁篇>[53] 등의 짧은 글과 약간의 시문
이 전한다. 그 외 주요한 자료로는 이정의 문인들이 기록한 어록인
≪하남정씨유서河南程氏遺書≫[54]와 그것을 문언체로 바꾼 ≪하남정씨수

---

51) ≪東見錄≫은 바로 이 기간 동안의 가르침을 기록한 것이다. 여기에는 정호
　　의 유명한 <識仁篇>이 들어 있다.
52) 관학의 낙학화에 대해서는 徐遠和, ≪洛學淵源≫, 山東: 齊魯書社出版社, 1987,
　　pp.23-25 참조.
53) <식인편>은 원래 독립된 한 편의 문장이 아니라 ≪河南程氏遺書≫ 卷二上
　　(즉 呂大臨의 <東見錄>임)에 있는 문장인데, 후에 따로 <식인편>이라 불려
　　졌다.
54) ≪河南程氏遺書≫ 25권은 이정의 어록인데 이중 1권에서 10권까지는 이선생

언河南程氏粹言≫, 각 제자들의 어록에서 이정에 관한 것만 따로 뽑아 엮은 ≪하남정씨외서河南程氏外書≫가 있는데, 이 중 정호의 말은 정이에 비해 양이 훨씬 적다.

정이(1033-1107)는 자는 정숙正叔이고, 후에 이양伊陽(河南省 嵩縣)에 거하였던 것으로 인해 사람들이 이천선생伊川先生이라 칭하게 되었다. 어릴 적에 형과 더불어 주돈이에게서 수학한 적이 있고, 이어서 태학에서 호원胡瑗에게서 교육을 받았다. 이후 그는 임금에게 여러 차례 상소를 올려 자신의 정치적 이상을 펼치고자 하였지만, 벼슬자리에 대해서는 여러 차례의 기회에도 불구하고 사양하는 태도를 견지하였다. 원풍 팔년 형이 죽고 신종이 붕어한 뒤에서야 비로소 숭정전설서崇政殿說書의 직을 맡았다. 이후 소식蘇軾이 이끄는 촉당蜀黨과의 반목과 신법파의 박해로 인해 그의 형에 비해 비교적 기복이 심한 정치생활을 하였다. 그러나 학술 활동은 쉼 없이 계속되어 북송신유학의 발전에 커다란 공헌을 하였다. 그의 저술은 정호에 비해 방대한 편인데, ≪주역≫의 해설서인 ≪주역정전周易程傳≫와 여러 경전에 대한 해설서인 ≪하남정씨경설河南程氏經說≫와 문집이 있다. 그외 실제적으로 그의 사상을 연구하는 데 훨씬 중요한 자료로는 위에서 말한 ≪하남정씨유서≫, ≪하남정씨수언≫, ≪하남정씨외서≫가 있다.

정호와 정이는 낙학洛學의 창시자로서 북송 신유학 가운데 후기에 속하며 가장 발달된 형태를 보여 주고 있다. 앞의 세 사람이 우주론 방면에 많은 관심을 두었던 데에 비해 이들은 보다 심성론과 수양론 쪽으로 경도하였다. 이들의 학설은 약간의 차이는 있지만 기본적으로 공통적인 요소가 많고, 게다가 이들의 어록 가운데는 이름이 밝혀지지 않은 것이 많아 후세 이들의 학문을 묶어서 칭하는 경우가 많다. 그러나 이정 가운데도 저작의 양으로 보나 학설의 체계화로 보나 정이가 보다 비중이 크며 또한 남송의 주희에게도 더 많은 영향을 끼쳤다.

어로 되어 있고, 11권에서 14권이 明道先生語로 되어 있고, 15권에서 끝까지는 伊川先生語로 되어 있다.

우주론에 있어 주돈이나 소옹이 우주발생론에 보다 치중한 데에 비해 이들은 우주만물의 본질과 현상의 문제, 즉 우주본체론에 경도하고 있다.[55] 그들은 ≪주역·계사전≫에서 '형이상'과 '형이하'의 개념을 원용하여, 현상으로서의 음양은 기氣이고 음양이 생기는 까닭이 바로 이理[56]라고 주장하였던 것이다. 이전의 우주론이 현상을 설명하는 데에 그친 반면, 이들의 우주론에는 그러한 현상의 존재 원인을 밝혀내려는 매우 실천적인 동기가 바닥에 깔려 있다.[57] 정호는 일찍이 "우리의 학문에 물려받은 바가 있지만 다만 '천리天理' 두 글자는 스스로 체득한 것이다"[58]라고 하였는데, 이理 또는 천리天理를 처음으로 유교적인 사색의 핵심적인 부분으로 끌어들인 것은 확실히 정호와 그 영향을 받은 정이의 불멸의 공적이라 할 수 있을 것이다.[59]

그러나 정호는 대체로 형이상과 형이하를 명확히 구분하지는 않았으며, 이理와 기氣는 보다 혼연일체라는 것을 강조하였다. 따라서 기氣를 떠난 이理는 존재할 수 없음을 많이 강조하였다. 정이 또한 기본적으로는 이理와 기氣에 대해 완전한 이원론으로 경도하지는 않았다. 그러나 대체로 형이상과 형이하의 구분을 중시하여 형이하인 기氣는 시공 중의 구체적인 사물이고 형이상인 이理는 시공을 초월하여 영존하는 추상적인 것으로 파악하는 경향이 있었다.[60]

이정의 공헌으로 더욱 중요한 것은 심성론과 이에 따르는 수양론이다. 그들의 심성론에 있어 가장 중요한 것은 성性이 바로 이理임을 강조하는 '성즉리性卽理'설이다. 그들은 우주의 본체인 이理가 인간에게서

---

55) 장재는 그 중간적 성격이라고 할 수 있다.
56) ≪二程集·河南程氏遺書≫ 卷十五 : "所以陰陽者, 道也. 陰陽, 氣也. 氣是形而下者, 道是形而上者".
57) 이범학, <朱子學의 성립과 발전>, 서울대학교동양사연구실 편, ≪강좌중국사 Ⅲ≫, pp.212-213 참조.
58) ≪二程集·河南程氏外書≫ 卷十二 : "明道嘗曰, 吾學雖有所受, 天理二字却是自家體貼出來".
59) 시마다 겐지 저, 김석근·이근우 역, ≪주자학과 양명학≫, p.63 참조
60) 馮友蘭, ≪中國哲學史≫, 홍콩 : 開明書店, pp.877-879 참조.

나타난 것이 바로 성性이라고 간주하였다. 그들은 성性이란 지극히 선한 것이며 인간을 인간답게 하는 것이라고 하였다. 이와 아울러 그들은 체용론을 원용하여 성性과 정情을 각기 체와 용에 대비시켰다.[61]

이정은 다 같이 '성즉리'를 주장하였지만 성性에 대한 견해에 있어서는 약간의 차이가 있다. 정호의 학설은 보다 혼후한 성향이 있기 때문에 주로 성性을 강조하였을 따름이지 성性과 정情의 구분에 대해서는 그다지 중시하지 않았다. 그러나 정이는 분석적인 경향이 있기 때문에, 성性과 정情을 확연히 구분하고 성性이란 본래 내재적인 것으로 간주하고 정情이란 외물에 대해 느껴 드러나는 것으로 파악하였다. 그리고 체용 이론에 대해서도 보다 체계화시켰다. 그는 먼저 마음을 고요하여 움직이지 않는 체와 감응하여 통하는 용으로 나누고, 전자를 인의예지의 성性에 귀결시키고 후자를 희노애락의 정情에 귀결시키고 있다. 그리고 그는 이러한 체용의 논리로써 맹자의 사단에 대해서도 측은지심은 애愛에 속하므로 정情이지 성性이 될 수 없다는 식의 새로운 해석을 가하였다.[62]

수양론에 있어서도 이러한 경향은 마찬가지였다. 정호는 성性의 핵심을 인仁이라고 보고 있으며, 무엇보다도 먼저 이 인仁에 대한 체득을 강조하였다. 그는 <식인편>에서 배우는 자는 모름지기 인仁을 먼저 알아야 할 것을 강조하고, 인仁이란 혼연하여 천하만물과 하나이며 의례지신은 모두 인仁이라고 주장하였다. 그리고 이 인仁을 인식하되 성性과 경敬으로 보존할 따름이며, 그렇게 하면 방지하고 검색하거나 궁구하고 탐색할 필요가 없다고 하였다. <식인편>의 이러한 주장은 수

---

61) 체용으로 성과 정을 나누는 것은 흔히 정이 학설의 특징으로 이해되고 있는데, 정호 역시 체용의 논리를 원용하고 있다. ≪二程集·河南程氏遺書≫ 卷十一에는 정이와 마찬가지로 "孝悌也者, 其爲仁之本歟. 言爲人之本, 非仁之本也"라고 하여, 정이의 설과 큰 차이를 보이지 않고 있다. 다만 정이가 체용의 논리를 상당히 중시하고 이를 발전시켜 만년에 이르러 心과 性과 情의 관계를 체계적으로 도식화한 데에 비해 정호는 그 단서만 겨우 보일 따름이다.

62) 사단에 대한 맹자 본래의 뜻과 정이의 새로운 해석의 차이에 대해서는 李日章, ≪程顥·程頤≫, 臺北 : 東大圖書公司, 1986, p.104 참조.

양에 있어 방지와 검색, 궁구와 탐색을 중시한 정이의 주장과는 판이하게 다른 노선을 걷고 있다. 이러한 주장은 어떤 면에서는 육구연의 심학과도 서로 통하는 바가 있다. 그리하여 이 <식인편>은 정호의 핵심적인 수양론임에도 불구하고 주희에게는 너무 고원하다고 여겨져 ≪근사록近思錄≫에도 실리지 못하였다.[63]

이에 비해 정이 수양론의 핵심은 방지와 검색을 중시하는 거경居敬과 궁구와 탐색을 중시하는 궁리窮理에 있다. 거경이란 심성 자체의 내적 함양을 뜻하는 것이고, 궁리란 객체화시킨 심성을 포함한 외적 대상의 원리와 법칙에 대한 탐구를 말한다. 그는 이전에는 주로 공경의 뜻으로 해석되던 경敬에 대해 "한 가지만을 오로지 하는 것"[64]이라는 새로운 해석을 가하고 이것을 궁리와 아울러 수양의 요체로 삼았다. 그는 경敬의 공부를 실천하는 구체적 방법으로서 정재엄숙整齋嚴肅을 강조하였는데, 도학가들이 근엄한 자세와 예절을 중시하는 태도는 바로 이에서 기인하는 것이라 하겠다.

궁리는 원래 ≪주역・설괘전≫의 '궁리진성이지천명窮理盡性以至於命'에서 나온 말인데 정이는 이것을 ≪대학≫의 '격물치지'와 관련시켜 논지를 전개하였다. 그는 격물이란 사물에 나아가 그 이치를 궁구하는 것이라고 주장하였다. 그리고 격물이란 한 가지 사물에 나아가 모든 이치를 알 수 있는 것이 아니라 오늘 한 가지에 나아가고 내일 한 가지에 또 나아가 오래 동안 쌓인 후에 활연히 스스로 관통하는 곳이 있다고 주장하였다. 이는 다분히 사변적이고 지적인 수양 방법론으로서 정호의 보다 직관적인 수양론과는 상당히 다른 면모를 보이고 있다.

다음으로는 이정의 문인에 대해 간략히 고찰하도록 하겠다. 낙학이 송대 신유학 내에서 뿐만 아니라 송대 학술사상 전반에 걸쳐 주도적

---

63) 주희는 수양론에 있어서는 대체로 정이의 거경궁리를 그대로 계승하였으므로 정호의 <식인편>의 이러한 주장을 받아들일 수가 없었다. ≪宋元學案・明道學案上≫의 <識仁篇> 條에는 "朱子謂程子識仁篇乃地位高者之事, 故近思錄遺之. 然誠敬存之四字, 自是中道而立"이라는 말이 있다.

64) ≪二程集・河南程氏遺書≫ 卷十五: "敬只是主一也".

역할을 할 수 있었던 것은, 물론 일차적으로는 이정 자신들의 학문적 업적에서 기인한 것이겠지만, 그들의 문하에 뛰어난 제자들이 많이 나와 계속적으로 그 학문을 계승하고 선양할 수 있었던 것에서도 기인한 바가 크다. 이정은 주요한 제자들을 대부분 공유하였지만, 정이가 교학에는 더욱 능하였고 또한 정호보다 이십여 년이나 더 오랫동안 학술 활동을 해 왔기 때문에 제자가 더 많았다. 주요한 제자로는 정호의 생존시에 두 사람 모두에게서 가르침을 받았으며 정씨 문하의 네 선생이라고 불려졌던 사량좌謝良佐, 양시楊時, 유초游酢, 여대림과, 정이의 만년의 제자인 윤돈尹焞 등을 들 수 있다. 이 중에서도 후세의 신유학의 발전에 지대한 영향을 끼친 사람은 사량좌와 양시이며, 양시의 문하에서 주희가 나왔다.

남송의 신유학의 양대 거두인 주희와 육구연

남송 신유학의 주류는 정이의 학설을 중심으로 주희가 집대성한 정주이학이었다. 정주이학은 주로 민중閩中(福建省) 지방을 중심으로 전수되었기 때문에 민학閩學이라고도 불린다. 따라서 민학을 먼저 살펴보고 심학에 대해 살펴보도록 하겠다. 민학의 창시자는 양시이다. 그는 민중 지방 사람으로서 이정의 생존시에 이미 이정의 낙학을 남쪽으로 전파하였는데, 북송이 멸망하자 낙학의 중심은 자연 민중 지방으로 옮겨지게 되었다.65) 그는 낙학의 위상 제고를 위하여 정열적으로 전도 활동을 하였을 뿐만 아니라 팔십삼세까지 장수할 수 있었기 때문에 낙학은 그에 의해 널리 퍼지게 되었다. 그의 득의한 제자로는 같은 민중 지방의 나언종羅彦從이 있었고, 나언종의 문하에 또 같은 민중 지방 사람

---

65) 양시가 스승의 예로써 정호를 만나자 정호는 심히 기뻐하였다. 양시가 돌아갈 때에 정호는 그가 가는 모습을 바라다보며 말하기를 "내 도가 남쪽으로 가게 될 것이다(吾道南矣)"라고 하였다는 고사가 있다. ≪宋元學案·龜山學案≫ 참조

인 이동李侗이 있었고, 이동의 제자에 바로 민학의 완성자인 주희가 있었다.66)

주희(1130-1200)는 무원婺源(江西省 德興顯) 사람으로서, 자는 원회元晦이고 또 다른 자는 중회仲晦이다. 호로는 회암晦庵, 회옹晦翁, 운곡노인雲谷老人, 창주병수滄州病叟, 둔옹遯翁 등이 있다. 주희의 부친 주송朱松은 나언종에게서 수학한 바가 있으며 시인으로서도 명성이 있었다. 주희는 십사세에 부친을 여의었는데, 부친의 유언에 따라 모친을 모시고 숭안현崇安縣(福建省 建陽縣) 오부리五夫里의 유자우劉子羽에게 의지하며 살면서 유면지劉勉之, 유자휘劉子翬, 호헌胡憲에게서 가르침을 받았다. 이십사세 때 이동에게 가르침을 받은 뒤에 비로소 낙학의 정수를 얻게 되었다. 십구세 때 진사에 급제한 이후 동안현同安縣 주부主簿, 남강현南康縣 지군知軍 등의 외직과 비서대제秘閣待制 및 시강侍講의 내직을 역임하였으나 벼슬길은 그리 순탄치 못하였다. 그리고 만년에는 정이와 마찬가지로 거짓 학문으로 참소받아 곤경에 처하기도 하였지만 강학을 멈추지 않았다. 그의 저술은 매우 방대한데 그 중 주요한 것으로는 ≪주문공문집朱文公文集≫, ≪사서집주四書集注≫, ≪주역본의周易本義≫, ≪역학계몽易學啓蒙≫, ≪시집전詩集傳≫, ≪의례경전통해儀禮經典通解≫, ≪태극도설해太極圖說解≫, ≪통서해通書解≫, ≪이락연원고伊洛淵源考≫, ≪근사록近思錄≫ 등이 있고, 제자들이 기록한 ≪주자어류朱子語類≫가 있다.

주희의 조년기의 세 스승들은 이정의 제자에게서 가르침을 받거나 이정을 사숙하였지만 불교와 도교에 대해 많은 관심이 있었고 승려나 도사와도 자주 왕래가 있었다. 주희 또한 이러한 분위기 속에서 교육을 받았기 때문에 초기에는 불교와 도교에도 심취하였다.67) 그러나 이

---

66) 주희의 본적은 지금의 강서성인 徽州 무원이지만, 지금의 복건성인 南劍州 尤溪에서 태어났고 또 민중 지방에 오래 동안 머물고 강학하였기 때문에 그의 학문 역시 민학이라 불렸다.

67) 주희는 초기에는 불교와 도교에 대해 상당히 관심이 많이 있었는데 그의 시 가운데 초기 작품에 이러한 경향이 두드러진다. 신미자, ≪朱子詩的思想硏究≫, 臺北: 文史哲出版社, 1988, pp.91-106 참조.

십사 세 때 이동을 만난 이후로 불교와 도교를 모두 버리고 본격적으로 유교에 귀의하였다.[68] 주희는 정이의 학설을 가장 존중하였지만 그의 성향 자체가 집대성을 추구하는 경향이 있어 다른 사자四子의 설도 폭넓게 수용하였다. 그의 학설을 크게 우주론, 심성론, 수양론의 세 방면으로 나누어 고찰해 보자.

그는 우주론에 있어서는 이정의 이기론과 주돈이의 태극의 개념을 근간으로 하고, 장재와 소옹의 의견에 대해서도 부분적으로 취하였다. 이理와 기氣의 관계에 대하여 그는 먼저 이정의 이기불리론理氣不離論을 계승하여, 이理와 기氣는 분리될 수 없으며 기氣가 형성되면 이理 또한 거기에 부여된다고 하였다. 그는 또 천하에 이理 없는 기氣는 없으며 또한 기氣 없는 이理도 없다고 강조하였다. 그러나 그는 이정의 이론을 보다 발전시켜 이理가 먼저이고 기氣가 나중이라는 이선후기론理先氣後論을 주장하였다.[69] 그는 천지가 있기 전에 반드시 이 이理가 먼저 있다고 주장하고, 이 일이 있기 전에 이 이理가 먼저 있다고 주장하였다.[70] 이러한 이선기후론은 앞에서 말한 이기불리론과는 모순이 되는데, 이것은 이理에 태극의 개념을 도입하여 이기론을 보다 체계화하는 과정에서 나타난 문제로서 두 이론 사이에는 관점상의 차이와 이론 형성의 시간적인 차이가 있기 때문이다.

주희는 우주론에 있어서는 이정의 설에 만족할 수 없어 주돈이의 태극의 개념을 이기론에 끌어들였다. 그는 먼저 태극은 형이상의 도道이고 음양은 형이하의 기氣라고 하여 태극과 음양을 형이상과 형이하에

---

68) 주희는 이십사 세 때부터 삼십삼 세에 걸쳐 도합 네 차례 이동을 찾아갔으며 그 간 편지 왕래도 자주 있었다. 劉述先, ≪朱子哲學思想的發展與完成≫, 臺北 : 學生書局, 1984, pp.33-50 참조.

69) 徐遠和, ≪洛學源流≫, pp.86-87에서는 정이에게서 이선기후론의 초보적인 이론이 보이지만 이는 理와 象과 數의 선후를 말하거나 천도시창만물설天道始創萬物說을 주장한 것으로 理와 氣의 선후 문제와는 직접 상관이 없다고 술하고 있다.

70) 예를 들면 임금과 신하가 있기 전에 이미 먼저 군신의 理가 있고 어버이와 자식이 있기 전에 이미 먼저 부자의 理가 있다는 것이다.

대비시켜[71] 태극이 바로 이理이고 음양이 바로 기氣라는 이론을 확립하고 이것을 정이의 이기론과 결부시켰다. 그런데 초기에는 태극인 이理와 음양인 기氣의 선후 문제에 대해 관심이 없었다가 후에 정형程逈과 육씨 형제와 서신으로 토론하는 가운데 이理와 기氣의 선후 문제에 관한 이론을 체계화하였다. 즉, 초기에는 우주 본체론의 관점에서 이理와 기氣의 체용관계에만 관심을 기울였기 때문에 이理와 기氣의 선후 문제를 언급하지 못하였는데, 오십세 전후부터는 우주 발생론의 관점에서 이理가 기氣보다 먼저 존재한다는 이선기후론과 이理가 기氣를 낳는다는 이생기론理生氣論[72]을 제시하였던 것이다. 그러다가 육십오 세 이후에 이르러서는 다시 이를 부정하고 경험적 실제적으로는 이理와 기氣는 선후가 없으나 논리상으로 이理가 기氣에 앞선다는 이론을 최종적으로 확립하였다.[73]

주희는 이정의 이기이원론의 입장을 계승하였기 때문에 장재의 태허가 곧 기氣라는 기일원론에 대해서는 반대하였다. 그러나 기氣로 이루어지는 우주의 구체적인 생성 과정이나 현상 및 오행의 속성에 대한 이론에 있어서는 장재의 설을 많이 취하였다.[74] 그리고 이정이 전혀 관심을 두지 않았던 소옹의 상수학에 대해서도 많은 관심을 표명하여 자신의 우주론의 체계 속에 포함시켰다. ≪주역≫의 입문서 성격을 지니고 있는 ≪역학계몽≫은 그의 상수학 방면의 대표적 저술이라 할

---

71) ≪周濂溪集≫ 卷一, <太極圖說解> 참조. 태극을 형이상에, 그리고 음양을 형이하에 대비시켜 태극을 바로 理라고 해석한 것이 주돈이의 본래의 뜻에 부합하는 지에 대해서는 설이 분분하다. 이범학, <朱子學의 성립과 발전>, ≪강좌 중국사Ⅲ≫, p.214 참조.

72) 이생기론은 이선기후론의 결과로 도출된 것이라고 할 수 있다. 이것은 ≪주역・계사전≫의 "易有太極, 是生兩儀"와 <태극도설>의 "太極動而生陽"에서 기원한 것이라 할 수 있다. 여기에서 '생'의 의미에는 낳는다는 의미와 생기게 하다는 의미 두 가지가 있다. 陳 來, ≪朱熹哲學研究≫, 北京 : 中國社會科學出版社, 1988, p.21 참조.

73) 이와 기의 선후 문제에 관해서는 앞의 책, pp.3-29 참조.

74) 야마다 게이지 저, 김석근 역, ≪주자의 자연학≫, 서울 : 통나무, 1991, pp.100-131 참조.

수 있다.[75]

　주희는 심성론에 있어서는 정이의 설과 장재의 설을 가장 많이 계승하였다. 주희는 정이의 성즉리설을 자신의 심성론의 핵심으로 삼았는데 그의 이론은 정이의 설을 계승한 것이나 약간의 차이가 있다. 정이가 '성즉리'라고 했을 때는 그 의의가 인간의 본성은 도덕 원칙에 완전히 부합하고 우주의 보편 원칙과 일치한다는 것을 강조하는 데에 있었다. 정이는 비록 성性과 천도를 강조하여 성性과 이理 사이에 모종의 연관을 맺으려고 하였지만, 성性과 이理의 통일은 다만 일종의 자연적인 천인합일이지 구체적으로 천리를 내려 받아 성으로 삼는다는 설은 아직 없었다. 그러나 주희는 거기에서 한 걸음 더 나아가 천지지간에는 이理가 있고 기氣가 있는데 인간과 사물은 모두 천지의 기氣를 내려 받아 형체로 삼고 천지의 이理를 내려 받아 본성으로 삼는다고 주장하였다.[76] 이는 인간계의 성性과 우주계의 이理를 보다 구체적으로 연결시킨 것으로서 우주론과 심성론을 관통하는 종합적인 이론 체계를 세우려는 주희의 입장을 잘 드러내고 있다.

　아울러 그는 장재가 성性을 천지지성과 기질지성으로 나눈 것을 계승 발전시켜 천지지성은 오로지 이理만 가리켜 한 말이고 기질지성은 이理와 기氣를 섞어서 말한 것이라고 하였다. 이에 따르면 성즉리라 할 때의 성性은 천지지성을 가리키는 것으로 지극히 선할 따름이지만 사람이 형기形氣를 받고 태어난 이상 이 성性은 순수한 이理인 천지지성이 아니라 곧 이理와 기氣가 뒤섞인 기질지성을 가리키는 것이 된다. 즉 사람이 태어나기 전에는 이理는 있지만 그것을 아직 성性이라 부를 수는 없고 사람이 형기를 갖추어 태어난 뒤에야 비로소 성性이라 부를 수 있지만 그 성性은 이미 형기의 구속을 받기 때문에 완전한 성性의

---

75) 陳來는 《역학계몽》이 주희의 이선기후론과 관련이 있음을 지적하였다. 그는 상수학은 철학상 우주발생론에 속하는 것인데 주희가 이선기후론을 주장하게 된 데에는 이 상수학의 영향이 크다고 주장하고 있다. 陳　來, 《朱熹哲學硏究》, pp.16–17 참조.
76) 앞의 책, p.131 참조.

본체, 즉 천지지성일 수는 없다. 그리하여 그는 성性의 본체가 이理이며 인의예지의 실체이며 맹자가 성性이 선하다 함은 성性의 본체를 말한 것이라고 누차 강조하였던 것이다.[77]

주희에게 있어서는 성性은 곧 이理로서 인생계와 우주계는 실은 서로 분리되어 있는 것이 아니다. 이 우주계와 인간계를 관통하고 있는 성이 감추어져 있는 것이 바로 심心이다. 그는 심心과 성性과 이理의 관계에 대하여 "심心이란 사람의 신령스럽고 밝은 것으로서 모든 이치를 갖추어 만사에 응하는 것이다. 성性이란 마음이 갖추고 있는 이理이며 하늘은 또한 이理가 나오는 곳이다"[78]라고 하고 있다. 이로 보아 심心은 하늘로부터 품수받은 이理인 성性을 포괄하고 있는 것임을 알 수 있다. 그는 한 걸음 더 나아가 심心은 성性을 포괄하고 있을 뿐 아니라 정情도 포괄하고 있다고 주장하였다. 이것은 장재의 심통성정설心統性情說을 그대로 수용한 것이다. 그는 거기에다 《중용》의 미발이발설未發已發說을 융합하여 성性은 아직 드러나지 않은 미발未發로서 심心의 체이며 정情은 이미 드러난 이발已發로서 심心의 용이며 심心은 성性과 정情을 포괄하며 주관한다고 하였다.

주희는 우주론이나 심성론에 있어서는 정이의 학설을 근간으로 하되 북송 제현들의 의견을 참조하여 그들의 학설을 융회관통하려고 하였던 데에 비해 수양론에 있어서는 대체로 정이의 견해를 그대로 계승하였다. 그는 처음에 이동에게서 고요히 앉아 마음을 맑게 하여 《중용》의 미발의 기상을 깨칠 것을 배웠다. 그러나 제대로 깨치지 못한 상태에서 스승의 죽음을 맞이하였고 이후 이 문제에 관해 계속 궁구하다가 최종적으로 정이의 거경궁리설에 귀의하게 되었다.

주희의 문인은 수천 명에 달하며 이름이 남아 있는 자만해도 약 오백 명에 이르니, 그 수적인 면에 있어서는 송명 신유학의 어느 누구보

---

77) 앞의 책, pp.143-144 참조.

78) 《孟子集注·盡心章上》: "心者, 人之神明, 所以具衆理而應萬事者也. 性則心之所具之理, 而天又理之所從以出者也".

다도 우위에 있다고 할 수 있다.[79] 그의 주요한 제자로는 거경궁리를 중시하였으며 도통을 이었다고 하는 황간黃榦, 주희의 학문을 범주별로 정리하여 ≪사서장구집주자의四書章句集注字義≫를 저술한 진순陳淳, 주희의 상수역학을 전수받은 채원정蔡元定, 그리고 주희의 교육이론을 전수받아 ≪성리자훈性理字訓≫을 지은 정단몽程端蒙 등이 있다. 주자학의 도통은 황간을 뒤이어 금화金華(浙江省 金華縣) 지방의 하기何基, 왕백王栢, 김이상金履祥, 허겸許謙 등으로 계속 이어졌다.[80] 그 외 남송말기에 주자학을 복권시키고 선양하는 데에 큰 공을 세운 사람으로는 진덕수와 위료옹이 있다.

주희가 북송 오자의 설을 종합한 방대한 학문 체계를 건립하여 민중 지방을 중심으로 강학 활동을 하고 있을 때, 강서 지방의 육구연은 이와는 약간 다른 성격의 심학을 제창하였다. 육구연(1139-1183)은 금계金溪(江西省 金溪縣) 사람으로서, 자는 자정子靜이고 자호는 존재尊齋였다. 후에 스스로 상산象山이라 칭하여 사람들이 상산선생이라 불렀다. 건도乾道 팔년 진사에 급제하였으며, 이후 정안靖安, 숭안崇安, 형문荊門 등의 지방에서 외직을 맡았으며, 국자정國子政, 칙명소산정관勅命所刪定官 등의 내직을 맡은 적도 있었다. 그는 어릴 때부터 영민하였는데, 사람들이 정이의 말을 하는 것을 듣고는 그것이 공자나 맹자의 말과 다르다고 생각하였다. 후에 '우주'라는 두 글자를 읽다가 우주 안의 일이 곧 내 안의 일이며 내 안의 일이 곧 우주의 일이라는 것을 깨쳤다고 한다. 그의 학통에 대해서는 확정된 설이 없는데, 대략 뚜렷한 학통 없이 맹자를 직접 이었다는 설과 정호의 계통을 이었다는 설 두 가지가 있다. 주요한 저술로

---

79) 陳榮捷, ≪朱子門人≫, 臺北 : 學生書局, 1982, pp.1-11에서는 여러 책에 실려 있는 주희의 문인 600여명을 정밀히 고증하여 정확히 제자라 칭할 수 있는 자를 467명이라 하고, 이에 사숙한 자 21명을 더하여 488명을 엄밀한 의미의 제자로 들고 있다. 아울러 수적인 면에 있어서 주희 문인의 성함은 한대 이후 제일이라고 기술하고 있다.

80) 절강 金華 지방은 주자학이 매우 흥성하였고 많은 인재를 배출하였는데, 위의 네 사람을 金華四先生이라 칭하고 그들의 학문을 金華朱學이라 한다. 이들의 학문이 원대에 이르러서는 주자학의 정통으로 자리를 잡게 된다.

는 ≪육상산문집陸象山文集≫과 ≪육상산어록陸象山語錄≫이 있다.

심학의 성격은 정주이학과 비교할 때 더욱 뚜렷이 드러난다. 따라서 여기서는 양자의 차이를 드는 것으로써 심학의 학문적 특징에 대한 설명을 대신하도록 하겠다. 먼저 우주론 방면을 보자. 육구연과 주희는 아호사鵝湖寺에서의 만남과 여러 차례의 서신 왕래를 통하여 주돈이의 <태극도설>에 대해 치열한 논쟁을 하였다.81) 주희는 <태극도설>의 서두인 '무극이태극無極而太極'에 대해 이것은 본체의 양면성 즉, 본체의 초월성과 본체의 창조성을 말한 것이라고 여겼다. 그러나 육구연은 태극 자체로 이미 완전한 본체를 드러낼 수 있는데 무극을 더한 것은 타당하지 않다고 여겼다. 그리고 주희는 음양을 형이하라고 하고 "음양하게 만드는 것"이 형이상이라고 한 데 비해, 육구연은 음양 그 자체가 이미 형이상이라고 여겼다.

중국철학사상 주희와 육구연의 <태극도설>에 관한 논쟁은 실로 유명한 논쟁이라 할 수 있지만 육구연의 심학과 주희의 이학의 보다 본질적인 차이는 심에 대한 견해와 그에 따른 수양론의 차이라고 할 수 있다.82)

먼저 육구연은 '심즉리心卽理'를 주장하였다. 그가 말하는 심心이란 본심을 가리키는데, 그는 이 본심이 바로 이理라는 것을 강조하였다. 주희 또한 심心이란 만리萬理를 갖추고 있다고 하였지만 심心 자체가 이理라고 보지는 않았으며, 오히려 심心을 기氣의 영靈이라 하여 대체로 기氣에 가까운 것으로 보았다. 또한 앞에서도 설명하였듯이 주희는 심心을 체와 용으로 나누어 심心의 체가 성性이며 심心의 용이 정情이라 여겼다. 그에게 있어서 심心과 성性은 엄격히 구분되는 것이며 따라

---

81) <太極圖說>의 논쟁은 원래 육구연의 형 陸九韶와 주희로부터 시작되었으나 이후 육구연과 주희의 논쟁으로 발전하였다.

82) '무극이태극'의 논쟁에도 이러한 배경이 저반에 깔려 있다. 육구연은 주체적인 자각을 중시하였다. 그리하여 태극에 대해서는 자각심의 보편화와 동일한 것으로 이해하고 수용할 수 있었으나, 여기에 무극을 더하는 것은 자각심의 본성과 어긋나게 되는 것이므로 반대하였던 것이다. 勞思光 저, 정인재 역, ≪중국철학사≫ 송명편, p.438 참조.

서 심心과 이理도 구분되는 것이었다. 그러나 육구연을 심心을 체용설로써 성性과 정情으로 나누는 것을 반대하고 심心이 바로 성性이며 바로 이理가 되는 것이라고 주장하였다.83)

　육구연은 사람에게는 누구나 다 본래적으로 사단, 즉 도덕적인 자각능력이 있으며 이 마음이 바로 성性이며 이理라고 주장하였기 때문에 수양론에 있어서도 주희처럼 거경과 격물치지를 통한 궁리를 주장하지 않고 먼저 근본을 바로 세울 것을 강조하였다. 그 근본이란 자신이 원래 지니고 있는 도덕적 자각능력을 스스로 깨우치고 스스로 아는 것을 말한다. 육구연과 주희가 처음 아호사에서 만났을 때 육구연이 지은 <아호화교수형운鵝湖和敎授兄韻>시84)에는 그들의 심성론과 수양론의 차이가 잘 드러나 있다.

墟墓興哀宗廟欽	옛 터 무덤은 슬픔 일으키고 종묘는 공경하게 하나니,
斯人千古不磨心	이것은 사람의 천고에 닳지 않는 마음이라네.
涓流積至滄溟水	한 방울의 물이 흘러 모여 창명수를 이루고,
卷石崇成泰華岑	한 주먹의 돌이 채워져 태산 화산 봉우리 이루네.
易簡工夫終久大	쉽고 간단한 공부는 끝내 오래가며 크고,
支離事業竟浮沈	지리한 사업은 마침내 떠올랐다 가라앉으리.
欲知自下昇高處	아래에서 높은 곳 올라가는 것을 알려고 한다면,
眞僞先須辨只今	참과 거짓 먼저 지금 가려야 한다네.

　육구연은 첫 구에서 《예기》를 인용하면서,85) 사람에게는 누구나 보편적으로 지니고 있는 마음이 있으며 이러한 마음은 천고에 변하지 않는 것이라 하였다. 여기서 심心을 중시하는 그의 태도를 볼 수 있다. 그리고 둘째 연에서는 《중용》을 인용하면서,86) 이 마음이 바로 성인의

---

83) 蔡仁厚, 《宋明理學》 南宋篇, 臺北 : 學生書局, 1989, pp.255-257 참조.
84) 《陸象山全集》 卷二十五.
85) 《禮記 檀弓下》 : "墟墓之間, 未施哀於民而民哀, 社稷宗廟之中, 未施敬於民而民敬".
86) 《中庸》 第二十六章 : "今夫山, 一卷石之多, 及其廣大, 草木生之, 禽獸居之 寶藏興焉. 今夫水, 一勺之多, 及其不測, 蛟龍魚鼈生焉, 貨財殖焉".

마음과 같다고 하고, 그것을 자각하여 확충하면 누구나 다 성인이 될 수 있음을 강조하였다. 이어서 자신의 이러한 수양론을 쉽고 간단한 공부라 하고 주희의 거경과 격물치지는 지리멸렬한 사업이라고 하였다. 마지막 연에서는 낮은 단계에서 높은 단계로 발전을 하려면 먼저 마음의 옳고 그름을 바로 그 자리에서 자각하여 분별해야 함을 강조하였다.

육구연의 주요 제자는 크게 두 파로 나눌 수 있는데, 하나는 육구연의 고향인 금계의 괴당서옥槐堂書屋에서 가르침을 받은 제자들이고, 하나는 절동浙東의 자계滋溪, 봉화奉化 등지에서 활약한 제자들이다. 전자에 속하는 제자로는 부몽천傅夢泉, 부몽운傅夢雲, 이백민李伯敏, 포양包揚 등이 있는데 이들은 학술적으로는 큰 공헌은 없지만 종파를 확립하는 데 공이 있으며, 후자에 속하는 제자로는 양간楊簡, 원섭袁燮, 서린舒璘, 심환沈煥 등이 있는데 학술적으로 심학을 보다 발전시키는 데 공이 있었다.[87]

남송의 신유학은 이들 양대 학파에 의해 주도되었는데, 그 중 정주 이학파의 세력이 육구연의 심학파보다 훨씬 왕성하였으며 후에 마침내 관학의 지위에 오를 수 있게 되었다. 그러나 주자학이 관학에 오른 뒤에도 심학의 전통은 완전히 사라지지 않고 계속 이어졌는데, 송대에는 서로 대립적인 입장에 있던 주자학과 심학이 원대에 이르러서는 오히려 서로의 장점을 흡수하기도 하였으며 절충을 시도하기도 하였다.[88] 이후 명대에 이르러서는 왕양명에 의해 심학이 부흥되어 크게 위세를 떨쳤다. 그러나 관학으로서의 주희의 이학의 권위는 명대에는 물론이거니와 송학 전체에 대해 통렬히 비난하였던 청대에서도 흔들림이 없이 계속될 수 있었다.

---

87) 侯外廬·邱漢生·張豈之 主編, ≪宋明理學史≫ 上卷, 北京 : 人民出版社, 1984, p.580 참조.
88) 주희의 이학과 육구연의 심학의 상호 교류와 절충에 대해서는 위의 책, pp.749-767 참조.

3 신유학은 전통 유학과는 어떻게 다른가

송대 이전의 전통 유학과 송대 중엽부터 흥성하기 시작한 신유학의 차이점에 대해서는 여러 가지 방법으로 설명할 수 있겠지만, 본고에서는 외왕과 내성의 측면을 중심으로 설명해 보고자 한다. 공자 이래로 북송 초까지의 유학은 학파와 시대에 따라 다양한 면모를 보이고 있지만 그 기본 특징이 대체로 외왕에 있고, 신유학은 각 학파에 따라 여러 가지 양상을 지니고 발전하였지만 그 기본 특징이 내성에 있다고 할 수 있다. 물론 전통 유학과 신유학은 확연하게 내성과 외왕으로 나누어질 수가 없다. 유학의 종지는 내성과 외왕을 동시에 추구하는 수기치인이고, 이것은 공자 이래로 변함이 없었다. 다만 송명의 신유학은 상대적으로 보아 전통 유학에 비해 내성적인 측면을 보다 많이 강조하였다는 것이다.

외왕을 추구하였던 전통 유학

유학은 공자에 의해 건립되어 맹자, 순자를 거치면서 발전하다가 한대에 이르러서는 동중서에 의해 마침내 국교화되었다. 이후 청말에 이르기까지 여러 차례에 걸쳐 사상적인 변천을 보여 왔지만, 정치사회의 윤리로서의 유학의 지위는 변함이 없었다. 이렇듯 유학이 역대의 봉건 왕조의 정치이념이 될 수 있었던 것은 인륜을 바탕으로 한 현실적인 정치질서 확립과 문화건립을 중시하였던 유학의 학문적 성격에서 기인한 것이라고 할 수 있다. ≪한서漢書・예문지藝文志≫에는 유가를 임금을 도와 음양을 고르게 하고 교화를 밝히는 것을 직분으로 하는 무리서 나온 것이라고 하고 있다.[1] 이 말의 사실 여부는 알 수 없지만, 유가가 본래 그 시작부터 경세치용이라는 외왕의 측면을 중시하였던 것은 사실인 것 같다.

서주 시대에는 크게는 정치 제도로부터 작게는 일상생활의 행동까지를 포괄하는 총체적 질서 규범이라 할 수 있는 예를 완성하였고, 이 예로써 사회의 질서를 유지하였다. 공자가 살았던 춘추시대는 바로 이 서주 시대의 사회 질서였던 예가 와해되면서 정치 사회적으로 혼란이 계속되던 시기였다. 공자는 혼란에 빠진 정치를 이 예로써 다시 바로잡고 와해된 문화를 이 예를 통하여 다시 건립하려는 정치적 문화적 이상을 지니고 천하를 주유하기도 하고 문인들을 모아 학술활동도 하였던 것이다. 그가 이전까지 전해오던 여러 경전들을 정리하고 또 ≪춘추≫를 집필하였던 것은 모두 그의 외왕적 이상에서 나온 것이라 할 수 있을 것이다.

물론 공자는 단순히 예의 외형적 차원에만 머물지 않고 예의 본질에 대한 문제를 제기하고 이를 자신의 철학의 핵심으로 삼았다. 즉 외재적 사회질서인 예의 근원을 개인의 내재적 도덕성인 인과 의에게서 구하고자 하였던 것이다. 이 인과 의는 공자 사상의 핵심으로서 유학의 근간이 되었다. 그리고 공자는 정치에 뜻을 두면서도 내면의 수양을 누누이 강조하였다. 애공哀公이 제자 가운데 배우기를 좋아하는 사람이 있냐고 묻자 공자는 안회顔回를 들면서 성냄을 다른 곳으로 옮기지 않고 두 번 잘못을 저지르지 않았다고 말하였는데[2] 그것은 배움의 최고의 경지는 내면의 덕을 이룸에 있음을 강조한 전형적인 예라 할 것이

---

1) ≪漢書・藝文志≫ 諸子略條: "儒家者流, 蓋出於司徒之官, 助人君, 順陰陽, 明教
   化者也".
2) ≪論語・雍也≫ 二章 참조.

다. 공자는 또한 안회의 안빈낙도를 극찬하고 증점曾點의 욕기지락浴沂
之樂에 대해서도 찬탄하였는데,3)이러한 것들은 모두 그의 내성적 측면
을 잘 보여 주는 것이다.

공자는 유학의 대종사답게 내성과 외왕을 두루 갖추고 있었는데, 시
기적으로 보아 대체로 전기에는 외왕에 속하는 예악을 보다 강조한 반
면 후기로 갈수록 점점 내성에 속하는 인의를 보다 강조하였다고 할
수 있다.4) 따라서 그의 가르침의 계승도 크게 두 파로 나누어지는데,
자하子夏와 자유子游 등은 예악 등의 형식적 측면을 비교적 중시하였고
증자와 그의 계승자인 자사는 내면적 덕성인 인을 행하는 방법이라 할
수 있는 충서를 더욱 중시하였다.5) 이처럼 공자의 사상에는 내성과 외
왕이 겸비되어 있는 것은 사실이다. 그러나 이론면에서 보자면 정치와
예악의 관계, 정명사상, 충효의 사회 윤리 등의 외왕적 측면의 이론은
상당히 체계화되어 있으나, 내성적 측면에 있어서는 비록 인의, 충서
등의 이론을 내세웠다 하지만 비교적 체계화가 덜 되어 있는 편이다.
이로 인해 고도의 심성론과 수양론을 지닌 불교가 중국에 전입되어 유
행하기 시작한 이후에는 유학은 지식인들 사이에서 한갓 정치 및 사회
윤리 정도로 여겨질 수밖에 없었다.6)

맹자는 자사의 문인에게서 수업을 받았으니 증자의 계통을 이었다고
할 수 있다. 맹자는 공자의 학설을 계승 발전시키고 유학의 지위를 제
고시키는 데 많은 공헌이 있었다. 공자는 유학에 대하여 방향을 정해
놓는 작용을 하였으며, 이론 체계에 대해 말하자면 맹자가 비로소 원

---

3) ≪論語・先進≫에는 하루는 공자가 제자들에게 하고 싶은 바를 말하라고 하
   였을 때 다른 제자들은 정치적 포부를 이야기하였으나 증점은 동자 몇 명을
   데리고 교외의 沂水에서 목욕을 하고 舞雩에서 바람을 쏘이겠다고 답하였고
   이에 공자가 칭찬하는 대목이 있다.
4) 勞思光 著, 정인재 역, ≪중국철학사≫ 고대편, pp.114-117 참조.
5) 武內義雄 著, 이동희 역, ≪中國思想史≫, pp.35-36 참조.
6) 불교에서는 유교를 현실 세계에 적용되는 법이라는 의미에서 흔히 세간법이라
   부르고 이것을 고원한 심성 해탈의 도를 논하기에는 부족하다고 여겼는데 위
   진 이후 북송초에 이르기까지 대부분의 유자들도 여기에 동조하였다.

시유학의 체계를 완성한 철인이라 할 수 있다.[7] 그는 민본설, 왕도정치, 역성혁명설 등의 외왕적 측면의 이론도 체계화시켰지만, 공자의 인의설을 보충 발전시켜 내성적 측면에서도 많은 진전을 보이고 있다. 그는 먼저 인간의 성품은 본래 선하며 인간이면 누구나 사단을 지니고 있음을 강조하고, 이 내재적 덕성을 확충하면 곧 천하를 다스릴 수 있음을 주장하였다. 그리고 누구나 다 요순과 같은 성인이 될 수 있음을 역설하였다. 그 외에도 지언知言, 양기설養氣說, 고자告子와의 성에 대한 변론, 진심지성설盡心知性說, 양심과욕설養心寡欲說 등 유학의 내성적 측면에 관한 많은 이론을 제시하였다. 한당대에 별로 중시되지 않은 맹자가 송대의 신유학자들에게는 상당히 중시되었던 것은 맹자에게 내성적 요소가 비교적 풍부하였기 때문이라고도 할 수 있다.

공맹시대에는 그래도 내성과 외왕이 어느 정도 균형을 이루었던 데에 비해 순자에 이르러서는 외왕 쪽으로 보다 기울게 된다. 순자는 누구의 학통을 이었는지 분명하지는 않지만 자사와 맹자를 격렬히 비난하고 예를 상당히 중시한 것으로 보아 자하 자유파를 이었던 것 같다.[8] 공자는 허물어져 가는 사회윤리인 예를 다시 세워 그로써 천하를 바로잡을 것을 주장하였지만 그 예의 근본을 인간의 본래적·내면적 덕성인 인에서 구하고자 하였고, 맹자 역시 공자의 인설을 더욱 발전시켜 성선설과 사단설을 전개하였던 데 비해, 순자는 먼저 사람의 자연적인 성품은 본래 악한 것이며 인간의 자연적인 성품을 좇는다면 사회의 질서가 유지될 수 없으므로 반드시 사법師法의 교화와 예의의 교정이 필요하다고 주장하였다. 사법과 예의에 대한 강조는 외재적 권위질서로써 내재적 도덕질서를 대체하는 것[9]이라고 할 수 있다. 물론 순

---

7) 勞思光 著, 정인재 역, 《중국철학사》 고대편, p.119 참조.
8) 荀子는 <非十二子>篇에서 자사와 맹자를 배척하고 공자와 子弓을 병칭하여 극찬하고 있다. 그런데 子弓이 누구인가에 대해서는 설이 많은데 아마도 子遊를 잘못 쓴 것이다. 자유는 특히 예학에 밝았으므로 순자는 자유의 예학을 선양하여 증자파의 뒤를 계승한 자사 맹자에 반항한 것일 것이다. 武內義雄 著, 이동희 역, 《중국사상사》, pp.91-92 참조.

자도 심의 주체성을 거론하고 사람마다 누구나 배워서 성인이 될 수 있음을 강조하기는 하였지만 그의 학설의 요지는 내면적 도덕성의 자각보다는 외재적 질서와 권위인 예의와 사법을 강조하는 데에 있었으므로 공맹의 내성적 요소는 순자에 이르러 마침내 그 자취를 감추게 되었다. 그의 제자 가운데 법가인 한비와 이사가 나온 것이나, 그의 학문이 후대 송명유학자들에 의해 정통 유학에서 벗어난 이단으로 인식된 것은 모두 그가 공맹의 내성의 전통을 제대로 계승하지 못하였기 때문일 것이다.

진시황의 분서갱유로 인하여 이전의 학문적 전통이 크게 타격을 입게 되자, 한대에 이르러서는 이전의 유실되었던 경전들을 다시 복구하고 그 의미를 해석하기 위하여 자연히 훈고를 중시하였으며, 더욱이 동중서董仲舒에 의해 유학이 관학으로 채택되자 유학의 외왕적 면모가 더욱 강조되어 공맹의 내성적인 측면에 대해서는 더욱 소홀히 하게 되었다. 한대 유학은 크게 금문학파와 고문학파로 나누어지는데, 금문학파란 진시황의 분서갱유로 인하여 선진시대의 유가 전적들이 모두 산실되어 이에 구전되어 오던 옛 경전을 한대의 문자로 다시 복구한 금문경전을 연구하는 학파이고, 고문학파란 경제景帝 때에 공자 고가에서 발견된 선진시대의 문자로 기록된 고문경전을 연구하는 학파이다. 이들 두 학파의 차이는 단순한 문자만의 차이에 그치지 않는다. 자구와 훈고가 다르고 편장의 구성과 해설이 다르며, 심지어는 근본적으로 성질이 다른 것도 있다. 초기부터 관학으로서의 지위를 누려온 금문학파와 이에 도전하는 고문학파는 서한 애제 때부터 시작하여 동한 말인 환제桓帝와 영제靈帝 때에 걸쳐 크게 네 차례의 대논전을 벌였다. 그러나 고문학파와 금문학파는 비록 경전에 대한 관념의 차이와 치학 방법의 차이를 보여주고 있지만, 근본적으로는 모두 외왕에 경도되어 있어 공맹의 내성적 측면에 대해서는 제대로 관심을 기울일 수가 없었다.

그나마 근근이 보이는 심성론 방면의 학설은 대체로 순자의 계통에

---

9) 勞思光 著, 정인재 역, 《중국철학사》 고대편, pp.340-345.

속하는 것이었다. 동중서는 성을 자연스런 바탕(自然之資)으로 이해하였으며, 유향劉向은 성을 타고날 때부터 그러한 것(生而然者)으로 이해하였으며, 양웅揚雄은 인간의 성은 선과 악이 섞여 있다(人之性也善惡混)고 생각하였으며, 왕충王充은 성을 상중하로 나누었는데, 종합하여 말하자면, 고자와 순자 계통이 가지고 있었던 자연의 성으로서의 학설을 세웠다고 할 수 있다.10) 그들은 맹자의 성선설이 지니고 있던 본래 의미, 즉 인간의 내면적 도덕성에 대한 자각에 대해서는 잘 알지 못하였다.

이렇게 외왕으로 경도한 유학은 정치적 안정기인 한대에는 관학의 차원에서 보호를 받으며 크게 흥성할 수 있었지만 정치적 혼란기인 동한말 이후로부터는 끊임없는 전화로 인해 유생들은 흩어지고 경전은 산실되어 급격히 쇠퇴하게 되었다. 이후 동진의 원제元帝가 유학을 다시 부흥시키기 위하여 흩어진 경전들을 다시 모았으나 서한의 금문경들은 대부분 소멸되었고 정현鄭玄, 두예杜預, 복건服虔 등이 주를 단 일부 경전들만 겨우 보존되어 있었다.11) 당대에 이르러서는 동진의 경학을 전수받아 이를 주소학注疏學으로 완성하였다. 그러나 한대 유학의 왕성한 모습은 다시 회복될 수 없었으며 대신 위진시대부터 흥기하기 시작한 도교와 그 뒤를 이어 급성장한 불교가 사상계의 주류를 차지하게 되었다.

입세적인 정치사회적 윤리를 강조하는 유교에 비해 탈속적인 정신의 초월적 자유를 추구하는 도가와 심성해탈을 강조하는 불교는 원래 심성론이 빈약한데다가 한대 이후 그나마 있던 심성론마저도 제대로 발휘하지 못하고 한갓 정치윤리로 전락한 유교를 대신하여 지식인들을 매혹시키기에 충분하였다. 특히 철학적 요소보다는 술수적 요소가 강한 도교12)에 비해 고도의 심성론과 수양론을 갖춘 불교는 수당 이후

---

10) 勞思光 저, 정인재 역, 《중국철학사》 한당편, p.19 참조.
11) 김시준, 《毛詩研究》, 서울 : 서린출판사, 1980, p.52 참조.
12) 위진남북조 초기에는 玄學이라고 하는 도가사상이 성행하였으나 후기로 갈수록 민간종교에서 발전한 도교가 도가사상과 신선술을 흡수하여 하나의 종합적인 종교로 발전하였다. 종합적인 종교로 발전한 도교 속에는 노장사상의

북송초에 이르기까지 줄곧 사상계의 주류가 될 수 있었다. 남북조 이후 지식인들 사이에는 불교의 경전을 내전이라 하고 유교의 경전을 외전이라 부르는 경향이 있었으며,[13] 많은 지식인들이 불교와 도교를 내학이라 하고 유교를 외학이라 칭하였다. 갈홍葛洪이 일찍이 ≪포박자抱朴子≫를 내편과 외편으로 나눈 것도 이러한 기준에 의거하여 분류한 것이었다. 이는 당시 지식인들이 일반적으로 정치·사회 윤리는 유교에서 구하려는 반면 내면의 수양은 도교나 불교에서 구하려는 태도를 지니고 있음을 잘 드러내고 있다. 유학이 외왕에 경도됨에 따라 발생한 이러한 추세는 북송초까지 이어지다가 북송중기 이후 흥성한 신유학에 의해 다시 반전되게 된다.

중당의 한유는 고문운동을 주장함과 아울러 유학의 부흥을 극력 주장하여 신유학의 선구자가 되었다. 그는 당시 성행하던 불교와 도교, 그 중에서도 불교에 대하여 원색적인 비판을 서슴지 않았으며 그들에게 대항하기 위하여 유교에 원래 있지도 않았던 도통설을 제창하였다. 그러나 그의 불교에 대한 이해는 천박하였으며 심지어 유교의 도에 대해서도 깊이 있는 이해가 결여되어 유학이 왜 불교철학에 비해 지식인들의 관심을 끌지 못하는가를 제대로 파악하지 못하였다.

그는 주로 편협한 중화사상에 입각하여 불교는 오랑캐의 종교라고 비방하거나 불교는 현실을 떠난 가르침을 펴기 때문에 현실의 정치경제 문제를 전혀 해결할 수 없음을 공격하는 데에 힘을 쏟았으며, 불교철학의 장점이라 할 수 있는 심성론과 수양론에 대해서는 제대로 대처할 수가 없었다. 그리고 유교에 대해서도 유교의 장점이라 할 수 있는 인륜주의나 경세정신만을 강조하였을 뿐 지식인들이 주로 관심을 가졌던 불교의 심성론과 수양론에 대처할 수 있는 유교 자체의 내성론에 대해서는 한유 자신이 별로 정통하지 못하였으므로 제대로 체계적인

순수 철학적인 요소도 있지만 미신적인 민간종교과 신선술에서 나온 비의적 술수적 요소가 더 많다고 보아야 할 것이다.
13) 시마다 겐지 저, 김석근·이근우 역, ≪주자학과 양명학≫, p.36.

이론을 제시할 수가 없었다. 그러나 그의 배불정신과 도통론 그리고 ≪대학≫을 ≪예기≫에서 분리하여 중시한 것은 송대 신유학자들에게 그대로 계승되었으니 가히 신유학의 선구자라 할 수 있을 것이다.

한유의 문인으로 한유의 뒤를 이어 송명 신유학의 선구자가 된 사람으로는 이고李翶가 있다. 한유가 유학 이론가라기보다는 고문운동가로서 더 큰 명성을 누렸던 데 비해 이고는 유학 이론의 측면에서 한유보다 한 단계 깊이 들어갔다고 할 수 있다. 그는 <복성서復性書>에서 최초로 ≪중용≫을 근거로 하여 성인관, 성정론, 복성론, 공부론 등의 유학의 내성론을 비교적 체계적으로 기술하였는데, 이것은 외왕적 측면에만 경도해 있던 당시의 유학으로서는 획기적인 발전이라 할 수 있다.

그는 유학에도 성명의 책이 있는데 학자들이 아무도 이를 밝히지 못하여 모두 도교와 불교에 빠지고 이에 알지 못하는 자들이 공자의 무리는 성명의 도를 궁구하기에 부족하다고 여기게 된 것에 대해 한탄하였다.14) 여기서 성명의 책이란 바로 ≪중용≫을 가리키는 것이다. 그의 이러한 ≪중용≫에 대한 중시는 이후 송대 신유학자들이 ≪중용≫을 중시하는 기풍을 열어준 계기가 되었다. 이러한 여러 가지 면으로 보아 이고는 한유보다는 송명 신유학의 본질에 더 근접하였다 할 수 있다. 그러나 한유와 이고의 유학 부흥 운동은 당시의 시대 상황과 사상적 여건이 성숙되지 못하여 제대로 꽃피울 수가 없었으며 그 계승자도 없어 당말과 오대의 혼란기를 거치면서 묻혀 버렸다.

유학의 부흥을 요구하는 분위기는 북송초에 이미 형성되었다. 북송의 유생들은 이미 당의 유생들과는 다른 기풍을 지니고 있었으며 특히 경력慶曆 연간에 정학 운동이 전개된 이후에는 유학 자체의 쇄신 운동으로 인해 유학은 크게 변모하였다. 그들은 시대와 사회에 대한 사명감이 충만하였으며15) 학문하는 방법에 있어서도 한당대의 단순한 훈고

---

14) 李　翶, <復性書> : "嗚呼, 性命之書雖存, 學者莫能明, 是故皆入於莊列老釋. 不知者謂夫子之道不足以窮性命之道, 信之者皆是也".

15) 范仲淹의 <岳陽樓記>의 "先天下憂而憂, 後天下樂而樂"이라는 말은 이러한 사대부들의 사명감을 보여주는 대표적인 예라 할 것이다.

학에서 벗어나 여러 가지 새로운 길을 모색하였다.[16] 그들은 또한 불교와 도교에 대한 유교의 우위를 확보하기 위하여 도불 배척을 아울러 강행하였지만, 그들의 이러한 노력도 당시까지 계속되어 오던 외유내불의 습성을 완전히 떨쳐 버리게 하지는 못하였다.

불교는 제왕들의 지지 아래 송대에 들어서도 계속적인 발전을 해왔으며 특히 불교의 중국화라고 할 수 있는 선종이 당말 오대를 거치면서 대대적으로 발전하면서 불교는 일반 지식인들이 더욱 쉽게 접할 수 있게 되었다. 이에 비해 경력 정학 운동의 유자들의 배불론은 여전히 유가의 현실주의와 인륜주의에 입각하여 불교의 현실초월의 정신을 반대하거나 경제적 측면에 입각하여 비난하는 정도에 그쳐 불교철학이 어떠한 장점이 있으며 왜 지식층들의 관심을 끄는가에 대해서는 제대로 대처할 수가 없었다. 바로 이러한 상황 속에서 일군의 유자들은 유가를 본격적으로 부흥시키고 유가의 정통성을 재확립하기 위해서는 유가의 내성적 측면에 대한 재발견과 보강이 시급하다는 것을 자각하기 시작하였으니, 이들이 바로 신유학자들이다.

내성을 추구하였던 신유학

유학의 종사인 공자가 보여준 현실에 대한 강한 책임의식과 참여정신은 이후 유학의 기본지침이 되었으며, 이것은 청말에 이르기까지 기본적인 변화가 없었다. 송명의 신유학자 역시 이러한 기본 정신에는 변함이 없었으며 경세치용을 중시한 것도 마찬가지였다. 그러나 송명의 신유학자들은 불교와 도교에 대한 상대적 위축감을 극복하기 위하여 이들에 비해 부족하다고 느끼는 내성적 측면을 보강하지 않을 수 없었다. 즉 불교가 고원한 심성의 해탈을 강조하고 도교가 초월적 자

---

16) 錢　穆, ≪朱子新學案≫ 一卷, 臺北 : 三民書局, 1982, p.12 참조

유를 강조한 데에 비해17) 유교는 한갓 세속적인 인륜이나 경세치술만
을 강조하고 있다는 일반적인 인식을 타파하기 위하여 유교에도 개인
의 내면적 덕성을 완성시키는 길이 있음을 주장하기 시작하였던 것이다.
　신유학의 개조라 할 수 있는 주돈이는 이러한 면에서 선구자였다고
할 수 있다. 그는 ≪통서≫에서,

　　성스러움이란 가히 배울 수 있습니까? 가능합니다. 요령이 있습니까?
　　있습니다. 듣기를 원합니다. 한 가지가 요점이니, 무욕입니다.
　　聖可學乎. 曰可. 曰有要乎. 曰有. 請聞焉. 曰一爲要, 無欲也.

라고 하여 성인은 배워서 이를 수 있음을 주장하고, 그 구체적인 방법
론으로서 무욕을 강조하였다. 그리고 그는 <태극도설>에서 중정인의中
正仁義와 정靜을 성인이 세운 인도의 극치라고 주장하였다. 주돈이가
내세운 성인론은 송명 신유학의 내성론의 초기 단계이므로 그리 정세
하지는 못하였지만 그 정신 방향은 송명 신유학 전체에 지대한 영향을
끼쳤다 할 수 있다.
　≪송사・도학열전≫에 의하면, 주돈이는 일찍이 이정을 가르칠 때에
매번 공자와 안자가 즐거워한 것이 어떤 일이었던가를 찾게 하였는데,
이정의 학문이 여기에 근원하여 흘러 나왔다고 하고 있다. 이정의 학
문이 과연 주돈이에게서 흘러나온 것이었는지에 대해서는 확실치 않지
만 정이의 조기의 문장인 <안자소호하학론顔子所好何學論>18)에는 주돈
이의 영향이 뚜렷이 드러나고 있다.

---

17) 도교는 앞에서도 언급했듯이 기복적이고 미신적인 민간 종교로서의 도교와
　　단약을 복용하여 불로장생을 추구하는 신선술과 초월적 자유를 구하는 도가
　　사상이 종합되어 있다. 지식인들이 추구하는 도교는 물론 신선술과 도가사상
　　방면일 것이다.
18) 이 문장은 정이가 태학에서 유학할 때 호원胡瑗이 매번 학생들에게 안자가 좋
　　아한 것은 어떤 배움이었나를 묻는 것을 보고 이에 답하여 지은 것이라 한다.
　　호원은 이 문장을 보고는 크게 놀라 특이하게 여기고 맞아들여 만나보고는
　　그에게 하나의 학직을 주었다고 한다. ≪송사・도학열전≫ 정이 조 참조

성인의 문하에 그 제자가 삼천 명인데 안자顔子만이 배우기를 좋아한다고 칭하였다. 무릇 시, 서, 육예는 삼천 제자가 모두 익혀서 통달한 것이었다. 그렇다면 안자가 홀로 좋아하였던 것은 어떤 배움이었는가? 배워서 성인에 이르는 도이다. 성인은 가히 배워서 이를 수 있습니까? 그렇다. 배움의 도는 어떠합니까? 천지는 음양오행의 정기를 지니고 있는데 오행의 빼어난 것을 얻은 자가 사람이 된다. 그 근본은 참되고 고요하며 발하지 아니한 상태에서 다섯 성性이 다 갖추어져 있으니, 인의예지신이라 한다. 몸이 이미 생기고 나면, 외물이 그 몸에 접촉하여 안에서 움직이게 될 것이다. 그 안에서 움직여 칠정이 생겨나니 희노애락애오욕이라 한다. 정이 이미 타올라 더욱 들끓게 되면, 그 성은 상하게 될 것이다. 이러한 까닭으로 깨친 자들은 그 정을 단속하여 중용에 합치되도록 하고 그 마음을 바르게 하고 그 성을 기른다. 그러므로 그 정을 성으로 돌이킨다고 한다. 무릇 배움의 도는 그 마음을 바르게 하고 그 성을 기르는 것일 따름이다. 치우침이 없고 곧아서 참되게 되면 성스럽게 될 것이다.

聖人之門, 其徒三千, 獨稱顔子爲好學. 夫詩, 書, 六藝, 三千子非不習而通也. 然則顔子所獨好者, 何學也. 學以至聖人之道也. 聖人可學而至歟. 曰然. 曰學之道如何. 曰天地儲精, 得五行之秀者爲人. 其本也眞而靜, 其未發也, 五性具焉, 曰仁義禮智信. 形旣生矣, 外物觸其形而動於中矣. 其中動而七情出焉, 曰喜怒哀樂愛惡欲. 情旣熾而益蕩, 其性鑿矣. 是故覺者約其情使合於中, 正其心, 養其性, 故曰性其情. 凡學之道, 正其心, 養其性而已. 中正而誠則聖矣.[19]

정이가 안자가 좋아하였던 배움은 바로 성인에 이르는 도임을 강조한 것은 분명히 주돈이의 영향을 받은 것이라 하겠다. 그는 아울러 인간은 오행의 빼어난 것을 얻은 자이며, 몸이 갖추어 지고 나면 외물이 접촉하여 칠정이 나오게 되며 정이 들끓게 되면 성이 어그러지게 된다고 주장하고, 이를 방지하기 위해서는 그 마음을 바르게 하고 성을 길러 치우침이 없고 곧아서 참되어야 함을 강조하였다. 이것은 주돈이의 <태극도설>을 변형, 발전시킨 것임이 틀림없다.[20] 그는 계속해서,

---

19) ≪二程集・河南程氏文集≫ 卷八.
20) ≪周子全書・太極圖說≫ : "惟人也, 得其秀而最靈. 形旣生矣, 神發知矣. 五性感動而善惡分, 萬事出焉. 聖人定之以中正仁義, 而主靜, 立人極".

어떤 자가 물었다. "성인은 나면서 아는 자인데 지금 가히 배워서 이를 수 있다고 한 것은 근거가 있습니까?" 답하기를 "그렇다. 맹자가 말하기를 '요임금와 순임금은 성을 따른 것이요, 탕임금과 무임금은 성으로 돌아간 것이다.'라 하였는데, 성을 따른다는 것은 나면서부터 아는 것이요 성으로 돌아간다는 것은 배워서 아는 것이다"라고 하였다. 또 말하기를, "공자는 나면서부터 안 자이며, 맹자는 배워서 안 자이다. 후세 사람들이 알지 못하여 성인은 본래 나면서부터 아는 자이니 배워서 이르는 것이 아니라고 여겼으니, 이에 학문하는 도가 마침내 실전되었다"라 하였다.

> 或曰, 聖人, 生而知之者也. 今謂可學而至, 其有稽乎. 曰然. 孟子曰, 堯舜, 性之也. 湯武, 反之也. 性之者, 生而知之者也, 反之者, 學而知之者也. 又曰, 孔子則生而知也, 孟子則學而知也. 後人不達, 以謂聖本生知, 非學可至, 而爲學之道遂失.

라 하여 다시 한 번 성인은 배워서 이를 수 있음을 강조하고, 후인들이 이를 제대로 알지 못하여 학문하는 도가 실전되었다고 주장하고 있다. 여기서 후인이란 훈고 및 주소를 중시하여 경전의 자구 해석에만 매달리고 표면적인 통치 수단으로서의 유학의 외왕적 측면에만 경도되어 내재적 덕성에 대한 자각을 중시하였던 유학의 내성적 측면에 대해서는 제대로 알지 못하였던 한대 이후 북송초에 이르기까지의 일반 유자들을 말하는 것일 것이다. 정이와 마찬가지로 주돈이에게서 수학한 바가 있는 정호도 누차 성인을 공부하기 위해서는 안자를 배워야 할 것을 강조하였다.21) 이정과 잦은 교류가 있었던 장재 또한 여러 제자들에게 강학할 때 배우는 것은 반드시 성인과 같이 된 다음에 그만두어야 한다고 하고, 사람을 알되 하늘을 모르고 현인이 되기를 구하되 성인이 되기를 구하지 않는 것, 이것이 진한 이래 학자들의 큰 병폐라고 주장하였다.22) 성인을 배워서 이룬다는 것은 이후 대부분의 신유학

---

21) ≪二程集·河南程氏遺書≫ 卷二上 : "聖人之德行, 固不可得以名狀. 若顔子底一箇氣象, 吾曹亦心知之, 欲學聖人, 且須學顔子" 이외에도 그의 어록 가운데는 안자를 배울 것을 강조한 부분이 자주 보인다.

22) ≪宋元學案·橫渠學案上≫ 卷十七 : "告諸生以學必如聖人而後已, 以爲知人而不知天, 求爲賢人而不求爲聖人, 此秦漢以來學者之大弊也".

자에게 공통적인 명제가 되었다.

이렇듯 성인을 배워서 이루는 것을 강조하게 되자 자연 그 이론적 기초로서 심성론이 중시되었고 나아가 그 실천 방법으로서 공부론, 즉 수양방법론이 중시되었다. 그들은 이러한 유가의 내성론을 확립하기 위하여 한대 이래로 중시되어 왔던 오경 중심의 치학 방법으로는 부족하다고 여기게 되어 유가의 경전 가운데 비교적 내성적 요소가 풍부한 ≪논어≫와 ≪맹자≫, 그리고 한유와 이고에 의해 ≪예기≫로부터 독립되어 주목받기 시작한 ≪대학≫과 ≪중용≫을 중시하게 되었다.

한대 경제景帝 때에 최초로 시와 서의 박사를 두기 시작하였고, 무제武帝에 이르러 오경 박사를 두게 되자, 이후 오경은 유학의 대표적 경전이 되었다. 당대 이전의 유학은 오경 중심의 유학이라고 할 수 있다. ≪논어≫는 이와 동등시되지 못하였으며 ≪맹자≫는 심지어 제자의 서에 편입시킬 정도로 이단시하였다. 그리고 ≪대학≫과 ≪중용≫은 ≪예기≫의 한 편에 불과하여 한유와 이고가 이를 중시할 때까지 유자들의 별다른 관심을 끌지 못하였다. 사서에 대하여 신유학자들이 크게 존중하여 오경과 동등한 지위에 올리고 심지어 오경보다 더 큰 비중을 두었던 것23)은 바로 그들의 학문의 성향이 외왕에 경도되었던 한대와는 달리 내성으로 향하였기 때문이라고 볼 수 있다.

≪대학≫은 일찍이 한유가 도불에 대항하는 유교의 인륜적 입장에서 중시한 이래 송대에 들어서는 신유학자 외에도 중시하는 사람들이 많았다. 신유학자들 특히 정주학파에서는 한유의 외면적인 수신제가치국평천하의 관점에서 진일보하여, 유가적 인식론 내지는 수양론으로서의 격물치지에 더욱 중점을 두고, 이 ≪대학≫을 입덕入德의 문으로 삼고 매우 중시하였다. 이들은 ≪대학≫을 통하여 가정과 국가의 윤리 질서와 심성의 내면 사색 간의 연결과 조화를 꾀하였다고 할 수 있

---

23) 주희는 ≪주자어류≫ 券十九에서 "≪논어≫와 ≪맹자≫의 학습은 그 양이 적으나 효과가 크고, 육경의 학습은 그 양은 많으나 효과는 적다"라 하여 육경보다는 사서의 학습을 더 중시하고 있다.

다.24) ≪중용≫은 유가의 경전 가운데 가장 내성적 요소가 풍부한 것으로, 대부분의 신유학자들이 매우 중시하였다. ≪중용≫의 성誠의 설과 미발이발설, 그리고 존덕성尊德性, 도문학道問學 설 등은 신유학의 심성론과 수양론에 기여한 바가 무척 많았다. ≪논어≫에는 공자와 제자들의 언행을 통하여 성인의 기상을 볼 수 있는 부분이 많으므로 성인을 이루는 것을 중시하는 신유학자들이 이를 중시한 것은 당연하다 할 것이다. ≪맹자≫는 성선설 및 그 외 유가적 심성론의 기초가 되는 부분이 되는 부분이 많이 있으므로 역시 신유학자들에 의해 존중되었다. 한당대에 항상 주공周公과 공자가 병칭되었던 것에 비해 송대 이후에는 공자와 맹자가 병칭되었던 것은, 순전히 유학의 내성적 측면을 중시한 신유학자들의 공이라 할 수 있다.

신유학자들은 유가 자체 내에서도 내성론을 찾을 수 있음을 강조하고 불교와 도교와는 다른 유가 특유의 내성론을 재발견하기 위하여 유가의 경전 가운데 비교적 내성적 요소가 풍부한 사서를 중시하기는 하였다. 그러나 본래 유가 차제의 심성론이나 수양론은 불교나 도교의 그것에 비해 미흡한 편이었으므로 보다 체계적인 심성론과 수양론을 세우기 위하여 자연 암암리에 불교와 도교, 그 중에서도 특히 불교의 이론을 원용하지 않을 수 없었다. 유학에서 전통적으로 그다지 관심을 두지 않았던 수양론 방면에서는 이러한 경향이 더욱 심할 수밖에 없었다. 송명 신유학이 후대 외유내불이라는 비난을 받게 된 것은 바로 이에서 기인하는 것이라 해도 과언이 아닐 것이다.

신유학의 종사인 주돈이는 성인을 가히 배울 수 있다고 하면서 그 방법론으로 무욕과 주정을 제시하였다. 그는 맹자의 과욕설에서 한 걸음 나아가 무욕에까지 이르러야 비로소 현인이 될 수 있고 성인이 될 수 있다고 주장하였으며,25) 무욕하기 때문에 고요하게 된다고 하였다.26) 이

---

24) 이범학, <주자학의 성립과 발전>, ≪강좌중국사 Ⅲ≫, p.205 참조.

25) 朱熹, ≪近思錄≫, 臺北 : 廣文書局, 1981, 券五 : "濂溪先生曰, 孟子曰, 養心莫善於寡欲. 予謂養心不止於寡而存耳. 蓋寡焉以至於無. 無卽誠立明通. 誠立, 賢也, 明通, 聖也".

것은 본래 유가에는 없었던 것으로, 후대 신유학자들의 구구한 해석과 변론27)에도 불구하고 도불의 영향을 다분히 받은 것임을 부정할 수는 없을 것이다. 그리고 소옹은 '이물관물'을 주장하였는데, 이것은 도가적 내지는 선적 직관과 서로 비슷하다. 이러한 점은 초기의 신유학자뿐만 아니라 신유학을 본 궤도에 올려놓은 정호, 정이도 면할 수가 없었다.

정호는 수양에 있어서의 핵심을 인을 체득하는 데에 두었는데, 그는 인을 사물과 혼연히 한 몸이 되는 것으로 파악하였으며, 의학책에서 손발이 마비된 것을 불인이라 하는 것을 인용하여 인이란 천지만물과 일체가 되는 것이라 정의하였다.28) ≪맹자≫에 "만물이 모두 나에게 갖추어져 있다"라는 말이 있지만, "천지만물과 일체"라는 말은 유가에는 없다. 이것은 ≪장자·제물론≫의 "천지는 나와 더불어 존재하고 만물은 나와 하나이다(天地與我竝存, 萬物與我爲一)"이나, 승조僧肇의 ≪조론肇論≫의 "천지는 나와 같은 뿌리이요, 만물은 나와 한 몸이다(天地與我同根, 萬物與我一體)"를 유가적으로 개조한 것이라 하겠다. 그는 또 <정성서>에서 "이른바 정定이란 움직이는 것도 정定이요, 고요한 것도 정定이요, 보내고 맞이하는 것이 없으며 안과 밖도 없다"라 하였는데, 이는 ≪능엄경楞嚴經≫의 논리를 원용한 것이다.29)

정이는 함양을 하는 데는 마땅히 경敬을 써야 한다고 강조하였는데, 거경론은 격물치지론과 아울러 그의 수양론의 핵심으로서 이후 주희에 의해 유교의 심법으로 추존되었다. 정이는 경敬에 대하여 주일主一과

---

26) <太極圖說>의 "聖人定之以中正仁義, 而主靜, 立人極焉"의 '主靜' 아래에 주돈이는 스스로 '無欲故靜'라는 주를 달고 있다.

27) 후대 신유학자들은 주돈이의 '무욕'이란 욕망 자체를 부정하는 것이 아니라 인욕 즉 사욕을 없애는 것이라고 하고, '주정'이란 도불의 '허정'이 아니라 정이의 '경'과 같은 것이라 하기도 하고, "정 가운데 동을 머금고 있다"라고 하기도 하였다. 후대 신유학자들의 변론에 대해서는 黃景進, ≪北宋四子修養論≫, 臺北: 政治大學碩士學位論文, 1971, pp.12-13 참조

28) ≪二程集·河南程氏遺書≫ 卷二上: "醫書言手足痿痺爲不仁, 此言最善名狀. 仁者, 以天地萬物爲一體, 莫非己也".

29) 杜松栢, <宋明理學與禪宗>, 馮炳奎 等著, ≪宋明理學研究論集≫, p.288 참조

무적無適이라는 새로운 의미를 부여하고 이를 ≪주역·곤괘≫의 경敬으로써 안을 바르게 하는 '경기직내敬以直內'와 관련지었다.30) 여기서 주일이니 무적이니 하는 것은 풀이하면 결국 마음을 한 곳으로 모아 다른 곳으로 향하는 바가 없도록 하는 것을 말한다. 이는 불교의 수련법 가운데 마음을 집중하여 망념을 없애 적멸의 경지로 들어가는 지법止法과 서로 통한다. 비록 정이가 경敬이란 불교의 수양법과는 다른 것이라는 것을 강조하기 위하여, 경敬의 결과로 허정虛靜할 수는 있지만 허정虛靜을 경敬이라 부를 수는 없다는 주장을 하고,31) 정靜이라 말하는 순간 이미 불교의 설에 들어가는 것이라고 주장하였지만,32) 주일 자체가 원래 유가에는 없던 것으로 불교에서 원용한 것이다. 이외에도 송명 신유학자의 수양론에는 불교와 도교의 이론을 원용한 흔적이 셀 수 없이 많으나 더 이상 나열하는 것을 생략하도록 하겠다.

한 가지 주목해야 할 것은 송명의 신유학자들은 내성론에 있어 단순히 불교나 도교의 이론을 원용하는 데에 그치지 않고 실제적인 수행법이라고 할 수 있는 정좌를 중시하고 이를 행하였다는 것이다. ≪주자어류≫에는 소옹에 대하여 주희가 칭찬하는 대목이 있다.

> 일찍이 백원百原의 깊은. 산중에서 서재를 열고 홀로 그 가운데 처하였다. 왕승지王勝之가 항상 달밤에 그를 방문할 때마다 반드시 등불 아래 소매를 바로 하고 꼿꼿이 앉아 있는 것을 보곤 하였는데, 비록 밤이 깊어도 또한 마찬가지였다. 만약 수양하여 지극히 고요해지지 아니하였다면 어찌 이와 같이 도리를 정세하고 밝게 볼 수 있겠는가.
>
> 嘗於百原深山中闢書齋, 獨處其中. 王勝之常乘月訪之, 必見其燈下正襟危坐, 雖夜深亦如之. 若不是養得至靜之極, 如何見得道理如此精明.33)

---

30) ≪二程集·河南程氏遺書≫ 卷十五 : "所謂敬者, 主一之謂敬. 所謂一者, 無適之謂一. … 言敬, 無如聖人之言, 易所謂, 敬以直內, 義以方外. 須是直內, 乃是主一之義".

31) ≪二程集·河南程氏遺書≫ 卷十五 : "敬則自虛靜, 不可把虛靜喚作敬".

32) ≪二程集·河南程氏遺書≫ 卷十八 : "又問, 敬莫是靜否. 曰 … 纔說靜, 便入於釋氏之說也. 不用靜字, 只用敬字".

33) ≪朱子語類≫ 卷一百.

여기서 소매를 바로 하고 꼿꼿이 앉아 있었다고 하는 것은 바로 정좌를 가리키는 것이다. 주희는 이렇게 정좌를 통하여 지극히 고요한 경지를 얻었을 때 비로소 도리를 환하게 비추어 볼 수가 있는 것이라고 평을 하고 있는데, 이로 보아 신유학자들의 이론은 단순히 사고를 통하여 얻어진 것이 아니라 정좌라고 하는 실제적인 수행법을 통하여 체득되어진 것임을 알 수 있다. 신유학자들이 실제적인 수양 특히 정좌를 중시하였다는 사실은 곳곳에서 볼 수 있다. ≪송원학안·상채학안上蔡學案≫에는,

> 정명도가 하루는 그에게 말하기를 "너희들은 여기서 나를 따르고 있는데, 다만 나의 말만 배우기 때문에 그 배움이 마음과 입이 서로 응하지 않는다. 어찌하여 행하지 않는가"라 하였다. (사량좌가) "청컨대 묻겠습니다" 하니, 말하기를 "잠시 정좌하거라"라 하였다.
> 明道一日謂之曰, 爾輩在此相從, 只是學某言語, 故其學心口不相應. 盍若行之. 請問焉. 曰且靜坐.

라는 고사가 있다. 마음과 입이 상응하지 않는다는 것은 그 언어는 이해하지만 그 마음의 경지는 제대로 체득하지 못함을 말한 것이다. 이것은 정호가 제자를 지도할 때 단순한 이론만의 학습이 아니라 구체적인 정좌를 통하여 학습할 것을 중시한 것이라고 하겠다. 그리고 정이 또한 정좌하는 사람을 보면 곧 그가 잘 배운다고 찬탄하였다고 한다.34) 신유학자들이 선사들 못지 않게 정좌를 중시하였음을 단적으로 잘 드러내는 예는 유명한 정문입설程門立雪의 고사라 할 수 있을 것이다.

> 유초와 양시가 처음으로 정이천을 뵈었을 때 정이천은 눈을 감고 앉아 있었다. 두 사람은 옆에서 서 있었는데, 깨어나자 곧 말하기를 "그대들은 아직 여기에 계시오? 날이 이미 저물었으니 잠시 쉬도록 하시오"라 하였다. 문을 나서는데 문 밖의 눈이 깊이가 한 척이었다.

---

34) ≪宋元學案·伊川學案上≫: "伊川見人靜坐, 便歎其善學".

> 游楊初見伊川, 伊川暝目而坐. 二子侍立, 旣覺, 顧謂曰, 賢輩尙在此乎.
> 日旣晚, 且休矣. 及出門, 門外之雪深一尺.[35]

이 고사는 원래 정이의 사법이 엄정함을 드러내는 고사로 자주 거론되는 것인데, 간접적으로 정이가 얼마나 깊은 정좌에 들어갔는지를 잘 보여 주고 있다. 정통 신유학이라 칭해지는 정주학파의 실질적인 영수인 정이가 이렇듯 정좌를 중시하였으니, 정주학파에 의해 선학이라 비판받았던 육구연의 심학에 대해서는 예를 들 필요도 없을 것이다. 정이 자신이 이미 정좌를 중시하였기 때문에 비록 그들이 유학과 불학의 차이를 분변하고 유학의 정통성을 주장하였음에도 불구하고 제자 가운데는 불학에 빠지는 자가 많이 있었다. ≪송원학안·귀산학안龜山學案≫에는,

> 정이천이 부주涪州에서 돌아왔을 때, 배우는 자들이 뿔뿔이 흩어지고 대부분 불학을 좇았으나 양시와 사량좌만은 변하지 않은 것을 보고서는 찬탄하여 말하기를, "배우는 사람들이 모두 오랑캐에 빠졌으나 오직 양시와 사량좌만이 발전하고 나아가는 구나"라고 하였다.
> 伊川自涪州歸, 見學者凋落, 多從佛學, 獨先生與上蔡不變, 因歎曰, 學者皆流於夷狄矣, 惟有楊謝長進.

라는 말이 있다. 여기서 오랑캐란 물론 불교를 말한다. 그런데 변하지 않았다고 칭찬을 받은 사량좌도 후에 주희로부터 선에 빠졌다고 혹독한 비판을 받았을 정도이니,[36] 정문의 제자 가운데 얼마나 많은 사람들이 불교에 빠졌는지 짐작할 수 있다. 이것은 정이 수양론의 핵심 중의 하나인 거경이 외면적으로는 정재엄숙을 강조하여 유교적 예절과 명교를 중시하였지만, 내면적으로는 일종의 정신집중을 통하여 마음의 고요한 상태를 얻으려는 주일무적을 강조하여 불교의 정신 수행법과

---

35) ≪近思錄≫ 卷十四.
36) ≪宋元學案·上蔡學案≫ 卷二十四 : 朱子曰, 上蔡說仁說覺, 分明是禪, 又曰, 如今人說道, 愛從高妙處說, 便入禪去, 自上蔡以來已然.

혼동될 수 있는 여지가 많았기 때문일 것이다. 정이와 주희의 교량적 역할을 하였던 양시, 나언종, 이동은 묵좌징심하여 《중용》의 미발의 기상을 체인하는 것을 주된 수양론으로 삼았는데, 이것 역시 불교와 뒤섞일 수 있는 소지가 다분히 있다고 하겠다.

이동의 묵좌징심을 통해 정문 수양론에 입문한 주희는 여러 차례의 곡절을 겪으면서 마침내 정이의 거경궁리에 최종적으로 귀착하였다. 그러나 그는 불교와의 혼동을 피하고 보다 유가적인 수양론을 확립하기 위하여, 대체로 미발의 마음을 고요하게 하는 것을 중시하는 거경보다는 격물치지를 통하여 이치를 궁구하는 궁리를 선호하는 경향을 지니고 있었다.37) 그가 《대학장구》의 격물장을 보주한 것은 선유先儒의 미비점을 수정 보충하는 의미만이 아니라 당시 유행하던 불교의 수행법을 비판하는 의미도 아울러 지니고 있었는데,38) 이를 통하여 유불을 확연히 나누고 보다 유가적인 수양론을 확립한다는 의미도 있었을 것이다. 그리고 유가적 특색을 보다 강화한다는 입장에서 그의 수양론은 점차 예禮의 정신과 일치하는 방향으로 전개되었다. 그는 거경에 있어서도 단순히 미발의 마음을 함양하기보다는 예禮에 의한 경敬을 중시하였고, 궁리에 있어서도 천하의 사물 가운데 이理가 가장 잘 드러나 있는 것이 예禮라고 하면서 예禮를 통한 이理의 궁구를 중시하였다.39) 주희의 문하에서는 이정의 문하와 달리 불교와 뒤섞이는 경향을 보이는 자가 거의 없었던 것은 바로 이러한 주희의 노력에 의한 것이라 할 수 있다.

송명 신유학에 있어 내성이 차지하는 비중이 얼마나 큰 것인지는 성인을 이루기 위한 기초 이론과 실천 방법론이라 할 수 있는 심성론과 수양론이 학파간의 분별대립의 주요한 척도가 된다는 것만 보아도 잘 알 수 있다. 주희와 육구연의 논쟁은 표면적으로는 주돈이의 <태극도

---

37) 이범학, <주자학의 성립과 발전>, 서울대학교동양사연구실 편, 《강좌중국사Ⅲ》, p.225 참조.
38) 위의 책, p.224 참조.
39) 위의 책, pp.225-226 참조.

설>의 '무극이태극'에 관한 해석 문제에 있었지만 보다 근본적인 대립은 심에 대한 이해의 차이와 수양방법상의 차이에 있었다. 심학을 계승, 발전시킨 왕양명도 처음에는 주희의 격물치지의 수양론에 따라 대나무의 이치를 궁구하였으나 그 이치를 얻지 못하고 오히려 병만 얻었다는 고사는 수양론의 중요성을 잘 보여주는 일례이다. 그리고 왕양명의 후학들이 복잡하게 나뉘는 것도 주로 수양론에 있어서의 견해의 차이에서 기인한 것이니,[40] 송명 신유학에 있어서 수양론이 차지하는 비중이 얼마나 큰 것인가를 짐작할 수 있을 것이다.

물론 신유학자들이 오로지 내성만을 강조하고 외왕의 측면을 완전히 무시하였다는 것은 아니다. 장재가 당시의 토지법의 폐단을 통감하고 고대의 정전법의 이상을 실현하기 위하여 학자들과 의논하여 토지를 구입하고 몇 개의 정井으로 나누어 고대의 법대로 실시하려고 하였다는 것이나,[41] 주희가 기근구제를 위하여 사창법社倉法을 실시하고 농민교화와 향촌공동체 확립을 위하여 향약을 권장하고 당시의 토지겸병의 폐단을 시정하기 위하여 경계법經界法을 주장한 것이나, 육구연이 형문荊門의 지군이 되어 훌륭한 정치를 베풀어 당시의 승상 주필대周必大로부터 칭찬을 받은 것이나,[42] 왕양명이 여러 차례 반군 토벌에 나섰던 일들은 신유학자들 역시 경세치용이라고 하는 유가 본래의 목적에 충실하려고 했음을 잘 보여주고 있다. 그러나 위에서 고찰한 바와 같이 신유학자들이 이전의 유자들에 비해 여러 가지 면에서 현저하게 내성 쪽으로 경도하고 있고, 이것이 바로 전통 유학에 대한 신유학의 커다란 특징이 되는 것은 부인할 수 없는 사실이라 하겠다.

---

40) 勞思光 著, 정인재 역, ≪중국철학사≫ 송명편, p.532 참조.
41) ≪孟子集注·膝文公上≫ 三章 注 : "呂氏曰, 子張子慨然有意三代之治, 論治人先務, 未始不以經界爲急, 方與學者議古之法, 買田一方, 畵爲數井 … 有志未就而卒".
42) ≪宋史·陸九淵傳≫ : "光宗卽位, 差知荊門軍, … 逾年政行令修, 民俗爲變, 諸司交薦, 丞相周必大嘗稱荊門之政, 以爲躬行之效".

4 신유학자들의 문학관은 어떠한 특징을 지니고 있는가

　신유학자들의 문학관은 기본적으로 유교의 문학관이라 할 수 있다. 그런데 신유학자들의 문학관은 유교적 문학관이라는 커다란 범주에 속하면서도 전통 유교적 문학관과는 상당한 차이를 보이고 있다. 이는 신유학이 기본적으로는 유학에 속하면서도 이전의 유학과는 여러 가지 면에서 큰 차이를 보이고 있는 것과 같다.

　전통 유학이 대체로 치국평천하의 외왕적인 측면을 중시하고 있는 반면 신유학은 개인의 수양이라는 내성적인 측면을 중시하였는데 그들의 사상체계에서 나타나는 이러한 특징은 문학관에서도 대체로 이어지고 있다. 공자 이래 북송초까지의 전통유가의 문학관에서는 대체로 문학의 사회적 공용성을 중시하여 문학의 교화적 기능과 문학의 현실 참여 및 현실 반영을 강조하였다. 이는 외왕을 중시하는 그들의 사상적 경향이 문학에 그대로 반영된 것이라 할 수 있을 것이다. 이에 비해 신유학자들의 문학관에서 볼 수 있는 가장 뚜렷한 특징으로는 우선 이전의 유가적 문학관에 비해 지나치게 도를 중시하고 문장을 경시하는 경향을 보이고 있다는 점과, 문학의 현실반영이나 현실참여에 대해서는 그다지 관심을 보이지 않고 주로 개인적인 고매한 지덕과 성정에 경도하고 있다는 점과, 시문에 있어 정情보다는 리理를 중시한다는 점을 들 수 있다. 본저에서는 신유학자 문학관의 이러한 여러 가지 특징들이 내성을 중시하는 신유학의 학문적 태도에서 기인한 것이라고 간주하고, 이에 대하여 고찰하고자 한다.

도를 중시하고 문장을 가볍게 본다

신유학자들의 문학관을 언급하는 학자들이 일반적으로 가장 많이 지적하는 것은 도를 중시하고 문장을 가볍게 보는 중도경문重道輕文의 경향이다.

문장과 도의 관계에 대하여 논하기 시작한 것은 오래 되었다. 그러나 문장과 도의 관계가 인구에 회자하는 주제가 된 것은 중당의 한유와 유종원이 고문운동을 제창하면서 문장과 도를 거론한 이후부터이다. 한유에 있어서 도와 문장의 관계는 후대 흔히들 문장으로써 도를 꿰뚫는다는 '문이관도文以貫道', 문장으로써 도를 싣는다는 '문이재도文以載道', 문장으로써 도를 밝힌다는 '문이명도文以明道' 등의 구절로 표현되어진다. 그런데 엄밀히 말하자면 '문이재도'는 신유학자 주돈이의 주장이고, 문자 '문이관도'는 한유의 제자 이한李漢이 <당이부시랑창려선생휘유문집서唐吏部侍郎昌黎先生諱愈文集序>에서 한유를 평가하면서 한 말이고, '문이명도'가 한유 자신이 한 말에 가깝다고 할 수 있다. 그는 <쟁신론爭臣論>에서,

> 군자는 지위에 있을 때는 그 관직에서 순직할 것을 생각하고, 직위를 얻지 못하였을 때는 문사를 연마하여 도를 밝힐 것을 생각합니다. 저도 장차 그로써 도를 밝히려고 하는 것입니다.
> 君子居其位, 則思死其官. 未得位, 則思修其其辭以明其道, 我將以明道也.[1]

라고 말하고 있는데, 이는 유종원이 '문자이명도文者以明道'를 주장한 것[2]과 같은 맥락에서 이해될 수 있을 것이다.[3]

---

1) 韓　愈, ≪韓昌黎文集≫ 卷十四, <爭臣論>.
2) 柳宗元, ≪增廣註釋音辯唐柳先生文集≫ 卷三十四, <答韋中立論師道書>.
3) 한유의 도가 엄밀한 유가의 도를 지칭하는 것임에 비해 유종원의 도는 한유의

이 세 가지는 다 같이 문장에 있어서의 도의 중요성을 강조하고 있는 것이지만 약간의 차이가 있다. '문이관도文以貫道'와 '문이명도文以明道'는 도를 중시하기는 하였지만 그래도 문장에 보다 중점을 둔 데에 비해, '문이재도文以載道'는 문장을 도의 도구로 파악하는 것으로서 보다 본격적으로 도에 중점을 두었다고 할 수 있다. 북송대의 구양수 소동파 등의 고문가들의 주장은 한유의 정신을 계승하였으므로 대체로 전자에 속한다고 할 수 있다.

그러나 신유학자들은 고문가의 이러한 태도를 본말이 전도된 것으로 인식하고 문장보다는 도를 중시하는 경향을 보이고 있다. 신유학의 개조인 주돈이는 '문이재도'를 제창하며 문장을 수레에 불과한 것이라고 주장하였으며, 정이는 심지어 문장을 짓는 것은 도에 방해가 된다는 '작문해도作文害道'를 주장하면서 철저하게 문에 대한 도의 우위를 강조하였다. 신유학의 집대성자이자 신유학자 문학관의 집대성자라고 할 수 있는 주희 또한 고문가들의 문이관도설을 비판하면서 도가 근본이고 문장은 말단이라는 '도본문말道本文末'을 강조하였다. 남송말의 신유학자인 왕백王栢의 다음의 구절은 도와 문장의 관계에 대한 신유학자들의 입장을 잘 설명하고 있다.

> "문장은 기氣를 위주로 한다". 옛날에 이러한 말이 있었다. "문장은 이理를 위주로 한다". 근세의 유자가 일찍이 이 말을 하였다. 이한이 말하기를 "문장이란 도를 꿰뚫는 도구이다"라 하였다. 이 한 마디로써 삼백년 당나라 문장의 종지를 다 덮을 수 있다. 그러나 체와 용이 도치되어 있는 것을 알지 못하였다. 반드시 주돈이가 말한 것처럼 "문장이란 도를 싣는 것이다"라고 해야 정확하여 다시 고칠 수 없게 된다.
> 文以氣爲主, 古有是言也. 文以理爲主, 近世儒者嘗言之. 李漢曰, 文者, 貫道之器, 以一句蔽三百年唐文之宗, 而體用倒置不知也. 必如周子曰, 文者, 所以載道也, 以後正確不可易.[4]

도보다는 보다 포괄적이라는 점에서 서로 약간의 차이가 있지만 문장으로써 도를 밝힌다는 점에서는 서로 일치한다.
4) 王　栢, ≪魯齋王文憲公文集≫, <題碧霞山人王公文集序>, 蔡鐘翔·黃保眞·成

그는 고문가들의 '문이관도'설은 체와 용이 도치된 것이라고 하고 주돈이의 '문이재도'설이 제대로 된 것이라고 하였다. 이렇듯 대부분의 신유학자들이 한결같이 문에 대한 도의 우위를 내세우는 경향을 보이고 있고, 심지어 문장을 짓는 것은 도에 방해가 된다는 '작문해도'라는 극단적인 주장을 하는 데까지 이르게 된 것은 물론 일차적으로 문학을 중시여기는 고문가와는 달리 문학보다는 사상을 더욱 중시여기는 사상가 본연의 입장에서 나온 것이라고 할 수 있다.

그러나 그 속을 자세히 들여다보면 '문이관도' 내지는 '문이명도'를 주장하는 사람들과 '문이재도' 내지는 '작문해도'를 주장하는 사람들 사이에는 각기 도에 대한 견해의 차이가 있는데, 이러한 차이가 바로 그들의 문학에 대한 입장의 차이와 어느 정도 관련이 있다. 여기서는 이들이 주장한 도의 함의를 중심으로 중도경문의 태도의 저반에 깔려 있는 내성적 특징을 고찰하고자 한다.

어떤 이는 '문이관도'설은 당대 사람들의 설법이자 고문가의 설법이고, '문이재도'설은 송대 사람들의 설법이자 신유학자들의 설법이라고 하였다. 그는 당과 송의 차이라는 점에서 본다면 이른바 '관도'와 '재도'는 도에 대한 이해 정도의 차이에 불과하고, 고문가와 신유학자의 차이라는 점에서 본다면 실제로는 도에 대한 성질의 차이라고 주장하고 있다.

그는 다만 소식 이전의 고문가들은 유교의 도를 간판으로 삼았기 때문에 신유학자가 말하는 도와 구분이 되지 않았던 것이며 실제로 '관도'의 도와 '재도'의 도는 그 의미가 다르다고 주장하였다. 그에 의하면 '재도'의 도는 유교의 도를 지칭하는 것이지만 '관도'의 도는 유교의 도보다는 좀 더 포괄적인 것으로 예藝에 통하는 것이다. 그는 '관도'의 설은 당대에 시작되었으나 당대 사람들은 도를 논함에 유교의 도에 빠져 이를 자각하지 못하였고 송대의 소식에 이르러 비로소 유교

復旺　共著, ≪中國文學理論史≫, 北京 : 北京出版社, 1987, 第二冊, pp.327-328
에서 재인용.

의 설에 구애받지 않았기 때문에 '관도'의 의미를 제대로 알 수 있었다고 주장하였다.5)

이러한 주장은 소식의 문학론의 특징을 설명하는 데에는 무리가 없을 지도 모른다. 소동파는 당시 서로 대립하였던 신유학자들은 물론이거니와 이전의 고문가들에 비해서도 훨씬 사상적인 폭이 넓었고 삶과 예술에 대한 관점도 매우 거시적이었고 따라서 소동파의 도에 대한 관점은 매우 포괄적일 수도 있다.

그러나 한유를 위시하여 소식 이전에 한유를 추종하던 고문가들이 유교의 도를 간판으로 내걸었기 때문에 '관도'의 도가 비교적 편협한 유교의 도가 아니라 보다 포괄적인 예藝의 의미를 지니고 있다는 것을 자각하지 못하였다는 말은 폐단이 있다. 왜냐하면 한유를 위시한 이전의 고문가들이 유교에 천착하여서 '관도'의 도에서 예藝의 의미를 발견하지 못한 것이 아니라 소동파가 '관도'의 도를 예藝라고 하는 관점에서 보다 폭넓게 해석한 것이기 때문이다. 사실 같은 고문가 중에서도 유종원 같은 이의 도에 대한 개념은 한유와는 상당한 차이가 있다. 한유의 도가 보다 엄정한 유교의 도에 바탕을 둔 것이라면 유종원의 도는 유교의 도를 중심으로 하지만 불교와 도교의 도에 대해서도 관용적이다. 도에 대한 해석은 사상적 취향에 따로 조금씩 차이가 나는 것은 자연스러운 일이다.

그가 간과하고 있는 또 하나의 중요한 사실은 유교의 도 안에서도 주돈이 이후의 신유학자들의 도와 한유와 북송 초의 한유를 추존하였던 북송초의 유개柳開, 목수穆修, 석개石介 등의 전통유학자들의 도에도 상당한 차이가 있다는 것이다. 한유를 위시한 이들 고문가들이 주장한 도는 분명 유교의 도이다. 그럼에도 불구하고 이들이 주장하였던 '문이관도'는 신유학자들로부터 비판을 면치 못하였다. 그것은 단순히 고문가들이 도보다 문장을 더 중시하였기 때문만은 아니다. 도에 대한 서로의 입장이 확연히 다른 데서 기인한 측면도 있다.

---

5) 郭紹虞, 中國文學批評史, 홍콩 : 宏智書局, pp.167-169 참조.

먼저 한유의 도에 대한 개념을 살펴보자. 한유의 도에 대한 개념은 비교적 복잡하다. 한유의 도를 이해하려면 먼저 그의 사상적 입장을 이해해야 할 것이다.

당대의 전반적인 유학 풍토는 앞에서도 고찰하였듯이 주소학이었다. 그런 가운데 안사의 난 이후 담조啖助, 조광趙匡, 육순陸淳 등에 의해 ≪춘추≫의 독자적인 해석을 통하여 정치사회의 개혁을 추구하는 진보적인 춘추학파가 탄생하게 되었다. 유종원, 유우석劉禹錫 등이 참여한 영정혁신永貞革新 집단은 바로 춘추학파의 영향을 받은 것이었다. 한유는 주소학에 반대한 것은 물론이거니와 영정혁신파과도 입장을 달리하여 나름대로 독자적인 사상체계를 구축하려고 하였다.

그것은 바로 유교를 단순한 정치나 인륜의 준칙규범으로서만이 아니라 불노에 대항하는 종교적 사상적 체계로 정립시키고자 한 것이다. 이를 위하여 그는 유교의 도에 대한 새로운 정의를 시도하였다. 그는 <원도原道>편에서 먼저 유교의 도와 덕에 대해,

> 널리 사랑하는 것을 인이라 하고, 행하여 그에 합당한 것을 의라 하고, 인과 의로 말미암아 나아가는 것을 도라고 한다. 자기에게 만족하여 밖에서 구하지 않는 것을 덕이라 이른다. 인과 의는 정해진 이름이 되고 도와 덕은 비어 있는 자리가 된다.
> 博愛之謂仁, 行而宜之之謂道, 由是而之焉之謂道, 足乎己無待於外之謂德. 仁與義, 爲定名, 道與德, 爲虛位.

라고 하고 있다. 그는 인과 의는 고정된 내용을 지니고 있는 이름이라고 한 데에 비하여 도와 덕은 비어 있는 자리라 하였는데, 여기서 말하는 비어 있는 자리란 그 명확한 의미는 알 수 없지만 대체로 비어 있어서 어떤 개념도 받아들일 수 있는 본질적인 것이라는 의미이다. 그리고 그는 이 도를 바탕으로 하여 유교의 도통설을 제창하고 은근히 자신이 유교의 도통을 이었음을 자처하였다.

　　"이 도는 어떤 도인가?" 말하였다. "이것은 내가 말하는 바의 도이고 앞서 말한 불교와 도교의 도가 아니다. 요임금이 이것으로써 순임금에게 전하고, 순임금은 이것으로써 우임금에게 전하고, 우왕은 이것으로써 탕왕에게 전하고, 탕왕은 이것으로써 문왕, 무왕, 주공에게 전하고, 문왕, 무왕, 주공은 이것으로써 공자에게 전하고, 공자는 이것으로써 맹자에게 전하였는데, 맹자가 죽음에 그것은 전해지지 못하였다. 순자와 양웅揚雄은 가리는 데에 정밀하지 못하였고 말하는 데에 상세하지 못하였다.

　　斯道也, 何道也. 曰, 斯吾所謂道也, 非向所謂老與佛之道也. 堯以是傳之舜, 舜以是傳之禹, 禹以是傳之湯, 湯以是傳之文武周公, 文武周公傳之孔子, 孔子傳之孟軻, 軻之死, 不得其傳焉. 荀與湯也, 擇焉而不精, 語焉而不詳.

　　일반적으로 한유의 도통설은 ≪맹자·진심하≫ 및 선종의 전법설의 영향을 받아 제기되어진 것이라고 한다. 그런데 그가 말하는 유교의 도인 인의도덕의 구체적인 내용은 대체로 의식주를 해결하고 예악형정을 베푸는 외왕적 차원의 것이었다. 한편 도는 본체를 가리키는 것이고 의식주와 예악형정禮樂刑政 그리고 경전 등등은 그 본체가 드러난 것을 가리키는 것이니 그의 도에 관한 이론은 화엄종의 사법계설의 영향을 받은 것으로 보는 견해도 있다.6) 인의도덕과 예악형정 등의 구체적인 이름을 넘어서 본체의 개념에 가까운 도를 제창한 것은 분명 이전의 전통 유학의 학풍과는 상당히 다른 면모를 보여주고 있다.

　　그러나 한유의 불교에 대한 이해는 그리 깊지 못하였으며, 그의 도에 관한 이론 역시 유교의 본체론을 정립하였다기보다는 불교의 이론을 빌려서, 그것도 피상적으로 도용하여 유교에 적용한 것에 불과하다고 보는 것이 더욱 타당할 것이다. 이 때문에 송대에는 한유가 도·불을 배척하고 유교를 선양하려고 한 것에 대해서는 찬양하면서도 그의 도에 대한 주장에 대해서는 많은 비판을 가하였던 것이다.7)

　　사실 한유가 '문이명도'라 할 때 그가 밝히려고 한 도는 인륜적 차원의 도덕과 경세치용술로서 아직 본격적인 내면수양의 도에는 이르지

---

6) 孫昌武, ≪唐代文學與佛敎≫, 臺北 : 谷風出版社, 1987, pp.14-16 참조.
7) 김종미, ≪韓愈의 古文理論 硏究≫, 서울대학교 석사학위논문, 1990, pp.20-21 에는 한유에 대한 송인의 비판이 몇 가지 제시되고 있다.

못하였다고 할 수 있다. 이로 보아 한유는 유교의 내성의 도에 대해서 어느 정도는 자각하여 후세 북송 신유학의 선구적 역할을 하기는 하였지만 그의 도는 아직 외왕의 도에 더 가깝다고 보는 것이 타당할 것이다. 한유 이전의 유가적 문학관에서는 물론이거니와 한유 이후 북송초에 이르기까지도 유교적 관점에서 문과 도를 논한 사람들도 대부분 한유의 수준을 넘지 못하고 있다.

북송초의 고문가들인 유개, 목수, 석개 등은 한유의 입장을 계승하여 송대 고문운동의 선구자가 되었다. 그리고 그들은 구양수나 소동파에 비하여 문보다는 도를 중시하는 경향을 보이고 있으며 이로 인해 신유학의 선구자라 칭해지기도 한다. 그러나 이들이 주장한 도 역시 이전에 비해서는 상대적으로 내성적 성향이 농후하다고 할 수 있지만 본격적인 내성의 도라고 할 수는 없다.

이에 비해 주돈이와 정이가 주장한 도는 보다 내성 쪽으로 치우친 도였다. 주돈이는 성인을 가히 이룰 수 있다는 주장과 함께 비교적 단편적이기는 하지만 성인을 이루기 위한 수양론을 제시하였다. 그리고 정이는 한 걸음 더 나아가 <안자소호하학론顔子所好何學論>에서 공문의 수제자인 안자가 좋아한 배움이란 바로 배워서 성인에 이르는 도라고 하고 유학의 근본 목적은 바로 배워서 성인에 이르는 것이라고 주장하였다. 그는 이러한 목적에 부응하기 위하여 거경과 궁리라는 보다 체계적인 수양론을 제시하고, 이에 의거하여 내면적 수양을 할 것을 강조하였다. 이러한 사상적 주장들은 그들의 문학관에도 반영되고 있다. 먼저 주돈이의 '문이재도'설을 보자.

그는 문장을 도를 싣는 수레에 비유하였다. 신유학자로서 문보다는 도를 더 중시한 것은 당연하지만, 그가 주장한 도의 내용에 있어서도 한유의 도와는 약간의 차이가 있다. '문이재도'설의 내용에 대해 어떤 이는 다음의 세 가지를 제시하고 있다.

첫째, 한유를 포함한 전통 유가의 학설 중의 도는 삼강오륜의 윤리 규범으로서의 도덕의 도와 봉건주의의 사회이상인 왕도의 도 두 가지를 다 포함하는 데 비해, 주돈이가 말하는 도는 오로지 도덕만을 가리킨다. 둘째, 문학은 자신의 내재적인 특징이 없이 다만 도덕의 부속품에 불과하여 독립된 지위가 없다. 셋째, 문장을 공부하는 것은 도가 되기에는 부족하다. 주돈이는 단순히 형식주의적인 문학만을 반대한 것이 아니라 문학사업 자체를 낮게 평가한 것이다.[8]

이에 대해 약간의 보완 설명을 더하고자 한다. 먼저 주돈이는 왕도의 도를 소홀히 하였을 뿐만 아니라, 그가 주장한 도덕이라는 것도 이전의 전통유가에서 주장한 도덕과는 약간의 차이가 있다. 이전의 전통유교에서 주장한 도덕이 주로 사회적 윤리규범으로서의 삼강오륜이었으며 따라서 그 주안점은 여전히 외왕적 측면에 있는 반면, 주돈이가 주장한 도덕은 단순한 윤리적 차원에서 한 걸음 더 나아가 내면의 덕을 완성하여 성인을 이루는 도덕이었으며, 그 주안점은 내성에 있다고 할 수 있다. 이렇게 수양을 통한 내성을 중시하였던 까닭에 문장을 공부하는 것이 도가 되기에 부족하다고 하고, 문학을 도덕의 부속품으로 인식하기에 이르렀던 것이다. 만약 교화와 경세치용의 도를 선양하거나 현실의 모순이나 부조리를 고발하는 것을 중시하였다면 문학을 그렇게 폄하할 수는 없을 것이다.

안으로 성인을 이룬다는 것은 앞에서도 고찰하였듯이 신유학 전체의 주요한 대전제였으며, 주돈이의 '문이재도'설에는 바로 이러한 사상적 태도가 잘 반영되어 있다고 할 수 있다. 그리고 이것이 극단으로 치달은 것이 바로 정이의 작문해도설이라고 할 수 있다.

정이는 문장을 짓는 것은 도에 방해가 된다고 하였는데, 이는 그것이 수양하여 성인이 되는 데에 방해가 되기 때문이었다. 일보 양보하여 정이가 문장을 짓는 것을 반대한 것이 문학 행위 그 자체를 반대한 것이 아니라 수사기교를 중시하는 태도를 반대한 것이라 하더라도, 여기에는 이전의 유교적 문학관과는 약간의 차이가 있다.

---

8) 蔡鐘翔·黃保眞·成復旺 著, ≪中國文學理論史≫, 北京 : 北京出版社, 1987, p.327 참조.

　이전에 유교적 문학관에서 수사기교에만 치중하는 문풍을 반대하였던 주된 이유는 문학의 사회적 공용성을 강조하기 위함이었다. 그들은 내용 없이 화려하기만 한 문장을 반대하고 정치와 교화에 도움이 되는 글을 지을 것을 적극 강조하였던 것이다. 이에 비해 정이는 문장을 아름답게 하려고 정성을 기울이게 되면 뜻이 그 곳에 국한되고 따라서 내성의 도를 이룰 수 없다는 식의 논리를 펴고 있다.

　만약 정이가 공자 이래의 면면한 전통인 공용적 문학론에 입각하여 논지를 펼쳤다면, 수사기교에만 치중하여 내용 없는 문장을 짓지 말고 정치 교화에 도움되는 내용 있는 글을 지어야 할 것을 주장할 것이지, 수사기교에 공을 들이면 도에 방해가 된다는 식의 극단적인 문학부정론을 주장하지는 않았을 것이다. 시를 짓는 것은 일에 방해가 된다는 '작시방사作詩妨事'의 주장 역시 이와 같은 맥락에서 이해될 수가 있을 것이다.

　정이의 '작문해도'설은 그가 북송 신유학의 최대 학파이자 남송 신유학의 발전에 지대한 영향을 끼친 낙학의 영수인 까닭에, 이후 신유학자의 문학관에 상당한 영향을 끼쳤다. 대부분의 신유학자들이 문학에 대해 그다지 관심을 보이지 않거나 정도의 차이는 있으나 대체로 문학에 대해 부정적인 견해를 보이고 있는 것은 바로 정이의 영향이라고 하겠다. 정이의 학설을 중심으로 북송 신유학을 집대성한 주희는 원래 문학적인 소양이 풍부하였으므로 스승 정이에 비해서는 문학에 대해 훨씬 유화적인 태도를 취하였고 그 자신 문학을 상당히 애호하였다. 그러나 그 또한 도가 뿌리이고 문은 지엽이라는 것을 강조하여 중도경문의 테두리를 벗어나지 못하고 있다. 그리고 간혹은 시문를 짓는 것이 무익하다고 하거나, 시를 짓는 것을 술과 마찬가지로 금지의 대상으로 삼아 "천만계시지주千萬戒詩止酒"9)라고 말하기도 하였는데, 이는 내면의 수양을 위하여 문학을 금하려고 하는 정이의 문학에 대한 태도를 그대로 계승한 것이라 할 수 있다.

____

9) ≪晦庵先生朱文公文集≫ 續集 卷六, <與趙昌甫>.

  작문해도설이나 문이재도설이나 도를 중시하고 문을 경시한다는 점에서는 한 가지이다. 문학의 사회적 공용성을 강조하였던 공자 이래의 전통적 유교의 문학관에서는 내용 없는 유미주의적 문학관에 대해서는 반대하였지만 문학 자체의 가치를 무시하지는 않았다. 이에 비해 신유학자들은 철처한 중도경문의 경향을 보이고 있는데, 이것은 바로 내성을 중시하는 그들의 학문적 특징이 문학관에 그대로 반영된 것이라고 할 수 있다.

개인적인 성정이나 지덕을 중시한다

  전통 유교의 문학관의 특징은 한 마디로 말해 문학의 정치 사회적 공용성에 대한 강조에 있다. 이는 외왕을 강조하였던 그들의 사상적 태도와 일치된다. 유교의 종사인 공자는 제자들에게 시를 배울 것을 강조하면서, 시를 통하여 흥興, 관觀, 군群, 원怨을 할 수 있으며, 가까이는 부모를 섬길 수 있으며 멀리는 임금을 섬길 수 있다고 가르쳤다.[10] 여기서 흥관군원에 대해서는 제가의 설의 차이는 있지만, 대체로 흥은 뜻을 감발시키는 것이고, 관은 풍속의 성쇠나 정치의 득실을 살펴보는 것이고, 군은 서로 같이 절차탁마하는 것이고, 원은 윗사람의 정치를 원망하여 풍자하는 것이라고 할 수 있다. 이 중 관과 원이 문학의 정치사회적 공용성을 말한 것으로 외왕적인 성격이 있다면, 흥과 군은 개인의 서정을 말한 것으로 비교적 내성적인 성격을 지니고 있다고 하겠다.

  그러나 공자의 철학 사상이 내성과 외왕을 겸비하면서도 외왕에 보다 치중하였던 것처럼 문학관도 대부분의 중국문학비평사에서 지적하

---

10) ≪論語・陽化≫ : "子曰, 小子何莫學乎詩. 詩可以興, 可以觀, 可以群, 可以怨. 邇之事父, 遠之事君, 多識於鳥獸草木之名".

고 있듯이 정치사회적 공용성에 치중하였다. 이러한 전통은 한대에 있어서도 마찬가지였다. 한대의 유가적 문학관을 대표하고 있는 <모시서毛詩序>는 공자의 공용적 문학관을 계승하면서, 이에 시가의 본질에 관한 문제, 시가와 음악과 무도와의 관계를 첨가하여 비교적 체계적인 시론을 전개하고 있다.

> 시란 뜻이 가는 바이다. 마음에 있을 때는 뜻이 되고 말로 나오면 시가 된다. 정情은 안에서 움직여 말에서 표현되는데, 말하여 부족하니 탄식하고, 탄식하여 부족하니 길게 노래하고, 길게 노래하여 부족하니 절로 손과 발로써 춤을 춘다. 정情은 소리에서 나타나게 되고 소리가 무늬를 이루는 것을 음이라 한다. 치세의 음은 편안하면서 즐거우니 그 다스림이 화평하기 때문이고, 난세의 음은 원망스러우면서 노한 듯하니 그 다스림이 일그러졌기 때문이고, 망국의 음은 슬프면서 생각하게 하니 그 백성이 곤궁하기 때문이다. 그러므로 득과 실을 바로 하고 천지를 움직이고 귀신을 감동시키는 데에는 시보다 가까운 것이 없다. 선왕은 이로써 부부를 다스리고, 효와 경을 이루고, 인륜을 두텁게 하고, 교화를 아름답게 하며, 풍속을 변화시켰다. … 위는 풍으로써 아래를 교화하고, 아래는 풍으로써 위를 풍자한다. 문사를 위주로 하여 은근히 간언하니, 말하는 사람은 죄가 없고, 듣는 사람은 족히 경계할 수 있다.
>
> 詩者, 志之所之也. 在心爲志, 發言爲詩. 情動於中而形於言, 言之不足故嗟嘆之, 嗟嘆之不足故永歌之, 永歌之不足, 不知手之舞之, 足之蹈之也. 情發於聲, 聲成文謂之音. 治世之音安以樂, 其政和. 亂世之音怨以怒, 其政乖, 亡國之音哀以思, 其民困, 故正得失, 動天地, 感鬼神, 莫近於詩. 先王以是經夫婦, 成孝敬, 厚人倫, 美教化, 移風俗. … 上以風化下, 下以風刺上, 主文而譎諫, 言之者無罪, 聞之者足以戒.[11]

<모시서>에서는 먼저 시가의 본질을 지志와 정情으로 보고 있으며, 정情의 발현이 음악과 무도로 이어진다고 하여 시가와 음악 및 무도의 밀접한 관계를 설명하고 있다. 그리고 ≪예기·악기≫를 원용하여 음악과 정치와의 관계를 끌어내고 나아가 시의 교화적 기능에 대해 논하고 있는데, 특히 "위는 풍으로써 아래를 교화하고, 아래는 풍으로써 위

---

11) ≪毛詩正義≫, 藝文印書館 十三經注疏本.

를 풍자한다. 문사를 위주로 하여 은근히 간언하니, 말하는 사람은 죄
가 없고, 듣는 사람은 족히 경계할 수 있다"라는 말은 시의 정치사회
적 공용성을 대표하는 문구가 되었다.

공자와 <모시서>의 시론은 ≪시경≫이라고 하는 이미 존재하고 있
는 시집에 대한 논의에 불과하므로 시가 창작에 관한 언급이 전혀 없
고, 또 그 논의가 시라고 하는 한 장르에 국한되어 있다. 그럼에도 불
구하고 공자와 그를 계승한 <모시서>의 시론에서 보여준 공용적 문학
관은 후대 중국문학 전체에 심원한 영향을 끼쳤다. 양웅이 부賦라는
것은 풍자를 하기 위한 것이라고 주장한 것12)이나 왕일王逸이 굴원屈原
의 <이소離騷>를 논하면서 홀로 ≪시경≫의 뜻에 의거하여 <이소>를
지었으며, 위로는 이로써 풍자하고 아래로는 이로써 스스로 위로하였
다고 한 것13)들은 모두 <모시서>의 관점에서 사와 부를 논한 것이다.

공용성을 중시하는 이러한 성향은 이후 유교적 문학관의 공통적인
특징이라고 할 수 있다. 이에 비해 신유학자의 문학관은 약간 다른
양상을 보이고 있다. 먼저 <모시서>와 마찬가지로 ≪시경≫을 논한
주희의 ≪시집전詩集傳≫을 통하여 이들의 관점의 차이를 고찰해 보
도록 하겠다. 주희는 어릴 때부터 <모시서>에 많은 문제가 있다고
여겨 오다가, 후에 정초鄭樵의 ≪시변망詩辨妄≫을 읽고 난 뒤에 ≪시
경≫에 대한 주석을 다시 달 것을 결심하고, 약 삼십세 무렵부터 집
필하기 시작하여 사십팔세에 ≪시집전≫의 초고를 완성하였으며, 이
후 계속적인 수정을 가하였다.14) <모시서>가 전통유교의 시에 대한

---

12) ≪揚子法言·吾子≫ : "或曰賦可以諷乎. 曰諷乎. 諷則已, 不已, 吾恐不免於勸也".
   郭紹虞, ≪中國歷代文論選≫ 上卷 , 홍콩 : 中華書局, 1979, p.62에서 재인용.
13) <楚辭章句序> : "獨依詩人之義, 而作離騷, 上以諷諫, 下以自慰". 郭紹虞, ≪中
   國歷代文論選≫ 上卷, p.115에서 재인용.
14) 원래는 사십육 세 때에 ≪詩集解≫라는 이름으로 초고를 완성하였으나 <모
   시서>의 설을 따른 부분이 너무 많아 다시 수 차례의 수정을 거쳐 사십팔
   세 때에 ≪시집전≫이라는 이름으로 원고를 완성하였다. 이것이 바로 구본
   ≪시집전≫이며, 이후 呂祖謙과 여러 차례의 토론과 서신왕래를 하였는데 여
   조겸의 사후에 다시 수정을 가하여 오십팔 세 즈음에 신본 ≪시집전≫을 완

견해를 대표한다면, ≪시집전≫은 신유학의 관점을 대표한다고 할 수 있을 것이다. 이들의 차이 가운데 다른 부분은 주로 경학적인 관점에서 논의한 것이므로 문학과 직접 관계가 없다. 그러나 풍에 대한 해석과 변풍, 변아에 대한 견해의 차이는 그들의 문학관과 직접 관련이 있으므로 이를 고찰하도록 하겠다. 먼저 주희의 풍에 대한 해석을 보도록 하겠다.

> 풍이라는 것은 민속 가요의 시이다. 그를 풍이라고 한 것은, 위 사람의 교화를 받아 말이 있으며 그 말이 또한 사람들을 족히 감동시킬 수 있는 것이 마치 사물이 바람의 움직임에 의하여 소리가 있으며 그 소리가 또한 사물을 족히 움직일 수 있는 것과 같기 때문이다. 이 때문에 제후가 그를 채집하여 천자에게 바치고 천자는 그것을 받아 음악관청에 정리하였으며, 그로써 풍속의 좋고 나쁨을 살피어 그 정치의 득과 실을 알게 된다.
>
> 風者, 以其被上之化以有言, 而其言又足以感人, 如物因風之動以有聲, 而其聲又足以動物也. 是以諸侯采之以獻於天子, 天子受之而列於樂官, 於以考其俗尙之美惡, 而知其政之得失焉.[15]

주희는 풍의 의미에 대해 설명을 하면서, 윗사람의 덕에 감화를 받아 말이 있고 그 말이 또한 사람을 족히 감동시킬 수 있음을 강조하였는데, 이것은 <모시서>의 "위에서는 풍으로써 아래를 교화한다"를 그대로 계승한 것이라 할 수 있다. 그런데 주희의 설명에는 풍간의 의미를 지니고 있는 "아래에서는 풍으로써 윗사람을 풍자한다"에 대한 언급이 없다.[16] 이는 인륜을 두텁게 하고 풍속을 옮기는 교화적 측면만 강조하고 현실에 대한 풍자의 측면에 대해서는 그다지 중시하지 않았다는 뜻이다.

성하였다고 한다. 許英龍, ≪朱熹詩集傳硏究≫, 臺灣, 東海大學校 碩士學位論文, 1985, pp.5-6 참조.

15) 朱　熹, ≪詩集傳≫ 卷一, 臺北 : 學生書局, 1970.

16) 이재훈, <朱子之詩六義考>, ≪魯城崔完植先生頌壽論文集≫, 서울 : 魯城崔完植先生頌壽論文集刊行委員會, 1991, pp.759에서도 이 점을 거론하고 있다.

그리고 변풍과 변아의 의미에 대해서도 주희는 전통적인 견해와는 약간 다른 의견을 제시하고 있다. <모시서>에서는 변풍에 대하여 "인륜이 허물어짐을 슬퍼하고 정치가 가혹함을 슬퍼하여 성정을 읊어 윗사람을 풍자하였다"는 것을 강조하였다.17) 정현鄭玄의 ≪시보詩譜≫에서도 이를 계승 발전시켜 변풍과 변아는 풍자하고 원망한 것이라고 한 것18)에 대해, 주희는 약간 다른 주장을 하고 있다. 그는 <시집전서>에서 변풍과 변아에 대해,

> 패풍邶風 이하로는 나라마다 정치의 상황이 같지 않고 사람들의 현명함과 어리석음이 같지 않아서 감응하여 나타난 것이 정사시비가 고르지 않다. 이른바 선왕의 풍이 이에 변하게 되었다. … 아雅가 변한 것은 또한 모두 한 때의 현인군자가 당시의 상황과 풍속을 걱정하여 지은 것인데, 성인이 그를 취하였다.
>
> 自邶以下, 則其國之治亂不同, 人之賢否亦異, 其所感而發者, 有邪正是非之不齊, 而所謂先王之風者, 於此焉變矣. … 至於雅之變者, 亦皆一時賢人君子, 閔時病俗之所爲, 而聖人取之.

라고 하여 풍자의 의미에 대해서는 가급적 희석하려고 하였다. 이렇게 위로부터의 교화적인 측면만 강조하고 아래로부터의 풍자적 측면을 무시한 것은 바로 신유학자의 내성을 중시하는 성향에서 기인한 것이라고 할 수 있다. 즉 위에서 풍으로써 아래를 교화한다는 말은 먼저 안으로 심성의 수양을 통하여 자신의 인격을 도야한 다음 그것을 미루어 밖으로 백성을 교화시킨다는 신유학자의 입장에서 볼 때 서로 합치될 수 있는 것이지만, 풍자하고 원망하는 것은 아무래도 심성 수양을 중시하는 내성의 도에 부합되지 않았기 때문이라고 추측된다.

그리고 시의 교화적인 측면을 강조하였다는 점에 있어서는 이전의

---

17) ≪毛詩正義≫, <毛詩序> : "至於王道衰, 禮義廢, 政敎失, 國異政, 家殊俗, 而變風變雅作矣. 國史明乎得失之迹, 傷人倫之廢, 哀刑政之苛, 吟詠性情, 以風其上, 達於事變而懷其舊俗者也".

18) ≪毛詩正義≫, <詩譜序> : "自是以下, 幽也, 厲也, 政敎尤衰, 周室大壞, 衆國紛然, 刺怨相尋".

전통 유교와 서로 일치하고 있지만 실제적인 창작이나 비평에 있어서는 그 성격을 약간 달리하고 있다. 그들은 실제로는 시를 통하여 삼강오륜을 전파하고 정치사회적 질서를 바로 잡기보다는 개인적인 지덕志德이나 성정性情을 펼치는 것을 더욱 중시하였다.

소옹은 근세의 시인들이 개인적인 사사로운 감정에 빠져 천하의 대의를 말하지 못한다고 비평하였는데, 그가 주장하는 천하의 대의라는 것은 물론 시의 교화적 차원을 말하는 것이다. 그러나 그 내용을 보면, 단순히 삼강오륜을 선양하는 차원이 아니라 심성의 수양을 통해 희노애락의 감정을 넘어선 달인의 경지에서 성정을 읊는 것을 가리키는 것이다. 그는 '이물관물以物觀物'을 통하여 정이 다 사라진 달관된 심정에서 성정을 노래할 때 비로소 성정을 노래하나 성정에 얽매이지 않게 된다고 주장하였던 것이다. 그는 시에 있어서 천하의 대의로써 말한다는 식의 공용성을 주장하면서 그 실제 내용으로는 정이 다 사라진 달관된 심정에서 성정을 노래할 때 비로소 성정을 노래하나 성정에 얽매이지 않게 된다고 주장하였던 것이다.

그는 시에 있어서 사사로운 정에 얽매이지 않는 달관된 심경을 추구하였기 때문에 은자 시인인 도연명을 좋아하였다. 그는 고금의 시인에 대해 거의 흥미를 보이지 않고 있으나 유독 도연명에 대해서는 강한 관심을 보이고 있다.[19] 그의 시에는 도연명의 <귀거래사歸去來辭>, <오류선생전五柳先生傳>, <도화원기桃花源記>, <음주시飮酒詩>, <독산해경讀山海經> 등의 작품들의 영향을 직접적으로 받은 것들이 많다.[20]

신유학자 가운데 소옹 못지않게 시를 애호하였던 주희도 시의 최대의 관건을 뜻의 고하에 있다고 하고, 뜻이 높고 덕이 충일하면 시가 절로 이루어짐을 강조하였다.[21] 주희는 이러한 지덕을 바탕으로 하여

---

19) 上野日出刀, <邵雍詩中の陶淵明>, ≪長崎に遊んだ 漢詩人≫ 附記 ≪ 宋明儒者の詩≫, 福岡 : 中國書店, 1989, p.254 : "邵雍は古今の詩人にはほとんど興味を 示さない. しかし陶淵明に强い關心を示す".

20) 위의 글, pp.254-277 참조.

21) ≪晦庵先生朱文公文集≫ 卷三十九, <答楊松卿> : "熹聞詩者志之所之. 在心爲

도연명이나 위응물 등의 고원한 지사형의 시인에 대해서는 대체로 높이 평가한 반면, 중국문학사상 우국충정의 대표적 시인이라 할 수 있는 두보의 시에 대해서는 오히려 이들보다 낮게 평가하고 있다. 도연명이나 위응물의 시를 애호하는 것은 소옹이나 주희에게서 뿐만 아니라 대부분의 신유학자에게서 공통적으로 나타나는 현상이다.

그리고 주희는 시를 단순한 교화의 차원에서만 논하려고 하지 않고 시를 통해 고인의 고상한 풍취와 심원한 운치를 터득하는 데도 큰 비중을 두었다.[22] 그가 이렇듯 지사형의 시를 좋아하고 고인의 고상한 풍취와 운치를 터득하는 것을 중시하였던 것은 그의 문학가로서의 개인적 취향과도 관련이 있겠지만, 시를 통하여 인륜을 두텁게 하고 교화에 도움이 되도록 하기보다는 시를 통해 고인의 고매한 지덕을 익히고 자신의 심성을 도야하는 것을 더 중시하였기 때문이라고 할 수 있다.

신유학자들의 실제 작품에도 이러한 경향은 그대로 이어진다. 소옹의 시는 현실반영이나 풍자를 위주로 한 것은 거의 없고, 대부분 유유자적한 은둔생활의 정취와 자신의 달관된 심경을 노래한 것이거나 혹은 철학적 내용을 읊은 것들이다. 주돈이의 시 또한 양은 많지 않지만 은자적 정취가 풍기는 시들이 주류를 이루고 있고, 그의 〈애련설愛蓮說〉이나 〈양심정설養心亭說〉등의 문장들 또한 고매한 지덕에 관한 글들이다. 정호의 시도 대부분 인의 체득에서 오는 마음의 즐거움을 읊은 것들이 주종을 이루고 있으며, 시사에 관한 내용은 거의 없다. 주희의 시는 신유학자들의 시 가운데 문학적 성취도가 가장 높은 편에 속하고 그 내용도 다양하여 철리시, 교유시, 산수시, 감사시, 잡영시 등이 있는데, 그 중 시사를 읊은 감사시는 그 양이 얼마 되지 않고 산수간에 노니는 정회를 읊은 산수시가 압도적으로 많다. 이러한 경향은 신유학자 가운

志, 發言爲詩. 然則詩者豈復有攻拙哉. 亦視其志之向者高下如何耳. 是以古之君子, 德足以求, 其志必出於高名淳一之地, 其於詩不學而能之".
22) 차주환, 《中國詩論》, 서울 : 서울대학교출판부, 1987, p.167 참조.

데 소옹이나 주희 못지 않게 시를 많이 남긴 위료옹에 있어서도 마찬
가지이다.

이理를 중시한다

송대에 흥성하여 명대에 이르기까지 발전하였던 신유학을 이학理學
이라고 칭하는 것은 신유학자들이 그만큼 이理를 중시하였기 때문이다.
이理는 원래 옥을 다듬는다는 뜻이었으나, 선진시대부터 이미 철학적
의미를 지니고 있었다.[23] 이처럼 이理에 관한 대부분의 함의나 이理와
관련이 있는 대부분의 개념들은 이미 한대 이전에 형성된 것은 사실이
지만 당시에는 철학사에서 주요한 지위를 누리지 못하였다. 이理가 중
국철학사에서 주요한 지위를 차지하게 된 것은 바로 송대 신유학자의
공이라고 할 수 있다.[24]

초기의 신유학자인 주돈이나 소옹은 이理에 대해 그다지 주목하지
않았는데, 이정이 천리를 강조하고 '성즉리'를 제창하여 이理를 중시하
자 이理는 마침내 신유학의 핵심 개념이 되었다. 이후 대부분의 신유
학자들이 이理를 중시하였는데, 정주이학파는 물론이고 심학파 역시 마
찬가지였다.

전통 유가에서는 주로 인仁의 개념을 강조하였던 데에 비해 신유학
新儒學에서는 주로 이理를 중시하였던 것[25]은, 전자가 주로 정치 사회
적인 공용성을 강조하여 실천적인 인仁을 중시한 데에 비해 후자는 정

---

23) ≪孟子·告子上≫에서 "心之所同然者何也, 謂理也, 義也"라고 한 것이나 ≪周
  易·繫辞傳≫에서 "易簡則天下之理得矣"라고 한 것들은 그 좋은 예라고 할
  수 있다.
24) 韋政通, ≪中國哲學辭典≫, p.556 참조.
25) 韋政通, ≪中國哲學辭典≫, p.556 : "從先秦到漢, 哲學上最重要的概念是仁, 在
  宋以來的八百年中, 哲學上最重要的概念是理".

치나 사회보다는 보다 직접적으로 개인과 우주와의 관련성을 궁구하는
가운데 추상적인 이理를 중시하게 되었기 때문일 것이다.

　신유학의 목표는 성인이 되는 것이고 그들이 지향하는 성인이란 경세
치용적인 차원에서 한 걸음 더 나아가 내면의 심성의 도와 외면의 우주
의 도에 두루 통한 자이다. 이렇게 개인과 우주, 안과 밖을 하나로 묶는
것이 바로 이理인 것이다. 이理는 우주만물의 생성 원리 내지는 본질인
동시에 우리 마음의 주재자이자 본체이다. 이理를 바로 아는 것은 바로
성인에 이르는 길과 직결되는 것이라고 할 수 있다. 이로 보아 이理의 중
시 역시 내성을 중시하는 태도에서 기인한 것이라고 할 수 있을 것이다.

　신유학자들의 이理를 중시하는 경향은 문학에 대한 태도에 있어서도
그대로 반영되고 있다. 정이는 성인의 말씀이라는 것은 "이 말이 있으
면 이 이理가 드러나고, 이 말이 없으면 천하의 이理에 부족함이 있게
된다"26)라고 하고, 또한 "천하의 이理를 다 포함하고 있지만 또한 심히
간략하다"27)고 주장하고, 문장이 이와 같을 수 있다면 바로 성인의 사
업이 된다고 하였다.

　주희는 정이의 작문해도설이나 작시방사설에 대해서는 그다지 따르
지 않았지만 이理를 중시하는 태도는 매우 존중하였다. 그는 문장을
짓는 데에 있어서는 먼저 이理에 밝아야 함을 강조하였다. 그는 학문
하여 이理를 밝히는 데에 힘을 쓰면 저절로 좋은 문장을 지을 수 있다
고 하였다.28) 그리고 이理가 정밀해지면 글은 절로 전아하고 충실해진
다고 하고, 정이의 ≪역정전易程傳≫ 같은 문장을 극찬하였다.29)

　주희의 문학관을 이은 진덕수도 <발서원송무숙유고跋西園宋茂叔遺藁>
에서,

---

26) ≪二程集·河南程氏文集≫ 卷九, <答朱長文書> : "蓋有是言, 則是理明, 無是
　　言, 則天下之理有闕焉".
27) 위와 같음 : 其包涵盡天下之理, 亦甚約也.
28) ≪朱子語類≫ 卷百三十九 : "大意主乎學問以明理, 則自然發僞好文章"
29) 위와 같음 : "但須明理, 理精後, 文字自典實, 伊川晚年文字如易傳, 直是盛得
　　水注".

> 서원군西園君은 일찍부터 남헌南軒, 동래東萊 두 선생과 노닐었다. 그러
> 므로 그 문장의 의론議論이 대개 이理와 도에 근본을 두어서 모두 확실
> 하게 적절히 쓰인 말이다. 세상의 문사를 조탁하는 사람들이 비할 바가
> 아니다.
> 西園君蚤從南軒, 東萊二先生遊, 故其文章議論, 大抵根本理道, 鑿鑿乎皆
> 適用之言, 非世之雕鏤詞章者比.[30]

라고 하여 이理와 도에 근본을 둔 문장을 높이 평가하였다.

문장에 있어 이理를 중시한 것은 정주이학자만이 아니었다. 심학의
창시자인 육구연도,

> 문장은 이理를 위주로 한다. ≪순자≫는 이理에 있어서 폐단이 있기
> 때문에 문장이 우아하고 순통하지 못하다.
> 文以理爲主. 荀子於理有蔽, 所以文不雅馴.[31]

라고 하여 이理를 중시하고 있으며, 심학파 문학관을 대표하는 포회도
시의 삼대요소로서 이理를 가장 먼저 제시하고 송인의 시는 이理를 위
주로 하기 때문에 당인의 시에 손색이 없다고 여겼다.

시문에 있어 이理를 중시하는 태도는 일차적으로 시문에 철리적인
내용을 담기를 좋아하는 경향으로 나타난다. 그리고 이理를 중시하게
됨으로써 자연 사색적이고 이지적인 경향이 농후해질 것이고, 그에 따
라 감정적인 요소는 자연 여과되어지고 희석될 것이다. 이것은 시문에
있어 감성적 측면보다는 이성적 측면을 더 강조하는 경향으로 나타나
게 된다. 흔히 송시의 주요한 특징이라고 이야기되는 이理로써 시를
짓는다, 의론으로써 시를 짓는다 등의 주장은 신유학자들의 이理를 중
시하는 이러한 태도와 밀접한 관계가 있다고 할 수 있다.

---

30) 眞德秀, ≪西山先生眞文忠公文集≫ 卷三十六.
31) 陸九淵, ≪象山先生文集≫ 卷三十四, ＜語錄上＞.

북송 신유학자들의 문학관

북송은 신유학 발전의 초기단계이다. 북송 신유학자들의 문학관 역시 초보적인 단계에 머물러 있으며 이 때문에 문학의 내부 규율에 대한 언급은 그다지 보이지 않는다. 따라서 여기서는 이들의 문학에 대한 태도 문제를 중심으로 논의를 전개하고자 한다.

신유학의 발전을 논할 때는 주돈이를 가장 먼저 언급하였지만 여기서는 소옹을 먼저 다루고 그 다음으로 주돈이와 장재를 같이 다루고 마지막으로 이정을 다루었다. 그 이유는 첫째, 신유학의 발전이라는 측면에 있어서는 주돈이가 더 큰 비중이 있지만 문학관에 있어서는 북송 신유학자 가운데 문학에 대해 가장 많은 흥미를 가졌으며 이로 인해 후에 이학체시파理學體詩派의 시조가 된 소옹이 보다 비중이 있다고 생각되었기 때문이며, 둘째, 문학에 대해 유화적인 태도를 지닌 신유학자와 중도적인 태도를 지닌 신유학자와 극단적으로 경시하는 태도를 지닌 신유학자를 점차적으로 배열함으로써 그들의 학문적 성격과 생활 정취가 그들의 문학에 대한 태도에 어떻게 반영되는지를 보다 효과적으로 고찰하기 위해서이다.

5 은자의 성향이 농후한 소옹의 문학관

북송 오자 가운데 문학에 대해 가장 유화적인 태도를 지닌 사람은 소옹이었다. 그는 주요한 신유학자 가운데 가장 많은 시를 남겼다. ≪이천격양집伊川擊壤集≫이라고 하는 그의 시집에는 약 천오백여수의 시가 실려 있다. 그의 시는 일반 시인의 시와는 달리 신유학자 특유의 설리적인 내용이 주류를 이루고 있어 이학체시理學體詩의 선구가 되었다. 이로 인해 후대 신유학자들의 시를 흔히 격양집체라고 부르거나 소강절체라고 부르게 되었다. 그는 시가이론에 대해서도 그리 체계적이지는 못하지만 상당히 독자적인 견해를 보였는데 신유학자적 특성이 잘 나타나 있다. 그의 문학관은 주로 시가이론에 집중되어 있으므로 여기에서도 이를 중심으로 논하고자 한다. 그의 시론은 ≪이천격양집≫의 서문에 주로 나타나 있으며 그밖에 그의 시에서도 조금씩 보이고 있다. 여기서는 그의 시론에서 드러나는 내성적 성향을 크게 세 가지로 고찰하고자 한다.

뜻을 중시하고 정을 가볍게 본다

시의 본질이 무엇인가에 관한 문제는 시가이론 가운데 비중이 매우 큰 주제로서 ≪상서尚書≫이후로 줄곧 논의되어 왔던 것이다. 그 중 시가의 본질은 뜻와 정情의 발로라고 주장한 <모시서>의 이론은 한대 유교의 대표적인 시가이론으로서 후대에 끼친 영향이 지대하였다. 소옹도 ≪이천격양집≫의 서문에서 시의 본질에 관하여 언급하면서 일단 먼저 전통적인 <모시서>의 견해를 따르고 있다.

> 이천옹伊川翁은 말한다. 자하子夏가 이르기를 "시는 뜻이 가는 바이다. 마음에 있으면 뜻이요, 말로 드러내면 시이다. 정情은 마음속에서 움직여 말로 표현되고, 성聲이 무늬를 이루면 그를 음音이라 한다"라 하였다. 이에 시時를 품는 것을 지志라 하고 사물을 느끼는 것을 정情이라 하며, 지志를 드러내는 것을 말이라 하고 정情을 드러내는 것을 성聲이라 하며, 말이 문채를 이루는 것을 시라 하고 성聲이 무늬를 이루는 것을 음이라 하는 것을 알겠다. 그런 뒤에 그 시를 듣거나 음을 들으면 사람의 지志와 정情을 알 수 있을 것이다.
> 伊川翁曰, 子夏謂, 詩者志之所之也. 在心爲志, 發言爲詩. 情動於中而形於言, 聲成其文而謂之音, 是知懷其時則謂之志, 感其物則謂之言, 揚其情則謂之聲, 言成章則謂之詩, 聲成文則謂之音. 然後聞其詩,聽其音, 則人之志情可知之矣.

여기서 자하가 일렀다고 한 것은 그가 <모시서>의 대서 부분을 자하가 지었다는 설을 믿었기 때문이다. 그는 <모시서>에 이어 시時와 물物, 지志와 정情, 성聲과 언言, 시詩와 음音 등을 나름대로의 체계로서 설명하고 있다.

어떤 이는 이러한 소옹의 설명 방식은 <모시서>와 흡사하지만 지志와 정情을 분리하여 이야기한 것이 크게 다른 점이라고 하고, 소옹은 '시時 − 지志 − 언言 − 시詩, 물物 − 정情 − 성聲 − 음音'의 체계로써 지志와 정情의 문제를 설명하려 했다고 지적하고 있다.[1] 그러나 소옹이 정情과 지志를 분리하여 설명하려 했던 것은 타당하지만 곽소우의 지적 같이 그렇게 질서정연하게 분류하려 했던 것 같지는 않다. ≪이천격양집≫ 서문에는 곧 이어서,

---

1) 郭紹虞, ≪中國文學批評史≫, 홍콩 : 宏智書店, pp.194-195 참조.

또한 정情에는 일곱 가지가 있는데, 그 요점은 두 가지이다. 그 두 가지는 신身과 시時이다. 신身은 일신의 기쁨과 슬픔을 말하는 것이고 시時는 한 시대의 막히고 태평함을 말한다.

且情有七, 其要在二, 二謂身也, 時也. 謂身則一身之休戚, 謂時則一時之否泰也.

라는 말이 보이는데, 여기서는 정情 속에 시時가 포함되어 있어 앞의 체계와 합치되지 않는다. 그리고 또 뒷부분에 가서는,

한가할 때에 시절을 관찰하고, 고요할 때에 사물을 비추어 보며, 시절에 따라 뜻을 일으키고, 사물로 인해 말에 기탁하며, 뜻으로써 읊조리게 되고, 말로써 시詩를 이루며, 읊조림으로써 성聲을 이루고, 시詩로써 음音을 이룬다.

因閑觀時, 因靜照物, 因時起志, 因物寓言, 因志發詠, 因言成詩, 因詠成聲, 因詩成音.

라고 하여, 이번에는 '시時 — 지志 — 영詠 — 성聲, 물物 — 언言 — 시詩 — 음音'의 체계를 제시하고 있다. 이것은 위의 체계와 부합되지 않을 뿐 아니라, ≪상서·요전堯典≫의 "詩言志, 歌永言, 聲依永, 律和聲"의 체계에도 맞지 않고, 또 ≪예기·악기≫의 '성聲 — 음音 — 악樂'[2]의 체계에도 맞지 않는다.

생각컨대, 소옹은 시물時物과 지정志情, 그리고 시가와 음악과의 관계에 대해 정밀한 체계를 세울 의도를 가지고 서술한 것이 아니라 그때그때 즉흥적으로 대비관계를 설정한 듯하다.[3] 이처럼 용어 사용의 엄격성이 약간 결핍되어 있어[4] 그 정확한 뜻이 무엇인지를 알기는 어렵

---

2) 勞思光 著, 정인재 역, ≪중국철학사≫ 한당편, p.81 참조.
3) 張健은 <邵雍詩論研究>에서 邵雍이 '時 — 志 — 言 — 詩, 物 — 情 — 聲 — 音'의 체계로 나누어 설명한 것에 대하여 다만 문자의 유희에 가까운 것이라고 하고 있다. ≪文學評論≫, 臺北, 第五期, 1978, pp.84-85 참조.
4) 勞思光 著, 정인재 역, ≪중국철학사≫ 宋明篇, p.201에도 "대체로 소옹은 치밀하게 사고하는 학자는 아니었다. 그가 사용한 용어들은 매번 그 사상을 표현하는 데에 엄격함이 부족하곤 하였다"라는 말이 있다.

다. 그러나 소옹이 <모시서>의 견해처럼 지志와 정情을 둘이면서도 하나인 것5)으로 여기지는 않고 이를 분리시키려고 했던 것은 틀림없는 것 같다. 그는 <논시음論詩吟>과 <담시음談詩吟>에서 각기 "무엇 때문에 시라고 하는가? 시란 지志를 말하는 것이네",6) "시란 사람의 지志이니, 시가 아니면 지志를 전할 수 없네"7)라고 하여 시의 존재 의의는 지志를 말하는 데에 있다고 생각한 반면, 정情은 좋은 시를 짓는 데에 방해가 되니 극복해야 할 대상이라고 주장하였다. 신身과 시時를 말한 부분을 계속해서 보면,

일신의 기쁨과 슬픔이란 빈부귀천에 불과할 따름이고, 한 시대의 막히고 태평함이란 흥폐치란이다. 이 때문에 공자가 시를 산거할 때 열에 아홉을 버리고, 제후국이 천여 나라가 있었는데 풍에서 열다섯만 취하고, 서주에 열 두 왕이 있었는데 아에서 여섯만 취하였다. 대개 교훈의 도에는 선악이 밝게 드러나는 것만 있을 따름이다. 요즈음의 시인들은 궁핍하면 원망하는 데에 힘쓰고, 영달하면 거기에 빠져버린다. 일신의 편안함과 근심스러움이 기쁨과 노여움에서 나오고 시대의 막히고 태평함이 사랑하고 미워함에서 나오니 전혀 천하의 대의를 말하지 못한다. 그러므로 그 시들이 대체로 정情의 좋아함에 빠져 있다.
一身之休戚, 則不過貧富貴賤而已, 一時之否泰, 則在夫興廢治亂者焉. 是以仲尼刪詩, 十去其九, 諸侯千有餘國, 風取十五, 西周十有二王, 雅取其六. 蓋垂訓之道, 善惡明著者存耳. 近世詩人, 窮戚則職於怨懟, 榮達則專於淫泆. 身之休戚, 發於喜怒, 時之否泰, 出於愛惡, 殊不以天下大義而爲言者. 故其詩大率溺於情好也.

라고 하여 근세 시인들이 대부분 희노애오의 정에 빠져 천하의 대의를 위한 시를 짓고 있지 못하고 있음을 비판하고 있다.

---

5) 郭紹虞는 <毛詩序>의 志와 情은 둘이면서도 하나인 것이라고 설명하고 있다. 郭紹虞, 《中國歷代文論選》 上卷, 홍콩: 中華書店, 1979, p.50 : "序中所謂'詩者志之所之也'的志和'情動於中而形於言'的情, 是二而一的東西. 這一論點的全面提出, 不始於大序, 有它悠久的傳統".
6) "何故謂之詩, 詩者言其志", 《伊川擊壤集》 卷十一.
7) "詩者人之志, 非詩志莫傳. 《伊川擊壤集》 卷十八.

어떤 이는 이 예문을 인용하면서 소옹이 일시의 태평함과 막힘을 노래할 것을 제창하고 일신의 편안하고 근심스러움을 노래하는 것을 반대하고 있다고 주장하였는데,8) 이는 이 문장의 문맥상으로 보아 맞지 않는 것 같다.9) 여기서 천하의 대의 운운하는 것으로 보아 소옹이 마치 외왕의 도에 입각한 시론을 내세우는 것 같지만 사실 그의 시론의 기본 방향은 시의 현실 반영이나 현실 참여를 주장하는 것이 아니라 내성의 수양을 통하여 정情에 빠지지 않는 시를 지을 것을 주장하는 데에 있다. 그는 계속해서 정情이 끼치는 폐해에 대하여 언급하고 있다.

아! 정情이 사람을 빠지게 함은 물보다 심하다. 옛날에 물은 배를 실을 수도 있고 또한 배를 엎을 수도 있다고 하였는데, 이는 뒤엎고 싣는 것은 물에 있는 것이지 사람에 있는 것이 아니라는 것이다. 실으면 이익이 되고 뒤엎으면 손해가 되니, 이는 이해는 사람에게 있는 것이지 물에 있지 않다는 것이다. 뒤엎고 싣는 것이 능히 사람으로 하여금 이와 해가 있게끔 하는 것인지, 이와 해가 능히 물로 하여금 뒤엎고 싣는 것이 있게 하는 것인지 모르겠다. 둘 사이에는 반드시 합치되는 곳이 있을 것이다. 곧 마치 사람이 능히 물을 건너가는 것이지 물이 사람을 건너가게 하는 것이 아니지만 그러나 잘 건너간다고 한다는 사람 중에 일찍이 물에 해를 당하지 않는 자가 없는 것과 같다. 만약 이익을 밖으로 하고 물을 건너가면 물의 정情도 또한 사람의 정情과 같다. 만약 이익을 안으로 하여 물을 건너가면 패하고 무너질 근심이 앞에서 일어나서 이를 것이니 또한 어찌 반드시 사람과 물을 나누겠는가. 성性을 상하

---

8) 羅根澤, ≪中國文學批評史≫ 卷三, 上海 : 上海古籍出版社, 1984, p.71 참조.
9) 羅根澤은 아마도 "一身之休戚, 則不過貧富貴踐而已, 一時之否泰, 則在夫興廢治亂者焉. 是以仲尼刪詩, 十去其九, 諸侯千有餘國, 風取十五, 西周十有二王, 雅取其六. 蓋垂訓之道, 善惡明著者存耳"을 해석하는 데에 있어서 "一身之休戚"은 부정적인 것이고 "一時之否泰"는 긍정적인 것으로 보고 있는데, 뒷 문장 "身之休戚, 發於喜怒, 時之否泰, 出於愛惡"와의 연결 관계를 보지 못하고 오해하였던 것 같다. 郭紹虞는 전자를 작가의 조우, 후자를 정치적 환경으로 보고 있고 (≪中國歷代文論選≫ 上卷, p.56 참조), 敏澤은 전자를 작가의 생활환경, 후자를 천하의 흥망대사로 보고 있는데(≪中國文學理論批評史≫ 上卷, pp.489-490 참조), 羅根澤처럼 어느 한 쪽을 주장하거나 배척한 것으로 보고 있지는 않다. 이들의 견해가 보다 합당한 듯하다.

게 하고 명命을 해치는 것은 마찬가지이다.

　噫, 情之溺人也甚於水. 古者謂水能載舟, 亦能覆舟, 是覆載在水也, 不在
人也. 載則爲利, 覆則爲害, 是利害在人也, 不在水也. 不知覆載能使人有利
害耶. 利害能使水有覆載也. 二者之間, 必有處焉. 就如人能蹈水, 非水能蹈
人也, 然而有稱善蹈水者, 未始不爲水之所害也. 若外利而蹈水, 則水之情亦
由人之情也. 若內利而蹈水, 則敗壞之患立至於前. 又何必分乎人焉水焉, 其
傷性害命一也.

　여기서 그는 정情을 물에 비유하여 정情의 폐단을 설명하고 있다. 그
는 배는 물이 없으면 갈 수가 없지만 그 물이 배를 뒤엎기도 하듯이
정情도 사람이 살아가는데 없어서는 안 되는 것이지만 정情이 사람을
해치기도 한다고 주장하고 있다. 즉 물이 사람의 목숨을 해친다면 정情
은 사람의 성性을 해친다고 할 수 있다. 이러한 정情의 폐단을 극복하
기 위하여 그는 이익을 밖으로 하는 것, 즉 '외리外利'를 주장하였다.
'외리'란 바로 공평무사한 마음을 가리키는 것으로, 이것이 될 때 비로
소 정情에 빠지지 않게 되는 것이다. 앞에서 그가 말한 "천하의 대의
로써 말을 하는 것"은 바로 정情에 빠지지 않는 공평무사의 경지에서
시를 짓는 것을 가리킨다고 이해해야 될 것이다.

　전통 유교적 시론을 대표하는 <모시서>에서는 지志와 정情을 동시
에 강조하였다. 그러나 소옹은 주로 지志를 중시하고 정情에 대해서는
경시하는 태도를 지니고 있다. 이는 정情은 부정적인 것이며 심성 수
양을 위해서는 극복해야 할 대상이라고 여기는 신유학자의 일반적인
태도에서 기인한 것이라 할 수 있다. 여기서 우리는 전통 유가의 시론
에서 드러나는 외왕적 성향과는 조금 다른 내성적 경향을 뚜렷히 알
수 있다.10)

---

10) 畢萬忱·張連弟·趙則誠 主編, ≪中國古代文學理論詞典≫, 吉林 : 吉林文史出版
　　社, 1985, pp.364-365에서는 詩言志論의 三大 志派로서 重志派, 重情派, 志情幷
　　擧派를 들고 있다. 그리고 이 중 주류는 志情幷擧派로서 劉勰, 鍾嶸, 白居易,
　　葉燮 등이 주장하였으며 신유학자들은 重志派에 속한다고 설명하고 있다.

사물로써 사물을 보아야 한다

소옹의 시론에서 내성적 성향이 가장 두드러지게 나타나는 부분은 '이물관물以物觀物'론이라고 할 수 있다. ≪이천격양집≫ 서문에는 이어서 그 구체적인 수양론으로서 '이물관물'을 제시하고 있다.

> 성性이라고 하는 것은 도의 형체이니, 성性이 상하면 도 또한 그를 따를 것이다. 마음이란 성性의 성곽이니 마음이 상하면 성性 또한 그를 따를 것이다. 몸이란 마음이 거하는 집이니, 몸이 상하면 마음 또한 그를 따를 것이다. 사물이란 몸의 배와 수레이니, 사물이 상하면 몸 또한 그를 따를 것이다. 이에 알겠으니, 도로써 성性을 보고, 성性으로써 마음을 보고, 마음으로써 몸을 보고, 몸으로써 사물을 보면 다스려지기는 다스려질 것이나 아직 해로움을 완전히 벗어나지는 못한 것이다. 도로써 도를 보고, 성性으로써 성性을 보고, 마음으로써 마음을 보고, 몸으로써 몸을 보고, 사물로써 사물을 보는 것이 더욱 좋다. 그렇게 되면 비록 서로 해치려고 해도 해칠 수가 없을 것이다. 만약 이렇다면 곧 이어 가정으로써 가정을 보고 나라로써 나라를 보고 천하로써 천하를 보는 것도 알 수 있을 것이다.
>
> 性者, 道之體也, 性傷則道亦從之矣. 心者, 性之郛郭也, 心傷則性亦從之矣. 身者, 心之區宇也, 身傷則心亦從之矣. 物者, 心之舟車也, 物傷則身亦從之矣. 是知以道觀性, 以性觀心, 以心觀身, 以身觀物, 治則治矣, 然猶未離乎害者也. 不若以道觀道, 以性觀性, 以心觀心, 以身觀身, 以物觀物, 則雖欲相傷, 其可得乎. 若然, 則以家觀家, 以國觀國, 以天下觀天下, 亦從而可知之矣.

그는 여기서 우선 '도道 – 성性 – 심心 – 신身 – 물物'이라는 체계를 세우고 물이 상하면 결국 도를 상하게 된다는 논리를 제시하고 있다. 그런 다음에 도로써 성性을 보거나 몸으로써 물을 보게 되면 미진하고 도로써 도를 보고 물로써 물을 보아야 해로움에서 완전히 벗어날 수 있다고 주장하고 있다. 여기서 '이물관물'이란 소옹의 인식론이자 수양론의 핵심으로서, 그의 <관물내편觀物內篇>과 <관물외편觀物外篇>의 주된 내용이다.

이물관물이 과연 무엇을 의미하는지에 대해서는 후대 학자들 사이에도 설이 분분하다. 어떤 이는 소옹의 '이물관물'이 ≪장자·인간세≫의 "마음으로써 듣고 기氣로써 듣는다(聽之以心, 聽之以氣)"와 불교 수행법 가운데의 하나인 관법觀法과도 비슷한 점이 있다고 주장하고 있고,[11] 어떤 이는 '이물관물'의 첫 번째 '물'자는 인간의 주관세계중의 사물에 대한 선험적 혹은 선천적 개념이며 '이물관물'이란 사람의 주관세계의 객관세계에 대한 선험적 관념으로써 세계를 관찰하는 것이라고 하고 있고,[12] 어떤 이는 선관식의 직관주의방법이라고 하는[13] 등 여러 가지 견해가 있다. 그러면 소옹 자신의 말을 먼저 보도록 하자.

소옹은 ≪황극경세서≫의 <관물내편>에서 관물이란 눈으로 보는 것이 아니라 마음으로 보는 것이고, 마음으로 보는 것이 아니라 이理로써 보는 것이라고 하였다.[14] 소옹의 아들이자 계승자인 소백온邵伯溫은 관물의 요지에 대해 다음과 같이 상세하게 설명하고 있다.

> 관물이라고 이르는 것은 눈으로 그를 보는 것이 아니라 마음으로 그를 보는 것이요, 마음으로 그를 보는 것이 아니라 이理로 그를 보는 것이다. 눈으로 사물을 보는 자는 앞에서 보면 그 뒤를 잊고, 가까운 데서 얻으면 먼 데서 잃어버리니, 어찌 족히 천하 사물을 다할 수 있겠는가. 마음으로 사물을 보는 자는 분노하는 바가 있으면 그 바름을 얻지 못할 것이요, 두려워하는 바가 있으면 그 바름을 얻지 못할 것이요, 좋아하는 바가 있으면 그 바름을 얻지 못할 것이요, 근심하는 바가 있으면 그 바름을 얻지 못할 것이니, 어찌 천하 사물의 이치를 다할 수 있겠는가. 이理로써 사물을 보게 되면 옳음을 옳다 하고, 그름을 그르다 하고, 착함을 착하다 하고, 악함을 악하다 하고, 앞도 없고 뒤도 없고, 멂도 없고 가까움도 없으니, 내가 보는 바에서 벗어날 수 없다. 내가 보는 바에서 벗어날 수 없으면 천하의 이理는 모두 얻어지게 될 것이다.
> 所以謂之觀物者, 非以目觀之而觀之以心也. 非觀之以心而觀之以理也.

---

11) 羅　光, ≪中國哲學思想史≫ 宋代篇 上卷, 臺北 : 學生書局, 1984, p.238. 참조.
12) 敏　澤, ≪中國文學理論批評史≫ 上卷, 北京 : 人民文學出版社, 1981, p.490 참조.
13) 侯外廬·邱漢生·張豈之 主編, ≪宋明理學史≫ 上卷, pp.202-203 참조.
14) ≪皇極經世書≫ 卷四, <觀物內篇之十二> : "夫所以謂之觀物者, 非以目觀之也. 非觀之以目而觀之以心也. 非觀之以心而觀之以理也".

> 以目觀物者, 見於前而忘其後, 得於近而遺於遠, 烏足以盡天下之物哉. 以心
> 觀物者, 有所憤 則不得其正, 有所恐懼則不得其正, 有所好樂則不得其正,
> 有所憂患則不得其正, 烏足以盡天下之物哉. 以理觀物, 則是是非非, 善善惡
> 惡, 無遠無近, 無前無後, 無得以逃於吾之所觀矣. 無得以逃於吾之所觀, 則
> 天下之理皆得矣.[15]

이에 의하면 관물이란 감각 기관으로 사물을 보지 않고 감정에 얽매이는 주관적 마음으로 사물을 보지 않고 이理로써 사물을 보는 것을 말한다. 소옹은 뒤이어 천하 만물에는 모두 이理와 성性과 명命이 있는데 이 세 가지를 다 아는 것이 참다운 앎이며 성인이라 하더라도 이를 넘을 수 없다고 하고, 사물로써 사물을 보게 되면 무아를 이루게 되고 무아가 되면 나와 남이 하나가 되어 천하의 눈을 다 자기 눈으로 삼아 보지 못하는 바가 없어질 것이라는 식의 논리를 전개시키고 있다.[16] 이것은 선에서 말하는 직관으로 사물을 보는 방법과 서로 다르지 않다. 선을 서구에 소개하는 데에 지대한 공헌을 한 스즈키 다이세츠는 선적 직관에 대해 다음과 같이 말하고 있는데,

> 선의 방법은 대상 바로 그 자체로 바로 들어가서 그 내부에서 있는 바 그대로의 사물을 보는 것이다. 어떤 꽃을 안다는 것은 그 꽃이 되어 그 꽃으로 있는 것이요, 그 꽃과 같이 피는 것이며, 꽃과 같이 비를 맞고 햇빛을 받는 것이다. 그 꽃을 알게 된 나의 인식에 의하여 나는 전 우주의 신비를 알게 되며, 이 우주의 신비를 아는 것는 실로 나 자신의 온갖 신비를 아는 것도 된다.[17]

이것은 사물 그 자체로써 사물을 보아 나아가 온 우주의 신비를 알게 된다는 것으로 앞에서 말한 소옹의 이론과 서로 매우 근접하고 있

---

15) ≪皇極經世書≫ 卷四, <觀物內篇之十二>.
16) 위의 책 : "天下之物莫不有理焉, 莫不有性焉, 莫不有命焉. 此三知者, 天下之眞
    知. 雖聖人無以過之也. …以物觀物, 又安有我於其間哉. 是知我亦人也, 人亦我
    也, 我與人皆物也. 此所以能用天下之目爲己之目, 其目無所不觀矣".
17) E. 프롬・鈴木大拙・R. 데마르티노 共著, 金鎔貞 譯 ≪禪과 精神分析≫, 서울 :
    정음사, 1981, p.147.

다.18) 이로 보아 소옹의 이물관물이란 일종의 선적 직관의 방법으로 사물을 이해하는 것을 말하는 것임을 알 수 있다.

그러면 다음으로는 <관물음觀物吟>19)이라는 그의 시에서 이물관물을 논한 것을 보도록 하자.

畫工狀物	화공이 사물을 그리는데
經月經年	달과 해를 거쳐야 하지만,
軒鑑照物	집의 거울이 사물을 비추는 것은
立射于前	앞에서 바로 그려낸다.
鑑之爲明	거울의 밝음이라는 것도
猶或未精	여전히 간혹 정세하지 못하니,
工出人手	공교로움이란 사람의 손에서 나오는 것이어서
平與不平	평평하고 평평하지 못함이 있다.
天下之平	천하의 평평함에는
莫若于水	물과 같은 것이 없지만,
止能照表	겉을 비추는 데에 그쳐서
不能照裡	속을 비출 수는 없다.
表裏洞點	겉과 속을 통찰하여 점검하는 것은
其唯聖人	다만 성인일 뿐이다.
察言觀行	말을 살피고 행동을 관조하여
罔或不眞	조금이라도 진실하지 아니함이 없고,
盡物之性	사물의 성을 다하고
去己之情	자기의 정을 버린다.

그는 화공이 오랜 시간에 걸쳐 사물을 그려내는 것보다는 거울이 사물을 비추는 것이 더욱 낫다고 하였다. 그러나 거울은 인공적이어서 자연적인 물보다는 못하다고 하였다. 이어서 물이 비추는 것 또한 표면에만 그치는 것이기 때문에 성인이 겉과 속을 다 비추어 볼 수 있는

---

18) 소옹은 앞에서도 언급했듯이 주로 도가와 도교의 영향을 많이 받았다. 그의 '以物觀物'이 禪의 직관적 인식론과 서로 근접하고 있는 것은 그가 禪으로부터 영향을 받은 것도 있겠지만 그보다는 禪이 도가의 영향을 받은 것에서 기인하는 바가 더 많을 것이다.
19) ≪伊川擊壤集≫ 卷十七.

것만 못하다고 하여 성인의 관물이 가장 완전한 것이라고 하였다. 그리고 이렇게 성인의 관물이 완전한 것은 자신의 사사로운 정情을 버리고 사물 그 자체의 성性을 다하기 때문이라고 하였다.

다음으로는 그의 이물관물이 성性과 정情과는 어떠한 관계에 있는지를 고찰해보자. 성性과 정情, 그중에서도 성性은 공맹 이래로 끊이지 않고 토론되어 오던 주제 가운데 하나였으며, 특히 안으로 성인을 이루는 것을 중시하였던 신유학자들에게는 주요한 주제로 부상되었다. 소옹은 신유학의 초기에 속하는 사람이고 또 그의 주된 관심이 선천도와 상수학을 중심으로 한 우주론을 건립하는 데 치우쳐 있기 때문에 성性과 정情에 대해서는 체계적인 이론을 세우지 못하였다. 여기서는 이물관물을 통하여 성性과 정情에 대한 그의 견해를 살펴보고자 한다.

소옹은 투명하고도 순수한 직관으로 사물을 이해하는 것, 즉 이물관물이 바로 성性이고, 그렇지 못하고 주관적인 사사로운 마음으로 사물을 보는 것, 즉 이아관물以我觀物이 바로 정情이라고 생각하였다. 그는 <관물외편하>에서,

> 사물로써 사물을 보는 것은 성性이요, 나로써 사물을 보는 것은 정情이다. 성性은 공정하고 밝으나 정情은 치우치고 어둡다.
> 以物觀物, 性也. 以我觀物, 情也. 性公而明, 情偏而暗.[20]

> 내 마음대로 하는 것은 정情에 따르는 것이고, 정情을 따르면 가려지고, 가려지면 어두워질 것이다. 사물을 따르는 것은 성性을 따르는 것이고, 성性을 따르게 되면 신령스럽게 되고, 신령스럽게 되면 밝아질 것이다.
> 任我則情, 情則蔽, 蔽則昏矣. 因物則性, 性則神, 神則明矣.[21]

라고 주장하였는데, 성性과 정情을 철저하게 대립적인 것으로 생각하여

---

20) ≪皇極經世書≫ 卷六, <觀物外篇下>.
21) 위와 같음.

성性은 공정하고 신통하고 밝은 것이며 정情은 가려지고 치우치고 어두운 것이라고 하고 있다. 앞 절에서 언급한 정情의 폐단은 바로 이러한 그의 철학적 배경 속에서 이해되어야 할 것이다. 그에서 있어서 정情이란 어둡고 치우친 것이고, 따라서 일신의 편안함과 피곤함과 한 시대의 흥함과 쇠함을 대하는 데 있어 情에 빠지게 되면 당연히 천하의 대의로써 시를 지을 수가 없는 것이다. 이를 극복하기 위해서는 '이물관물'의 자세, 즉 성性에 입각하여 시詩를 지어야 하는 것이다.

그의 시詩의 대부분은 자신의 철학사상이나 인생관 혹은 자신의 달관된 심경을 담담하게 풀어 읊은 것이어서 희노애락의 감정적 요소가 매우 드물다. 이는 송시의 일반적인 특징이기도 하지만 소옹의 경우는 그 정도가 더욱 심하여 시라기보다는 압운한 철학적 산문이라고 하는 평이 있을 정도이다. 이러한 경향은 바로 소옹이 자신의 수양론의 핵심이라고 할 수 있는 이물관물의 자세로써 시를 지으려고 하였기 때문이다.

감정이라는 요소가 시의 전부라고 할 수는 없지만 시를 문학답게 만드는 주요한 요소임에는 틀림없다. 진솔한 감정은 사람들을 감동시킬 수 있는 힘이 있다. <모시서>에서 천지와 귀신을 감동시키는 데에는 시보다 더 가까운 것이 없다고 하여 시의 교화의 수단으로서의 면모를 격찬한 것도 바로 이 진솔한 감정의 힘을 알았기 때문일 것이다. 그런데 소옹은 시의 이러한 감정적 요소를 극력 배제하고 투명하고도 달관된 이물관물의 자세로 시를 지을 것을 주장하였다. 이러한 시는 자신의 철학사상이나 도의 경지 또는 생에 대한 달관에서 우러나오는 초연한 심경을 표현하기에는 좋을지 모르지만, 이미 대중과의 공감대를 상실하고 있어 문학의 외왕적 측면을 강조한 전통적인 유가의 문학이론과는 상당히 위배된다.

물론 그는 앞에서도 보았듯이 천하의 대의로써 시를 지을 것을 주장하기도 하였지만, 그가 말하는 천하의 대의란 심성의 수양을 통해 얻어진 성인의 공평무사한 마음에서 나오는 것이므로 시를 통한 현실반영이나 현실참여와는 약간 거리가 있다. 이는 경세치용이라는 외왕의 도보다는 상대적으로 내면의 수양을 통하여 안으로 성인을 이루는 도를 더 중시한 그의 학문과 삶의 태도에서 기인하는 것으로서, 그의 시론의 내성적 특성을 잘 보여주고 있다.

시란 스스로 즐거워하는 것이다

소옹의 생애는 크게 낙양에 오기 전의 수학시대와 낙양에 와서 유유자적한 생활을 즐긴 자적시대로 양분할 수 있다. ≪이천격양집≫에 실려 있는 시들은 대부분 후기에 속하는 시들이다. 그는 낙양에 온 뒤로 대체로 학문이나 생활에 큰 굴곡이 없었으며 특히 만년에는 사마광司馬光, 부필富弼 등의 인정을 받고 경제적으로 많은 혜택을 누렸으며 가정생활에 있어서나 학문 활동에 있어서 평탄함이 계속되었기 때문에, 그의 시에는 유유자적과 안락이 주된 정서를 이루고 있다.

먼저 그는 자신의 시집 ≪이천격양집≫의 서문에서,

> ≪격양집≫은 이천옹의 스스로 즐거워하는 시이다. 다만 스스로 즐거워할 뿐만 아니라 또한 능히 때와 만물의 자득을 즐거워할 수 있다.
> 擊壤集, 伊川翁自樂之詩也. 非唯自樂, 又能樂時與萬物之自得也.

라고 하여 자신의 시작의 근본 취지가 자락에 있음을 말하였다. 그의 자락은 단순한 희노애락의 락이 아니라 이물관물을 통하여 때와 만물의 자득을 즐길 수 있을 때 얻어지는 즐거움이다. 그의 시에는 유난히 즐거움을 노래한 것들이 많다. 그 대표적인 것들을 몇 수 보도록 하자. 먼저 <환희음歡喜吟>을 보자.

歡喜又歡喜　　환희하고 또 환희하며

喜歡更喜歡	환희하고 다시 환희한다.
吉士爲我友	길한 선비 내가 벗하게 되고
好景爲我觀	좋은 경치 내가 보게 되고
美酒爲我飮	좋은 술 내가 마시게 되고
美食爲我餐	좋은 음식 내가 먹게 된다.
此身生長老	이 몸 오래 늙도록 오래 살며
盡在太平間	늘 태평성세에 있네.

첫 구와 둘째 구는 같은 말을 반복하고 또 말을 뒤집어 반복하고 있
다. 그리고 셋째 구에서 여섯째 구 또한 같은 문형을 반복하고 있어 시
적인 수사기교는 전혀 고려하지 않은 듯하다. 수사기교가 없기 때문에
작자의 환희에 찬 심경이 더욱 직접적으로 다가오는 듯하다. 다음에는
자서전적인 성격을 지닌 <안락음安樂吟>이라는 시를 보도록 하자.

安樂先生	안락선생은
不顯姓氏	성씨를 드러내지 않고
垂三十年	삼십년에 걸쳐
居洛之涘	낙수의 언저리에 거하였네.
風月情懷	풍월의 정과 회포요
江湖性氣	강호의 성과 기이네.
色斯其擧	안색을 보고 이에 움직여
翔而後至22)	날아서 관찰한 뒤에 이르네.
無賤無貧	천함도 가난함도 없고
無富無貴	부함도 귀함도 없고
無將無迎	보냄도 맞이함도 없으며
無拘無忌	얽매이고 시기함도 없네.
窘未嘗憂	곤궁하나 일찍이 걱정한 적 없고
飮不至醉	마시나 취하는 데에 이르지는 않네.
收天下春	천하의 봄을 거두어
歸之肝肺	마음속에 간직하였네.
盆池資吟	작은 연못 그를 빌어 노래하고

---

22) ≪論語・鄕黨≫에 "色斯擧矣, 翔而後集"이라는 말에서 나온 것인데, 그 뜻은
새가 사람의 안색이 나쁜 것을 보면 높이 날아가 관찰한 다음에 내려앉는 것
처럼 사람도 기미를 보고 거처할 곳을 잘 택해야 한다는 의미이다.

甕牖薦睡	흙으로 된 집 거기에서 자네.
小車賞心	작은 수레에 완상하는 마음이요
大筆快志	큰 붓에 웅쾌한 뜻이네.
或戴接䍦	혹은 흰 두건을 쓰고
或著半臂	혹은 반팔 옷을 입고
或坐林間	혹은 숲 사이에 앉고
或行水際	혹은 물가를 다니네.
樂見善人	선한 사람 보기를 즐거워하고
樂聞善事	선한 일을 듣기를 즐거워하고
樂道善言	선한 말을 하기를 즐거워하고
樂行善意	선한 뜻을 행하기를 즐거워하네.
聞人之惡	다른 사람의 악함을 들으면
若負芒刺	마치 날카로운 가시를 짊어진 것 같고
聞人之善	다른 사람의 선함을 들으면
如佩蘭蕙	마치 난초와 혜초를 찬 것 같네.
不佞禪伯	선사들에게 재주부리지 않고
不諛方士	방사들에게 아첨하지 않네.
不出戶庭	집과 뜰을 나서지 않고서도
直際天地	바로 천지와 교제하네.
三軍莫凌	삼군으로도 업신여길 수 없고
萬鐘莫致	만종으로도 이를 수 없네.
爲快活人	쾌활한 사람이 되어
六十五歲	육십오 세가 되었네.

소옹은 육십칠세로 죽었으므로, 이 시는 그가 죽기 이년 전에 지은 것이다. 이 시는 자신을 안락선생이라 칭하고 자신의 도의 경지와 달관된 심경을 기술하고 있는데, 아마도 도연명의 <오류선생전>을 모방한 듯하다.23) 이 시에는 낙천낙도하는 그의 인생관이 잘 드러나 있다. 특히 "천하의 봄을 거두어 마음에 돌려보낸다"라는 구절에서는 천지만물을 낳고 낳는 인仁의 기상을 체득한 작자의 경지를 잘 보여준다. 다음으로는 <수미음首尾吟> 제사수를 보도록 하자.

---

23) 上野日出刀, <邵雍詩中の陶淵明>, ≪長崎に遊んだ漢詩人≫ 附記 ≪宋明儒者詩≫, 福岡 : 中國書店, 1989, p.261 참조

堯夫非是愛吟詩	요부는 시를 읊기를 좋아하는 것이 아니라네.
安樂窩中半醉時	안락 둥지 가운데서 반쯤 취하였을 때,
因月因花因興詠	달로 인해 꽃으로 인해 흥으로 인하여 읊으며,
代書代簡代行移	글과 간독을 대신하고 감을 대신해 옮기네.
池中旣有雙魚躍	연못 속에 이미 두 마리 고기가 있어 뛰어 오르니,
天際寧無一雁飛	하늘가에 어찌 한 마리 기러기 날아가지 않을까.
無限交親在南北	무한한 벗과 친지가 남과 북에 있으니,
堯夫非是愛吟詩	요부는 시를 읊기를 좋아하는 것이 아니라네.

수구와 말구는 시를 짓는 것을 좋아해서 인위적으로 시를 짓는 것이 아니라 내면에서 우러나오는 정취에 못 이겨 시가 자연스럽게 흘러나옴을 강조하여 말하는 것이다. 경련의 연못 속에 뒤는 물고기와 하늘에 나는 새는 ≪중용≫의 '연비어약鳶飛魚躍'[24]의 뜻과 서로 통하는 것으로 천지만물의 쉼 없는 화육이 위와 아래에서 드러나는 것을 말한 것이다.[25] 이는 바로 만물의 자득을 즐거워하는 것이라 할 수 있다.

≪이천격양집≫권 이십에는 <수미음>이라는 시가 백삼십오수 실려 있다. 수미음 이란 시의 처음과 끝에 '요부비시애음시堯夫非是愛吟詩'라는 말이 있어서 붙여진 이름이다. 이 <수미음>이라는 시는 당시 많은 사람들이 화답하였으며 또 널리 전해졌기 때문에 가히 소옹의 대표작이라고 할 수 있다. 이 <수미음>의 둘째 구에는 대체로 위의 시의 '반쯤 취하였을 때'처럼 자신이 시를 창작하게 되는 시기를 제시하고 있다. 예를 들면 '득의하였을 때', '사랑스러울 때', '고요함을 즐길 때', '환희할 때', '탄식스러울 때', '곤경에 처하였을 때', '부끄러움이 있을 때', '점점 늙어갈 때', '잠들지 못할 때', '봄에 산보를 나갔을 때', '발길 닿는 대로 걸어갈 때' 등등이 있는데, 그 속에는 일상생활에서부터 계절의 변화와 나이, 마음의 여러 가지 상태 등등의 실로 각종의 다양한 상황들이 제시되고 있다. 소옹에게 있어 시란 실로 일상생활과 밀접하게 연결되어 있으며 또 도와 하나가 된 것이었다.[26] 이는 스스로

---

24) ≪中庸章句≫ 十二章 : "詩云, 鳶飛戾天, 魚躍于淵, 言上下察也".
25) 위 글의 주 : "子思引此詩以明化育流行, 上下昭著, 莫非此理之用".

즐거워하고 시절과 만물의 자득을 즐거워하는 자락지시의 성격을 잘 드러내고 있다. 그리고 이 자락이란 단순한 외면적 즐거움이 아니라 기쁨과 슬픔을 넘어선 것으로서, 이물관물을 통하여 얻어진 달관된 심경에서 우러나오는 내면적 즐거움이었다.

그는 ≪이천격양집≫ 서문에서 자신의 시는 일반 시인들의 시와 다르다고 하고 그 다른 점을 바로 관물지락에서 찾고 있다.

내가 장년 이후로 유학을 업으로 하였는데 인간 세상의 즐거움이라고 하는 것은 어찌 일찍이 만에 한 두 개가 있었겠는가? 그러나 명교名敎의 즐거움이라고 하는 것은 진실로 무궁무진하였다. 관물觀物의 즐거움에 있어서는 다시 무궁무진하였다. 비록 생사와 영욕이 앞에서 이리저리 굴러가도 일찍이 마음속에 들어 온 적이 없으니, 그러므로 사시의 바람과 꽃과 눈과 달이 눈에 한 번 스쳐 지나가는 것과 무엇이 다르겠는가. 진실로 사물로써 사물을 볼 수 있게 되면 둘은 서로 해치지 않을 것이다. 대개 그 사이에 정情의 얽매임은 잊어 버렸는데 아직 잊어버리지 않은 것으로는 다만 시가 있다. 그러나 비록 아직 잊어버리지 않았다고 하지만, 사실 또한 잊어버린 것과 같다. 왜인가? 그 지은 바가 다른 사람들이 지은 바와 다르기 때문이라고 생각한다. 지은 바가 성률에 제한 받지 않고, 사랑과 미움을 따르지 않고, 고집과 기필期必을 세우지 않고, 이름과 칭찬을 바라지 않아서, 마치 거울이 형체에 응하고 종이 소리에 응하는 것과 같다. 혹은 한가할 때에 시절을 관찰하고 고요할 때에 사물을 비추며, 시절에 따라 뜻을 일으키고, 사물로 인해 말에 기탁하며, 뜻으로써 읊조림을 발하고, 말로써 시를 이루며, 읊조림으로써 소리를 이루고, 시로써 음을 이룬다. 이러한 까닭에 슬퍼하여도 일찍이 상심하지는 않고, 즐거워하여도 일찍이 음일하지는 않았다. 비록 성정을 읊는다 하지만 일찍이 어찌 성정에 얽매이겠는가?

予自壯歲, 業於儒術, 謂人世之樂, 何嘗有萬之一二. 而謂名敎至樂, 固有萬萬焉. 況觀物之樂, 復有萬萬者焉. 雖死生榮辱, 轉戰於前, 曾未入於胸中, 則何異四時風花雪月, 一過乎眼也. 誠爲能以物觀物, 而兩不相傷者焉. 蓋其間情累都忘去爾, 所未忘者, 獨有詩在焉. 然而雖曰未忘, 其實亦若忘之矣. 何者. 謂其所作異乎人之所作也. 所作不限聲律, 不沿愛惡, 不立固必, 不希名譽, 如鑑之應形, 如鐘之應聲. 因閑觀時, 因靜照物, 因時起志, 因物寓言,

---

26) 程兆熊, <論邵康節的首尾吟及其詩學>, ≪文學與文心≫, 臺北 : 明文書局, 1987, p.88 참조.

> 因志發詠, 因言成詩, 因詠成聲, 因詩成音. 是故哀而未嘗傷, 樂而未嘗淫.
> 雖曰吟詠性情, 曾何累於性情哉.

그는 이물관물을 통하여 자신이 생사와 영욕을 초월한 달관의 경지, 즉 정情의 얽매임을 잊어버린 경지에 이르렀음을 말하고, 그 가운데 한 가지 미진한 것으로 시를 들고 있다. 여기서는 시를 대하는 그의 근본적인 태도가 약간은 부정적이다. 이로 보아 비록 소옹이 신유학자 가운데는 시를 가장 애호하였다고는 하지만 그에게도 역시 신유학자에게 나타나는 공통적인 현상이라 할 수 있는, 문학은 도에 방해가 된다는 식의 문학부정론이 조금이나마 있음을 알 수 있다. 그러나 그는 곧 자신의 시는 일반 시인들의 시와는 달리 정情에 얽매임이 없어서 거울이 형체에 응하고 종이 소리에 응하는 것과 같다고 하고 있다. 이러한 까닭에 성정을 노래하지만 성정에 얽매임이 없다고 하고 있다.

소옹의 시들은 대부분 바로 이러한 이물관물이라는 수양을 통해 얻어진 자락을 노래한 것들이다. 그는 시가 이러한 이물관물을 통한 자락을 노래할 때 비로소 성정을 노래하지만 성정에 얽매임이 없으며 근세 시인들처럼 정情에 빠지는 폐단이 없게 된다고 주장하였던 것이다. 이처럼 시에 있어서 수양을 통한 즐거움을 지나치게 강조한 것은 이전의 유가적 시론에서는 별로 보이지 않는 것으로 이 또한 신유학자의 내성을 중시하는 새로운 학문적 태도에서 기인한 것이라고 보아야 할 것이다.

6 주돈이와 장재의 문학관

주돈이와 장재는 소옹처럼 시를 애호하거나 문학에 대한 견해를 뚜
렷이 표명하지 않았다. 그리고 정이처럼 문학에 대해 극단적인 반대를
표명하지도 않았다. 이런 면에서 북송 오자 가운데서는 중간자적 성격
이 있다고 할 수 있다.

문장은 도를 싣는 도구임을 강조한 주돈이

주돈이의 대표적 문학관인 문이재도설은 그의 《통서》에 나오는
말인데, 이것은 이정에 의해 제기된 적이 한 번도 없었으며 따라서 이
정의 문하에서는 그다지 중시되지 않았으리라 여겨진다. 이정의 문학
에 대한 태도는 '작문해도'가 중심이었으며 이것이 정문의 전통이었다.
그런데 후에 주희가 주돈이를 신유학의 종사로 추존하고 《통서》에
대해 주석을 달고 이를 중시하자 문이재도설은 신유학자 문학관의 효
시로 인식되어 나중에는 이것이 고문가의 문이관도설과 대립되는 신유
학자의 대표적 문학관으로 정립되었던 것이다.

주돈이의 문학에 관한 주장은 북송의 대부분의 신유학자가 그러하듯
이 그리 많지 않다. 그의 대표적 저술인 《통서》의 제이십팔편 <문
사>편에 비교적 완정한 문이재도에 관한 글이 있고, 그 외는 직접적으

로 문학에 관한 주장은 없다.

  문장이란 도를 싣는 것이다. 수레의 멍에가 장식이 되어 있어도 사람
이 사용하지 않으면 헛된 장식이다. 하물며 빈 수레에 있어서이랴? 문
사란 기예이며 도덕은 알맹이이다. 그 알맹이를 돈독히 하고 기예 있는
자가 그것을 써서, 아름다우면 좋아하게 되고 좋아하게 되면 전해지게
된다. 어진 자는 이것을 얻어 공부하여 그것에 이르게 되니, 이것이 가
르침이 된다. 그러므로 말하기를 "말을 하여 문채가 없으면 전하는 것
이 멀리 가지 않는다"라 하였다. 그러나 어질지 못한 자는 비록 부형이
임하고 스승이 독려하여도 배우지 않으니 억지로 시켜도 좇지 않는다.
도덕에 힘쓸 줄을 모르고 겨우 문사로써 능함으로 삼는 자는 재주만 일
삼는 것일 따름이다. 아! 폐단이 오래되었구나.
  文所以載道也. 輪轅飾而人弗庸, 徒飾也. 況虛車乎. 文辭, 藝也, 道德,
實也. 篤其實而藝者書之, 美則愛, 愛則傳焉. 賢者得以學而至之, 是爲敎.
故曰, 言之無文, 行之不遠. 然不賢者, 雖父兄臨之, 師保勉之, 不學也. 强
之不從也. 不知務道德, 而第以文辭爲能者, 藝焉而已. 噫, 弊也久矣.[1]

  그는 문장을 도를 담는 수레로 간주하였다. 그는 수레가 아무리 아
름답게 장식되어 있어도 사람이 그것을 이용하지 않으면 그 장식은 헛
된 것이라고 하여 내용이 없이 형식만 아름다운 문장을 배격하였다.
그가 말하는 내용이란 바로 성인의 도덕으로서, 그는 도덕이라는 실질
적인 내용 없이 문사의 조탁만을 추구하는 사람들에 대하여 비루할 따
름이라고 혹평하고 있다.

  성인의 도는 귀로 들어와 마음에 간직된다. 쌓이면 덕행이 되고 행하
면 사업이 된다. 저 문사에서 그치는 자는 비루하다.
  聖人之道, 入乎耳, 存乎心, 蘊之爲德行, 行之爲事業, 彼以文辭而已者,
陋矣.[2]

---

1) ≪周子全集 · 通書≫, ＜文辭＞, 中國思想叢書 1권, ≪周張全書≫, 서울 : 中央圖
   書 影印(≪周張全書≫는 ≪周子全書≫와 ≪張子全書≫의 합본임. 이하 생략).
2) ≪周子全書 · 通書≫, ＜文辭＞.

주돈이는 이렇듯 문사만을 추구하는 것을 반대하였지만 그러나 정이처럼 극단적으로 문학을 부정하는 지경에까지는 이르지 않았다. 그는 공자가 한 말 "말에 문채가 없으면 널리 전해지지 않는다.(言之無文, 行之不遠)"을 존중하여 어느 정도 문학의 존재 가치를 인정한 편이었다. 그가 반대한 것은 내용 없이 수사에만 힘쓰는 유미주의적 문학이었지 문학 전체는 아니었으며, 특히 "아름다우면 좋아하게 되고 좋아하게 되면 전해진다.(美則愛, 愛則傳焉)"이라 한 말을 보면 만약 내용이 충실하다면 수사기교에 대해서도 어느 정도는 긍정하는 듯한 태도를 보이고 있다. 그리고 그의 <길주팽추관시서吉州彭推官詩序>를 보면,

> 나는 경력 초에 홍주洪州 분녕현分寧縣 주부主簿가 되었는데 자사刺史의 격문을 받아 재주가 없음에도 원주袁州 노계진盧溪鎭 시정국市征局의 일을 맡게 되었다. 국에 일이 없을 때 원주의 진사들이 많이 찾아와 공관에서 학문을 논하였는데 그로 인하여 우리 왕조의 강동의 율시의 훌륭함에 대해 이야기가 미치게 되었다. 좌중에 길주吉州 팽추관彭推官의 시를 읊는 자가 육, 칠인 있었는데, 그 자구가 진실로 능히 하늘의 공교로움을 엿보아서 사람의 입에 오르내릴 수가 있었다.
> 惇實慶曆初爲洪州分寧縣主簿, 被外臺檄, 承乏袁州盧溪鎭市征之局, 局鮮事, 袁之進士多來講學於公齋, 因談及今朝江左律詩之工. 坐間誦吉州彭推官篇者六七, 其句字信乎能虛見天巧而膾炙人口矣.[3]

라고 하고 있는데, 사람들과 율시의 기교를 논하고 또 팽추관의 율시를 극구 칭찬한 것으로 보아 그가 시의 수사기교에 대해서도 그리 천시하고 멀리하지 않았음을 알 수 있다. 이 때문에 이후의 신유학자 가운데는 주돈이의 문학에 대한 태도에 대해 약간의 의심을 품는 사람도 있었다. ≪통서≫의 <문사>편의 주석에는 다음과 같은 말이 있다.

> 어떤 사람이 의심하였다. 덕이 있는 자는 반드시 말이 있습니다. 그런 즉 기예에 의지하지 않고서도 그 문장이 가히 전해질 수 것입니다.

---

3) ≪周子全書·文集≫.

주자周子의 이 장은 아직도 따로 문사로써 한 가지 일로 삼아 거기에
힘을 기울이는 듯하니 왜 그렇습니까?
　或疑, 有德者必有言, 則不待藝而後其文可傳矣, 周子此章, 似有別以文辭
爲一事, 而用力焉, 何也.

아마도 이 사람은 주돈이의 말이 덕이 있는 사람은 반드시 말이 있
다는 이정의 유덕유언론有德有言論에 비해서는 문학의 예술적 측면을
어느 정도 인정하고 있기 때문에 이에 의심을 품고 질문을 한 것일 것
이다. 이에 대한 주희의 답변은 다음과 같다.

　　사람의 재주와 덕은 한 쪽에 치우쳐 길고 짧음이 있다. 어떤 사람은
뜻으로는 다 알지만 말로는 그것을 다 드러내기에 부족하니, 그런 즉
또한 멀리 전하여질 수 없다. 고로 공자께서 "문사란 뜻이 전달되면 그
로써 족하다"라고 하셨고, 정자 또한 말하기를 "<서명>은 나는 그 뜻
은 얻었지만 장재의 필력이 없기 때문에 지을 수가 없을 따름이다"라
하였는데, 바로 이것을 이른 것이다. 그러나 말은 간혹 적어도 가하나
덕은 없어서는 안 된다. 덕이 있고 말이 있는 자는 항상 많으나 덕이
있는데 말하지 못하는 자는 적으니, 배우는 자가 먼저 할 일은 또한 덕
에 힘쓰는 것일 따름이다.
　　曰, 人之才德, 偏有長短, 其或意中了了, 而言不足以發之, 則亦不能傳於
遠矣. 故孔子曰, 辭達而已矣, 程子亦言, 西銘吾得其意, 但無子厚筆力, 不
能作耳, 正謂此也. 然言或可少, 而德不可無. 有德而有言者, 常多, 有德而
不能言者, 常少. 學者先務亦勉於德而已矣.[4]

주희는 사람의 재주와 덕이 때로는 모두 갖추어지지 않아서 자신의
덕을 다 표현하지 못하는 경우가 있음을 들어, 필력 또한 중요함을 강
조하였다. 그러나 이 말은 실제적으로는 유덕유언론과는 서로 상치되
는 것이므로 주희는 궁색한 변명으로 덕이 있어서 말이 있는 자는 많
지만 덕이 있는데 말할 수 없는 자는 적다고 말하고 있다. 문학에 대
한 소양이 풍부하였고 또한 문학을 애호하였던 주희의 변해에 의해 주
돈이의 문이재도설은 정이의 극단적인 문학부정론에 비해 보다 많은

---

4) 위와 같음.

공감을 얻을 수 있어 후에 신유학자의 입장을 대표하는 문학론으로 널리 인정될 수 있었던 것이다.5)

다음으로는 그의 실제 문학 작품을 통하여 그의 문학에 대한 태도를 고찰해보자. 주돈이의 사상은 앞에서 신유학의 발달을 논할 때 이미 언급한 바와 같이 도·불의 요소가 다분히 있으며 그의 생활 정취 또한 소옹과 마찬가지로 은자적 요소가 많다. 연보에 의하면 그는 십삼 세 때에 이미 지취가 고원하였으며 마을 앞에 흐르는 염계의 다리 위에 있는 작은 정자에서 낚시를 하고 음풍농월하였다고 한다.6) 그는 평생 한편으로는 하급 관리 생활을 하면서 한편으로는 산수간에 뜻을 두고 유유자적한 생활을 하였다. 주희는 주돈이에 대해,

> 염계가 계실 당시 사람들은 그의 정사가 정세하고 빼어난 것을 보고는 관리로서의 업적이 출중하다고 여겼고 그가 산림간에 뜻을 둔 것을 보고는 마음에 품은 생각이 깨끗하고 탁 트이어 선풍도기가 있다고 여겼지만 그 학문을 아는 사람은 없었다. 다만 정태중程太中만이 그것을 알았으니, 두 정선생을 낳은 것이 당연하다.
> 濂溪在當時, 人見其政事精絶, 則以爲宦業過人. 見其有山林之志, 則以爲襟懷灑落, 有仙骨道氣, 無有知其學者. 唯程太中知之, 宜其生兩程子.7)

라고 하여, 당시 사람들이 주돈이의 학문의 정수를 모르고 겉모습만 보았으며 이정의 아버지만이 주돈이의 학문을 제대로 보았다고 하고 있다. 이 문장을 보면 그가 산수자연을 사랑하고 음풍농월을 즐기는 도가적 기질이 농후하였음을 알 수 있다. 그의 문집에는 이십팔 수라

---

5) 주희는 주돈이를 신유학의 종사로 추존하였기 때문에 주돈이의 ≪통서≫를 중시하고 그를 대신하여 변해를 하였다. 그러나 주희는 ≪통서≫외에서는 문이재도설에 관해 언급한 적이 없고, 또 자신의 문학적 주장인 문종도류설이 문이재도설과는 약간 의미를 달리하는 것으로 보아 그가 문이재도설 자체를 완전히 추종하였다고 간주할 수는 없다.

6) ≪周子全書·年譜≫ : "天聖七年己巳, 先生時年十三, 志趣高遠, 濂溪舊有橋, 橋有小亭, 先生常釣遊其上, 吟風弄月".

7) ≪宋元學案·濂溪學案下≫ 附錄.

는 그리 많지 않은 시가 있는데 거의 대부분 산수와 전원간에서 즐거움을 찾는 것들이었다.8) 그 중 <동석수유同石守遊>9)라고 하는 율시를 한 수 보도록 하자.

朝市誰知世外遊　　　관가와 저자에서 누가 세상 밖의 노님을 알리오.
杉松影裏入吟幽　　　삼나무 소나무 그늘에 들어가 그윽함을 노래하네.
爭名逐利千繩縛　　　명리를 좇아 천 개의 줄로 묶여 있다가,
度水登山萬事休　　　물 건너고 산 오르니 만사가 편안하도다.
野鳥不驚如得伴　　　들새는 놀라지 않고 마치 짝을 얻은 듯하며,
白雲無語似相留　　　흰 구름 말 없지만 머물라고 하는 듯하다.
傍人莫笑憑欄久　　　옆 사람 난간에 오래 머무른다고 웃지 마라.
爲戀林居作退謀　　　숲에 거하는 것이 좋아 물러갈 생각한다오.

근엄하고 사명감 넘치는 유자의 모습이라고는 전혀 찾아 볼 수 없고 오히려 들새와 흰 구름과 벗하여 노니는 은둔적이고 유유자적한 도가적 느낌을 주는 시이다. 그리고 그의 유일한 부賦인 <졸부拙賦>10)를 보면 도가적 성향이 더욱 잘 드러나고 있다.

　어떤 사람이 나에게 말하기를 사람들이 나를 졸박하다고 하기에 나는 말하기를 "교묘함은 내가 부끄러워하는 바입니다. 또한 세상에 교묘한 자가 많은 것을 걱정합니다"라고 하였다. 기뻐하며 부를 지었다. "재주부리는 자 말하고 졸박한 자 침묵하네. 재주부리는 자 힘쓰고 졸박한 자 편안하네. 재주부리는 자 도적이고 졸박한 자 덕이 있네. 재주부리는 자 흉하고 졸박한 자 길하네. 오호라, 천하가 졸박하면 형정이 사라지리니, 위는 편안하고 아래는 순종하여 풍속이 맑아지고 폐단이 끊어지리".
　或謂予曰, 人謂予拙. 予曰, 巧竊所恥也. 且患世多巧者. 喜而賦之曰, 巧者言, 拙者默. 巧者勞, 拙者逸. 巧者賊, 拙者德. 巧者凶, 拙者吉. 嗚呼. 天下拙, 刑政徹, 上安下順, 風淸弊絶.

---

8) 김주한, <周敦頤의　文學과　文學觀>, 대구 : ≪영남어문학≫, 제11집, 1984, pp.44-47 참조.
9) ≪周子全書·文集≫.
10) 위와 같음.

교보다 졸을 숭상하는 것은 노자의 논리이다. 노자는 ≪도덕경≫ 45장에서 교의 극치는 졸박한 듯이 보인다는 대교약졸大巧若拙을 주장하였다. 그리고 천하가 졸박해지면 형정이 사라진다는 논리는 바로 노자의 무위자연 사상과도 직결되고 있다. 도저히 순수한 유자의 사상이 담긴 글이라고는 볼 수가 없다.

그 외 그의 대표적인 문학적 문장인 <애련설>만 보아도 고원한 지덕이 느껴질지언정 정이 이후의 신유학자에서 느낄 수 있는 근엄한 도학자적인 느낌은 잘 주지 않는다. 그리고 그는 방외지사들과도 서로 교류가 있었으며[11] 또한 그가 주장한 수양론도 도가적 성격이 다분히 있다. 이로 보아 그가 추구한 성인의 경지는 순수한 유가적 성인의 경지라기보다는 다소 도가적인 고원하고 탈속적인 경지와도 관련이 있음을 알 수 있다. 그렇기 때문에 문학가와 대립적 입장에 있었던 정이와는 달리 문학가에게서도 높이 존중될 수 있었던 것이다. 황정경黃庭堅이 주돈이의 인격에 대하여 "인품이 심히 높고 흉중이 깨끗하고 탁 트인 것이 마치 화창한 바람과 비개인 뒤의 달과 같다"[12]라고 극찬하였던 것이 바로 그 예라 할 것이다.

이상으로 주돈이의 문학관을 살펴보았다. 그의 문학에 대한 태도는 비록 문에 대한 도의 우위를 내세우고 있다고는 하지만 정이의 작문해도나 유덕유언에 비해 한결 유화적임을 알 수 있다. 이는 그의 학설이 신유학의 발전 단계에 있어 초기에 속하는 것과 마찬가지로 그의 문학관 역시 신유학자 문학관 가운데 소옹과 더불어 초기에 속하는 것이어서, 문학에 대한 태도 역시 본격적인 신유학자의 면모를 갖추지 못하였기 때문이라고 할 수 있다. 그리고 그의 문집의 작품들은 현실 반영이나 풍자적인 내용을 지닌 것들은 거의 없고, 삼강오륜 등의 윤리의식의 고취를 위한 내용도 없으며, 대부분 고원한 지사의 운치와 정취를 느끼게 해주는 것들이다. 이로 보아 그가 주장하는 문이재도에서의

---

11) 김주한, 위의 논문, pp.39-40 참조.
12) ≪周子全書·諸儒議論≫ : "山谷黃氏曰, 茂叔人品甚高, 胸中灑落, 如光風霽月".

도는 내성적인 도로서 이전의 유가적 문학관에서 말하는 외왕적인 도
와는 약간의 차이가 있으며, 그 속에는 다분히 도가적 성격도 있음을
알 수 있다.

내면의 덕성을 더욱 중시한 장재

장재의 학문은 북송 신유학의 발전 과정으로 볼 때 주돈이와 소옹의
우주론 중심의 학문 체계에서 이정의 심성론 중심의 학문 체계로 발전
해 나가는 중간자적 성격을 지니고 있다. 문학관에 있어서도 장재의
입장은 주돈이의 문이재도에서 정이의 작문해도로 발전해 나가는 중간
자적 성격을 띠고 있다.[13]

장재는 우주론에 있어 기일원론이라고 하는 독특한 학설 체계를 지
니고 있으며, 심성론과 수양론에 있어서도 이정보다는 미흡하지만 주
돈이나 소옹에 비해서는 나름대로 체계를 지니고 있다. 그는 인간의
성性을 천지지성과 기질지성으로 나누고 모름지기 기질지성을 변화시
켜 천지지성으로 바꾸어야 한다고 주장하였다. 이에 대해 그는 내외
두 방면으로 거론하고 있다. 내적인 방면에서는 주로 마음을 비우는
허심虛心을 강조하여 마음이 비어야 사의가 없어 도에 나아갈 수 있음
을 주장하였고, 외적인 방면에서는 예禮를 강조하여 예가 곧 천지의
덕임을 주장하였다.[14] 그는,

> 배워서 크게 이익이 있는 것은 스스로 기질을 변화시킬 수 있는 데
> 에 있다. 그렇지 않으면 끝내 드러내서 밝히는 것이 없고 성인의 깊은

---

13) 董金裕, 〈張載的文學觀及其道統文學上的地位〉, 臺北, 《孔孟學報》 第四十八
    期, 1990, pp.225-226 참조.
14) 宇野哲人 著, 馬福辰 譯, 《中國近世儒學史》, 臺北, 中國文化大學出版部, 1982,
    pp.91-94 참조.

곳을 볼 수가 없다. 그러므로 배우는 자들은 먼저 반드시 기질을 변화시켜야 하는데, 기질을 변화시키는 것은 마음을 허령하게 하는 것과 서로 표리가 된다.

　爲學大益, 在自能變化氣質, 不爾, 卒無所發明, 不得見聖人之奧. 故學者先須變化氣質, 變化氣質與虛心相表裏.15)

라고 하여 기질을 변화시키는 것은 마음을 비게 하는 것과 서로 표리가 됨을 주장하고 있다. 그가 마음을 허령하게 하는 것을 강조한 것으로 보아 아직 도가와 혼동될 수 있는 요소를 완전히 극복하지는 못하였음을 알 수 있다. 그러나 이와 아울러 예禮를 강조했다는 면과 그의 수양과 학문에 대한 태도에서 보이는 각고의 노력과 진지함은 주돈이나 소옹처럼 유유자적하는 모습과는 상당히 다르다. ≪장자전서張子全書≫의 <부록>편에는,

　종일 한 방에서 꼿꼿이 앉아 좌우의 전적을 고개 숙여 읽고 고개 들어 생각하다가 얻는 것이 있으면 기록하였다. 간혹 밤에도 일어나 앉아 촛불을 취하여 책을 읽었다. 그 도에 뜻을 두고 생각을 정세히 하는 것이 일찍이 잠시도 쉬는 것이 없었으며 잠시도 잊어버린 적이 없었다.

　終日危坐一室, 左右簡編, 俯而讀, 仰而思, 有得則識之, 或夜起坐, 取燭以書. 其志道精思, 未始須臾息, 亦未嘗須臾忘也.

라고 하고 있는데, 그의 학문하는 태도의 진지함을 엿볼 수 있다. 주희도 장재의 학문에 대하여 고심하여 힘써 찾은 공이 깊다고 칭찬하고 있다.16) 장재는 이렇듯 내성을 이루기 위하여 주야로 노력하였기 때문에 자연 문학적인 방면에 신경을 쓸 겨를이 없었을 것이다.

　문집이나 문선 따위의 것들은 몇 편을 보아 얻는 바가 없으면 곧 가히 놓아 버려도 된다. 도교의 책이나 불교의 경전은 보지 않아도 또한 해가 없다. 이미 이와 같다면 가히 볼 만한 것이 없으니 오직 의리만이

---

15) ≪張子全書·經學理窟≫, <義理>篇.
16) ≪朱子語類≫ 卷九十三 : "橫渠之學, 苦心力索之功深".

있을 뿐이다.
　如文集, 文選之類, 看得數篇無所取, 便可放下. 如道藏釋典, 不看亦無害.
旣如此則無可得看, 唯是有義理也.[17]

그는 문학 작품집이란 특별히 취할 만한 것이 없다면 볼 필요가 없다는 것을 강조하고 있다. 여기서 취할 만한 것이란 바로 도덕과 의리를 말하는 것일 것이다. 그에게 있어서 문장이란 오직 내면적 덕성을 수양하거나 교화에 도움이 될 때 비로소 가치가 있는 것이었다.

　중니와 같은 분이 수수洙水와 사수泗水 사이에 있을 때 인의를 닦고 교화를 일으킨 것은 천여 년이 지나도 그 쓰임이 끝이 없다. 지금 이 도를 제창하는데 어떻게 해야 하는지 모른다. 자고 이래로 그를 말한 사람이 원래 일찍이 없다. 양웅이나 왕통 같은 이도 또한 모두 보지 못하였고 한유도 다만 한가한 말만 숭상하였을 따름이다.
　若仲尼在洙泗之間, 修仁義, 興敎化, 歷後千餘年, 用之不已, 今倡此道,
不知如何. 自來元不曾有人說着. 如揚雄, 王通, 又皆不見, 韓愈又只尙閑
言詞.[18]

장재는 양웅과 왕통은 물론이고 한유에 대해서도 공자의 이 도를 제대로 밝히지 못하였다고 하여 불만을 토로하고 있다. 양웅이나 왕통 그리고 한유 등은 모두 유가의 도를 밝히려고 노력한 사람들이다. 그러나 이들이 장재를 흡족하게 할 수 없었던 것은 바로 이들이 외왕에 치우쳐 장재가 중시하였던 내성적 관점에 부합될 수 없었기 때문일 것이다. 특히 당시 고문가들이 추존하였던 한유에 대해 불만을 토로한 것은 문보다는 도를 중시하고 외왕보다는 내성을 중시하는 신유학자의 입장을 잘 대변하는 것으로 이후 신유학자들이 한유를 폄하하는 풍토도 이에서 비롯하였다고 할 수 있다.[19] 그는 글을 쓴 이가 지극한 내

---

17) ≪張子全書·經學理窟≫, <義理>篇.
18) ≪張子全書·經學理窟≫, <自道>篇.
19) 장재와 이정은 연령이 12, 3년 정도 밖에 차이가 나지 않으므로 누가 먼저
　　한유를 폄하하기 시작하였는지 정확하게 고증하기는 어려우나, 신유학의 발

면의 덕을 갖추고 있으면 그러한 문장은 반드시 쓰임에 이를 수 있다고 하였다.

> 크고 지극한 중정의 도가 극치에 이르게 되면 문장은 반드시 그 쓰임에 이르게 될 것이고 간략함이 반드시 감응하게 하여 통달하게 할 것이다.
> 大中至正之極, 文必能致其用, 約必能感而通.[20]

여기서 중정이란 마음이 어느 한 쪽으로 치우침이 없고 바른 것을 말한다. 그는 이러한 중정의 극치에 있을 때 문장은 반드시 쓰임이 있게 되고 그 속의 내용이 간략하지만 사람들을 감동시킬 수 있다고 하였다. 그는 또한,

> 문사를 취하여 뜻이 전달될 수 있으면 그쳐야 하며, 많아지면 때로 오히려 해가 된다.
> 辭取意達則止, 多或反害也.[21]

라고 주장하였는데, 이것은 수사를 중시하는 문학적인 문장을 부정하는 것이다.

장재는 북송의 신유학자 가운데 직접적으로 문학에 대해 언급이 별로 없는 신유학자라고 할 수 있지만 이상으로 보아 그의 문학관 또한 정이와 마찬가지로 문학에 대해 부정적인 색채를 지니고 있음을 알 수 있다. 그러나 정이처럼 직접적으로 작문해도를 주장하지는 않았다. 이로 보아 장재의 문학관은 문보다는 도를 중시하는 주돈이의 문이재도에서 극단적으로 문학 행위를 부정하는 정이의 작문해도로 발전하는 중간 단계에 있음을 알 수 있다.

전 과정으로 보아 대체로 장재가 이정보다 앞선 것으로 보는 것이 큰 무리가 없을 것이다.
20) ≪張子全書·正蒙≫, <中正>篇.
21) ≪張子全書·正蒙≫, <有德>篇.

다음으로는 그의 시에 대한 태도를 살펴보도록 하자.

> 옛날에 시를 능히 아는 자로는 오로지 맹자만이 있어 글의 뜻으로
> 작자의 본의를 받아들일 수 있었다. 무릇 시의 뜻은 지극히 평이한 것
> 으로서 난해하게 그것을 구할 필요가 없다. 지금 난해함으로 시를 구한
> 다면 이미 그 본심을 잃어버린 것이니 어찌 시를 볼 수가 있겠는가?
> 古之能知詩者, 惟孟子爲以意逆志也. 夫詩之志至平易, 不必爲艱險求之.
> 今以艱險求詩, 則已喪其本心, 何由見詩.[22]

이것은 사실 ≪시경≫이라고 하는 경전을 어떻게 보느냐의 문제로
순수한 시론과는 약간의 차이가 있지만 이를 통하여 그의 시에 대한
태도를 약간이나마 엿볼 수 있다. 그는 한대 이후의 ≪시경≫을 풀이
하는 사람들이 시를 너무 어렵게 해석하고 있음을 지적하고, 맹자의
이의역지以意逆志를 본받아 시를 쉽게 이해할 것을 주장하였다. 이에
대해 어떤 이는 사실은 한유漢儒들도 다 같이 이의역지를 주장하고 있
으나 다만 한유漢儒는 왕도의 영향을 받아 ≪시경≫을 풍간의 책으로
이해하였기 때문에 난해하게 해석하는 것이 이의역지라고 생각하였고,
송유는 문사를 닦아 성誠을 세우는 것을 중시하였고 덕성을 함양하는
것을 중시하였기 때문에 평이하게 해석하는 것이 곧 이의역지라고 생
각하였던 것이라고 주장하였다.[23] 이것은 바로 외왕과 내성의 차이를
말한 것이라 할 수 있다. 장재는 내성의 관점에서 ≪시경≫의 시를 이
해하려고 하였으며, 이러한 태도는 그의 얼마 되지 않는 시에서도 드
러난다. 장재의 문집에서 현존하는 시는 십오 수인데,[24] 문학적인 맛은
거의 없고 대부분 철리와 심성수양에 관한 내용을 담고 있다. 그 중
<파초芭蕉>를 보도록 하자.

---

22) ≪張子全書 · 經學理窟≫, <詩書>篇.
23) 郭紹虞, ≪中國文學批評史≫, p.189 참조.
24) 장재의 시문은 명대에 이미 많이 소실되었으며 지금은 본래의 모습을 고찰할
    수 없다. 董金裕, 위의 논문, p.229 참조.

芭蕉心盡展新枝　　　　파초는 알맹이 다하면 새 가지 펼치는데
新卷新心暗已隨　　　　새로 말리는 새 알갱이 몰래 이미 따라 생기네.
願學新心養新德　　　　원하건대 새 알맹이 배워 새로운 덕 기르고
旋隨新葉起新知　　　　그 다음에 새 잎 따라 새로운 앎 일으키고자 하네.

　파초의 알맹이가 다하여 새로운 잎이 벌어지고 이와 동시에 또 알맹이가 생기는 것을 보고 군자도 이와 같이 새로운 덕을 기르고 그 덕을 발현시켜 새로운 앎에 이르러야 함을 강조하였다. 북송의 신유학자 가운데 장재는 정이 다음으로 시가 적으며 그 내용에 있어서도 자연을 읊거나 탈속적인 정취를 노래한 것은 없다. 그것은 그가 취한 수양 방법이 주돈이나 소옹에 비해 보다 근엄한 유가적 성향을 지니고 있기 때문이라고 보아야 할 것이다.

7 근엄한 선비 상을 지닌 정이와 정호의 문학관

정호와 정이 형제는 낙학의 영도자로서 북송 신유학의 발달 과정에 있어서 성숙기에 속하는 인물이다. 이정의 주장은 철학적으로 약간의 차이는 있지만 기본적인 입장은 대체로 동일하다. 문학관에 있어서도 마찬가지이다. 대체로 정이가 보다 철저히 문학을 부정하는 입장을 취하였고 정호는 이에 비해 약간 유화적인 태도를 취하였지만, 둘은 기본적으로 동일한 노선을 취하였다고 보아도 무방할 것이다. 그리고 그들의 어록 가운데는 이정선생의 말씀이라고 되어 있어 누구의 말인지 구분할 수 없는 것도 많이 있기 때문에, 본고에서는 이들을 묶어서 같이 다루고자 한다. 이들의 어록 가운데는 누구의 말인지 구분할 수 없는 경우에는 이정이라고 하였고 구분이 가능한 경우에는 각기 이름을 밝혔다. 그리고 정이가 정호에 비해 많은 어록과 저술을 남겼으며 후대에 끼친 영향력도 훨씬 크므로, 정이의 설을 중심으로 고찰하고 정호에 대해서는 뚜렷한 차이가 있을 경우에만 부가 설명을 가하였다.

문장을 짓는 것은 도를 해치는 것이다

정호가 혼후한 성격을 지녔던 것에 비해 정이는 근엄한 성격을 지녔고, 이러한 그들의 성격이 그들의 철학 사상에도 반영되고 있음은 이미 앞에서 고찰한 바와 같다. 이러한 성격의 차이가 그들의 문학관에도 반영되고 있는데, 문학에 대해 극단적으로 부정적인 견해를 표명하고 있는 이는 대체로 정이였다. 그는 문장을 짓는 것이 도에 해가 되는지를 묻는 제자의 질문에 다음과 같이 답하고 있다.

> "문장을 짓는 것은 도에 방해가 됩니까?", "해가 된다. 무릇 문장을 짓는 데에는 생각을 오로지 하지 않으면 공교롭지 않게 되는데, 만약 생각을 오로지 한다면 뜻 이에 얽매일 것이니 또한 어찌 천지와 그 큼을 같이할 수 있겠는가? ≪상서≫에 말하기를 '외물을 가지고 놀다보면 뜻을 잃는다.'라 하였는데, 문장을 짓는 것 또한 외물을 가지고 노는 것이다."
> 問, 作文害道否. 曰, 害也. 凡爲文不專意則志局於此, 又安能與天地同其大. 書云, 玩物喪志, 爲文亦玩物也.[1]

정이는 단도직입적으로 문장을 짓는 행위는 도를 해치는 것이라고 단정하고 있다. 그 이유는 간단하다. 문장을 짓기 위해서는 거기에 노력을 기울여야 하고 그러다 보면 천지와 그 큼을 같이할 수 없기 때문이었다. 여기서 천지와 그 큼을 같이한다는 것은 바로 수양을 통하여 성인이 되는 것을 말한다. 정이는 문장을 짓는 것은 신유학자의 궁극적인 목표인 성인을 이루는 데에 방해가 되는 것이라고 여겼다. 그리하여 그는 문장을 짓는 행위를 '완물상지玩物喪志'라고 말하고 있다.

완물상지란 원래 ≪상서·주서周書≫ <여오편旅獒篇>의 "귀와 눈에 구속되지 아니하면 백 가지 법도가 바르게 된다. 사람을 희롱하면 덕을 잃고, 사물을 희롱하면 뜻을 상하게 된다"[2]라는 구절에서 따온 말이다. ≪상서≫의 이 편은 여족旅族이 주 무왕에게 큰 개를 바쳐오자 당시 태보太保였던 소공召公이 임금에게 이를 경계하라고 바친 글로서 임금이 외물에 현혹되지 않으면 나라가 편안할 것이니 완물상지하지 말라는 뜻이다. 정이는 이와 같은 논리로 문장을 짓는 데에 마음을 빼

---

1) ≪二程集·河南程氏遺書≫ 卷十八.
2) ≪書經·周書≫, <旅獒篇> : "不役耳目, 百度惟貞. 玩人喪德, 玩物喪志".

앗기지 않아야 안으로 거경궁리하여 성인을 이룰 수 있다고 주장하고 있다. 그는 이어서 다음과 같이 말하고 있다.

> 옛날의 학자는 다만 성정을 기르는 데에 힘을 쓰고 그 나머지는 배우지 않았다. 지금 문장을 짓는 것은 오로지 장구에 힘을 써 사람의 귀와 눈을 즐겁게 하는 것이니, 이미 사람을 기쁘게 하는 데에 힘을 썼다면 광대가 아니고 무엇이겠는가?
> 古之學者, 惟務養情性, 其他則不學. 今爲文章, 專務章句悅人耳目, 旣務悅人, 非俳優而何.

장구의 조탁에만 힘을 쓰는 것을 배우라고 보는 견해는 이정 이전에도 많이 있었다. 한대의 대표적인 부 작가인 사마상여司馬相如나 매고枚皐, 양웅揚雄 등은 수사기교修辭技巧만 중시하는 부賦를 짓는 것을 배우 짓과 같은 것으로 보고 부賦를 짓는 일을 부끄럽게 여겼다. 그리고 육조의 배자야裵子野는 문사에 힘을 들이는 것을 조충전각雕蟲篆刻이라고 하였는데, 다 같은 맥락이라고 할 수 있다. 그러나 이들이 문사에 힘을 들이는 것을 반대하였던 이유는 주로 수사기교에만 힘을 들이다 보면 공자 이래 문학의 본래의 목적이라고 여겨왔던 문학의 정치사회적 공용성을 제대로 발휘하지 못하게 될까봐 우려하였기 때문이었다. 이에 비하여, 정이가 문장에 오로지 뜻을 두는 것을 반대하였던 가장 주된 이유는 그것이 성정을 도야하여 안으로 성인을 이루는 것에 방해가 된다고 여겼기 때문이었다.

정이가 활약하던 당시는 문단의 영수 구양수가 한유와 유종원의 고문운동의 정신을 다시 부흥시킨 이래 소씨蘇氏 삼부자와 왕안석과 증공曾鞏 등을 중심으로 한 쟁쟁한 고문가들이 뒤이어 출현함으로써 송대 뿐만 아니라 중국 문학의 전시기에 걸쳐서 보아도 가장 문풍이 성행하던 시기라고 할 수 있다. 그들 고문가들은 한유의 도통론을 바탕으로 하여 은연중에 자신들이 유가의 도를 이었다는 자부심을 지니고 있었다.

정이를 위시한 신유학자들은 밖으로 도·불에 대항하여 유가의 도를 선양하려고 하였을 뿐만 아니라, 안으로 유교 내에서도 자신들이 바로 성인의 도를 참으로 계승한 자임을 강조하였다. 따라서 이들 신유학자들은 자연히 고문가들에 대해 대립적인 입장을 취할 수밖에 없었다. 특히 정이의 만년에는 정이가 이끄는 낙학파와 소동파가 이끄는 촉학파 사이에 잦은 충돌이 있었으며,[3] 이로 인해 낙학파의 영수인 정이는 문학에 대해 더욱 부정적인 시각을 지니고 노골적으로 이들 고문가들에 대한 공격을 서슴지 않았다. 아래의 말들은 이러한 정이의 입장을 극명하게 드러내고 있다.

> 옛날의 배우는 자는 하나였으나 지금의 배우는 자는 셋이니, 이단은 그에 내포되지 않는다. 첫째는 문장의 학이요, 둘째는 훈고의 학이요, 셋째는 유자의 학이다. 도에 나아가려면 유자의 학을 버려서는 안 된다.
> 古之學者一, 今之學者三, 異端不與焉. 一曰文章之學, 二曰訓詁之學, 三曰儒者之學. 欲趣道, 舍儒者之學不可.[4]

> 지금의 배우는 자는 세 가지 폐단이 있는데, 첫째는 문장에 빠지는 것이오, 둘째는 훈고에 끌리는 것이오, 셋째는 이단에 혹하는 것이다. 만약 이 세 가지가 없다면 장차 어디로 돌아갈 것인가. 반드시 도에 나아갈 것이다.
> 今之學者有三弊, 一溺於文章, 二牽於訓詁, 三惑於異端. 苟無此三者, 則將何歸, 必趣於道矣.[5]

그는 문장의 폐단을 훈고나 이단의 폐단과 같이 보았으며, 성인의 참 도에 나아가기 위해서는 이것들을 모두 버려야 함을 강조하였다. 사실 훈고학은 당말오대를 거치면서 거의 쇠락하였고, 특히 범중엄 구양수 등이 중심이 되어 추진한 경력연간의 정학운동에 의해 결정적인

---

3) 낙학파와 촉학파의 충돌에 대해서는 馬積高, ≪宋明理學與文學≫, 長沙 : 湖南師範大學出版社, 1989, pp.26-34를 참조.
4) ≪二程集·河南程氏遺書≫ 卷十八.
5) 위와 같음.

타격을 입게 되어 그 세가 극히 미미하였다. 따라서 유학 내에서의 정이의 주요 공격 대상은 주로 고문가들이었다고 할 수 있다.

정이가 이렇게 문학에 대해 극단적으로 반대하는 노선을 견지하게 된 것은 물론 외면적으로는 당시 성행하던 고문가들의 세력을 꺾고 신유학의 세력을 확장하려는 의도에서 기인한 것이고 또 내적으로는 문학적인 감성보다는 철학적인 이성을 더 중시하는 사상가 본연의 태도에서 기인한 것이라고 할 수 있을 것이다. 그러나 유교의 도에 대한 태도의 변화, 즉 이전의 외왕을 중시하는 입장에서 내성을 중시하는 입장으로의 태도의 전환 또한 중대한 역할을 하였다고 지적할 수 있겠다.

덕이 있는 자는 반드시 말이 있다

정이는 내성을 중시하는 관점에서 기본적으로는 작문해도의 입장을 견지하고 있었지만, 그 역시 문장을 완전히 짓지 않았던 것은 아니다. 그는 문학적인 문장을 짓는 것을 반대하였지 실용적 문장을 짓는 것까지 반대할 수는 없었다. 중국 문학에 있어 문장은 원래 사실을 기록하는 기사紀事와 자신의 사상을 세우는 입언立言의 오랜 전통이 있었으며, 한대까지만 해도 실용적 문장과 예술적 문장의 구분이 없었다. 육조 이래로 비로소 예술적 문장의 창작이 본격적으로 행해졌으며 이에 따라 대구와 운율을 중시하는 변려문駢儷文이 성행하였다. 이후 한유와 유종원의 고문운동에 의해 한대 이전의 단행산체單行散體 위주의 고문이 다시 유행하게 되었다. 물론 이들 고문가들의 고문은 한대 이전의 고문에 비해 문학적으로 보다 세련된 문장이지만 자구와 운율이 정제된 변려문에 비해서는 훨씬 실용적인 문장이었으며, 이로 인해 실용적 문장과 예술적 문장의 구분이 다시 애매하게 되었다. 예술적인 문장에

대해 극도로 부정적인 입장을 지닌 정이로서도 실용적 문장까지를 완전히 부정할 수는 없었다. 그는,

> "옛날에도 문장을 지었습니까?", "사람들은 육경을 보고서는 곧 성인 또한 문장을 지었다고 말하는데, 성인은 마음속에서 온양된 것을 발하는 것에 의하여 저절로 문장을 이루었을 뿐이니 이른바 '덕이 있는 자는 반드시 말이 있다.'라는 것이다", "자유子游와 자하子夏가 문학으로 이름이 있었다는 것은 무엇입니까?", "자유와 자하가 또한 어찌 일찍이 붓을 잡고 문사위주의 글을 짓는 것을 배웠겠는가? 또한 '천문을 관찰하여 그로써 때의 변화를 살피고, 인문을 관찰하여 그로써 천하를 교화한다.'와 같은 것이 어찌 문사위주의 글이겠는가?
> 曰, 古者爲文否. 曰, 人見六經, 便以謂聖人亦作文, 不知聖人只據發胸中所蘊, 自成文耳. 所謂有德者必有言也. 曰, 游夏稱文學, 何也. 游夏亦何嘗秉筆學爲詞章也. 且如觀乎天文以察時變, 觀乎人文以化成天下. 此豈詞章之文也.6)

라고 하고 있다. 그는 육경의 문장은 사장의 문장이 아니라 덕이 안으로 충일하여 자연스럽게 밖으로 문장으로 이루어지는 것이라고 하고 있다. 그는 그 근거로서 ≪논어·헌문≫의 "덕이 있는 사람은 반드시 말이 있다.(有德者必有言)"을 제시하고 있다. 그리고 다시 자유와 자하가 문학으로 이름이 있었지 않았느냐는 질문에, 그는 ≪주역≫ 비괘조卦의 단사彖辭를 인용하여 자유와 자하의 문이란 하늘과 인간의 자연스러운 문채와 같은 것이지 요즈음 문인들이 하는 그런 문사위주의 글이 아님을 강조하였다. 그의 관점으로는 고인의 글들은 모두 내면의 수양을 통하여 덕을 쌓은 다음에 자연스럽게 밖으로 넘쳐 나오는 것이지, 요즈음 사람들처럼 수사를 위주로 하는 것이 아니었다. 그리고 그는 성인의 말씀이란 부득이하게 나온 것임을 강조하였다.

> 성현의 말씀은 부득이한 것이다. 대개 이 말씀이 있으면 이 이치가 밝혀지고, 이 말씀이 없으면 천하의 이치에 결손이 있게 된다. 마치 쟁

---

6) ≪二程集, 河南程氏遺書≫ 卷十八.

기와 보습과 도기를 굽고 쇠를 녹이는 기구가 하나라도 만들어지지 않
으면 사람을 살아가게 하는 도에 부족함이 있는 것과 같다. 성인의 말
씀은 비록 그만 두려고 하여도 가능하겠는가? 그러나 천하의 이치를 다
포함하고 있어도 또한 심히 간약하다. 만약 그대가 지은 문장이 모두
도에 합치한다면 족히 성인을 도울 수 있으며 후세에 가르침이 될 것이
다. 곧 성현의 사업이니 어찌 배움의 말류가 되겠는가?

> 聖賢之言, 不得已也. 蓋有是言, 則是理明, 無是言, 則天下之理有闕焉.
> 如彼未耜陶冶之器, 一不制, 則生人之道有不足矣. 聖人之言, 雖欲已, 得乎.
> 然其包涵盡天下之理, 亦甚約也. … 苟足下所作皆合於道, 足以輔翼聖人,
> 爲敎於後, 乃聖賢事業, 何得爲學之末乎.[7]

성인의 말씀이란 모두 도에 합치할 뿐만 아니라 그 말씀이 있음으로
인하여 천하의 이치가 밝혀진다고 하였다. 그리고 만약 문장을 지음이
이처럼 도에 합치한다면 그것은 성인의 사업이라고 하였다. 이처럼 도
에 합당한 문장을 짓기 위해서는 먼저 필수불가결한 조건이 바로 안으
로 덕을 쌓는 일이었다. 그리하여 그는 문장을 잘 쓰려고 하기에 앞서
먼저 덕을 쌓을 것을 강조하였다.

> 공자께서 "덕이 있는 자는 반드시 말이 있게 된다"라 말씀하신 것은
> 무엇 때문인가? 부드럽고 순한 것이 안에서 쌓이게 되면 빼어나고 아름
> 다운 것이 밖에 발하게 되기 때문이다. 고로 말에는 문체가 있고 움직
> 임에 조리가 있다.

> 孔子曰, 有德者必有言, 何也. 和順積於中, 英華發於外也. 故言則成文,
> 動則成章.[8]

> 공자께서 말씀하셨다. 옛날의 군자는 덕을 닦았을 따름이었다. 덕이
> 이루어진 다음에 말을 하면 문장을 쓰려고 의도하지 않아도 저절로 문
> 장이 되었다.

> 子曰, 古之君子, 修德而已. 德成而言, 則不期於文而自文矣.[9]

---

7) 《二程集·河南程氏文集》 卷九, <答朱長文書> 注에 "혹은 명도선생의 문장
   이라고도 한다"라고 하고 있다.
8) 《二程集·河南程氏遺書》 卷二十五.
9) 《二程集·河南程氏粹言》 卷一.

이정은 고문가들이 높이 받드는 한유에 대하여 한편으로는 어느 정도 인정하면서 한편으로는 제대로 도를 알지 못하였다고 평하였다.[10] 이들이 한유를 그렇게 평한 이유는 그가 덕을 닦는 것을 먼저 하지 않고 문을 익히는 것을 먼저 하였기 때문이었다.

> 한유는 만년에 문장을 지음에 얻는 바가 매우 많았다. 배움이란 본래 덕을 닦는 것으로, 덕이 있은 뒤에 말이 있는 것인데, 한유는 거꾸로 배운 것이다.
> 退之晚年爲文所得處甚多. 學本是修德, 有德然後有言, 退之却倒學了.[11]

한유는 처음에는 도를 제대로 몰랐으나 만년에 지은 문장을 보면 얻는 바가 많았으니, 이는 이정의 관점에서는 거꾸로 배운 것이었다. 그래서 비록 얻은 바가 어느 정도 있다고는 하나 끝내 성인의 도에 대해서는 제대로 체득하지 못했다고 주장하였다. 이정은 안으로 성인을 이루는 것을 우선으로 삼았기 때문에 내면의 덕을 수양하지 않고 먼저 문장을 공부하는 것이나 박학강기博學强記에 힘쓰는 것에 대해서 크게 경계하였다. 먼저 정이는,

> 자신에게서 구하지 아니하고 밖에서 구하여 널리 듣고 많이 기억하는 것과 재간 있고 화려한 문사로써 공을 들여 그 말을 아름답고 화려하게 하면 도에 이르는 자가 드물다. 그런 즉 지금의 배움은 안자가 좋아하였던 바와는 달라졌다.
> 不求諸己而求諸外, 以博聞强記巧文麗辭爲工, 榮華其言, 鮮有至於道者, 則今之學, 與顏子所好異矣.[12]

라고 하여 자신의 내면의 덕을 밝히지 않고 문사나 박학강기에 힘쓰는 당시의 학풍을 공문의 정통이 아님을 강조하였다. 이에 대해서는 정호

---

10) 이정의 한유에 대한 비평에 관해서는 孟英翰, ≪北宋理學家的文學理論硏究≫, 臺灣大學校 碩士學位論文, 1989, pp.157-158를 참조.
11) ≪二程集・河南程氏遺書≫ 卷十八.
12) ≪二程集・河南程氏文集≫ 卷八.

도 같은 견해를 취하고 있다.

> 배우는 자가 먼저 문장을 공부하면 도에 이를 자가 드물다. 널리 보고 많이 보는 것도 또한 스스로 해가 된다. 고로 명도선생이 나를 가르치면서 일찍이 말씀하시기를 "그대는 책을 읽을 때 결코 행을 찾거나 글자를 세지 말도록 하여라"라고 하셨다.
> 學者先學文, 鮮有能至道. 至如博觀泛覽, 亦自爲害. 故明道先生敎予嘗曰, 賢讀書, 愼不要尋行數墨.[13]

이 글은 원래 사량좌의 언행을 정리한 ≪상채어록上蔡語錄≫에서 나온 것인데, 그의 말은 정호의 말을 그대로 계승한 것임에 틀림없다. 사량좌는 일찌기 박학강기로 이름이 있었는데 정호가 그의 박학강기를 보고서는 "그대는 너무 많이 외우는군"이라고 말하자 자신도 모르게 몸에 땀이 나고 얼굴이 붉어졌다는 기록이 있다.[14] 정이는 계속해서 먼저 모름지기 안으로 덕을 밝히면 문장은 절로 이룰 수 있는 것이지만, 그와 반대로 밖에서 글을 배우는 것은 아무리 많이 한다 하더라도 그것이 덕이 될 수 없음을 강조하여, 덕을 닦는 것과 문을 배우는 것을 철저히 구분하고 있다.

> 배우는 자는 모름지기 문을 배워야 할 것이지만, 도를 아는 자는 덕에 나아갈 따름이다. 덕이 있으면 익히지 않아도 유리하지 않음이 없다. 아이를 기르는 것을 배운 다음에 시집가는 사람은 없다. 대개 먼저 이 도를 얻었기 때문이다. 문장을 배우는 공이란 하나를 배우면 한 가지 일이고 두 가지를 배우면 두 가지 일이며 그 종류에 따라 백 가지 천 가지 일에 이르고 끝까지 이른다 하여도 또한 다만 배움일 따름이지 덕은 아니다. 덕이 있는 자는 이와 같지 않다. 고로 이 말은 가히 도를 아는 자에게 할 수 있는 것이지 배우는 자에게 할 수 있는 것은 아니다. 만약 마음으로 얻으면 사지에 퍼져서 사지가 말하지 않아도 아는 것과 같다. 비유하건대 글씨를 배우는 것과 같다. 체득하지 못한

---

13) ≪二程集 · 河南程氏外書≫ 卷十二.
14) ≪二程集 · 河南程氏外書≫ 卷十二 : "明道見謝子記問甚博, 曰, 賢却記得許多. 謝子不覺身汗面赤".

자는 모름지기 마음과 손이 서로 서로 응하기를 기다려 배워야 하지
만, 만약 체득하고 나면 붓을 대면 곧 쓸 수 있으니 배움을 쌓을 필요
가 없다.

　　學者須學文, 知道者進德而已. 有德則, 不習無不利15), 未有學養子而後
嫁16), 蓋先得是道矣. 學文之功, 學得一事是一事, 二事是二事, 觸類至於百
千, 至於窮盡, 亦只是學, 不是德. 有德者不如是, 故此言可爲知道者言, 不
可爲學者言. 如心得之, 則施於四體, 四體不言而喩. 比如學書, 若未得者,
須心手相須而學, 苟得矣, 下筆便能書, 不必積學.17)

정호는 덕이 있게 되면 문장을 지음에 연습하지 않아도 저절로 도에
맞는 문장이 나올 수 있다고 하고 있다. 그리고 "아이 기르는 것을 배
운 다음에 시집을 가는 사람은 없다"라는 비유를 통하여 그 근본이 서
있으면 그것을 미루어 모든 세세한 일을 할 수 있는 것처럼 덕이 있으
면 문장은 나중에 절로 되는 것임을 강조하고 있다. 이에 비해 먼저
문장을 배우면 아무리 많이 익힌다 하더라도 그 덕에 이를 수는 없다
고 하여 먼저 그 덕을 닦을 것을 재삼 강조하고 있다.

　중국문학에 있어 좋은 문장을 짓기 위해서는 수양을 해야 한다는 이
론은 이전에도 많이 있었고 한유를 위시한 고문가들도 이를 상당히 중
시하였다. 그러나 이들의 이론에 비해 이정의 유덕유언론은 보다 철저
하게 문보다는 도와 덕을 중시하는 경향이 있었는데, 이는 바로 그들
신유학자들의 내성을 중시하는 태도에서 기인한 것임은 다시 설명할
필요가 없을 것이다.

---

15) ≪주역≫, <곤괘> 육이효의 효사에서 나온 말로서 곤덕이 지극히 후하여 익
　　히지 않아도 저절로 이롭지 않음이 없다는 뜻이다.
16) ≪대학≫전 구장에 나오는 말로서 근본을 알아 이를 미루어 나가면 큰 무리
　　가 없다는 말이다.
17) ≪二程集·河南程氏遺書≫ 卷二上과 ≪宋元學案·明道學案上≫에 이 문장이
　　발췌되어 있는 것으로 보아 이 말은 정호의 말임을 알 수 있다.

시를 짓는 것은 일에 방해가 된다

정이는 작문해도를 주장하여 문장을 짓는 데에 힘을 낭비하는 것은 '완물상지'하는 일이어서 신유학의 궁극 목표인 성인을 이루는 데에 방해가 된다고 하였다. 그러나 중국문학에 있어 문장은 원래 실용적 성격과 문학적 성격이 공존하고 있는 것이기 때문에, 문학에 대해 지극히 부정적인 견해를 지니고 있는 정이로서도 문장을 완전히 폐할 수는 없었다. 이에 비해 시는 순수 문학적인 성격이 보다 강한 것이라고 할 수 있다. 정이의 문학에 대한 부정적 태도는 시에 있어서는 더욱 극명하게 드러나고 있다. 그는 ≪시경≫에 대해서,

> 시란 말을 진술하는 것이다. 말하여 부족하여 길게 말하고 읊조리며 노래하니 흥으로 말미암은 바이다. 진실로 느끼는 깊은 데서 나오니 저절로 손이 춤추고 발이 춤을 추는 지경에 이르게 된다. 그러므로 그것이 사람의 마음에 들어가는 것이 또한 깊고 가히 천지를 움직이게 하고 귀신을 감동하게 하는 경지에 이르게 된다.
>
> 詩者, 言之述也. 言之不足而長言之, 詠歌之, 所由興也. 其發於誠感之深, 至於不知手之舞, 足之蹈, 故其入於人也亦深, 至可以動天地, 感鬼神.[18]

라고 하여 <모시서>의 말을 그대로 답습하여 긍정적으로 수용하고 있다. 그는 이 외에도 여러 곳에서 ≪시경≫에 대하여 찬사를 아끼지 않고 있다. 그러나 ≪시경≫의 후예라 할 수 있는 당시의 일반시에 대해서는 지극히 부정적인 견해를 표명하고 있다.

> 어떤 이가 물었다. "시를 가히 배울 만 합니까?", "이미 배운다고 할 때에는 반드시 공을 들여야 시인의 격에 합당할 것이다. 그런데 이미 공을 들인다면 일에 심하게 방해가 될 것이다. 옛 사람의 시에 말하기를 '다섯 개의 글자를 읊어 이루는 데에 일생의 마음을 쓴다.'라 하고, 또 이르기를 '애석하구나. 일생의 마음을 다섯 글자 위에 쓰는 것이.'라고 하였

---

18) ≪二程集・河南程氏經說≫ 卷三, <國風>.

는데, 이 말은 심히 타당하다". 선생은 일찍이 말하였다. "왕자진王子眞이 약을 부쳐 왔는데 나는 그에게 답할 수가 없었다. 나는 평소에 시를 짓지 않는데 실로 금지하여서 짓지 않는 것이 아니라 다만 이런 쓸데없는 말을 하고 싶지 않기 때문이다. 게다가 지금 시에 능하다고 말하여도 두보만한 이가 없을 것인데, '꽃 사이를 지나는 나비들 보일듯 말듯 보이고, 물을 스치는 잠자리는 느릿느릿 나는구나.'따위의 말이 있으니, 이러한 쓸데없는 말을 하여서 무엇을 한단 말인가? 나는 그래서 항시 시를 짓지 않는다. 이제 왕자진에게 감사하는 시를 보낸다. '지극한 정성은 조화에 통하고 약은 신령함에 통하는데, 멀리 쇄약한 늙은이에게 보내어 병든 몸을 고치게 하네. 나 또한 단약이 있는데 그대는 아는가? 이를 사용하면 아직도 이 백성들을 장수하게끔 할 수 있네.' 왕자진이 배운 것은 다만 자신만을 선하게 하는 것이어서 비록 지극한 정성에 고결한 행동이하 할지라도 대개 길게 살고 오래 보는 양생술에 불과하니 한 몸을 구제하는 데에 그칠 따름이다. 이로 인해 이 시구가 있게 되었다".

　或問, 詩可學否. 曰, 旣學時, 須是用功, 方合詩人格. 旣用功, 甚妨事. 古人詩云, 吟成五箇字, 用破一生心. 又謂, 可惜一生心, 用在五字上. 此言甚當. 先生嘗說, 王子眞曾寄藥來, 某無以答他. 某素不作詩, 亦非是禁止不作, 但不欲爲此閑言語. 且如今言能詩無如杜甫, 如云, 穿花蛺蝶深深見, 點水蜻蜓款款飛. 如此閑言語, 道出做甚, 某所以不作詩. 今寄謝王子眞詩云, 至誠通化藥通神, 遠寄衰翁濟病身. 我亦有丹君信否, 用時還解壽斯民. 子晉所學 只是獨善, 雖至誠潔行, 然大抵只是長生久視之術, 只濟一身, 因有是句.[19]

　그는 시를 짓는 것이 일에 방해가 된다고 하였다. 그가 말하는 '일'이란 바로 작문해도론에서 말한 '천지와 그 큼을 하나로 하는 일' 일 것이다. 그리고 자신이 시를 짓지 않는 것은 억지로 금지해서가 아니라 다만 쓸데없는 말을 하고 싶지 않기 때문이라고 하였다. 그는 시인의 최고봉이라 할 수 있는 두보의 <곡강이수曲江二首> 제이수의 시구를 들면서 이런 쓸데없는 말을 하고 싶지 않아서 시를 짓지 않는다고 하였다. 그가 이렇게 시를 짓는 것을 반대한 것은 위에서 말한 완물상지의 취지로서 결국 시를 짓는 데에 시간과 정력을 낭비하는 것은 내면의 수양을 통하여 성인에 이르고자 하는 데에 방해가 될까봐 우려하였기 때문이다.

---

19) ≪二程集·河南程氏遺書≫ 卷十八.

이미 경전화된 ≪시경≫에 대해서는 극도의 찬사를 아끼지 않으면서, 당시의 시에 대해 지극히 부정적인 견해를 피력하고 있는 것은 공자가 시를 중시한 본래의 의미를 제대로 파악하지 못한 것이라 할 수 있을 것이다. 만약 그가 ≪시경≫을 통하여 문학의 공용성을 누차 강조하였던 공자의 본래의 뜻을 제대로 이해하였다면 수사기교에 치우쳐 진솔한 내용을 담지 못할까봐 걱정할지언정 시를 짓는 행위 자체에 대해 그렇게 부정적인 견해를 표명할 수는 없었을 것이다. 정이가 시를 경시한 것은 실제로 그가 평생 시를 거의 짓지 않았던 것을 보아도 잘 알 수 있다.

정이는 평생에 단 세 수의 시를 지었는데, 이는 시를 짓는 것이 이미 지식인들의 일상생활의 일부가 되어 버린 송대의 상황을 비추어 볼 때, 거의 다시 예를 찾아보기 힘들 정도로 독특한 경우라고 할 수 있다. 위의 인용문에서 든 시는 그 세 수 가운데 하나인 <사왕전기기단시謝王佺期寄丹詩>이다. 시라고 하기 보다는 압운한 운문에 가깝다. 나머지 두 수는 <문구씨후무가응벽남정시聞舅氏侯無可應辟南征詩>와 <유숭산시遊嵩山詩>이다. 전자는 십팔 세 때 지은 비교적 장편의 시이며 후자는 사구의 짧은 시인데 그중 <유숭산시>[20]를 보도록 하자.

鞭羸百里遠來遊	피곤한 몸 재촉하면서 백 리 먼 길을 놀러 왔는데
巖谷陰雲暝不收	바위 계곡은 짙은 구름 깔려 어둠 걷히지 않네.
遮斷好山敎不見	좋은 산을 가로 막아 보지 못하게 하니
如何天意異人謀	하늘의 뜻이 사람의 꾀함과 다름을 어찌하리오.

이 시는 숭산에 놀러갔다가 짙은 구름 때문에 경치를 볼 수가 없어서 하늘의 뜻이 야속함을 말하고 있다. 앞에서 든 시와 마찬가지로 시적 운치가 거의 없는 시라고 할 수 있다. 정이가 평생 시를 짓지 않았던 것은 물론 쓸데없는 데에 시간과 정력을 낭비하여 내면의 수양에 방해를 받지 않으려는 의도도 있었지만 천부적으로 타고난 그의 근엄

---

20) ≪二程集 · 河南程氏文集≫ 卷九.

하고 금욕적인 기질과도 상당한 관련이 있다고 할 수 있을 것이다.

이에 비해 정호의 시에 대한 태도는 약간 유화적이다. 그의 어록이나 문집에서 작시에 관한 언급이 보이지 않기 때문에 그의 작시에 대한 직접적인 견해는 알 길이 없지만, 문집에 남겨진 그의 시를 통하여 그의 시에 관한 태도를 약간이나마 엿볼 수 있을 것이다. 정호는 약 육십여 수의 시를 남겼는데, 이는 일반 시인들에 비해서는 아주 적은 분량이지만, 정이에 비하면 상당히 많은 편이라고 할 수 있다. 그리고 그의 시는 정이의 시에 비해 시적 운치가 풍부한 편이며, 내용도 화답으로 지은 시, 우연히 지은 시, 유람하며 지은 시, 심심풀이로 지은 시 등등 다양하며 심지어는 장기나 도화국桃花菊이라는 꽃을 노래한 것들도 있다. 그의 시 가운데 비교적 시적 운치가 풍부한 <춘일강상春日江上>[21] 이라는 시를 한 수 보도록 하자.

新蒲嫩柳滿汀洲	갓 돋은 부들풀과 부드러운 버드나무 강섬에 가득하고
春入漁舟一棹浮	봄은 고깃배에 들어와 노에 가득 떠 있네.
雲幕倒遮天外日	구름 장막 하늘 밖의 해를 가로 막고,
風帘輕颺竹間樓	바람 깃발 대나무 사이 누각에 가벼이 날린다.
望窮遠岫微茫見	시야를 다하니 먼 산 아득히 보이고,
興逐歸槎汗漫遊	흥을 좇아 돌아가는 배에서 마음껏 노닌다.
不畏蛟螭起波浪	교룡이 파도 물결 일으킬까 겁내지 않지만,
却憐淸자向東流	맑은 물결 동 쪽으로 흐르고 있음을 서글퍼하네.

이 시는 봄 날 강 위에 배를 띄우고 노니는 흥취를 노래한 것이다. 도학자적인 근엄하고 딱딱한 면모나 그들의 시에서 흔히 나타나는 철리적이고 교훈적인 요소가 전혀 보이지 않는 시이다. 이 시의 첫째 연은 봄의 체취를 물씬 느끼게 해주고 있고, 셋째 연과 넷째 연에서 드러나는 심경은 도학가라기보다는 오히려 풍류객의 그것과 가깝다. 다음으로는 가도賈島의 <심은자불우尋隱者不遇>를 흉내내어 지은 <구일방장자

---

21) ≪二程集·河南程氏文集≫ 卷三.

직승출간화희서학사오수九日訪張子直承出看花戲書學舍五首>22)의 제사수를 보도록 하자.

下馬問老僕	말에서 내려 늙은 종에게 물으니
言公賞花去	주인은 꽃을 감상하러 갔다고 하네.
只在近園中	다만 가까운 동산 가운데 있을 것이나
叢深不知處	나무 떨기 우거져 있는 곳을 알 수 없구나.

　　가도의 원시가 세속을 초탈한 은자적 느낌을 주는 반면, 정호의 이 시는 봄을 맞이하여 꽃을 감상하는 풍류객의 느낌을 주고 있다. 비록 모방의 정도가 심하여 언어의 유희에 가까운 작품이지만, 이러한 시를 지을 수 있다는 것 자체가 그의 시에 대한 태도가 그리 부정적인 것만은 아니라는 것을 잘 보여주고 있다. 이 시에는 봄을 감상하는 작자의 풍취가 잘 드러나 있다. 정호는 일찌기 주돈이를 보고 나서 다음과 같이 말한 적이 있다.

　　나는 주무숙을 다시 보고 음풍농월하며 돌아온 뒤로부터 공자가 증점을 높이 인정한 뜻을 지니게 되었다.
　　某自再見周茂叔, 吟風弄月以歸, 有吾與點也之意.23)

　　≪논어·선진≫에는 공자가 여러 제자들에게 각기 자신의 뜻을 말하라고 한 뒤에 증점이 늦은 봄날에 기수沂水에서 목욕하고 무우舞雩에서 바람을 쐬고 노래하며 돌아오겠다는 자신의 뜻을 말하자, 그를 칭찬하며 그를 높이 인정하는 구절이 있다. 정호의 시에는 이러한 욕기지락浴沂之樂을 읊은 시들이 상당 수 있는데, 이것은 그의 천부적으로 온화한 기질과 인의 기상을 체득하는 것을 중시한 그의 철학 체계와도 어느 정도 관련이 있다고 할 것이다.

---

22) 위와 같음.
23) 위와 같음.

이상으로 보아 북송의 신유학자 가운데 장재와 정이가 문학에 대해 비교적 부정적인 입장을 취하고 있으며 따라서 시에 있어서도 별로 짓지도 않고 내용 또한 시적 운치가 전혀 없다. 이에 비해 소옹, 주돈이, 정호 등은 문학에 대하여 비교적 너그러운 태도를 지니고 있으며 시에 있어서도 유화적이며 그 내용 또한 정이나 장재에 비해 시적 운치가 풍부한 편이다. 이들의 작품은 대체로 정치사회적인 교화를 담기보다는 개인적인 정취나 운치를 담는 것이 훨씬 많은데, 이것은 또한 그들의 내성을 중시하는 태도를 반영하고 있다고 할 것이다.

이정의 문인 가운데 시에 대해 비교적 뚜렷한 주장을 펼친 사람은 양시이다. 그는 시에 대하여 정이처럼 극단적으로 부정하지 않고 있는데, 이로 보아 그의 시에 대한 입장은 정호에 보다 가까운 성향을 지니고 있음을 알 수 있다. 그는 시를 지음에 있어 온유돈후함과 자연평이함을 강조하고 있다. 그는 먼저,

> 시를 짓는데 있어 풍아의 뜻을 모르면 시를 지을 수가 없다. 소동파의 시를 보면 다만 조정을 풍자하고 헐뜯는 것이어서 전혀 온유돈후함이 없다. 이런 사람이기 때문에 벌할 수 있었다. 만약 정호의 시라면 곧 그를 듣는 자가 자연이 감동할 것이다.
> 作詩不知風雅之意不可以作. 觀東坡詩只是譏초朝廷, 殊無溫柔敦厚之氣, 以此人故得而罪之. 若是伯淳詩, 則聞之者自然感動矣.[24]

라고 하여 시는 모름지기 정치적인 풍자의 내용을 담아서는 안 되고 정호처럼 온유돈후하게 지어야 함을 강조하였다. 이는 앞에서 고찰한 바와 같이 신유학자들의 시가 지니고 있는 일반적인 경향을 잘 대변하는 말이라 하겠다. 그리고 그는,

> 도연명시의 가히 미칠 수 없는 바는 충담沖淡하고 깊고 순수한 맛이 자연스러움에서 나왔다는 것이다. 만약 일찍이 힘써 배웠다면 도연명의

---

24) ≪楊龜山集·語錄≫, 黃鐘翔·黃保眞·成復旺 공저, ≪中國文學理論史≫ 二卷, 北京: 北京出版社, 1987, p.340에서 재인용.

시가 힘을 들여 이룰 수 있는 바가 아니라는 것을 알 것이다.
　陶淵明詩所不可及者，沖淡深粹出于自然，若曾用力學，然後知淵明詩非着力之所能成.[25]

라고 하여 도연명의 시를 높이 들면서 시에 있어서 자연스러움을 강조하였다. 양시가 도연명의 시를 좋아하였던 이유는 도연명시가 수사에 힘을 들이지 않아 자연스럽고 평이하면서도 고원한 운치를 지니고 있는 점이 수사기교보다는 내면의 덕성을 함양하는 측면을 더 강조하는 신유학자의 성향과 어느 정도 부합되기 때문일 것이다.

남송 신유학자의 문학관

　북송 신유학자들의 문학관이 주로 문학에 대한 태도에 머무르고 있는 데에 비해 남송 신유학자들의 문학관에서는 여기에서 한 걸음 더 나아가 문학의 내부 규율에 대해서도 언급을 하고 있다. 북송 신유학자의 문학관을 언급할 때는 개개인의 학문적 태도와 생활 정취가 그들의 문학관에 어떻게 반영되고 있는가에 주안점을 두었던 데에 비해, 여기서는 신유학의 양대산맥이라고 할 수 있는 정주이학과 심학의 학문적 차이점이 그들의 문학관에 어떻게 반영되고 있는지에 보다 중점을 두었다.

　남송 신유학의 발전을 기술할 때 집대성자인 주희의 학설을 먼저 언급하고 그런 다음에 심학의 특징을 언급하여 양자의 차이를 비교하였듯이 여기서도 신유학자 가운데 가장 방대하고 체계적인 문학 이론을 제시하였던 주희의 문학관과 그를 계승한 문인들의 문학관에 대해 먼저 언급하고 그런 다음에 심학파의 문학관에 대해 언급하여 이들의 차이를 비교하고자 한다.

---

25) 위와 같음.

8 문학과 도 사이에서 갈등하였던 주희의 문학관

　주희는 원래 집대성을 지향하는 경향이 풍부하였기 때문에 도교적 성향이 농후하여 이전의 신유학자들에게 정통으로 인정받지 못하였던 소옹의 상수학까지 자신의 학문적 체계에 포함하였을 뿐만 아니라, 신유학의 영역과는 약간의 거리가 있는 역사학까지 수렴하려고 노력하였다. 문학에 대해 가장 부정적인 정이의 문인이면서도 문학에 대해 많은 관심을 기울인 것은 이러한 집대성의 경향에서 기인한 바가 많을 것이다.

　주희의 신유학이 북송 신유학을 집대성하였을 뿐만 아니라 보다 체계화시키고 심화시켰듯이 그의 문학관 또한 단순히 북송 신유학자의 문학관을 집대성하는 데에 그치지 않고 보다 발전적인 면모를 보여주고 있다. 북송의 신유학자들이 문과 도의 문제 등 주로 문학에 대한 신유학자의 기본 입장을 표명하는 데에 그친 반면, 주희는 문과 도의 문제를 보다 체계화하였을 뿐만 아니라 문학 자체의 내부 문제라고 할 수 있는 심미규율에 대한 이론도 제시하였다. 여기서는 먼저 신유학자들의 가장 주된 관심사라 할 수 있는 문과 도의 관계를 먼저 고찰하고 그의 시에 대한 입장을 살펴보고, 시문 창작의 관건인 의리와 지덕에 관한 주장, 시문의 풍격에 관한 언급을 차례로 살펴보고자 한다. 그의 문학에 관한 주장은 주로 ≪주자어류朱子語類≫ 권백삼십구, 백사십에 집중적으로 나타나고 있는데, 문에 관한 언급은 주로 권백삼십구에 나타나 있고, 시에 관한 언급은 주로 권 백사십에 있다. 그 외 그의 문집에 문학에 관한 주장이 산발적으로 보이고 있다.

도는 근본이고 문장은 지엽이다

문과 도의 관계는 고문운동을 제창한 한유와 유종원 이래로 문장을 논하는 사람들의 입에 회자되는 주제였다. 특히 주돈이가 신유학자의 관점에서 문이재도를 주장하고 정이가 보다 극단적으로 치달아 작문해도를 주장한 이래 문과 도의 관계에 대하여 고문가와 신유학자의 견해가 서로 첨예하게 대립하게 되었다. 주희는 문학에 대해 가장 극단적으로 부정적인 태도를 견지하고 있는 정이의 적계였지만, 본인 자신이 문학에 대한 소양이 풍부하였기 때문에 극단적인 작문해도를 강조하지는 않았다. 그리고 주돈이의 문이재도에 대해서도 그를 신유학의 종사로 추존하였기 때문에 수용하기는 하였지만 그대로 따르지는 않았다.[1]

그의 도와 문에 관한 이론은 비교적 복잡하다. 그는 먼저 도와 문의 철저한 본말관계를 강조하였다. 한유의 문이관도의 주장이 왜 병폐가 있는지를 묻는 사람들의 질문에 그는 다음과 같이 답하고 있다.

재경才卿이 물었다. "한유 문집의 이한의 서의 앞 머리 일구는 매우 좋습니다" 말하였다. "그대는 좋다고 하는데 내가 보기에는 병폐가 있다" 진씨가 말하였다. "'문장이란 도를 꿰뚫는 그릇이다.'라고 하였는데, 또한 육경과 같은 것은 문장이고 그 가운데 말한 바는 모두 이 도리이니 어찌하여 병폐가 있다는 말씀입니까?" 말하였다. "그렇지 않다. 이 문장이란 모두 도로부터 흘러나오는 것인데 어찌 문장이 도리어 도를 꿰뚫는 이치가 있단 말인가? 문장은 문장이고 도는 도인 것이다. 문장

---

1) 이것은 주희가 주돈이의 《通書》를 주석할 때 문이재도설을 주석한 것 외에는 따로 문이재도설에 관해 언급한 적이 없는 것을 보아도 잘 알 수 있다.

은 다만 밥 먹을 때의 반찬과 같은 것이다. 만약 문장으로 도를 꿰뚫는
다면 오히려 본을 말로 삼고 말을 본으로 삼는 것이니 가하겠는가? 그
후에 문장을 짓는 사람이 모두 이와 같다".

才卿問, 韓文李漢序頭一句甚好. 曰, 公道好, 某看來有病. 陳曰, 文者,
貫道之器. 且如六經是文, 其中所道皆是這道理, 如何有病. 曰, 不然. 這文
皆是從道流出, 豈有文反貫道之理. 文是文, 道是道, 文只是如喫飯時下飯耳.
若以文貫道, 却是把本爲末, 以末爲本, 可乎. 其後作文者皆是如此.2)

그는 먼저 문장이란 도에서 흘러나오는 것이라고 주장하였다. 그에
게 있어서는 도는 만물의 근원이요 본체와 같은 것이며, 문장이란 그
무형의 본체에서 흘러나오는 유형의 표현일 따름이다. 그러므로 본체
의 유형적인 표현인 문장이 무형의 본체인 도를 꿰뚫는다는 것은 있을
수가 없는 일이라고 하였다. 그리고 그는 만약 도와 문을 경중의 관계
에서 본다고 하더라도 도가 밥으로서 본에 해당하는 것이라면 문장은
밥 먹을 때의 반찬과 같은 것으로 말에 해당하는 것이니 문이관도는
본말이 전도된 것이라고 하였다.

그러나 그는 문과 도의 본말관계를 강조하면서도 문과 도는 둘로 나
누어지는 것이 아니라는 도문합일을 강조하였다.

도는 문장의 뿌리이고, 문장은 도의 지엽이다. 오직 도에 뿌리를 내
릴 때에 문장에 피어나는 것이 모두 도가 된다. 삼대의 성현은 모두 이
마음으로부터 표현하였기 때문에 문장이 곧 도이다. 지금 동파는 말하
기를 "내가 말하는 문장은 반드시 도와 더불어 함께 있다"라고 하였는
데, 그런 즉 문장은 문장에서 나오고 도는 도에서 나온 것이니 문장을
지을 때는 도를 찾아내어 문장 속에 집어넣어야만 한다. 이것이 그의
큰 병폐이다.

道者文之根本, 文者道之枝葉. 惟其根本于道, 所以發之于文者, 皆道也.
三代聖賢皆從此心寫出, 文便是道. 今東坡之言曰, 吾所謂文必與道俱, 則是
文自文, 道自道, 待作文時旋去討箇道來放入裏面, 此是他大病處.3)

---

2) 朱　熹, 《朱子語類》 卷百三十九.
3) 위와 같음.

그는 도와 문장의 관계를 뿌리와 지엽이라고 하면서 도에 뿌리를 두고 문장을 쓰면 그 문장이 바로 도라고 하였다. 그는 소동파가 말한 "문장은 반드시 도와 함께 있다.(文必與道俱)"는 문과 도를 분리시킨 것이며, 이렇게 분리시킬 때에는 문장을 쓸 때 도를 찾아야 하므로 도에서 자연스럽게 흘러나온 문장만 같지 못함을 강조하였다. 그는 한유 및 구양수, 소동파 제공의 의론은 문사를 위주로 하다가 중간에 간혹 도리를 드러낸 것에 불과할 뿐이라고 주장하였는데4) 그것이 그렇게 될 수밖에 없었던 것은 도와 문장이 본래 하나임을 알지 못하였기 때문이라고 주장하였다.

> 구양수는 "삼대 이전은 정치가 하나에서 나왔기 때문에 예악이 천하에 널리 행해졌다. 삼대 이후로는 정치가 둘에서 나왔기 때문에 예악은 허명이 되었다"라고 말하였는데, 이것은 고금의 변하지 않는 지극한 논설이다. 그러나 그는 정사와 예악이 하나에서 나오지 않으면 안 된다는 것은 알면서 도덕과 문장이 둘에서 나오게 해서는 더욱 안 된다는 것은 아직 알지 못하였다.
>
> 歐陽子曰, 三代而上治出於一, 而禮樂達於天下. 三代以下治出於二, 而禮樂爲虛名, 此古今不易之至論也. 然彼知政事禮樂不可不出於一, 而未知道德文章之尤不可使出於二也.5)

그가 이렇게 도와 문을 본과 말에 대비하면서도 도와 문이 하나임을 강조한 것은 그의 우주본체론인 이기설과도 밀접한 관련이 있다. 그는 앞의 신유학의 발전 부분에서 살펴보았듯이 이정이 주장한, 이理와 기氣는 형이상과 형이하로 나누어져 있으면서도 서로 분리되는 것이 아니라는 이기불일불이론理氣不一不二論을 계승발전시켰으며, 이 이론을 도와 문에게도 적용시켰다. 즉 도가 바로 이理이고 문이 바로 기氣인데, 이理와 기氣가 불일불이인 것처럼 도와 문도 본과 말로 서로 구분되기는 하나 두 가지 물건으로 확연히 나누어지는 것은 아니라고 주장하고 있다.

---

4) 《朱子語類》 卷百三十九 : "韓退之及歐蘇諸公議論, 不過是主於文詞, 少間却是邊頭帶說得些道理".
5) 朱　熹, 《晦庵先生朱文公文集》 卷七十, <讀唐志>.

문과 도는 같은 것인가 다른 것인가? 만약 도 밖에 사물이 있다면, 문장을 짓는 사람이 마음대로 망언을 하여도 도에 해가 되지 않을 수 있다. 다만 도 밖에 사물이 없다면 말하여서 하나라도 도에 합당하지 않는 것은 도에 있어 유해하게 될 것이다. 다만 그 해의 완급과 심천이 있을 따름이다.

夫文與道果同耶異耶. 若道外有物, 則爲文者可以肆意妄言而無害於道. 惟夫道外無物, 則言而一有不合於道者, 則於道爲有害, 但其害有緩急深淺耳.6)

"도밖에 사물이 없다.(道外無物)"이란 말은 원래 이정이 한 말로서 도와 물이 나누어지는 것이 아니라는 것을 강조한 말이다.7) 주희는 이 말을 문과 도에 적용시켜 도와 문의 합일을 주장하고 도에서 흘러나오는 문만이 도를 해치지 않는다는 것을 강조하였다.

주희는 비록 도를 문장의 근본이라 하고 문장을 도의 지엽이라 하여 도를 먼저 할 것을 주장하고 있지만, 문장의 독립적 지위를 완전히 무시한 것은 아니었다. 그가 강조한 도문일체가 만약 "도는 문장과 분리될 수 없다.(道不離文)"의 입장에 있다면 그것은 "문장으로써 도를 밝힌다.(因文明道)"의 길로 나아갈 수도 있다. 그것은 마치 장학성章學誠이 "도는 그릇과 분리될 수 없다.(道不離器)"라는 원칙에서 출발하여 "그릇에 나아가 도를 밝힌다.(卽器以明道)"라는 결론을 얻은 것과 같다.8) 주희는 또한 이理와 기氣의 관계에 대하여 이정처럼 오로지 이理 우위의 입장만을 주장하지는 않았다.

기氣가 비록 이理에 의하여 생긴 것이지만 그러나 이미 생겨났으면 이理는 그것을 관리하지 못한다. 만약 이 이理가 기氣에 깃들게 되면 일용간日用間의 운용은 모두 이 기氣로 말미암는다. 다만 기氣가 강하고 이理가 약할 따름이다.

---

6) ≪晦庵先生朱文公文集≫ 卷三十三, <答呂伯恭> 第五書.

7) ≪二程集·河南程氏遺書≫ 卷四 : "道之外無物, 物之外無道, 是天地之間無適而非道也".

8) 黃　坤, <朱熹的文學觀>, 上海, ≪華東師範大學學報·哲學社會科學版≫, 1983년 第二期, p.41 참조.

> 氣雖是理之所生, 然旣生出, 則理管他不得. 如這理寓於氣了, 日用間運用
> 都由這箇氣. 只是氣强理弱.[9]

　　그는 이정의 이기불일불이론을 계승발전하여 이선기후론을 주장하였으며 이 이선기후론에 입각하여 이理가 기氣를 낳는다는 이생기론을 도출하였다. 그는 분명히 이理가 본체이고 기氣는 그 본체에서 파생된 현상임을 강조하였지만 그러나 기氣가 일단 파생되어 나온 다음에는 어느 정도 독립적인 지위를 지니게 됨을 인정하지 않을 수 없었다. 이것은 아마도 원리원칙적으로는 이理가 우선이 되어야 하겠지만 실제 현실 세계에서는 그렇지 못한 경우가 많다는 것을 인식한 데서 나온 것이라고 하겠다.

　　그의 이러한 논리를 그의 도문관계에 적용시켜 보면, 도가 근본이며 문장은 지엽이고 또한 문장이 도에서 흘러나와야 하는 것이지만 문장은 문장 나름대로의 독립적인 지위가 있어서 도로서도 어찌할 수 없는 자체의 규율이 있음을 인정하는 것이 된다. 그리하여 그는 문장을 지음에 있어서 근본이라 할 수 있는 도, 즉 의리를 강조하면서도 한편으로는 도나 의리의 지엽에 불과한 문장 자체를 터득하는 방면에 대해서도 소홀히 하지는 않았다. 주희는 먼저,

> 고인들은 문장을 짓고 시를 지음에 많이 앞사람들을 모방하여 지었다. 대개 오래 동안 배우게 되면 자연이 순일해지고 숙달된다.
> 古人作文作詩, 多是摹倣前人而作之. 蓋學之卽久, 自然純熟.[10]

라고 하여 시문을 지음에 있어 처음에는 앞 사람을 모방하는 것이 필요하다는 것을 간과하지 않았다. 그는 또,

> 사람이 문장을 쓰는 데 있어서 만약에 일반적인 문자를 자세히 숙독하면, 얼마 뒤에는 문자를 써 내는데 뜻과 말의 맥락이 저절로 같아진다. 한유의 문장을 숙독하면 곧 한유 식의 문장을 써 낼 수 있고 소식

---

9) 《朱子語類》 卷四.
10) 《朱子語類》 卷百三十九.

의 문장을 숙독하면 곧 소식 식의 문장을 써 낼 수 있다. 만약 일찍이
자세히 보지 않았다면 얼마 뒤에는 쓸 수가 없게 될 것이다. 옛날에 처
음 의고시를 볼 때 다만 고인의 시를 배우려고만 하였다. 원래 고인이
만약 "아름답구나, 정원의 꽃이여"라고 말하면 나도 이와 같은 구절을
짓고, "의젓하구나, 시냇가의 소나무여"라고 하면 나도 이와 같은 구절
을 짓고, "많기도 하구나, 시내 가운데의 돌멩이여"라고 하면 나도 이와
같은 구절을 짓고, "사람이 천지간에 태어나"라고 하면 나도 이와 같은
구절을 지었는데, 뜻과 말의 맥이 모두 그것과 비슷하고 다만 글자만
바꾸었다. 나는 나중에 이와 같이 하여 이삼십 수를 지어 보니 곧 많은
발전이 있음을 느꼈다.

> 人做文章, 若是仔細看得一般文字熟, 少間做出文字, 意思語脈, 自是
> 相似. 讀得韓文熟, 便做出韓文底文字, 讀得蘇文熟, 便做出蘇文底文字.
> 若不曾仔細看, 少間却不得用. 向來初見擬古詩, 將謂只是學古人之詩. 元
> 來却是如古人說, 灼灼園中花, 自家也做一句如此, 遲遲澗畔松, 自家也做
> 一句如此, 磊磊澗中石, 自家也做一句如此, 人生天地間, 自家也做一句如
> 此. 意思語脈, 皆要似底, 只換却字. 某後來依如此做得二三十首詩, 便覺
> 得長進.[11]

라고 하여 자신의 경험까지 말하면서 좋은 시문을 짓는 데 있어서
모방의 중요성과 효과를 강조하고 있다. 이렇듯 문학 자체의 수련에
관한 문제를 거론한다는 것은 문학에 대해 근본적으로 부정적인 태
도를 지녔던 정이로서는 가히 상상도 할 수 없는 것이고, 문학에 대
해 비교적 유화적 태도를 지녔던 주돈이나 북송 신유학자 가운데 가
장 문학을 애호하였던 소옹에게서도 찾아볼 수 없었던 현상이라고
하겠다.

물론 주희 또한 다른 신유학자들과 마찬가지로 고문가들과는 대립적
인 입장에 있었으므로 문에 대한 도의 우위를 강력하게 주장하였다.
그러나 그는 문에 대한 도의 우위를 주장하였지 문을 폐하려고 하지는
않았으며 또한 문을 완전히 도의 종속적인 지위로 격하시키지는 않았
다. 그는 일찍이 문장을 짓는 데에 있어서 나름대로 이상적이라 생각
하는 내용과 형식의 비례를 제시하였다.

---

11) 위와 같음.

> 문장을 짓는 데는 대체로 칠 할은 내용을 필요로 하고 다만 이삼 할
> 만 문식을 필요로 한다.
> 作文大率要七分實, 只二三分文.[12]

문장의 근본이라 할 수 있는 도나 의리가 칠할이 되고 문의 수사적 부분은 이삼할에 그쳐야 한다고 주장한 것은 문에 대한 도의 우위를 구체적으로 강조한 것이라 하겠다. 그러나 다른 각도에서 보면, 이삼할이나마 문식을 필요로 한다고 말한 것은 비록 비율은 적지만 문장의 수식적인 측면을 인정한 것이며, 따라서 문학의 독립적인 지위를 어느 정도 인정한 것으로 해석될 수도 있다. 그가 다른 신유학자에서는 보기 드물게 모방론을 주장한 것이나, 문학의 내부적 규율에 많은 관심을 보인 것은 바로 이러한 측면에서 이해될 수 있을 것이다.

주희의 도본문말론은 북송 신유학자들의 도문관계에 관한 이론을 수용하면서도 나름대로 독창적인 의견을 제시한 것이라 할 수 있다. 문과 도의 관계를 이기론에 대입한 것이나 현실세계에서의 기강이약론氣强理弱論을 문과 도에까지 확대시켜 문학 자체의 규율이나 지위를 인정한 것은 이전의 신유학자에게서는 볼 수가 없었던 것으로 신유학자 문학관의 발전적 면모라고 할 수 있다.

시는 탐닉하지만 않는다면 무방하다

주희는 시인적 기질과 소양이 풍부한 신유학자였다. 그의 부친인 주송은 이정의 이대 제자인 나언종에 입문하여 신유학을 전수받았을 뿐 아니라 시에도 풍부한 자질이 있어 당시 상당한 시명이 있었다. 이러한 부친 아래서 교육을 받은 주희는 신유학에 대해서 뿐만 아니라 시에 대해서도 많은 것을 배웠을 것이다. 그의 시에 대한 자질과 관심은

---

12) 위와 같음.

신유학자이면서도 천이백여 수의 시를 지은 것을 보면 잘 알 수 있다. 이는 작시방사를 주장하는 정문의 전통에 부합되지 않는다.

중국의 산문은 원래 기사입언의 실용성을 중시하는 전통과 수사적 아름다움을 추구하는 전통이 공존하고 있기 때문에 주희로서도 문장을 짓는 것은 가르침을 세워 도를 전하는 방편이라고 하여 쉽게 정당화시킬 수가 있었을 것이다. 이에 비해 시는 산문에 비해 문학적 요소가 더욱 풍부한 것으로 완물상지의 위험성이 더욱 큰 것이라고 할 수 있다. 북송의 신유학자 가운데 소강절이 비교적 많은 분량의 시를 남긴 편이며 그 외는 대부분 남긴 시가 별로 없다. 특히 정이는 겨우 세 수의 시만을 남겨 작시해도의 도학자적 입장을 극명하게 드러내고 있다. 그리고 분량면에서는 일반 시인들에 비해 뒤떨어지지 않는 소옹의 시도 대부분 자신의 사상과 감정을 수사적 정련을 거치지 않고 평이하게 서술한 것이어서 시라기 보다는 압운한 철학적 산문이라고 하는 편이 나을 정도이다.

이에 비해 주희의 시는 내용상에 있어서도 신유학자의 특색이 짙은 철리시 뿐만 아니라 산수시, 감우시, 심지어 영물시 조차 있어 일반 시인의 시와 별로 다를 바가 없으며 풍격면에 있어서도 상당한 수준을 지니고 있어 일반 시인들의 시와 비교해도 큰 손색이 없다. 이는 주희가 시에 대해 풍부한 자질이 있었으며 시 짓기를 상당히 좋아하였다는 사실을 증명한다 하겠다.

안으로 성인을 이루는 수양을 해야 하고 밖으로 밖으로 가르침을 세워 도를 전하는 데 힘써야 할 정문의 계승자로서 완물상지의 성격이 짙은 시작에 시간과 정력을 낭비하는 것은 주희 스스로도 그리 바람직한 태도가 아니라고 생각하였을 것이다. 아래와 같은 말은 그의 이러한 생각을 잘 반영하고 있다.

근세 제공들은 시를 짓는 데에 시간을 낭비하였는데, 무슨 쓸모가 있겠는가? 원우元祐 시에는 처리해야 할 일이 무한히 있었는데 제공들은

오히려 종일 서로 노래하며 화답하였을 따름이다. 지금 말하건대 시는
지을 필요가 없으며, 또 말하건대 학문하는 시간을 쪼갤까 두렵다. 그러
나 궁극적으로는 마땅히 시를 짓는 것이 무익하다는 것을 스스로 알아
야 할 것이다.
　近世諸公作詩費工夫要何用.　元祐時有無限事合理會，諸公却盡日唱和而
已.　今言詩不必作，且道恐分了爲學工夫，然到極處，當自知作詩果無益.[13]

　그는 또 자신의 아들이 시문에 탐닉할까봐 그에게 시를 가르치는 것
을 꺼려하기도 하였다.

　　큰 아이는 어릴 때부터 활달하고 명랑하여 보통 아이와 같지 않았다.
나는 늘 그가 부화하고 사치스러운 습관에 빠질까 두려워 감히 시문을
가르치지 않았다.
　大兒自幼開爽，不類常兒，予常恐其墮於浮靡之習，不敢教以詩文.[14]

　주희가 아들에게 시문을 가르치기를 꺼려한 것은 바로 정이의 작문
해도와 완물상지의 뜻을 그대로 계승한 것이라 하겠다. 그리고 그는
어떤 때는 시를 짓는 것을 마치 술과 마찬가지로 금지의 대상으로 삼
아 "절대 시와 술을 금지하여 스스로를 아낀다.(千萬戒詩止酒，以時自愛)"[15]
라고 말하기도 하였다. 시를 금하는 것을 마치 술을 금하는 것처럼 하
였다는 것을 보아 그가 시에 대하여 얼마나 경계하였던 가를 잘 알 수
있다. 그러나 한편으로는 이를 통하여 역설적으로 그가 얼마나 시를
애호하였던가를 짐작할 수 있다. 천부적으로 시인적 기질을 타고난 주
희로서 시를 짓는 것을 삼간다는 것은 술을 좋아하는 사람이 술을 끊
는 것처럼 어려운 일이었을 것이다. <남악유산후기南嶽遊山後記>에는
입교전도立教傳道의 본분에 충실하려는 도학자로서의 이성과 산수에서
노닐다 석별의 순간에 시정을 못이기는 시인으로서의 감성이 충돌하여
일으키는 갈등이 잘 나타나 있다.

---

13) ≪朱子語類≫ 卷百四十.
14) ≪晦庵先生朱文公文集≫ 卷八十三.
15) ≪晦庵先生朱文公文集≫ 續集 卷六, <與趙 昌甫>.

그 사이 산천과 임야와 바람과 안개의 경물이 줄곧 보이는 것마다 시가 아닌 것이 없었지만 전 날에 이미 약속을 한 것이 있었다. 그러나 또한 생각해보니 이별할 날이 임박하였는데 전 날 강론 한 것 중에 대체로 그 실마리는 열었으나 아직 끝내지 못한 것이 있어서 장차 서로 생각하고 토론하여 그 설을 끝내려고 하니, 그런 즉 시에 대해서는 진실로 틈을 둘 수가 없었다. 병술일 저녁에 희熹가 여러 사람에게 고하여 말하기를 "시를 짓는 것은 본래 나쁜 것이 아닌데 선한 사람들이 심히 경계하고 혹독히 끊으려고 하는 것은 그것에 빠져 폐단을 낳을까봐 두려워하였기 때문일 따름입니다. 처음부터 또한 어찌 시에 대해 탓함이 있었겠습니까? 그리고 이제 멀리 헤어져야 할 때가 조석지간에 가까이 있고, 말이 아니면 가슴 속의 비유하기 어려운 회포를 그려낼 수가 없습니다. 그런 즉 지난 날 일시적으로 잘못을 고치려고 하였던 지나친 약속은 지금 또한 가히 그만 두는 것이 좋을 것 같습니다"라 하였다. 모두들 좋다고 말하였다. 잠시 후 장경부張敬夫가 시를 지어 우리 세 사람에게 주자 또한 각기 답하여 읊어 뜻을 드러내었다. 희는 또한 나아가 말하기를 "전 날의 약속은 이미 지나간 것이지만, 그러나 삼가하고 두려워하고 경계하여 살피는 뜻은 잊지 말아야 할 것입니다"라고 하였다.

其間山川林野, 風煙景物, 視向來所見, 無非詩者, 而前日旣有約矣. 然亦念夫別日之迫, 而前日所講, 蓋有旣開其端而未竟者, 方且相與思繹討論以畢其說, 則其於詩固有所不暇者焉. 丙戌之莫, 熹諗於衆曰, 詩之作, 本非有不善也, 而善人之所以深懲而痛絶之者, 懼其流而生患耳. 初亦豈有咎於詩哉. 然而今遠別之期近在朝夕之間, 非言則無以寫難喩之懷, 然則前日一時矯枉過甚之約, 今亦可以罷矣. 皆應曰諾. 旣而敬夫以詩贈吾三人, 亦各答賦以見意. 熹則又進而言曰, 前日之約已過矣, 然其戒懼警省之意則不可忘也.[16]

효종孝宗 건도乾道 삼년(1167) 팔월 초에 주희는 그의 문인 범념덕范念德과 임용중林用中과 더불어 숭안崇安에서 호남湖南 담주潭州로 가서 악록서원岳麓書院의 장식張栻을 방문하였다. 거기서 두 달 남짓의 학술토론을 하다가 네 명이 어울려서 남악南嶽 형산衡山에 유람을 갔었는데, 이 유람 기간에 서로 화답하여 지은 시를 모은 것이 바로 ≪남악수창집南嶽酬唱集≫이며 그 후기가 바로 〈남악유산후기〉이다. 그들은 미리 시를 경계할 것을 약속하였지만 끝내 시정을 이기지 못하고 파계하고

---

16) ≪晦庵先生朱文公文集≫ 卷七十七.

야 만다. 물론 주희는 시를 짓는 것이 본래 나쁜 것이 아니라 거기에
탐닉하여 본분을 망각하는 근심이 생길까봐 두려워할 따름이라고 합리
화를 하였지만 그것은 궁색한 변명에 지나지 않았다. 그들은 사오일간
에 무려 백사십구 수나 되는 시를 화답하였으며 이에 대해 주희는 후
에 스스로를 힐책하였다.

> 처음 나와 택지擇之는 경부敬夫를 모시고 남악南嶽에 유람을 하였는데
> 그윽하고 빼어난 곳을 다 골라서 노닐었다. 서로 음영하여 노래하였는
> 데 사오일간에 무릇 백사십여 수를 얻게 되었다. 잠시 후에 스스로 힐
> 책하여 말하기를 "이것은 족히 시에 탐닉한 것이라 할만하다"라 하였다.
> 　始予與擇之陪敬夫爲南山之遊, 窮幽選勝, 相與詠而賦之, 四五日間, 凡得
> 百四十餘首, 旣而自咎曰, 此足以爲荒.[17]

송인 나대경羅大經의 《학림옥로鶴林玉露》에도 한편으로는 시를 짓
고 싶어하면서 한편으로는 작시방사를 주장하는 정문의 전통 때문에
시에 대해 두려워하고 근신하는 주희의 심경을 잘 보여 주는 구절이
있다.

> 호담암胡澹庵이 글을 올려 시인 열 사람을 추천하였는데 주문공이 거
> 기에 끼이게 되었다. 문공은 기분이 좋지 않아 다시는 시를 짓지 않기
> 로 맹세하였으나 끝내는 시를 짓지 않을 수 없었다. 일찌기 장선공張宣
> 公과 더불어 남악을 노닐면서 백여 편을 화답하였는데 홀연 두려워하며
> "우리 두 사람이 시에 탐닉하지는 않았는가?"라고 말하였다.
> 　胡澹庵上章薦詩人十人, 朱文公與焉. 文公不樂, 誓不復作詩, 迄不能不作
> 也. 嘗同張宣公遊南嶽, 唱酬百與篇, 忽瞿然曰, 吾二人得無荒於詩乎.[18]

《송주자연보宋朱子年譜》에 의하면 주희가 호전胡銓에 의해 시인으
로 추천된 것은 장식와 남악의 유람이 있은 지 삼년 뒤인 효종 건도

---

17) 《晦庵先生朱文公文集》 卷七十五 <東歸亂稿序>.
18) 羅大經, 《鶴林玉露》 券十六, 張健 編輯, 《南宋文學批評資料彙編》, 臺北：
　　成文出版社, 1978, pp.539-540에서 재인용.

육년(1170) 그의 나이 사십일세 겨울의 일이었다.[19] 이 때는 주희의 사상적 발전으로 보아 여러 번의 편력을 거쳐 ≪중용≫의 미발이발설에 대해 확실히 깨우쳐[20] 정문의 심성론과 수양론을 확립하고 사상가로서의 지위를 확고히 하였을 때이다. 이러한 때에 시인으로 추천되었으니 정문의 계승자로서 그리 기분이 좋았을 리가 없었을 것이다. 그러나 천성이 시를 좋아한 그는 끝내는 시를 금할 수가 없었던 것이다.

주희는 물론 도학자로서 안으로는 성인을 이루는 수양을 게을리 하지 않고 밖으로는 성인의 가르침을 바로 세우고 그 도를 널리 전하는 것을 제일의로 삼고 평생을 내면적인 수양과 입교전도를 위한 강론 및 저술에 힘을 기울였다. 그러나 그는 타고난 시인의 기질 때문에 시를 짓는 것에 대해 정이처럼 그렇게 철저하게 부정할 수는 없었다. 그래서 그는 시를 너무 많이 지어 시에 탐닉하지만 않는 다면 한가한 틈을 타 시를 짓는 것도 무방하다고 합리화하였다.[21] 그는 산수를 무척 사랑하여 일생에 여러 번 산수를 유람하며[22] 경물과 회포를 노래하였으며, 자신이 오랫동안 거하던 무이산武夷山에 대해서도 많은 작품을 남겼다. 또한 다정다감한 시인으로서 때로는 춘정에 못 이겨 때로는 빗소리에 감회를 일으켜 시를 짓기도 하였다. 그 중 춘정을 노래한 것으로 유명한 <출산중도중구점出山中道中口占>[23]을 보도록 하자.

川原紅綠一時新	시내 들판에는 붉고 푸른 것이 일시에 새로워지고
暮雨朝晴更可人	저녁에는 비 오고 아침에는 개여 더욱 즐겁구나.

---

19) 王懋竑, ≪宋朱子年譜≫, 臺北 : 臺灣商務印書館, 1987, 卷一下. 乾道 六年 冬 十二月條 : "工部侍郎 胡銓, 以詩人薦, 與王庭珪同召".

20) 주희는 스승의 사후 ≪中庸≫의 미발이발설에 대해 궁구하다가 41세 되는 乾道 五年 己丑年(1169)에 心은 일찍이 이발이 아닌 적이 없다는 이전의 설을 뒤엎고, 마침내 性은 미발이고 情이 이발이며 心은 이발과 미발을 겸한다는 설을 확립하였다. 陳　來, ≪朱熹哲學硏究≫, pp.108-115 참조.

21) ≪朱子語類≫ 卷百四十 : "作詩間以數句適懷亦無妨. 但不用多作, 蓋便是陷溺爾".

22) 주희의 유람 편력에 대해서는 高令印, ≪朱熹事迹考≫, 上海 : 上海人民出版社, 1987, pp.66-74를 참조하시오.

23) ≪晦庵先生朱文公文集≫ 卷九.

書冊埋頭無了日　　책 속에 머리를 파묻다가 무료한 날이면
不如抛却去尋春　　벗어 던지고 봄을 찾으러 가는 것이 좋으리.

봄이 찾아와 울긋불긋한 꽃이 만발할 때 책 속에만 머리를 파묻고 있기 보다는 잠시 모든 것을 벗어 던지고 봄을 즐기러 가고 싶은 주희의 심정이 잘 드러나 있다. 거경궁리하는 근엄한 도학자의 모습은 보이지 않고 상춘객의 정취가 듬뿍 느껴지는 시이다. 이러한 다정다감한 시인적 면모 때문에 주희는 시에 대한 유혹을 끝내 물리치지 못하였으며 때로는 시정에 흠뻑 빠졌다가 때로는 반성하곤 하였던 것이다.

주희의 당대에 가장 유명하였던 시인은 육유陸游라고 할 수 있는데, 육유는 스스로를 방옹放翁이라 불렀던 것으로 보아도 알 수 있듯이 예법에 얽매이는 것을 싫어하였다.24) 그러나 주희는 육유와 무척이나 친하였고 그를 당금의 일류 시인으로 추존하였다.25) 육유 또한 주희와 깊은 우의를 나누었다. 육유는 주희가 죽은 다음에 그 제문에 긴 강을 동해에 붓는 것처럼 눈물을 흘렸다고 말하고 있고 또한 그 뒤 꿈 속에서 주희를 보았다는 시를 지었는데, 이를 보아도 육유의 주희에 대한 우의가 얼마나 깊었는지 잘 알 수 있다.26) 이러한 주희와 육유의 친밀한 관계는 정이과 소동파가 서로 반목질시하였던 것과는 좋은 대조를 이룬다. 이것은 주희가 그만큼 문학을 애호하였다는 것을 간접적으로 시사해준다.

그러나 앞에서도 보았듯이 주희는 때로는 시를 짓는 것을 무익하다고 하고 때로는 시를 짓는 것을 마치 술을 마시는 것과 같이 여겨 금하려고 하였는데, 이것은 바로 내면의 수양을 중시하여 시나 문을 짓는 것을 완물상지라고 보았던 정이의 태도를 계승한 것으로 중도경문의 도학가 문학관의 내성적 특징을 잘 드러 내고 있다고 할 수 있다.

---

24) ≪宋史·陸游傳≫ 卷三百九十五 : “范成大帥蜀, 游爲參議官, 以文字交, 不拘禮法, 人譏其頹放, 因自號放翁”.
25) ≪晦庵先生朱文公文集≫ 卷六十四, <答鞏仲至> 第十七書 : “放翁老筆尤健, 在今當推爲第一流”.
26) 佐藤仁, <朱熹と陸游>, ≪小尾博士退休記念中國文學論集≫, 東京 : 第一學習社, 1976, p.637 참조.

시문에서는 우선 이치와 지덕이 있어야 한다

주희는 문장에 있어서는 보다 신유학자의 본색을 드러내어 도본문말론을 주장한 반면 시에 있어서는 신유학자의 본색과 시인적 기질 사이에서 갈등하는 모습을 보여주었다. 그리고 그는 대체로 문장에 있어서는 "글이란 도로부터 흘러나온다(文從道流)"의 이론을 바탕으로 하여 먼저 이치에 밝아야 좋은 문장을 지을 수 있다는 것을 강조한 반면 시에 있어서는 성정 도야의 측면에서 지덕이 좋은 시의 관건이 됨을 강조하였다. 먼저 문장의 경우를 보도록 하자.

> 제자백가와 경사를 꿰뚫어 보면 곧 옳고 그름을 가려서 논증하고 의리를 밝힌 것들이니, 어찌 다만 문사를 비루하지 않게 하려는 데에 그치겠는가? 의리가 이미 밝혀지고 또한 능히 힘써 행하는 것을 권태로워 하지 않는다면 그 마음속에 있는 것은 반드시 광명하여 사방에 달할 것이니 어찌 베풀어지지 않겠는가? 발하여 말이 되어서는 그 마음의 뜻을 편다. 스스로 발하여 비범함을 넘게 되면 가히 좋아할만하여 가히 전해질 것이다. 지금 붓을 잡고 화려한 문장을 연마하여 사람들을 즐겁게 하는 것에 힘을 쓰는 사람은 바깥에 그칠 따름이니 가히 부끄럽다.
> 貫穿百氏及經史, 乃所以辨驗是非, 明此義理, 豈特欲使文詞不陋而已. 義理旣明, 又能力行不倦, 則其存諸中者, 必也光明四達, 何施不可. 發而爲言, 以宣其心志, 當自發越不凡, 可愛可傳矣. 今執筆以習硏鑽華采之文, 務悅人者, 外而已, 可恥也矣.[27]

그는 역대의 훌륭한 문장들은 모두 시비와 의리를 밝히는 것임을 강조하고 의리를 궁구하고 이를 실천하면 마음속의 것이 자연히 드러나서 좋은 글이 됨을 강조하였다. 그리고 밖으로 화려한 문장을 짓는 것에 힘을 쓰는 것은 가히 부끄러운 것이라고 강조하였다. 이것은 기본적으로 전통적인 유덕유언론과 통하는 것으로 문장의 수사적 기교보다는 먼저 의리에 밝아야 좋은 문장을 지을 수 있음을 강조한 것이다.

---

27) ≪朱子語類≫ 卷百三十九.

그는 고인의 문장에 대해,

> 무릇 옛날의 성현들은 그 문장이 가히 훌륭하다고 할 수 있을 것이
> 다. 그러나 애당초 어찌 이와 같은 문장을 쓰기를 배우려고 의도하였겠
> 는가? 마음속에 이러한 실질이 있으면 반드시 이러한 문장이 밖에 있게
> 된다.
> 夫古之聖賢, 其文可謂盛矣. 然初豈有意學爲如是之文哉. 有是實於中, 則
> 必有是文於外.[28]

라고 하여 먼저 안으로 실질을 갖출 것을 강조하였는데 그가 문장에서
강조한 실질이란 주로 이치를 밝히는 것이었다.

> 대개 학문을 위주로 하여 이치를 밝히게 되면 자연이 좋은 문장을
> 써낼 수 있게 된다.
> 大意主乎學問以明理, 則自然發爲好文章.[29]

그는 정이와 소동파를 비교하면서 문장의 기세나 여러 가지 문학 내
적인 요인보다는 우선적으로 이치를 밝힐 것을 주장하고 있다.

> 반드시 이와 같은 문장을 배우려고 마음을 기울일 필요가 없으며 다
> 만 반드시 이치를 밝혀야 한다. 의리가 정밀해진 후에 문장은 저절로
> 전아하고 충실해진다. 이천의 만년의 문장으로 ≪역전≫과 같은 것은
> 바로 물이 모인 것처럼 왕성하다. 소동파는 비록 기세가 호방하여 문장
> 을 잘 지었지만 끝내 엉성하고 새는 것을 면할 수가 없었다.
> 不必著意學如此文章, 但須明理. 理精後, 文字自典實. 伊川晚年文字如易
> 傳, 直是盛得水住. 蘇子瞻雖氣豪善作文, 終不免疏漏處.[30]

주희는 소동파의 문장에 대해 그 문학적인 성과에 대해 어느 정도
인정하면서도 이치의 측면에서는 정이의 문장보다 못하다고 하였는데,

---

28) ≪晦庵先生朱文公文集≫ 卷十七, <讀唐志>.
29) ≪朱子語類≫ 卷百三十九.
30) 위와 같음.

이는 물론 문학적인 측면에서는 객관적이고 정당한 평가라고 할 수는 없지만 문학적인 측면보다는 사상적 측면을 중시하는 신유학자의 입장에서는 당연한 평가라 하겠다.

　다음으로는 지덕을 중시한 시의 경우를 보자. 시란 무엇인가에 대한 고대로부터의 논의는 주로 시언지론을 중심으로 전개되어 왔다. 주희 또한 시의 본질이 바로 지志를 말하는 것이므로 이 지志의 고하가 바로 시의 관건이 됨을 주장하였다.

　　희는 시는 지志의 가는 바이니 마음에 있을 때는 지志요, 말로 표현되면 시라고 들었다. 그런 즉 시라는 것에 어찌 다시 수사기교의 좋고 나쁨이 있겠는가? 또한 다만 그 지志가 향하는 바의 높낮이가 어떠한지를 볼 따름이다. 이러한 까닭에 옛 군자들은 덕이 족히 구할만하면 그 지志가 반드시 고명하고 순일한 곳에서 나오게 되니 시에 대해서는 진실로 배우지 않아도 능하였다.
　　熹聞詩者志之所之. 在心爲志, 發言爲詩. 然則詩者豈復有工拙哉. 亦視其志之向者高下如何耳. 是以古之君子, 德足以求, 其志必出於高名淳一之地, 其於詩不學而能之.31)

　시에 있어서 수사기교의 공졸은 따질 필요가 없고 다만 지志가 향하는 바의 높낮이만 볼 따름이며 지志가 고명순일해지면 시가 저절로 이루어진다고 주장하였던 것은 물론 시의 내용보다는 수사기교에 지나치게 치중하였던 당시의 시풍을 공격하기 위함이었을 것이다. 그는 계속해서 수사기교는 중요한 것이 아니며 거기에 마음을 두게 되면 시의 본래 의의라고 할 수 있는 언지의 공이 사라지게 된다고 주장하였다.

　　격률의 정세함과 거칠음, 용운, 대구, 비유 및 말 다듬기가 잘되고 못됨에 대해서는 지금 위진의 제현들의 작품만 살펴보아도 대개 그 곳에 마음을 쓴 것들이 일찍이 없었는데 하물며 고시의 무리에 있어서이랴?

---

31) ≪晦庵先生朱文公文集≫ 卷三十九, ＜答楊松卿＞.

근세의 작가들이 비로소 이에 마음을 두게 되어 고로 시의 공졸에 관한
논의가 있게 되고 화려한 문사가 성행하게 되고 지志를 말하는 공이 사
라지게 되었다.

至於格律之精粗,　用韻屬對比事遣辭之善否,　今以魏晉諸賢之作考之,　蓋
未有用意於其間者, 而況於古詩之流乎. 近世作者乃始劉情於此, 故詩有工拙
之論, 而藻之辭勝, 言志之功隱矣.[32]

시에서 수사기교보다는 언지를 강조한 것은 전통유가의 시론에서 항
시 강조해오던 것이다. 주희 또한 격률이나 용운 따위의 수사적 기교
보다는 지志를 강조하였지만 그가 말하는 지志는 이전의 유가적 시론
에서 말하는 지志와는 약간 그 성질을 달리한다. 이전의 유가적 시론
에서 말하던 언지는 대체로 시의 형식으로서의 수사기교보다는 시의
내용으로서의 진실한 사상 감정을 더 강조하는 의미로 쓰였다. 그러나
주희가 언지를 거론하고 지志의 고하를 거론할 때는 그 주안점이 약간
다르다. 그는 옛날의 군자는 덕이 족히 구할만하면 지志가 고명순일해
진다는 것을 말하였는데, 이를 보면 그가 말하는 지志는 단순히 시인
의 진실한 사상 감정을 가리키는 데에서 한 걸음 더 나아가 시인의 내
면적 도덕 수양까지도 포괄하고 있음을 알 수 있다.

그는 역대 시인들의 시를 평가하면서 그들의 문학적인 성취나 진실
한 사상 감정보다는 시인의 내면적 수양을 더 중시하고 있다. 그는 두
보의 <동곡칠가同谷七歌>라는 시에 대해,

두릉의 이 노래는 호탕기굴豪宕奇崛하여 시를 짓는 무리들이 거기에
미칠 자가 적다. 그런데 그 마지막 장에서는 늙었음을 탄식하고 비천함
을 탄식하고 있는데 그런 즉 지志가 또한 비루하다. 사람이 가히 도를
듣지 못해서야 되겠는가?

杜陵此歌, 豪宕奇崛, 詩流少及之者. 顧其卒章, 歎老嗟卑, 則志亦陋矣.
人可以不聞道哉.[33]

---

32) 위와 같음.
33) ≪晦庵先生朱文公文集≫ 卷三十四, <跋杜工部同谷七歌>.

라고 하여 호탕기굴하여 이에 이를 자가 별로 없다고 크게 칭찬을 하면서도 마지막 장에 가서 지志가 비루하다는 이유 때문에 폄하하고 있다. 주희는 대체로 두보의 시보다는 위응물韋應物이나 도연명의 시를 더 좋아하는 경향을 보이고 있다. 이는 그들의 시가 주희의 문학적 성향과 서로 부합하였기 때문일지도 모르지만 그들의 지덕에 대한 애호도 무시할 수 없는 중요한 요소 가운데 하나일 것이다. 그가 위응물의 인품과 시에 대해 말한 것을 보면,

> ≪당국사보唐國史補≫에는 위응물에 대해 "사람됨이 고결하고 적게 먹고 욕심이 적었으며 이르는 곳마다 청소하고 향을 피우고 문을 닫고 정좌하였다"라고 칭찬하고 있는데 그의 시는 한 자도 작위가 없으며 다만 자재로울 뿐이니 그 기상이 도에 가깝다.
> 國史補稱韋爲人高潔, 鮮食寡欲, 所至之處, 掃地焚香, 閉閣而坐. 其詩無一字做作, 直是自在, 其氣象近道.[34]

그의 인품이 고결하여 그의 시는 한 자도 작위가 없고 자연스러워 그 기상이 도에 가깝다고 하고 있다. 주지하다시피 위응물은 중당의 시인으로서 왕유王維의 산수자연시파를 계승한 시인이다. 그의 생활은 외유내불外儒內佛의 전형을 보여 주고 있는데, 그는 밖으로 관리 생활을 하면서도 안으로 항상 불도를 수양하는 것을 게을리 하지 않았다. 그의 시의 내용도 유교적 교화나 현실 반영과는 무관한 것으로 주로 불교적 관조로써 산수를 노래한 것들이다. 도불을 배척하고 유교를 선양하는 것을 일생의 사업으로 여겼던 주희가 흔히 유교적 우국충정의 시인이라 불리는 두보보다는 불교적이고 은둔적 기질이 더 농후한 위응물의 시를 좋아하였던 것은 바로 그들의 지志의 높고 낮음에서 기인한 것이라 할 수 있다.

이상으로 주희의 시언지설의 특징을 간략히 고찰해보았다. 이전의 유교적 시론에서 시언지를 말할 경우는 대체로 지나친 수사기교를 반

---

34) ≪朱子語類≫ 卷百四十.

대하고 내용 있는 시를 지을 것을 주장하는 것이었으며, 그 내용은 대체로 정치 교화에 도움이 되는 외왕적 측면의 것이었다. 그러나 주희가 말하는 지志는 다분히 개인의 인격이나 사상과 관련된 것으로, 보다 내성적 측면이 강조된 것이었다고 할 수 있다.

문장은 평이해야 하고, 시는 자연스러워야 한다

주희는 비록 시문에 있어서 지덕이 창작의 최대의 관건이 됨을 강조하였지만 문학의 내부적 문제라 할 수 있는 시문의 풍격에 대해서도 나름대로의 이론과 기준을 제시하였다. 그가 역대의 문인들과 당대의 문인들의 작품을 품평할 때 자주 사용하던 풍격 용어로는 자재自在, 자득自得, 자연自然, 천연수발天然秀發, 평이平易, 탄이명백坦易明白, 평담平淡, 한담閑淡, 혼성混成, 웅건雄健, 호방豪放, 호탕기굴豪宕奇崛, 건健, 호豪, 유력有力, 정절精絶, 아순雅馴, 온윤溫潤, 옹용화난雍容和暖, 위려偉麗, 은오隱奧, 청신淸新, 청완淸婉 등등을 들 수 있는데, 이를 통해 주희가 생각하였던 시문의 품평 기준을 대략 엿볼 수 있다. 이 중에서도 주희가 가장 많은 비중을 두었던 것은 문장에서는 평이명백이고 시에서는 자연평담과 웅건호방이었다. 그가 시와 문장에서 중시하였던 풍격이 기본적으로는 비슷하면서도 약간 차이가 있는데, 이는 그의 시와 문장에 대한 태도의 차이에서 기인한 것이라고 할 수 있다. 먼저 문장에 대한 그의 태도와 그가 중시하였던 문장의 풍격을 보도록 하자.

중국에서의 문장은 애초부터 실용성을 더욱 중시여기는 경향이 강하였다. 이러한 경향은 한 때 극도의 수식적 아름다움만을 중시하는 변려문이 유행하여 잠시 단절되기도 하였지만 고문운동이 성공하게 됨에 따라 다시 강화되었다. 문장에 있어 실용성을 더 중시여기는 경향이 고문가보다는 신유학자에게서 더욱 농후해지는 것은 당연한 일이라 하

겠다. 주희는 비록 다른 신유학자에 비해 문학적 소양이 풍부하여 극
단적으로 내용의 충실만을 고집하지는 않고 수사적 아름다움도 어느
정도는 인정하였지만 기본적으로는 이러한 노선을 벗어나지 않고 있다.

　대체로 시의 풍격에 관한 언급보다는 문장의 풍격에 관한 언급이 적
은 것도 문장에 있어서는 문학성보다는 실용성을 우선으로 하였기 때
문일 것이다. 이렇듯 문장에 있어서는 실용성을 보다 강조하였기 때문
에 문장의 풍격을 거론할 때에도 도나 의리를 명확히 전달하는 데에
도움이 되는 평이하고도 명백한 풍격을 중시하였던 것이다.

　　성인의 말씀은 쉬우면서도 명백하다. 말을 함으로써 도를 밝힌 것은
　바로 천하의 후세 사람으로 하여금 이것으로 도를 구하게 하고자 함이
　었다. 만약 성인이 말을 하여 사람들로 하여금 알지 못하게 하려고 하
　였다면 성인의 경전은 필시 지어지지 않았을 것이다.
　　聖人之言坦易明白, 因言以明道, 正欲使後世由此求之. 使聖人立言要教
　人難曉, 聖人之經定不作矣.35)

　그는 성인의 말씀은 사람들로 하여금 도리를 쉽게 알도록 하는 것에
그 목적이 있기 때문에 쉽고 명백한 것이라고 강조하였다. 그리고 지
금 사람들이 범사에 아무렇게나 지리멸렬하게 말하는 것은 바로 도리
를 제대로 꿰뚫어 보지 못하기 때문이라고 생각하였다.

　　도리에는 면전의 도리가 있다. 평이하고 자연스럽게 말하는 것이 곧
　좋은 것이고 험하고 특이하게 말하는 것은 곧 나쁜 것이다.
　　道理有面前底道理, 平易自在說出來底便好, 說得出來崎嶇底便不好.36)

　그는 도리란 멀리 있는 것이 아니라 바로 눈앞에 있는 것이어서 이
를 바로 아는 사람은 평이하면서도 자연스럽게 말해낼 수 있는 것이고

---

35) ≪朱子語類≫ 卷百三十九.
36) ≪朱子語類輯略≫ 卷二. 李美珠, <朱子文學理論初探>, 臺北, ≪臺灣師範大學
　　國文硏究所集刊≫ 第二十六號, 1982, p.516에서 재인용.

그것이 바로 좋은 것임을 강조하였다. 그리고 신유학자들이 가장 중시하였던 ≪논어≫나 ≪맹자≫에 대하여,

> ≪논어≫와 ≪맹자≫의 문사는 평이하여 일상의 쓰임에 절실하다. 그것을 읽으면 의심스러운 곳이 적고 이익이 많다.
> 論孟文詞, 平易而切於日用. 讀之疑少而益多.[37]

라고 하여 실제적으로 성인의 말씀은 평이하고 명백하다고 주장하였다. 그는 이를 바탕으로 하여 고인들의 문장은 모두 이 원칙을 따르고 있는 데 비해 지금 사람들의 문장은 그렇지 못함을 지적하였다.

> 고인의 문장은 대체로 다만 평이하게 말하지만 뜻이 저절로 깊은 것이었다. 후인의 문장은 뜻을 깊게 하려고 힘쓰지만 시고 떫다.
> 古人文章, 大率只是平說而意自長. 後人文章, 務意多而酸澁.[38]

그는 기본적으로 고인의 문장을 숭상하고 금인의 문장에 대해서는 부정적인 태도를 취하였지만 무조건적으로 이들은 부정한 것은 아니었다. 도문합일의 입장에서 북송 고문가의 문장을 도를 모른다고 맹렬한 비난을 가하였지만, 그들의 문학적 성과에 대해서도 어느 정도 인정하였다.

> 구공歐公의 문장과 삼소三蘇 문장의 좋은 점은 다만 평이하게 도리를 하였다는 것이다. 처음부터 일찍이 기이한 글자로써 보통의 글자를 바꾼 적이 없었다.
> 歐公文章及三蘇文好, 說只是平易說道理, 初不曾使差異底字換却尋常底字.[39]

그는 고문가들의 문장의 장점이 화려하고 기이함을 추구하는 변려문을 반대하고 평이함을 주장하였다는 데에 있음을 인식하였다. 그는 기

---

37) ≪晦庵先生朱文公文集≫ 卷四十三, <答趙佐卿>.
38) ≪朱子語類≫ 卷百三十九.
39) 위와 같음.

본적으로는 이들 고문가들의 장점을 인정하면서 각각의 풍격에 대해서
는 서로 다른 평가를 내리고 있다.

> 구공의 글은 넓고 살지고 따스하고 윤기가 있다. 증남풍曾南豊의 글은
> 또한 더욱 높고도 깨끗하여 비록 의론에 천근한 곳이 있지만 그러나 오
> 히려 평이하고 곧아 좋다. 동파에 이르러서 곧 교묘함때문에 상하게 되
> 었으며 의론에도 바르고 마땅하지 않는 곳이 있다. 후에 중원에 와서
> 구공 등의 문장을 보고는 문자가 비로소 조금 평이해졌다. 소순蘇洵은
> 더욱 심하다. 대개 이전의 문자는 모두 평이하면서도 곧아서 사람들이
> 심하게 교묘하게 말하지는 않았다. 삼소의 문장이 나온 뒤에는 배우는
> 자들이 비로소 날마다 교묘함으로 나아가게 되었다. 이태백李泰伯의 문
> 장과 같은 것은 그래도 평이하고 곧고 명백한데, 그러나 이미 스스로
> 약간의 기교가 있게 되었다.
> 　歐公文字敷腴溫潤, 曾南豊文字又更峻潔, 雖議論有淺近處, 然却平正好.
> 到得東坡, 便傷於巧, 議論有不正當處. 後來到中原, 見歐公諸人了, 文字方
> 稍平. 老蘇尤甚. 大抵已前文字都平正, 人亦不會大段巧説. 自三蘇文出, 學
> 者始日趨於巧. 如李泰伯文尙平正明白, 然亦已自有些巧了.[40]

그는 대체로 구양수와 증공에 대해서는 높은 평가를 내린 반면 삼소
에 대해서는 부정적인 평가를 하고 있다. 그는 삼소 이전의 문장이 대
체로 평이하고 곧은 반면 삼소의 문장이 출현함에 따라 사람들이 교묘
함을 추구하게 되어 평이하고 명백함을 위주로 하는 문풍이 점차 훼손
되었다고 주장하였다.

이상으로 주희가 문장에서 가장 중시한 풍격은 평이하고 명백한 풍
격이라는 것을 고찰하였다. 주희는 앞에서 도는 문장의 근본이며 문장
은 도의 지엽이라는 이론을 제시하였고 문장에 있어서 가장 중요한 것
은 이치를 밝히는 것임을 강조하였다. 그런데 그들이 추구하는 도나
이치는 이전의 유가의 도에 비해 보다 추상적이고 형이상학적이다. 이
러한 추상적인 도를 보다 구체적으로 설명하기 위해서는 자연 명백하
고도 평이한 풍격이 필요하였던 것이다. 문장의 풍격론 또한 이러한

---

40) 위와 같음.

문장의 본래적 목적에 부합하려는 방향을 지향하고 있음을 알 수 있다.

　주희는 시에 있어서는 자연스러움과 평담함을 가장 중시하였다. 그가 자연스러움이나 평담한 풍격을 중시하였던 것은 시에 있어서 수사기교보다는 지덕을 강조하였던 태도와도 관련이 있다고 할 것이다. 그가 거론한 자재, 자득, 평이 등은 약간의 의미상의 차이는 있지만 모두 인위적인 수사기교가 없는 자연스러움을 지칭하는 것이라 하겠다. 먼저 자득과 자재에 대해 살펴보자.

　　시로써 말하자면 도연명의 장점은 바로 초연히 자득하여 쓸데없이 힘을 들이지 않는 점에 있다.
　　以詩言之, 則淵明之所以高, 正在其超然自得不費安排處.[41]

　　두보의 "어두운 데서 나는 반딧불은 스스로 비추네"라는 구절은 말이 교묘할 뿐이다. 위응물은 "차가운 비 깊은 밤 어둑어둑 내리고, 흘러가는 반딧불 높은 누각을 건너네"라고 하였는데, 이는 경치를 떠올릴 수 있지만 다만 자연스럽게 말한 것이다.
　　杜子美, 暗飛螢自照. 語只是巧. 韋蘇州云, 寒雨暗深更, 流螢度高閣. 此景色可想, 但則自在說了.[42]

　주희는 도연명 시의 장점이 자득하여 힘을 들이지 않는 데에 있다고 하고 위응물의 시에 대해서 자연스럽게 말한 것이라고 하고 있다. 이에 비해 두보의 시는 말만 교묘할 뿐이라고 하고 있다. 주희가 말하는 자득이나 자재는 인위가 들어가지 않은 자연스러움과 별 다른 차이가 없다고 할 수 있다. 그는 문자상에 억지로 힘을 가하면 오히려 좋은 작품이 나올 수 없다고 생각하였다.

　　문자상에 지나치게 힘을 들이는 것도 또한 병폐이다.
　　文字上用力太多, 亦是一病.[43]

---

41)《晦庵先生朱文公文集》 卷五十八, <答謝成之>.
42)《朱子語類》 卷百四十.
43)《晦庵先生朱文公文集》 別集 卷三, <彭子壽龜年>.

주희 당시에는 황정견의 영향을 받은 강서시파의 말류들이 많이 있었는데 위의 말들은 시어의 조탁에만 공을 들이는 이들의 시풍의 폐단을 시정하기 위한 것이라고 할 수 있을 것이다. 그러나 시어의 조탁에 힘을 쓰지 말고 평이하게 지으라는 것은 함부로 범속하게 시를 지으라는 말은 아니다. 그는 말나오는 대로 짓는 범속한 시에 대해서는 반대하였다.

> 고인의 시에는 좋은 구절이 있는데 지금 사람들의 시에는 좋은 구절이 없다. 다만 줄곧 말해나가는 것일 따름인데 이런 시는 하루에 백 수라도 얻을 수 있다.
> 古人詩中有句, 今人詩中無句, 只是一直將去, 這般詩一日作百首也得.[44]

그렇다면 그가 추구한 자연스러움이란 어떤 경지임을 말하는 것일까? 대체로 시어의 조탁에 공을 들이지 않는 단순한 자연스러움만을 말하는 것이 아니라 앞에서 말한 시인의 지덕에서 우러나오는 자연스러움을 포괄한 것이라고 할 수 있다. 그리고 그가 도연명과 위응물 등의 약간 탈속적이고 고결한 사람들의 시에 대해 자득이니 자재니 자연 등의 용어를 사용하는 것으로 보아 거기에는 다분히 탈속적이고 고결한 분위기를 지향하는 경향이 있음을 알 수 있다. 그는 자신의 부친인 주송의 시에 대해서도,

> 그 시는 애당초 조탁하고 꾸미는 것을 일삼지 않았지만 자연스럽고 빼어나게 피어나고 풍격이 한가하여 초연히 속세를 벗어나는 운치가 있다.
> 其詩初亦不事雕飾而天然秀發, 格力閑暇, 超然有出塵之趣.[45]

라 하여 풍격이 한가롭고 속세를 벗어난 맛이 있다고 극찬하고 있다. 그리고 그는 육조의 진송晉宋의 시와 두보의 시를 비교하면서,

---

44) ≪朱子語類≫ 卷百四十.
45) ≪晦庵先生朱文公文集≫ 卷九十七, <皇考左承議郎守尙書吏部員外郎兼史館校勘累贈通議大夫朱公行狀>.

> 진나라와 송나라 사이의 시는 한아하고 담담하고 두공부 등의 시는
> 늘 바쁘다.
> 晉宋間詩閑淡, 杜工部等詩常忙了.[46]

라고 하고 있는데 이로 보아 그는 대체로 한아하면서 탈속적인 시를
좋아한다는 것을 알 수 있다.

주희는 유학자이면서도 도불적인 탈속에 대해서도 관대하게 대하였
다. 이르는 곳마다 청소하고 향을 피우고 눈을 감고 정좌하였던 위응
물 같은 이에 대해서도 그 시가 한 자도 인위가 없어 다만 자연스러울
따름이라고 하고 그 기상이 도에 가깝다고 극찬하였던 것이나 성당 제
인의 시 가운데 왕유와 맹호연의 시를 좋아하였던 것은 이를 잘 설명
해주고 있다. 그는 또 좋은 시를 짓기 위해서는 무엇보다도 마음이 허
정해야 함을 강조하였다.

> 지금 사람들이 일마다 제대로 잘 하지 못하는 것은 잘 알지 못하기
> 때문이다. 시만 예를 들더라도 모든 사람들이 기를 쓰고 지으려고 하지
> 만 단 한 사람도 시를 이루는 자가 없다. 그는 모르기 때문에 좋은 것
> 을 나쁜 것이라 하고 나쁜 것을 좋은 것이라고 한다. 이것은 단지 마음
> 이 시끄러워 텅 비어 고요하지 않은 까닭이다. 텅 비어 고요하지 않기
> 때문에 밝지 않고 밝지 않기 때문에 모른다. 만약 텅 비어 고요하다면
> 곧 사물을 다 알 수 있다. 비록 백공이나 기예를 하는 자가 정교하게
> 만들어 내는 것이라 할지라도 또한 그의 마음이 비어 이치가 밝기 때문
> 에 정교하게 만들어 내는 것이다. 마음이 시끌시끌하면 어찌 볼 수 있
> 겠는가?
> 今人所以事事做得不好者, 緣不識之故. 只如箇詩, 擧世之人盡命去奔做,
> 只是無一箇人做得成詩. 他是不識, 好底將做不好底, 不好底將做好底. 這箇
> 只是心裏鬧不虛靜之故. 不虛不靜故不明, 不明故不識. 若虛靜而明, 便識好
> 物事. 雖百工技藝做得精者, 也是他心虛理明, 所以做得來精. 心裏鬧, 如何
> 見得.[47]

---

46) ≪朱子語類≫ 卷百四十.
47) 위와 같음.

그는 좋은 시가 나오지 않는 이유를 마음이 비어서 고요하지 못함에서 찾고 있으며 마음이 허정해 지면 저절로 좋은 시가 나오게 됨을 강조하였다. 그가 위응물의 시에 대해 자재로워서 그 기상이 도에 가깝다고 하고 진송간의 시에 대해서도 한아하고 담담하다고 높이 평가한 것은 아마도 그들의 마음이 텅 비고 고요하다고 보았기 때문이고, 이에 비해 두보의 시를 항상 바쁘다고 말한 것은 그의 마음이 시끄럽다고 여겼기 때문일 것이다. 이상으로 보아 주희가 시에 있어서 높은 풍격으로 여겼던 자재니 자득이니 평이니 천연수발이니 한담이니 하는 것들은 모두 텅 비고 고요한 마음에서 우러나오는 풍격임을 알 수 있다.

그런데 허정이라는 말은 도가적 색채가 짙은 말로서 무위자연할 수 있는 마음의 상태를 말한다. 이를 보아 주희가 선호하였던 풍격이었던 자득, 자재, 자연 등의 풍격은 대체로 도가적 무위자연과도 통하는 것임을 알 수 있다. 본래 신유학은 도불을 배척하고 엄정한 유가의 도를 주장하였지만, 그 이면에는 도가와 불가의 영향을 많이 받았으며 특히 수양론에 있어서는 그러한 경향이 더욱 심하였다. 앞에서도 고찰하였듯이 주희는 도불과 혼동되지 않는 유가의 독특한 수양론을 확립하기 위하여 노력하였지만 그 역시 이러한 한계를 완전히 극복할 수는 없었다. 주희가 시의 풍격을 논하면서 허정한 심경에서 우러나오는 자연스러움을 중시한 것 또한 여기에서 기인한 것이라 할 수 있겠다.

주희는 또한 평담이라는 풍격을 중시하였다. 평담이라는 용어는 원래 인물을 품평하는 데에 사용되다가 후에 점점 시의 풍격 용어로 쓰이게 되었다. 당말까지의 평담의 의미는 대체로 명리를 추구하지 않아 무욕의 상태에 이른 심원하고 그윽한 경지로 인식되었으며 시의 형식보다는 내용에 더욱 중점을 두었던 풍격용어였다. 그러다가 송초 유행하였던 서곤체西崑體의 화려한 시풍을 개혁하기 위하여 매요신梅堯臣이 평담을 제창한 이래 평담은 점차 시의 형식에 까지 범위가 확대되었다.[48] 매요신은 일찌기 자신의 <독소불의학사시권두정지홀래인출시지

차복고치첩서일시지어이봉정讀邵不疑學士詩卷杜挺持忽來因出示之且伏高致輒書一時之語以奉呈>이라는 긴 제목의 시에서 "시를 짓는 것은 예나 지금이나, 오직 평담에 이르기가 어렵다.(作詩無古今, 惟造平淡難)"라고 하여 평담을 시의 지고한 경지라고 주장하였으며, 이에 대하여 구양수가 이를 지지함으로서 평담은 송시의 특징을 이루는 주요한 풍격이 되었다.

이들이 주장한 평담은 물론 단순한 평이함이나 무미함이 아니다. 그들이 이상으로 삼았던 평담의 경지란 마치 봄여름의 화려한 꽃이 가을이 되면 열매로 맺어져 겉은 껍질에 싸여 있지만 그 속에는 맛있는 알맹이가 있는 것처럼, 시가 겉으로 보기에는 평이하고 담담한 듯하지만 그 속에는 화려함과 웅장함이 응축되어 불진지미가 있는 것을 말한다. 구양수가 매요신의 시를 감람에 비유하여 처음에는 옛스럽고 딱딱하여 씹기가 어려운데 오래 씹을수록 그 참 맛이 오래도록 더 있다고 한 것[49]도 바로 이러한 관점에서 말한 것이다. 그러나 주희가 주장한 평담은 이와는 조금 다른 것이었다. 그는 매요신의 시를 평담하다고 보는 일반적인 평과는 견해를 달리하고 있다.

> 구공은 매성유梅聖兪가 주를 단 ≪손자≫를 대단히 받들고 칭찬하였다. 보건대, 어찌 두목杜牧의 주보다 좋을 수 있겠는가? 이것으로 보아 구공이 공정하지 못한 곳이 있다는 것을 알 수 있다. 혹자가 말하였다. "매성유는 시에 뛰어납니다" 답하였다. "시 또한 좋다고 말할 수 없다". 혹자가 말하였다. "그의 시는 또한 평담합니다". 답하였다. "그는 평담한 것이 아니라, 곧 메마른 것이다".
> 歐公大段推許梅聖兪所注孫子, 看得來如何得似杜牧底好. 以此見歐公有不公處. 或曰聖兪長於詩. 曰詩亦不得謂之好. 或曰其詩亦平淡, 曰他不是平淡, 乃是枯槁.[50]

---

48) 평담이라는 용어의 시대에 따른 의미상의 변천에 대하여서는 우재호, ≪梅堯臣詩研究≫, 서울대학교 석사학위논문, 1985, pp.112-117을 참조하시오.

49) 歐陽修, ≪歐陽文忠公集≫ 卷二, <水谷夜行寄子美聖兪> : "近詩尤古硬, 咀嚼若難噉. 初如食橄欖, 眞味久愈在".

50) ≪朱子語類≫ 卷百三十九.

구양수가 매요신의 시문에 대해, 그 중에서도 시에 대해 매우 높은
평가를 하였음은 주지의 사실이다. 그런데 주희는 이것을 불공정하다
고 생각하고, 그 한가지 예로 그가 주를 단 《손자》를 들었다. 이에
대해 혹자는 매성유의 《손자》주는 몰라도 그의 시는 뛰어 나지 않
느냐고 물었다. 주희는 매요신의 시에 대해서도 역시 부정적인 평가를
내리고 있으며, 흔히 평담하다고 칭해지는 그의 시의 풍격에 대해서도
오히려 메말랐다고 보았다. 그러면 그가 말하는 평담이란 어떠한 풍격
을 말하는 것인지를 알아보도록 하자.

> 대저 고인들의 시는 어찌 본래 평담에 뜻을 두었겠는가? 다만 지금
> 의 시들이 미친 듯이 괴이하게 파고 새겨서 귀신의 머리와 얼굴과 같은
> 것에 비하면 평범하고, 지금의 시들이 살지고 기름지고 비리고 누린내
> 나고 시고 짜고 쓰고 떫은 것에 비하면 담백할 따름이다.
> 夫古人之詩, 本豈有意於平淡哉. 但對今之狂怪雕鎪神頭鬼面則見其平,
> 對今之肥膩腥臊酸鹹苦澁則見其淡耳.[51]

이를 보면 주희가 주장하는 평담이란 화려하거나 특이하지 않은 평
범함과 비리거나 시거나 짠 맛 등의 맛이 없는 담백함을 말하는 것이
라는 것을 알 수 있다. 그는 위응물의 시를 왕유나 맹호연 등의 시보
다 더 뛰어난 것으로 평가하였는데,

> 위소주韋蘇州의 시가 왕유, 맹호연 제인 보다 빼어난 것은 그의 시는
> 소리와 빛깔과 냄새와 맛이 없기 때문이다.
> 韋蘇州詩高於王維孟浩然諸人, 以其無聲色臭味也.[52]

그 이유를 소리와 색과 냄새와 맛이 없는 데에서 찾고 있다. 이로
보아도 담백함에 대한 그의 선호를 알 수 있다. 그는 또,

---

51) 《晦庵先生朱文公文集》 卷六十四, <答鞏仲至> 第五書.
52) 《朱子語類》 卷百四十.

> 도연명 시의 평담함은 자연스러움에서 나온 것이다.
> 淵明詩平淡出於自然.

라고 하고 있는데, 그의 평담은 자연스러움과 밀접한 관련이 있음을 알 수 있다. 그런데 그가 말하는 자연스러움이란 단순히 수사기교상의 자연스러움이 아니라 내면의 수양을 통해 얻어진 허정한 마음에서 우러나오는 탈속적이고도 한아한 인격과 밀접한 관련이 있다. 매요신 역시 도연명의 시를 높이 추존하고 그의 탈속적이고도 그윽한 평담의 경지를 본받으려고 노력하였지만53) 그의 시가 주희의 눈에 들지 않았던 것은 아마도 주희의 기준에는 그의 인격수양이 부족하였기 때문이라고 추측된다.

자연평담한 풍격은 대체로 엄정한 평측을 요구하는 근체시보다는 고시에 더 어울린다고 할 수 있다. 실제로 주희는 근체시보다는 고시를 더 애호하였는데 이는 그의 풍격론과도 부합하는 것이라 하겠다.54) 그리고 그의 대표적인 상고적 시관이라 할 수 있는 시삼변설詩三變說도 이와 밀접한 관련이 있다고 할 것이다.

> 근년에 도를 배우는 데에 전념할 수 없을 때에 일찍이 간간히 시의 본말에 대해 고찰해 보았는데, 고금의 시에 무릇 세 번의 변화가 있음을 알았다. 대체로 ≪상서≫에 기록된 바의 우하虞夏 이래로 위진에 이르기까지가 한 무리요, 진송간의 안사顔謝 이래로 당초까지가 한 무리요, 심송沈宋 이후로 율시가 정해져 요즈음에 이르기까지가 한 무리이다. 그러나 당초 이전에는 시를 지음에 본디 고하가 있다고 하지만 법도가 아직 변하지는 않았으나, 율시가 나온 뒤로부터는 시의 법도가 비로소 모두 크게 변하여 오늘에 이르러서는 더욱 교묘하고 세밀해져서 고인의 풍도가 다시는 없게 되었다.
> 頃年學道未能專一之詩, 亦嘗閒考詩之原委, 因知古今之詩, 凡有三變. 蓋自書傳所記虞夏以來及魏晉, 自爲一等, 自晉宋間顏謝以後, 下及唐初, 自爲一等, 自沈宋以來, 定著律詩, 下及今日, 又爲一等. 然自唐初以前, 其爲詩

---

53) 우재호, 위의 논문, p.115 참조.
54) 蔡厚示, <朱熹的詩和詩論>, 福州 : 福建論壇 文史哲版, 1991, p.40.

者固有高下，而法猶未變，自律詩出而後，詩之興法，始皆大變，而至今日，
益巧益密，而無復古人之風矣.[55]

시기 구분의 명확한 기준은 없지만 대체로 상고부터 도연명 이전까지를 최고의 시기로 보고 있고, 송의 안연지顔延之와 사령운謝靈運 이후 율시가 형성되기 전까지의 남조시를 그 다음으로, 그리고 근체시 완성 이후 당대까지를 가장 부정적으로 보고 있다. 제일기에 대해 높이 평가한 것은 복고적 성향이 있는 신유학자로서는 당연한 것이지만, 흔히 부정적으로 평가되는 남조의 시에 대해서도 근체시보다는 긍정적인 평가를 한 것은 그가 전반적으로 근체시보다는 고시를 지향하고 있음을 잘 드러내고 있다.

자연평담 다음으로 주희가 중시하였던 풍격은 웅건호방함이었다. 그는 허정한 심경에서 흘러나오는 자연스럽고 담백한 시를 좋아하였지만 그렇다고 해서 너무 자연스럽고 담백한 나머지 맥없는 시를 좋아하지는 않았던 것 같다. 그는 문자상에 힘을 기울이는 것을 반대하였지만 필력에 굳센 기상이 있어야 함을 강조하였다.

> 방옹放翁은 늙어서 필력이 더욱 굳세어졌는데 요즈음 사람으로는 당연히 일류로 추앙된다.
> 放翁老筆尤健，在今當推爲第一流.[56]

> 장문잠張文潛의 시는 매우 좋다. … <양보음梁甫吟>같은 시는 필력이 지극히 굳세다.
> 張文潛詩好底茶. … 如梁甫吟，筆力極健.[57]

> 만경漫卿의 시는 지극히 웅건호방하고 짜임새 있고 바르고 엄정하여 매우 좋다.
> 漫卿詩極雄豪，而縝密方嚴，極好.[58]

---

55) ≪晦庵先生朱文公文集≫ 卷六十四, <答鞏仲至> 第四書.
56) 위와 같음, <答鞏仲至> 第十七書.
57) ≪朱子語類≫ 卷百四十.
58) 위와 같음.

등등은 그 예이다. 한 가지 특이한 것은 웅건호방과 자연평담은 서로 판이한 풍격임에도 불구하고 주희는 그것이 함께 어우러질 수 있음을 강조한 것이다. 위응물과 도연명 시의 풍격의 차이를 묻는 질문에 그는 위응물은 자연스럽다 하고 도연명에 대해서는,

> 도연명은 오히려 힘이 있다. 다만 말이 굳세면서도 뜻은 한가롭다.
> 陶却是有力, 但語健而意閑.[59]

라고 하고 있다. 여기서 한가롭다는 것은 앞에서도 보았듯이 자연스럽다는것과 통한다. 그는 또,

> 도연명의 시는 사람들이 모두 평담하다고 하는데, 내가 보기에 그는 본래 호방하다. 다만 호방함이 드러나지 않을 뿐이다. 그 본래의 모습을 드러낸 것으로는 <영형가詠荊軻> 일편이 있는데 평담한 사람이 어찌 이러한 말을 해낼 수 있겠는가?
> 陶淵明詩人皆說是平淡. 據某看他自豪放, 但豪放來得不覺耳. 其露出本相者是詠荊軻一篇. 平淡底人如何說得這樣言語出來.[60]

라고 하여 도연명 시의 평담함에는 호방함이 숨어 있다는 것을 지적하였다.

이상으로 볼 때 주희가 가장 중시했던 풍격은 자연스러움과 그를 바탕으로 한 평담함이었다. 그리고 그 자연스러움과 평담함이란 단순한 수사기교상의 문제가 아니라 내면의 수양을 통하여 얻어진 허정한 마음에서 우러나오는 풍격이었다. 그는 고아한 인품의 소유자였던 도연명이나 위응물 등의 시에 대해서는 모두 높이 평가하였으며 도교적 내용과 산수시가 주류를 이루었던 진송간의 시에 대해서조차 한아하다는 이유로 긍정적인 평가를 내린 데에 비해, 유교적 우국충정의 대표적 시인이라 여겨졌던 두보에 대해서는 오히려 부정적인 평가를 한 것도 시인의 마음의 수양의 정도에 따라 시를 평가하려고 하였기 때문일 것이다.

---

59) 위와 같음.
60) 위와 같음.

9 주희 제자들의 문학관

신유학 세력의 확대와 주희 자신의 학술적 권위에 힘입어 주희의 문학관은 남송의 문단에도 많은 영향력을 행사하게 되었다. 주희를 뒤이어 정주이학가 문학관의 맥을 이은 사람은 진덕수와 위료옹이라고 할 수 있다.

진덕수는 주희의 직접제자인지 아닌지는 불명확하지만[1] 주희의 제자임에는 틀림없다. 그는 주자학의 선양에 앞장서서 일찍이 주희의 ≪사서집주≫를 바탕으로 하여 ≪사서집편四書集編≫ 이십육권을 저술하였다.

위료옹은 주희의 사숙제자이다. 그는 또 장식張栻과 동향 사람으로 장식도 사숙하였으며, 영가학파의 영향도 다소 받았다 한다.[2] 그러나 위료옹은 주희를 가장 추존하였으며 주자학의 선양과 보급을 위하여 진덕수와 아울러 철처하게 의기투합하였던 사이이고[3] 후세 사람들에게도 항상 병칭된 것[4]으로 보아 학문적으로 주희의 계통이라 보는 것이

---

1) ≪宋元學案·西山眞氏學案≫에서는 ≪宋史·詹體仁傳≫을 인용하여 진덕수를 詹體仁의 제자라고 하여 주희의 再傳弟子라고 하고 있다. 그러나 ≪朱子實紀≫ 卷八에서는 진덕수를 주희문인으로 열입하고 있다. 어느 것이 옳은 지 미상이다.

2) ≪宋元學案·鶴山學案≫ : "嘉定而後, 私淑朱張之學者, 曰鶴山魏文定公. 兼有永嘉經制之粹, 而去其駁".

3) 魏了翁, ≪鶴山先生大全文集≫ 卷六十九, <參知政事資政殿學士致士眞公神道碑>에는 "嘗觀先正司馬文正謂范忠文公曰, 吾與子, 生同志, 死當同傳, 而天下之人亦無敢優劣之者, 後死則誌其墓, 了翁何敢以是自擬重, 惟與公同生於淳熙, 同擧于慶元, 自寶慶訖端平, 出處相似, 然而志同氣合, 則海內寡二"라는 말이 있다.

합당할 것이다.

이들은 정주이학 자체로는 적자의 서열에 열입되지 못하였지만 둘 다 중앙의 고위관직에 있으면서 한 마음으로 정주이학을 변호하고 선양하는 데에 힘써 정주이학이 금지에서 풀려나 널리 전파되는 데 결정적 공헌을 하였다. 그리고 문학 방면에 있어서는 주희의 후인들 가운데 가장 많은 관심을 보이고 있고, 또 당시 상당한 문명文名을 얻어 가히 주희 문학관의 계승자라 칭할만할 것이다.

신유학자의 정통 시문집을 편집하였던 진덕수

진덕수(1178-1235)는 건녕建寧 포성浦城(福建省 彭城縣) 사람으로 처음의 자는 경원景元이었으나 후에 경희景希로 바꾸었다. 경원慶元 오년 이십이세 때 진사에 합격하여 후에 형부상서刑部尙書, 한림학사翰林學士, 참지정사參知政事 등을 역임하였다. 일찍이 포성 서산西山의 오두막에서 독서하고 강학하였기에 사람들이 서산선생이라고 불렀다. 주요 저서로는 ≪사서집편≫, ≪문장정종文章正宗≫, ≪서산선생진문충공문집西山先生眞文忠公文集≫ 등이 있다.

진덕수와 위료옹은 둘 다 정주이학의 계승자로 자처하고 그의 선양에 일생의 노력을 기울였는데, 진덕수가 위료옹에 비해 주희의 이학을 보다 성실하게 답습하고 있다.

> 양가의 학술은 비록 다같이 주희에게서 나왔지만, 학산鶴山은 학식이 크게 뛰어나 참으로 이른바 탁월하게 뭇 책을 본 자이며, 서산은 법도에 의지하여 감히 스스로 새로운 경지를 개척하지 않았으니 대개 묵수하였을 따름이라고 하겠다.

___

4) ≪宋元學案·西山眞氏學案≫: "百家謹案, 從來西山鶴山稱, 如鳥之雙翼, 車之雙輪, 不獨擧也".

兩家學術雖同出于考亭, 而鶴山識力橫絶, 眞所謂卓觀群書者, 西山則依
門傍戶, 不敢自出一頭地, 蓋墨守之而已.5)

  그는 신유학에 있어서 주희의 학설을 그대로 수용하려고 노력하였을
뿐만 아니라 문학에 대한 입장에 있어서도 주희의 관점을 그대로 수용
하려고 하였다. 특히 시문에 있어서의 심성 수양에 대해 두드러지게
강조하고 있는 편이다.

  옛날에 하분河汾 왕씨가 일찌기 말하기를 "문사의 행동은 가히 알 수
있다"라고 하고, 이어서 몇 편을 들어서 평하면서 말하기를 "사령운은
소인이로다. 그 문장이 거만하다. 심휴문沈休文은 소인이로다. 그 문장이
요염하다. 사삼思三은 군자로다. 그 문장이 깊고 전아하다"라고 하였다.
고집 센 것이나, 지나치게 고원한 것이나, 과장하는 것이나, 속이는 것
에 이르러서도 모두 한 마디로 그 사람됨을 평하였다. 무릇 문장이란
기예의 말일 따름인데 그로써 군자와 소인의 차이를 정하는 것은 무엇
때문인가? 아마도 일찍이 그를 생각해보니, 운화雲和의 금슬은 납가새나
가시나무 숲에서는 나오지 않고 봉황의 소리는 까마귀나 솔개의 입에서
는 나오지 않기 때문이리라.
  昔河汾王氏嘗謂, 文士之行可見. 因枚數而評之曰, 謝靈運小人哉, 其文
傲, 沈休文小人哉, 其文冶, 君子哉思三, 其文深以典. 至於狷也, 狂也,夸也,
詭也, 皆以一言以蔽其爲人. 夫文者技之末爾, 而以定君子小人之分, 何邪.
抑嘗思之, 雲和之器, 不生茨棘之林, 儀鳳之音, 不出烏鳶之口.6)

  문장으로써 작자의 인품을 품평한 예는 일찍부터 있어 왔는데, 도덕
수양을 중시하는 신유학자에 이르러 그러한 경향이 더욱 농후해진 것
은 당연한 추세라고 할 수 있을 것이다. 진덕수도 시문을 통하여 작자
의 인격을 알 수 있다고 하는 왕통의 말을 빌어 시문을 지음에 있어
인격 수양의 중요성을 강조하고 있다. 그는, 운화산에서 나오는 훌륭한
금슬은 납가새나 가시나무 숲에서는 나오지 않고 봉황의 아름다운 소
리는 까마귀나 솔개의 입에서는 나올 수가 없듯이 문채 있는 아름다운

---

5) ≪宋元學案・西山眞氏學案≫.
6) 眞德秀, ≪西山先生眞文忠公文集≫ 卷二十八, <日湖文集序>.

문장은 심성의 수양이 부족한 소인에게서는 나올 수가 없다는 것을 주장하였다. 그 외 진덕수의 문학관 가운데 특기할 만한 것은 지덕에다 천지지간의 기와 양심養心을 연관시켜 설명한 것이다. 그는 먼저,

> "하늘과 땅에는 맑은 기운이 있는데, 흩어져 시인의 몸에 들어가네". 이것은 당 관휴貫休의 말이다. 내가 생각컨대, 천지간에 청명하고 순수한 기운 온통 가득 차있어 없는 곳이 없으니, 다만 사람의 받는 바가 어떠한가에 있을 뿐이다. 고로 덕이 있는 사람은 그를 얻어 덕으로 삼고, 재주 있는 선비는 그를 얻어 재주로 삼고, 문장을 좋아하는 자는 그를 얻어 문장으로 삼고, 시에 뛰어난 자는 그를 얻어 시로 삼는다. 모두 이 물건이지만, 그러나 재주와 덕에는 두텁고 얇음이 있고 시문에는 좋고 나쁨이 있는데, 아마도 조물주가 부여하는 바에 같지 않음이 있기 때문이리라. … 무릇 반드시 지극히 보배로운 그릇인 이후에 지극히 정결한 물건을 받을 수 있다. 세상 사람들은 마음속이 소란스럽고 사욕이 만 갈래 있어 요충과 회충을 모은 것 같고 똥과 흙을 쌓은 것 같으니 천지의 빼어난 기운이 장차 어찌 사람을 따르겠는가?
>
> 乾坤有淸氣, 散入詩人脾. 此唐貫休語也. 予謂天地間淸明純粹之氣, 盤薄充塞, 無處不有, 顧人所受如何耳. 故德人得之以爲德, 材士得之以爲材, 好文者得之以爲文, 工詩者得之以爲詩. 皆是物也, 然材德有厚薄, 詩文有良窳, 豈造物者之所畀有不同邪. … 夫必至寶之器, 而後能受至潔之物. 世人胸中擾擾, 私欲萬端, 如聚蟯蚘, 如積糞壤, 乾坤之英氣將焉從人哉.[7]

라고 하여, 천지에는 청명하고도 순수한 기운이 있어 이 기운이 재와 덕과 시와 문이 된다고 주장하고 있다. 문과 기氣에 관한 주장은 조비曹조의 ≪전론典論·논문論文≫ 이래 계속되어 왔는데, 주로 작자 개인의 선천적인 기질이나 개성 등이 문장에 끼치는 영향을 논한 것이다. 그런데 진덕수는 신유학자의 입장에서 도덕적 수양의 문제와 관련시켜 논급하고 있다. 그는 이 기운은 원래 온 천지에 가득 차 있는 것인데 사람마다 재덕의 두텁고 얇음과 시문의 빼어나고 졸렬함의 차이가 생기는 것은 바로 마음속의 사욕 때문에 이 기운을 제대로 받아들이지 못하기 때문이라고 하고 있다. 그는 이어서 다음과 같이 말하고 있다.

---

7) 眞德秀, 같은 책, 卷三十四, <發豫章黃量詩卷>.

　　그러므로 옛날의 군자가 그 마음을 수양하는 까닭은 반드시 바르고, 반드시 맑고, 반드시 비어 있고, 반드시 밝고자 하였기 때문이다. 오로지 바르기 때문에 기氣의 지극히 바른 것이 거기에 들어간다. 맑은 것이나, 빈 것이나, 밝은 것 또한 마찬가지이다. 나는 일찍이 이에 대해 알게 된 지 오래되었다. 바깥으로는 유혹에 접하지 않고 안으로는 욕심이 싹트지 않을 때, 신령스런 마음은 가라앉아 있으니 어찌 생각하고 어찌 헤아리리? 이 때를 당하여 기상이 어떠한가? 따스하여 어진 것은 천지의 봄이요, 숙연하여 의로운 것은 천지의 가을이다. 거두어져 응축되면 원기와 더불어 곧고, 풀려져 환하여 쉬게 되면 화기와 더불어 노닌다. 그런 즉 시와 문은 굳이 따로 논할 필요가 없을 것이다. 이것은 내가 스스로 얻은 것인데 아직 일찍이 사람들에게 고하지 않았다.

　　故古之君子所以養其心者, 必正, 必淸, 必虛, 必明. 惟其正也, 故氣之至正者入焉. 淸也, 虛也, 明也亦然. 予嘗有見於此久矣. 方其外誘不接, 內欲不萌, 靈襟湛然, 奚慮奚營. 當是時也, 氣象如何哉. 溫然而仁, 天地之春, 肅然而義, 天地之秋, 收斂而凝, 與元氣俱貞, 泮奐而休, 與和氣同游. 則詩與文有不足言者矣. 此予之所自得, 未嘗以告人.

천지지간에 가득 차 있는 청명하고 순수한 기氣를 받아들이기 위해서는 마음을 곧게 맑게 비게 밝게 해야 함을 주장하였다. 그는 이러한 기氣가 충만해지면 시문은 논할 필요가 없다고 하면서, 이것은 자신의 독특한 견해임을 강조하였다.

　신유학자 문학관에 있어서의 진덕수의 대표적인 공헌은 이상과 같이 약간은 독창적인 이론을 제창한 것에 있기보다는 북송 오자로부터 흥기하여 주희에 이르러 집대성된 신유학자의 문학관을 기준으로 하여 역대의 시문을 선집한 ≪문장정종≫을 편찬한 것에 있다. 그가 ≪문장정종≫을 편찬하게 된 동기는 아마도 주희가 한 때 가졌으나 학문에 매진하느라 이루지 못한, 신유학자의 문학관에 의거한 시문선집을 내려는 소망을 후학인 자신이 대신 이루려고 하였기 때문일 것이다.8) 그

---

8) 주희는 일찍이 詩三變說을 주장하면서, 신유학자의 관점에서 모범적인 시선집을 만들려고 하였으나 도학에 힘쓰는 것이 보다 급하고 자신의 재주와 능력이 부족하고 게다가 늙었기 때문에 이에 착수할 수 없다는 자신의 심경을 토로한 적이 있다. ≪晦庵先生朱文公文集≫ 卷六十四, <答鞏仲至> 第四書 참조.

는 이 ≪문장정종≫으로써 신유학의 관점 하에 문학을 통합 지배하려는 신유학자의 문학관을 완성하려고 하였다. 그는 ≪문장정종≫을 사명辭命, 의론議論, 서사敍事, 시부詩賦 네 부분으로 나누었는데, 특히 <시부편>에서는 주희의 의견을 절대적으로 존중하여 <시부편> 앞에 주희의 <답공중지答鞏仲至> 제사서에 있는 시삼변설을 수록하고 있다. 그리고 당 이전에는 도연명의 시를 특히 많이 수록하고, 당대에는 진자앙陳子昻, 이백, 두보, 위응물, 한유, 유종원 등의 육가의 시만 수록하되, 위응물의 시가 팔십여 수나 되어 이백을 초과하고 거의 두보와 비슷한 정도이다. 이는 주희의 성향을 그대로 따른 것이라 할 수 있다. 먼저 <문장정종강목>을 보도록 하자.

　　정종이라고 말한 것은 후세의 문사가 변화가 많아서 배우는 자로 하여금 그 올바른 원류를 알게 하고자 하는 것이다. 예로부터 문장을 선집한 것이 많이 있었다. 두예杜預나 지우摯虞 제가의 것들은 왕왕 묻혀서 전해지지 않고, 지금 세상에 전해지는 것은 다만 양나라 소명昭明의 ≪문선文選≫ 이나 송 요현姚鉉의 ≪당문수唐文粹≫가 있을 따름이다. 지금의 관점에서 그것을 보건대 두 책에서 실은 바가 과연 참으로 올바른 원류를 얻었는가? 무릇 선비가 학문을 하는 것은 이치를 궁구하여 실제로 활용하고자 하는 것이다. 문장은 학문의 한 지엽이나, 그 요점은 또한 이것을 벗어나지 않는다. 고로 지금 모은 바는 의리를 밝히고 세상의 쓰임에 절실한 것을 위주로 하였으며, 그 체가 옛 것에 근본을 두고 그 취지가 경전에 가까운 것이어야 취하였으니, 그렇지 않은 것은 문사가 비록 잘 다듬어진 것이라 하더라도 또한 싣지 않았다.
　　正宗云者, 以後世文辭之變多, 欲學者識其源流之正也. 自昔集錄文章者衆矣, 若杜預, 摯虞諸家, 往往湮沒弗傳, 今行于世者, 惟梁昭明文選, 姚鉉文粹而已. 由今觀之, 二書所錄果眞得源流之正乎. 夫士之于學, 所以窮理而致用也. 文雖學之一事, 要亦不外乎此. 故今所輯, 以明義理切世用爲主, 其體本乎古, 其指近乎經者然後取焉, 否則辭雖工亦不錄.

그는 이전의 시문선집에 대해 그것이 정종이 될 수 있을까에 대한 강한 의문을 제기하고, 궁리치용에 합당한 문장만이 정종이 될 수 있음을 강조하였다. 그는 의리를 밝히는 것뿐만 아니라 세상의 쓰임에 절실한 것도 중시하고 있다. 이는 영가 사공학파事功學派의 경세치용의 주장을 어느 정도 수렴한 것으로, 내성적 측면을 중점적으로 강조하였던 이전의 신유학자들에 비해 보다 폭넓은 주장을 하는 것처럼 보인다. 그는,

> 유자의 학문에 두 가지가 있는데, 성명도덕性命道德의 학문과 고금세변古今世變의 학문이다. 그 나아가는 바는 하나인데, 근세에는 오히려 쪼개어 둘로 나누었다.
> 儒者之學有二, 曰性命道德之學, 曰古今世變之學. 其致一也, 近世顧析而爲二焉.9)

라고 하여 정주의 이학과 영가 사공학파가 하나임을 강조하고 있다. 이것은 아마도 당시 신유학자들이 사공학파들에게 우활하다는 공격을 많이 받았기 때문에 그들의 비판을 어느 정도 수용하고 나아가 그들을 신유학적 입장에서 흡수통일하려고 하는 태도에서 나온 것이다. 그러나 그가 말하는 "세상의 쓰임에 절실한 것"이란, 사공학파가 말하는 것처럼 진짜 경세치용에 절실한 것이 아니라, 실은 의리나 도덕에 관한 것이었다.

> 한나라 서도 때는 문장이 매우 성하였으며 당에 이르러서는 더욱 성하였는데 그러나 의리를 발휘하고 세상의 교화에 도움이 되는 것은 동중서와 한유뿐이다. 우리 송조는 문치가 크게 성하여 구양수, 왕안석, 증공, 소식 등이 훌륭한 솜씨로 옛 작품으로 거슬러 돌아갔는데, 뛰어난 곳은 동중서와 한유에 뒤지지 않는다. 염락의 여러 선생10)이 나와서는 비록 문장을 짓는 데에 뜻을 주지 않았지만, 단편적인 문장도 지극한 이치를 꿰뚫었다. <태극도설>이나 <서명>과 같은 작품들은 직접 육경과 서로 출입하니, 또한 동중서나 한유가 가히 비교할 바가 못 된다.
> 漢西都文章最盛, 至有唐爲尤盛, 然其發揮義理, 有世敎者, 董仲舒氏, 韓愈氏而止爾. 國朝文治蝐興, 歐王曾蘇以大手筆追還古作, 高處不減二子. 至

---

9) 眞德秀, 같은 책, 卷二十八, <周敬甫晉評序>.
10) 여기서 염락이란 주돈이가 거하였던 염계와 이정이 거하였던 낙양을 가리키는 것으로, 염락의 여러 선생이란 바로 신유학자들을 가리킨다.

濂洛諸先生出, 雖非有意爲文, 而片言隻辭, 貫綜至理, 若太極, 西銘等作,
直與六經相出入. 又非董韓之可匹矣.11)

그는 송 이전에는 동중서와 한유의 문장을 가장 뛰어난 문장으로 보
고 있으며, 북송 고문가들의 문장도 이에 손색이 없다고 하였다. 그러
나 신유학자들의 문장은 육경과 바로 통하는 것으로서, 동중서나 한유
가 가히 비길 만한 바가 못 된다고 하여 최고의 찬사를 보내고 있다.
이로 보아 그는 표면적으로는 영가학파의 치용의 주장을 수용한 듯하
지만, 실제적으로는 역시 신유학자 문학관의 범주를 벗어나지 못하고
있음을 알 수 있다. 그의 ≪문장정종≫ 역시 시문의 선집과정에 있어
지나치게 신유학자의 관점에 집착한 나머지 객관성을 상실하고 있는데,
이것이 그의 가장 큰 단점이라 하겠다. ≪사고전서총목제요四庫全書總目
提要≫에는 다음과 같은 말이 있다.

그러나 유극장劉克莊의 ≪후촌시화後村詩話≫에서는 또 말하기를 "≪문
장정종≫을 처음 만들 때 시가 부문을 나에게 편집하도록 맡기고 일단
세상의 교화와 백성의 인륜을 위주로 하여 도교나 불교, 규중의 정, 궁
중의 원망에 관련된 것들은 취하지 않기로 약속하였다. 나는 한무제의
<추풍사秋風辭>를 취하였는데, 서산이 말하기를 '왕통王通도 이 <추풍
사>는 후회하는 마음의 싹이라고 여겼는데, 어찌 그렇지 않겠는가?' 라
고 하면서 수록하지 않으려고 하였으니 그 엄함이 이와 같았다. … 나
는 취하였으나 서산이 버린 것이 태반이나 되었다. 또한 도연명의 시를
매우 많이 늘리고 삼사三謝의 시는 대부분 수록하지 않았다"라고 하고
있다. 그 말뜻을 자세히 살펴보면 진덕수에게 불만이 있는 것 같은데,
대개 도학자와 문장가는 각기 한 뜻을 밝히는 것이니 진실로 억지로 같
이 할 수 없는 것이다.

然克莊後村詩話又曰, 文章正宗初萌芽, 以詩歌一門屬予編類, 且約以世
敎民彝爲主, 如仙釋閨情宮怨之類皆不取. 予取漢武帝秋風辭, 西山曰, 文中
子亦以此辭爲悔心之萌, 豈其然乎, 不欲收, 其嚴如此. … 凡予所取而西山
去之者, 大半. 又增入陶詩甚多, 如三謝之類多不收. 詳其詞意, 又若有所不
滿於德秀者. 蓋道學之儒與文章之士, 各明一義, 固不可得而强同也.12)

---

11) 眞德秀, 같은 책, 卷三十六, <跋彭忠肅文集>.

진덕수는 오로지 교화와 인륜에 도움이 되는 것만을 위주로 하여 편집하려고 하였으며 애당초 일체 신선이나 불교에 관한 것 또는 규중지정이나 궁녀의 원망을 담은 시를 제외하기로 요구하였다. 심지어 한무제의 <추풍사>같은 것도 왕통의 말을 빌려 후회하는 마음의 싹이라 하여 배척하고 있으니 실로 그 기준이 엄하다고 하겠다. 이렇게 까다로운 기준을 지니고 있어 후대의 일반 문인들은 ≪문장정종≫을 그다지 애호하지 않은 듯하다. ≪사고전서총목제요≫에서는,

> 그러므로 진덕수가 비록 명유라 불리고 그 설 또한 매우 조리정연하지만 사오백년 이래 도학을 강구하는 자 외에는 그를 존중하여 쓰는 자가 없었던 것은 인지상정에 맞지 않는 일은 끝내 천하에 억지로 행해질 수가 없기 때문이리라.
>
> 故德秀雖號名儒, 其說亦卓然成理, 而四五百年以來, 自講學家以外, 未有尊而用之者, 豈非不近人情之事, 終不能强行於天下歟.[13]

라고 하여, ≪문장정종≫이 끝내 일반 문인들에게 널리 유행되지 못하였던 이유를 제시하고 있다. 그러나 명대의 유명한 전기傳奇 작가인 탕현조湯顯祖가 스스로 말하기를 "나는 어릴 때부터 서산의 ≪문장정종≫을 읽었는데, 이로 인해 고문 고시를 짓는 것을 좋아하였다"라고 하고 있고, 포송령蒲松齡의 ≪성세인연전醒世姻緣傳≫에서도 사위와 딸이 처가집에 신혼인사차 왔을 때에 ≪문장정종≫을 예물로 주는 대목이 있는 것으로 보아 이 책이 일반 문인들에게도 그런대로 상당히 널리 유포되었음을 알 수 있다.[14]

주돈이와 소옹으로부터 시작된 신유학자의 문학관은 주희를 거쳐 집대성되고, 진덕수에 이르러서는 마침내 그들의 관점으로 역대의 시문을 모은 시문선집을 편찬하는 데에까지 이르게 되었던 것이다. 진덕수의 ≪문장정종≫은 이후 신유학자들의 모범적인 문장 교본이 되었을

---

12) ≪四庫全書總目提要≫ 集部 總集類二, <文章正宗二十卷續集二十卷>.
13) 위와 같음.
14) 馬積高, ≪宋明理學與文學≫, 長沙 : 湖南師範大學出版社, 1989, p.71 참조.

뿐만 아니라, 일반 문인에게도 어느 정도는 영향을 끼치게 되어 신유학과 문학의 교류에 많은 역할을 하였다.

문학에 대해 비교적 관용적이었던 위료옹

위료옹(1178-1237)은 공주邛州 포강浦江(泗川省 浦江縣) 사람으로 자는 화부華父이다. 그는 진덕수와 동년생이며 과거도 경원 오년 이십이세 때에 나란히 급제하였다. 국자정國子正, 공부시랑工部侍郎, 예부상서禮部尙書, 이부상서吏部尙書 등의 벼슬을 역임하였으며 진덕수와 정치적 입장을 같이하였기 때문에 그와 더불어 정치적으로 부침하였다. 일찌기 백학산白鶴山 아래에 집을 짓고 강학을 하였기 때문에 사람들이 학산선생이라 칭하였다. 촉 지방에 신유학을 전파하는 데에 많은 공헌이 있었다. 주요 저서로는 《구경요의九經要義》와 《학산대전문집鶴山大全文集》이 있다.

진덕수가 비교적 주자학을 묵수한 데에 비해 위료옹은 주자학을 근간으로 하되 장식의 설도 존중하고 소옹의 설 가운데서도 "태극이 마음이다.(太極爲心)" 등의 선천 심학을 나름대로 발전시키고[15] 영가학파의 설에 대해서도 부분적으로 수용하는 태도를 취하여 비교적 복잡한 편이다. 문학관에 있어서도 신유학자 특유의 기본 요소들을 갖추고는 있지만 이전의 신유학자나 진덕수에 비해 포괄적인 편이다. 그의 문학관의 가장 큰 특징은 이전의 신유학자에 비해 사장詞章과 정사政事에 대해서도 적극 수용하여 이를 통합하려는 자세를 지녔다는 것이다.

세상에서는 대체로 학행과 사장과 정사가 마치 서로 상관하지 않는 것처럼 생각한다. 대개 말하기를 "격물궁리하여 수신제가하는 사람은 반드시 옛 가르침을 고수하니 실제 사정에 어두워 사장을 지음에 반드

---

15) 侯外廬 등 공저, 《宋明理學史》 上卷, pp.618-619 참조.

시 우활하고 정사를 함에 반드시 소략하다. 글 잘 짓는 선비라고 하고 유능한 관리라고 칭해지면 비록 배움이 없고 행실이 없어도 해가 되지 않는다"라고 한다. 지금의 배움이 옛날과는 현격히 다름을 알지 못한다. 지금의 문은 옛날에는 이른바 사辭였고, 지금의 정사는 옛날에는 이른바 일이었고, 지금의 재주 있다는 것은 옛날에는 이른바 아첨하는 사람과 간사한 사람이었다. 무릇 배우되 참 지식에 바탕을 두고 실천에서 발휘하면 표현하여 문사가 될 때는 문사가 윤택하고 조리 있으며, 정사에 베풀 때는 정사가 넉넉하면서도 짜임새 있게 되니, 지금 사람들이 말하는 문과 재가 아니다.

世率以學行詞章吏事若不相涉. 蓋曰, 格物窮理修身齊家者, 動必古訓, 闕於事情, 爲詞章必迂, 爲吏事必疏. 號曰文士曰能吏, 雖不學無行不害也. 不知今之爲學與古異. 今之文, 古所謂辭, 今之政, 古所謂事, 今之才, 古所謂人任人也. 夫使學而本諸眞知, 著于實踐, 則發爲辭, 辭澤而理, 施之政, 政裕而密, 非今之所謂文與才也.[16]

그는 지금의 사람들이 학행과 문학과 정사를 서로 나누는 것에 대해 이의를 제기하고, 지금 문장지사들이 말하는 문이란 옛날에는 다만 언사에 지나지 않았으며 지금 사공학파나 정치가들이 주장하는 정치라는 것도 옛날에는 일에 지나지 않았다는 것을 강조하였다. 그는 학문이 참 지식에 바탕을 두고 그것이 실천에서 드러날 때는 문장과 정사가 절로 이루어짐을 강조하여, 본래 학행과 사장과 정사가 하나임을 주장하였다. 그는 아울러 문학의 구체적인 실용성을 강조하고 있다.

글로써 도를 싣고 문장으로써 세상을 다스린다. 언어로써 상벌을 대신하고 붓과 혀로써 채찍과 회초리를 대신하니, 그 세운 법은 비록 엄연히 천자의 존귀함이 있어도 감히 그와 더불어 다투고 가늠할 수 없다. 그런 뒤에 하나의 다스림의 법을 알 것이다. 우리의 공자와 맹자가 그것을 세워 세상에 가르침을 편 지 오래되었다. 빈 말을 써서 헛되이 기재한 것이 아니다.

書以載道, 文以經世, 以言語代賞罰, 筆舌代鞭, 其所立之法, 雖儼然南面之尊有不敢與之爭衡者. 然後知一王之法, 吾孔孟立之以垂世久矣. 非用空言而徒爲記載也.[17]

---

16) 魏了翁, ≪鶴山先生大全文集≫ 卷八十一, <朝議大夫知敍州魏公墓志銘>.

그는 주돈이가 주장한 문이재도에다 "문장으로 세상을 다스린다(文以經世)"까지 더하고 있다. 언어로써 상벌을 대신하고 붓과 혀로써 채찍과 회초리를 대신한다는 논조는 자못 이전의 신유학자와는 달리 문학의 공용성을 강조하고 있는 듯하다. 그의 논조는 도덕과 치용을 동시에 중시한다는 진덕수의 논조에 비해 보다 발전적이라 할 수 있다. 그가 이렇게 문학의 공용성에 대하여 다른 신유학자들에 비해 보다 적극적인 태도를 보이고 있는 것은, 그가 학문적으로 사공학파의 장점을 흡수하여 구체적인 경세치용의 문제에 있어서 비교적 우활한 신유학의 한계를 극복하려고 하였던 태도와도 관련이 있다. 그러나 그의 학문적 기초는 주자학이고, 주자학을 선양하는 것을 자신의 최대의 과제로 삼았기 때문에, 그의 주장 또한 도덕과 치용의 병중을 주장하였던 진덕수와 마찬가지로 표면적으로는 사공학파의 이론을 빌리고 있지만 실제로는 신유학자의 사상을 중심으로 그들을 흡수하여 자신들의 입지를 더욱 더 공고히 하려는 것이다.[18] 그가 주장한 문장이 구체적으로 무엇을 가리키는 지를 보아도 이를 알 수 있다.

> 내가 이른바 문이라는 것을 말하고자 하니 그대는 잠시 들어보십시오. 우선 동과 정이 서로 뿌리가 되어 음양이 생기고, 음이 변하고 양이 화합하여 오행이 갖추어지나니 천하의 지극한 문은 실은 이에서 비롯됩니다. 위 아래로 관찰해보면, 해와 달이 번갈아 비추고, 별들이 나열되어 있고, 산이 솟아 있고, 물이 흘러가고, 풀과 나무가 자라고 있는데, 만물이 서로 뒤섞이되 찬란하게 조리정연한 것은 모두가 문입니다. 가까이 몸에게서 취하면, 군신의 어짐과 공경함, 부자의 자애로움과 효성스러움, 형제의 우애와 공손함, 부부의 잘 어울림, 벗 사이의 믿음과 화목함 등등, 무릇 천리가 자연스러워 사람이 인위로 할 수 없는 것은 모

---

17) 魏了翁, 같은 책, 卷百一, <唐文爲一王法論>.

18) 侯外廬·邱漢生·張豈之 主編, ≪宋明理學史≫ 上卷, pp.620–621에는 당시 사람 羅大經의 ≪鶴林玉露≫와 周密의 ≪癸辛雜識≫에 인용된, 당시 일반 백성들이 진덕수와 위료옹이 실제 정치에 우활한 거짓 군자라는 것을 풍자하는 내용의 문장을 통하여 그들이 중앙의 고위관직에 있으면서도 실제 정치에는 관심이 없었고 공리공담만 일삼았다는 것을 비판하고 있다.

두 문입니다. 요임금의 높고 높음은 형용할 수가 없는데, 겨우 형용할 수 있는 것은 문장입니다. 공자가 성과 천도를 말씀하시는 것은 들을 수가 없는데, 가히 들을 수 있는 것은 문장입니다. 그러므로 요임금의 문장이란 곧 높고 높음이 발현된 것이요, 공자의 문장 또한 성과 천도가 부단히 드러나는 것입니다. 문이라고 하는 것은 반드시 이와 같은 후에야 지극하게 됩니다.

> 吾請試言夫所謂文者, 而子姑聽之. 且動靜互根, 而陰陽生. 陰變陽化, 而五行具, 天下之至文實始諸此. 仰觀俯察, 而日月之代明, 星辰之羅布, 山川之流峙, 草木之生息, 凡物之相錯 而粲然不可紊者, 皆文也. 近取諸身, 而君臣之仁敬, 父子之慈孝, 兄弟之友恭, 夫婦之好合, 朋友之信睦, 凡天理之自然而非人所得爲者, 皆文也. 堯之蕩蕩, 不可得而名, 而僅可名者, 文章也. 夫子之言性與天道, 不可得而聞, 所可得而聞者, 文章也. 然則堯之文章乃蕩蕩之所發見, 而夫子之文章亦性與天道之流行. 謂文云者, 必如此而後爲至.[19]

음양과 천지자연의 문채를 문이라고 규정하는 것은 정이천이 '유덕유언론有德有言論'을 강조하면서 "천문을 보아 때의 변화를 살피고, 인문을 살피어 천하를 교화하여 이루니, 이것이 어찌 사장의 문이겠는가?"라고 말하였던 것과 같은 맥락에서 이해될 수 있을 것이다. 그리고 그들이 이상적으로 생각하였던 문장이라는 것도 요임금의 높은 덕을 기리는 것이거나 공자의 성과 천도를 말하는 것 따위여서, 실제로 사공학파에서 주장하는 현실 정치에서의 쓰임과는 무관한 것이라고 할 수 있다.

그는 또한 문장의 근본은 바로 덕과 인이고 이것이 충만하게 되면 자연 좋은 문장이 지어짐을 강조하였다.

> 옛날의 문장은 모두 덕이 성하고 인이 무르익어 이미 가득 찬 나머지 넘쳐 흘러나온 것이다. 그러므로 비록 말 나오는 대로 아무렇게 써도 항상 음절에 들어맞았다.

> 古之爲文, 皆以德盛仁熟, 流於旣溢之餘, 故雖肆筆脫口, 而動中音節.[20]

---

19) 魏了翁, 같은 책, 卷四十, <大邑縣學振文堂記>.
20) 魏了翁, 같은 책, 卷六十二, <跋胡復半野詩藁>.

이러한 말투는 이전의 신유학자의 이론을 그대로 답습하고 있는 부분이라 하겠다. 그는 이러한 기준에 의해 도연명과 소옹의 시를 특히 애호하였다. 다만 위료옹은 원래 어릴 때는 문학을 무척 애호하여 사장지학을 추구하다가 나중에 주자학으로 전향하였으므로21), 이로 인해 문학에 대해서도 비교적 너그러운 태도를 견지하였다. 그리고 그는 시문에 있어 덕이 기본임을 강조하였지만, 그가 말하는 덕은 이전의 신유학자들이 말하는 덕에 비해서는 상당히 포괄적이다. 그는 북송 신유학의 중심인물이라고 할 수 있는 정이과 견원지간이었으며 이로 인해 주희에게서도 많은 비판을 받았던 소동파에 대해서도 상당한 호감을 가지고 평하고 있다.

> 세상에 소자蘇子를 아는 사람은 반드시 언어문자가 천하에 묘하다고 말한다. 그를 알지 못하면 곧 풍자하고 헐뜯고 업신여기고 모욕하는 것이어서 성실하지 못하다고 말한다. 이에 소자가 덕에 나아가는 순서에 있어 시종일관하였다는 것을 종종 다 알지 못한다. 가우嘉祐와 치평治平 연간에는 젊고 기가 강하며, 희녕熙寧 이후에는 화를 만나고 근심에 접하였지만 비뚤어진 것은 아니며, 원우元祐에 다시 나왔을 때는 더욱 평범하고 착실하게 되어 한 마디 한 마디의 말이 바람이 사방을 움직이는 듯하였다. 소성紹聖 이후로는 두루 녹여 관통하고 깊고도 굳세고 성실하고 삼가함이 또한 중년 이전과는 비할 바가 아니었다. 선비 가운데 정세하게 고찰하지 않고 한 가지 일로 한 사람을 개괄하고 한 가지 말로써 일생을 평가하려는 자는 잠시 이것으로 생각해 보라.
>
> 世之知蘇子必曰, 言語文字妙天下. 其不知之則曰, 譏訕嫚侮, 不足於誠. 乃若蘇子始終進德之序, 人或未盡知也. 方嘉祐治平間, 年盛氣强, 熙寧以後, 嬰禍觸患, 靡所回撓, 元祐再出, 益趨平實, 片言隻詞, 風動四方. 迨紹聖後, 則消釋貫融, 沈毅誠慤, 又非中身以前比矣. 士不精考而以一事槪一人, 一言蔽一生者, 姑以是思之.22)

소동파를 소자라고 부르는 것부터가 이전의 신유학자와는 차이가 있다. 주희는 소동파에 대해서는 그 문학적 성과를 어느 정도 인정하기는

---

21) 魏了翁, 같은 책, 卷三十五, <答朱擇善> : 某少時只喜記問詞章, 所以無書不記. 看朱子諸書, 只數月間, 便覺記覽詞章皆不足以爲好.
22) 魏了翁, 같은 책, 卷六十三, <跋公安張氏所藏東坡帖>.

하였지만, 혹은 이치를 모른다는 이유로 혹은 수사기교가 교묘하다는 이유로 구양수나 증공 등의 다른 고문가들에 비해 보다 많이 혹평을 가한 편이었다. 그러나 위료옹은 주희가 혹평한 소동파에 대해 변명을 서슴지 않고 있다. 그것도 단순한 수사상의 문제가 아니라 신유학자들이 중시하는 진덕의 문제에까지 관련시키고 있다. 그는 그 외에도 <발양문공진적跋楊文公眞迹>, <임천시주서臨川詩注序>, <황태사문집서黃太史文集序>, <두씨소흥시주서杜氏少陵詩注序> 등등에서 양억이나 왕안석이나 황정견, 두보 등에 대해서도 작품과 인품을 관련시켜 극찬을 아끼지 않고 있다. 물론 이들의 문학에 있어 문학 내적인 심미적 규율보다는 작가의 인품을 최우선적으로 중시한 것은 역시 신유학자의 문학관의 태두리를 벗어나지 못한 것이라고 할 수 있겠지만 위료옹의 문학에 대한 태도는 신유학자 가운데서는 가장 너그러운 편이라 할 수 있다.

이것은 그가 신유학으로 전향하기 전에 원래 사장지학을 애호하였고 또 신유학으로 전향한 뒤에도 이를 상당히 애호하였던 데에서 기인한 것이라 하겠다. 그의 문집에 보이는 시는 약 육백이십여 수 정도가 되는데, 이 중 전체의 삼분의 이가 넘는 사백이십여 수가 근체시이다. 이로 보아 위료옹은 신유학자이면서도 근체시를 상당히 좋아하였다는 것을 잘 알 수 있다. 이는 전반적으로 근체시의 문학적 성과를 부정하고 고시를 지향하였던 주희와는 상당히 대조적이라고 할 수 있을 것이다. 그리고 그는 내용이 지나치게 감상적이어서 신유학자들이 일반적으로 짓기를 꺼려하였던 사도 이백 수 가까이 지었는데, 이러한 사실들은 그가 문학을 상당히 애호하였음을 단적으로 보여 주는 예라 하겠다.

10 주희와 대립한 심학파의 문학관

주희가 정이의 학설을 중심으로 북송 오자의 신유학을 집대성하여 일가를 이루었을 때, 강서 지방의 육구연은 이와는 약간 성격을 달리하는 새로운 학풍을 일으켰다. 주희가 보다 객관적 실재인 이理에 대한 궁구를 강조하고, 인간의 마음을 체인 성性과 용인 정情으로 나누고, 그 가운데 체에 해당하는 성性이 바로 이理라고 하는 '성즉리'를 주장한 데 비해, 육구연은 주관적 실재인 마음에 대한 자각을 보다 강조하고, 그 마음이 바로 이理라고 하는 '심즉리'를 주장하였다. 이 때문에 심학파의 문학관은 정주이학과 크게는 같으면서도 마음을 보다 중시하는 약간의 차이를 보이고 있다. 심학파의 문학 이론은 정주이학만큼 풍성하지는 않은데 여기서는 심학파의 종사인 육구연과 그의 재전제자라 할 수 있는 포회의 문학관을 고찰하고자 한다.

근본에 먼저 힘쓸 것을 중시하였던 육구연

주희가 방대한 분량의 저작을 남긴 데에 비해 육구연은 저작이 그다지 많지 않다. 이는 그들의 학문적인 태도의 차이에서 기인한 것이라 할 수 있을 것이다. 즉 주희는 이理를 이지적으로 궁구하고 탐색할 것을 강조하였기 때문에 이 무형의 이理를 여러 각도에서 드러내기 위하

여 자연 많은 저작이 필요하였지만 육구연은 마음의 본래적인 덕성을
자각하는 것을 중시하였기 때문에 그리 많은 저작이 필요하지는 않았
을 것이다. 그는 저작을 권유하는 어떤 이의 말에 대해 "육경이 나를
주석하고, 내가 육경을 주석한다. 배움에 있어 진실로 도를 안다면 육
경은 모두 나의 주석이다"[1]라고 하여, 육경 자체가 이미 본래 이 마음
의 주석임을 강조하였다. 그리고 문학적 소양이 풍부하였고 시를 애호
하였던 주희에 비해, 육구연은 문학에 대해 그다지 큰 관심을 보이지
않고 있으며 시도 겨우 이십여 수 만 남겨놓고 있다. 따라서 그의 문
학에 대한 견해도 그다지 많지 않은 편이다. 그의 문학에 대한 견해는
그의 문집과 어록에서 간간이 보이는데, 그 기본적인 경향은 다른 신
유학자들과 별로 다른 것이 없다.

> 배우는 것이 날로 진보가 있으니 기쁩니다. 책을 읽고 문장을 짓는
> 것은 또한 우리들의 일입니다. 다만 책을 읽는 것은 본래 문장을 짓기
> 위함이 아닙니다. 문장을 짓는 것은 그 말엽인데, 그 근본이 있은 다음
> 에 반드시 그 말엽이 있습니다. 근본이 성한데 말엽이 무성하지 않는
> 것이 있음을 들어 보지 못하였습니다. 만약 본말이 도치된다면, 이른바
> 문장이 어떠한지 가히 알 수가 있습니다.
> 爲學日進爲慰. 讀書作文亦吾人事, 但讀書本不爲作文, 作文其末也.
> 有其本必有其末, 未聞有本盛而末不茂者. 若本末倒置, 則所謂文亦可知
> 矣.[2]

그는 먼저 책을 읽는 것은 문장을 짓기 위함이 아니라 학문을 하기
위한 것임을 말하고 문장을 짓는 것은 말사임을 주장하였다. 문장을
짓는 것을 말사로 여기는 것은 거의 대부분의 신유학자에서 볼 수 있
는 일반적인 경향인데, 육구연 역시 예외일 수 없었다. 여기서 근본이
라고 하는 것이 물론 단순히 독서를 하여 지식을 쌓는 것을 가리키는

---

1) ≪宋史 · 陸九淵傳≫ : "或勸九淵著書, 曰六經注我, 我注六經. 又曰學苟知道, 六
   經皆我注脚".
2) 陸九淵, ≪象山先生全集≫ 卷四, <與曾敬之>.

것이 아님은 당연한 일이라 하겠다. 그가 말하는 근본은 역시 다른 신유학자들과 마찬가지로 덕행을 가리키는 것이다.

> 문자가 조리 있어 찬란히 빛나고 도에 위배되지 않는 것은 더욱이 좋은 것이다. 다만 마땅히 그 실질에 이르도록 노력해야 하며 문사에 의지하여서는 안 된다. 말하지 않아도 믿음직한 것은 덕행에 있다. 덕이 있는 사람은 반드시 말이 있다. 진실로 그 실질을 가지고 있으면 반드시 그 문장이 있다. 실질은 근본이요, 문장은 말엽이다. 지금 사람들의 습성은 말엽을 중시여기니 어찌 근본만 잃는 것이겠는가? 끝내는 장차 그 말엽도 함께 잃게 될 것이다.
>
> 文字之及條理粲然, 弗畔於道, 尤以爲慶. 第當勉致其實, 毋倚於文辭, 不言而信, 存乎德行. 有德者必有言. 誠有其實, 必有其文. 實者本也. 文者末也. 今人之習, 所重在末, 豈惟喪本, 終將倂其末而失之矣.[3]

그는 우선 문장은 조리정연하여 도에 합당해야 함을 강조하였다. 그러나 그는 문장을 조리정연하게 쓰기 위하여 노력하기보다는 먼저 실질이자 근본인 도덕에 힘을 기울여야 함을 주장하였다. 만약 덕을 잃어버린다면 끝내는 그 문장 또한 같이 잃어버리게 되기 때문이다. 신유학자들은 내면의 덕성을 닦는 것을 중시하여 문학을 경계하였다. 그러나 만약 부득이하게 시문을 지을 경우에는 그 내용에 있어 외왕적인 경세치용의 측면보다는 내성적인 심성수양의 측면을 보다 중시하는 경향이 있다. 그의 다음의 글들은 이러한 신유학자의 성향을 잘 드러내고 있다.

> 수옹壽翁은 날마다 구름 산을 대하고 앉아서 책을 껴안고 있고 조물주가 때때로 아름다운 옥구슬을 깔아 놓듯이 환하게 비추어 줄 터이니 마땅히 그 흉금이 명쾌하고 도량이 탁 트여서 글 쓰는 것은 여분의 일이지만 산처럼 높아져 있고 시냇물처럼 불어나는 가운데 있을 것입니다. 어제 조카의 거처에서 몇 편의 시와 편지를 잠시 훔쳐보았는데 비루한 습관과 진부한 말이 때때로 사람의 눈을 자극하여 전혀 바라는 바를 만족시키지 못하였습니다.

---

3) 같은 책, 卷十一, <與吳子嗣> 第四書.

壽翁日對雲山, 坐擁書史, 造物者時鋪張瓊瑤以照映, 宜其胸襟明快, 氣宇
軒豁, 翰墨餘事, 嶽聳川增中. 昨於兒姪處竊覽詩什簡尺, 鄙習塵言, 時刺人
眼, 殊未厭所望.[4]

편지를 받아 산에 거하여 편안하고 한적하다는 소식을 접하니 정말
기쁩니다. 근래의 시는 더욱 아름다워 참으로 도연명과 위응물의 기상
과 운치가 있습니다. 가히 배운 바의 진보를 볼 수 있습니다.
得信承居山安適, 甚慰. 近詩尤佳, 眞有陶韋氣韻, 可見所學之進.[5]

그는 첫 번째 글에서 수옹이 산수간에 홀로 기거하면서 독서에 열중
하고 있으니 자연히 심신이 수양되어서 저절로 좋은 시문이 나오리라
생각하였는데 그 글이 비루하여 실망스럽다고 심히 힐책하고 있다. 그
러나 그 바로 다음의 편지에서는 날로 수양에 전진이 있어 그 시가 도
연명이나 위응물과 같이 고아하고 심원한 기상과 운치가 있게 되었음
을 극구 칭찬하고 있다. 이로 보아 육구연 역시 주희와 마찬가지로 도
연명과 위응물의 시를 높이 평가하고 있음을 알 수 있다.

육구연의 문학관은 기본적으로 정주이학의 문학관과 동일한 보조를
취하고 있지만, 근본에 대한 해석의 문제에서는 약간의 차이를 보이고
있다. 즉 육구연도 주희나 다른 신유학자들과 마찬가지로 문장은 말사
이고 근본이 성해야 말이 성하다고 주장하였지만 그가 주장하는 근본
은 정주이학과는 약간 다르다. 그는 제자 이백민李伯敏과 글 짓기를 논
하면서 다음과 같이 말하였다.

공자의 문하에서 오직 안연과 증자가 도를 전수받았고, 다른 사람들
은 도를 듣지 못하였다. 대개 안연와 증자는 안에서 나왔고, 다른 사람
들은 밖에서 들어갔기 때문이다. 지금 전하는 것은 곧 자하와 자장의
무리들의 밖에서 들어간 학문이며, 증자가 전한 바는 맹자에 이르러 다
시는 전해지지 않았다. 그대는 근본은 이해하지 못하고 다만 글만 이해
하고 있다. 실질이 크면 명성은 커질 것이다. 만약 근본이 장대하다면

---

4) 같은 책, 卷十二, <與饒壽翁> 第三書.
5) 같은 책, 卷十二, <與饒壽翁> 第四書.

어찌 글을 짓지 못할 것을 걱정할 것인가? 지금 그대는 글은 글이고 학문은 학문이니, 만약 계속 이와 같이 한다면 어찌 둘로 나누어지는 데에 그치겠는가? 장차 백 가지로 쪼개질 것이다.

孔門惟顔曾傳道, 他未有聞. 蓋顔曾從裡面出來, 他人外面入去, 今所傳者, 乃子夏子張之徒外入之學, 曾子所傳, 至孟子不復傳矣. 吾友却不理會根本, 只理會文字. 實大聲宏, 若根本壯, 怕不會做文字, 今吾友文字自文字, 學問自學問, 若此不已, 豈止兩段, 將百碎.[6]

그는 공문의 심법을 전한 사람은 안연과 증자뿐이며, 그것도 맹자에 이르러 다시 전하는 사람이 없어 도가 끊어졌다고 하고 있다. 여기서는 주희가 주장한 주돈이·정이의 도통을 부정하고 자신이 직접 맹자의 도통을 이었다는 것을 은근히 암시하고 있다. 그는 이백민에게 근본을 이해하지 못하고 글만 이해한다고 말하였는데 그가 말하는 근본이란 바로 마음을 가리키는 것이다. 그는 같은 글에서,

　　요즈음 배우는 자들은 다만 마음을 지엽에다 쓰고 실재가 있는 곳을 구하지 않는다. 맹자가 말하기를 "그 마음을 다하는 자는 그 성性을 알 것이요 그 성性을 알면 하늘을 알 것이다"라고 하였는데, 마음이란 다만 하나의 마음이다. 나의 마음이나, 그대의 마음이나, 위로 천백세 이전의 성현의 마음이나, 아래로 천백세 이후의 또 하나의 성현이 있어 그 마음이나 또한 다만 이와 같을 따름이다. 마음의 본체는 심히 크니, 만약 능히 나의 마음을 다할 수 있으면 곧 하늘과 같게 될 것이다. 학문을 하는 것이란 다만 이것을 이해하는 것이다.

今之學者, 只用心於枝葉, 不求實處. 孟子云, 盡其心者, 知其性, 知其性則知天矣. 心只是一箇心, 某之心, 吾友之心, 上而千百載聖賢之心, 下而千百載復有聖賢, 其心亦只如此. 心之體甚大, 若能盡我之心, 便與天同. 爲學只是理會此.

라고 하고 있는데, 이로 보아 그가 말하는 근본을 이해한다는 것은 바로 자신의 마음의 본질을 바로 아는 것임을 알 수 있다. 이렇듯 자신의 마음에 대한 자각을 강조하였기 때문에 자연 보다 주체적이고 주관

---

6) 같은 책, 卷三十五, <語錄>.

적인 요소가 많을 수밖에 없을 것이다. 정주이학이 보다 객관적인 이理를 궁구하기를 주장하여 문학에 있어서도 상고주의적이고 보수적인 경향이 많은 데 비해, 심학에서는 주관적인 심을 중시하기 때문에 문학에 있어서도 개인의 독창적인 성령性靈을 중시하는 진보적인 경향이 많을 수 있다는 추론이 가능하다. 그러나 육구연에게는 문학에 관한 관심이나 언급이 별로 없어서인지 뚜렷하게 이것을 주장한 글은 찾아볼 수 없다. 다만 다음과 같은 글은 그 단서를 보여주는 것이라고 할 수 있을 것이다.

> 다른 사람의 문자나 의론을 속여서 공안이다 사실이다 라고 하는데 나는 오히려 스스로 정신을 내어 그것을 나누고 살펴보고 그것과 얽매이지 않으려고 한다. 내가 그것을 조정 운용할 수 있을 때 비로소 자기의 마음속의 것이 된다. 그러한 길에는 문자를 보는 것 외에 천하사를 하나씩 스스로 논평하고 연구하여 실상을 파악하는 것도 무방한데 다른 사람의 문장을 보더라도 스스로 드러내게 되는 바가 있을 것이다. 보았던 문장이나 논하였던 일들을 반드시 쓸 필요는 없고 다만 혈맥을 알기만 하면 곧 아름답게 된다. 만약 마음 자세가 이와 같다면 설령 부득이하게 다른 사람의 설을 쓰더라도 오직 다른 사람의 설만을 쓰려고 하는 자와는 다르게 될 것이다.
>
> 他人文字議論, 但謾作公案實事, 我却自出精神與他披判, 不要與他牽絆. 我却會斡旋運用得他, 方始是自己胸襟. 途間除看文字外, 不妨以天下事逐一自題評研斅, 庶幾觀人之文, 自有所發. 所看之文, 所論之事, 不在必用, 若能曉得血脈, 則爲可佳. 若胸襟如此, 縱不得已用人之說, 亦自與只用人之說者不同.[7]

그는 글을 쓰거나 의론을 함에 있어서 자기 흉금, 즉 자신의 독창적인 견해를 중시하고 있다. 이것은 직접적으로 문학에 있어서의 개성적인 성령을 주장하는 것과는 약간의 거리가 있다고 하겠지만 그 단서는 될 수 있다고 할 것이다. 그의 이러한 경향은 그의 계승자인 포회에 이르러서는 점차 뚜렷한 윤곽을 지니게 된다. 그러나 그의 문학관의

---

7) 같은 책, 卷六, <與吳仲詩>.

전체적인 윤곽은 앞에서도 보았듯이 다른 신유학자들과 거의 비슷하다. 이러한 면에서 그는 철학적인 면에서는 정주이학과 첨예한 대립을 보이고 있다고는 하지만 문학관에 있어서는 신유학자들의 대략적인 테두리를 벗어나지 않음을 알 수 있다. 그 외 육구연의 문학관에 있어 특기할 만한 것은 강서시파에 대해 극찬을 하고 있다는 것인데, 이는 아마도 그 자신이 강서 사람이기 때문에 동향의 정을 발휘한 것이 아닌가 추측된다.8)

비교적 진보적인 문학관을 펼쳤던 포회

포회(1182-1268)는 남송 말기의 신유학자이자 시인이다. 그는 건창建昌(江西 南城縣) 사람으로서 자는 횡부宏父이다. 영종寧宗 가정嘉定 십삼년에 진사에 급제하여, 이종理宗 때에는 벼슬이 예부시랑禮部侍郞, 중서사인中書舍人에 이르렀으며, 도종度宗 때에는 형부상서刑部尙書, 자정전학사資政殿學士를 역임하였다. 주요 저서에는 ≪폐추고략敝帚稿略≫이 있다.

그의 부친 포양包揚과 백부 포약包約, 숙부 포손包遜 등은 모두 육구연에게서 가르침을 받았다. 육구연이 죽은 뒤에 포양은 문도를 이끌고 주희에게 나아가 가르침을 받았다. 그러나 포양의 취향은 육구연에게 보다 가까운 편이었기 때문에9) 주희 문하에 귀의한 뒤에도 심학적 태도를 계속 지니고 있었다. 그는 일찍이 주희의 말을 편집하여 네 권의 책으로 만들었는데, 그 가운데는 자신의 평소의 말을 주희에게 가탁한 것도 있었다. 책을 심지心志를 빠지게 하는 큰 함정이라고 여겼던 것은 그 대표적인 예라고 할 수 있다.10) 원래 객관적 이理의 궁구를 중시하

---

8) 이에 대해서는 羅根澤, ≪中國文學批評史≫ 卷三, p.213과 張 健 編輯, ≪南宋文學批評資料彙編≫, p.37 참조.

9) ≪宋元學案·槐堂諸儒學案≫ : "宗義按, 包顯道, 詳道, 敏道同學于朱陸, 而趣向于陸者, 分數爲多".

는 주희는 이치를 궁구하는 하나의 수단으로서 독서를 비교적 중시한 반면, 주관적 심의 자각을 중시하는 육구연은 독서를 완전히 무시하지는 않았지만 비교적 경시한 편이었다. 책을 심지를 빠지게 하는 큰 함정이라고 여기는 것은 바로 육구연의 가르침을 수용한 것이라고 할 수 있다. 이러한 아버지의 영향을 받아 포회의 사상에도 심학적 요소가 주류를 이루고 있다.

그는 신유학자였지만 시인도 겸한 사람이어서 순수하게 신유학에만 전념하여 문학관이 별로 없는 육구연과는 달리 비교적 풍부한 문학관을 보여주고 있다. 그의 문학관은 주로 시에 집중되어 있는데, 육구연의 심학의 사상을 잘 발휘하여 남송 말기의 심학파 시론을 대표하고 있다. 그의 시론에도 물론 신유학자 문학관의 공통적인 특징이라 할 수 있는 부분들이 있다. 그는 선배시인인 대복고戴復古의 ≪석병시집石屛詩集≫의 서문에서 다음과 같이 말하고 있다.

> 옛날의 시는 이理를 위주로 하는데 석병의 시는 이理에서 얻었으며, 옛날의 시는 지志를 숭상하는데 석병의 시는 지志에서 나왔고, 옛날의 시는 진실함을 귀히 여기는데 석병의 시는 진실함에서 피어나온 것이다. 이 세 가지는 모두 원류가 깊고도 멀리 나가는 것인데, 다른 사람들은 미치지 못하는 바가 있다. 이理는 경전에서 갖추어지는데, 경전에 대해 밝으면 이理가 밝게 된다. 일찍이 듣건대 어떤 이가 석병에게 본조의 시가 당에 미치지 못한다고 말하자, 석병은 "그렇지 않다. 본조의 시는 경에서 나왔다"라고 말하였다. 이 사람이 알지 못하는 바를 석병은 홀로 마음속에서 알고 있었던 것이다. 고로 시를 짓는 것이 정대하고 아순하여 대부분 이理와 합치하니, 지志가 이르는 곳에 시 또한 이른다.
>
> 古詩主乎理, 而石屛自理中得, 古詩尙乎志, 而石屛自志中來, 古詩貴乎眞, 而石屛自眞中發. 此三者皆其源流之深遠, 有非他人之所及者. 理備於經, 經明則理明. 嘗聞有語石屛以本朝詩不及唐者, 石屛謂不然, 本朝詩出於經, 此人所未識, 而石屛獨心知之. 故其爲詩, 正大馴雅, 多與理契, 志之所至, 詩亦至焉.[11]

---

10) 위와 같음 : "先生嘗茸朱子語爲四卷, 今多載入語類中. 其間有先生平日之言, 託于朱子. 如所載胡子知言一章, 以書爲溺心志之大穽者. 後黎靖德編朱子語, 始削去之".

그는 시에 있어서 세 가지 주요한 요소로서 이理와 지志와 진眞을 제시하였다. 이 중 진실함을 귀히 여기는 태도는 정주이학의 문학관과는 약간 다른 심학가적 특징을 잘 보여 주는 것으로서, 이에 대해서는 나중에 다시 논하고자 한다. 그는 먼저 시에 있어서 이理를 중시하였기 때문에 정情으로써 시를 쓰는 당시보다는 이理로써 시를 쓰는 송시를 추존하고 있다. 그는 대복고의 말을 빌려 송시는 경전에서 나왔다는 것을 강조하였는데 이것은 한편으로는 송시가 이理에 밝다는 것을 뜻하고 한편으로는 당시보다 뛰어나다는 것을 뜻한다.

그리고 그는 시에 있어서 지志를 숭상하였는데, 그가 숭상한 지志라고 하는 것이 경세치민의 웅대한 지志가 아니라 다른 신유학자들과 마찬가지로 한아한 심경에서 우러나오는 고매한 지志인 것은 불문가지의 일이다.

> 도연명은 어려서 거문고와 글을 배웠고 성품이 한정한 것을 좋아하여서 "사람 사는 곳에 오두막을 지었는데, 수레와 말 소리 들리지 않네"라고 하고, "삼십년 한가로이 지냈더니 마침내 세속의 일에는 어둡게 되었네"라고 하였다. 그가 한가로이 거하고 홀로 거처하는 것을 즐거움으로 삼고 있을 때, 만약 털끝만큼이라도 적막하여 무료한 자태가 있었다면 이러한 말을 할 수 있었으며 이러한 시를 지을 수 있었겠는가? "마음이 멀리 있으면 사는 곳은 절로 외딴 곳이 되네"라고 하고, "이 가운데 참 뜻이 있네"라고 하고, "새들의 바뀐 소리를 듣고 다시 즐거이 먹는 것을 잊었네"라고 하였는데, 이는 그 뜻이 높고도 아름답다. 시를 좋아하는 사람이 만약 이러한 경지에 나아간다면 시가 마땅히 저절로 달라질 것이다.
>
> 陶淵明少學琴書, 性愛閒靜, 曰, 結廬在人境, 而無車馬喧. 曰, 閒居三十載, 遂與塵事冥. 彼方以居閒處獨爲樂, 若有秋毫岑寂無聊之意, 其能道此等語, 作此等詩乎. 曰, 心遠地自偏, 曰, 此中有眞意. 曰, 聞禽鳥變聲, 復欣然忘食. 此其志高哉, 美哉. 好詩者, 如進于此也, 詩當自別矣.[12]

---

11) 戴復古, ≪石屛詩集≫, <石屛詩後集序>, ≪南宋文學批評資料彙編≫, p.445에서 재인용.

12) 包 恢, ≪敝帚稿略≫ 券二, <答曾子華論詩書>, ≪文淵閣四庫全書本≫ 集部四別集五.

포회가 지志가 높다고 칭찬하면서 열거한 시구들은 모두 한적한 은자의 심경을 노래한 것들이다. 그는 만약 도연명이 마음속에 약간이라도 한적함에 대해 무료하게 여기며 신세를 한탄하는 마음이 있었다면 이러한 훌륭한 시가 나올 수가 없다고 하여 그의 수양의 정도를 매우 높이 평가하고 시를 좋아하는 사람은 마땅히 이를 본받아야 함을 강조하고 있다.

포회에게는 이러한 신유학자 공유의 문학론이 있는 반면 심학가로서의 입장을 드러낸 부분도 있다. 다음의 말은 심학가의 입장을 잘 보여주고 있다.

> 대개 넓음에는 두 가지 쓰임이 있는데, 대도의 본체의 넓음이 있고 배우는 자가 공부하는 넓음이 있다. 우주로써 내 안의 일로 삼는 것은 가히 본체의 넓음이라고 말할 수 있다. 증자의 넓고 굳셈 같은 것은 배우는 자들이 공부하는 넓음이다. 지금 아직 뒤섞여서 무분별한 상태를 면치 못하여 "우주가 곧 공부이다"라고 하였는데, 자기가 이미 우주인데 또한 어찌 따로 공부가 있겠는가?
> 大槪宏有二用, 有大道本體之宏, 有學者用功之宏. 以宇宙爲己分內事, 爲之本體之法, 可也. 若曾子宏毅, 則學者用功之宏也. 今旣未免混然而無分別, 曰宇宙乃活計, 自己旣是宇宙, 則又豈別是活計.13)

우주로써 내 안의 일로 삼는다는 것은 육구연이 한 말이다. 그는 육구연의 이 말을 빌려 "우주가 곧 공부이다."라는 시구의 잘못된 점을 가려내고 있는데, 이는 그의 심학가로서의 면모를 잘 보여주고 있다고 하겠다. 그는 또 독서하는 것을 심지를 함몰시키게 하는 큰 함정으로 여겼던 부친의 뜻을 계승하여 다음과 같이 말하고 있다.

> 요즈음 배우는 자들은 종일 동안 외물에 의지하거나, 듣고 보는 것에 의지하거나, 의론에 의지하거나, 문자에 의지하거나, 전주傳注나 어록에 의지하지 않은 적이 없으며, 이것으로써 기묘한 공부라고 여기니 이 마음 이 이치는 일찍이 우뚝 자립한 적이 없다.

---

13) 張　健 編, ≪南宋文學批評資料彙編≫, <南宋文範>, p.444에서 재인용.

今之學者, 終日之間無非倚物, 倚聞見, 倚議論, 倚文字, 倚傳注語錄, 以
此爲奇妙活計, 此心此理, 未始卓然自立也.[14]

그는 책을 읽는 것뿐만 아니라 나아가 모든 외적 대상으로부터 주입되는 견문과 지식을 부정하고, 우선 먼저 자신의 주체적인 마음을 바로 세울 것을 강조하였다. 이는 객관적이고 보편타당한 이理를 궁구하기 위하여 경전에 대한 권위를 강조하고 이로 인해 자연 보수적이고 규범적인 경향을 지닐 수밖에 없었던 정주이학과는 달리, 개인의 주체성을 보다 강조하는 심학의 진보적인 측면을 잘 드러내고 있다. 육구연의 심학을 계승한 양명학이 말기에 이르러 좌파와 우파로 나누어지고, 좌파 가운데 보다 급진적이어서 이단이라고까지 칭해진 태주학파泰州學派 등이 출현하게 된 것은 심학의 이론 자체에 본래 개성을 중시하는 진보적 요소가 있기 때문이다. 포회는 이러한 심학의 이론을 바탕으로 하여 다소 진보적인 시론을 전개하고 있다.

그는 앞에서 시는 이理를 위주로 하고 뜻을 숭상하고 진실함을 귀히 여긴다고 하였는데, 이 중 이理와 지志를 강조한 것은 신유학자의 문학관에서 드러나는 보편적인 것으로 그다지 새로운 바가 없으나 진실함을 중시하였다는 것은 주목할 만한 가치가 있다고 하겠다. 그가 중시한 진실함이란 크게 세 가지의 의미가 있다. 첫째는 시에 있어서 전고나 학식과는 무관한 자연스러운 정취를 강조하였다는 것이고, 둘째는 시란 내용 없이 무병신음하는 것이 아니라 흉중에서 느끼는 진솔한 정情과 의意를 드러내는 것임을 강조하였다는 것이고, 셋째는 시란 전인을 답습하거나 모방하는 것이 아니라 자신만의 성정과 의취를 노래하는 것임을 강조하였다는 것이다.

먼저 시에 있어서 용전이나 학식과는 무관한 자연스러운 정취를 주장한 부분을 보자. 그는 <석병시후집서石屛詩後集序>에서 대복고의 시를 평하면서 다음과 같이 말하고 있다.

---

14) 包 恢, ≪敝帚稿略≫ 券二, <與留判通書>.

　　도정절陶靖節은 말하기를 "이 속에 참 뜻이 있는데, 말하려고 하나 이미 말을 잊었다"라 하였다. 그러므로 책을 읽음에 있어 지나치게 깊이 이해하려고 하지는 않았다. 황태사黃太史는 이르기를 "두보의 시는 한 자도 출처가 없는 것이 없다"라고 하였다. 그러나 두보는 전고를 사용하려는 뜻이 없었으며, 참 뜻이 이르러 전고 사용이 저절로 이루어졌을 따름이다. 황정견은 전고에 뜻이 있으므로 두보와는 조금 차이가 나는 것을 면할 수가 없다. ≪시경≫의 삼백편은 어떤 고인의 일과 말을 사용하였는지 모르겠다. 석병은 스스로 이르기를 "어려서 고아가 되어 배우지 못하여 흉중에 천백자의 책이 없다"라고 하고 있다. 나는 생각하건대, 그것은 책이 없는 것이 아니라 거의 책에 얽매임이 없는 것이며, 그래서 고사를 많이 사용하지 않을 따름이며 도정절 시의 의취가 있는 것이다. 과연 고서가 없으면 참다운 시가 있다. 그러므로 그 시를 짓는 것은 가슴 속에서 흘러나오며 대부분 진실과 합하고 있다.

　　陶靖節言, 此中有眞意, 欲辨已忘言. 故讀書不求甚解. 黃太史稱杜詩無一字無來處. 然杜無意用事, 眞意至而事自至耳. 黃有意用事, 未免少與杜異. 不知四詩三百篇, 用何古人事若語哉. 石屛自謂少孤失學, 胸中無千百字書. 予謂其非無書也, 殆不滯於書, 與不多用古事耳, 有靖節之意焉. 果無古書, 則有眞詩, 故其爲詩自胸中流出, 多與眞會.[15]

　　그는 먼저 도연명과 두보와 황정견을 비교하면서, 도연명과 두보는 참다운 뜻이 있었는데 비해 황정견은 전고 사용에 뜻을 둠으로서 이들과 약간의 차이가 있음을 면할 수 없다고 하였다. 그리고 대복고가 흉중에 책이 없기 때문에 오히려 그 시가 가슴에서 자연스럽게 흘러 나와 참다운 시가 된다고 주장하였다. 그는 고서가 없으면 참다운 시가 있다고 주장하였는데, 이는 시에 있어서 학식보다는 진실한 정취를 더 중히 여긴 것으로서, 엄우嚴羽의 ≪창랑시화滄浪詩話≫에서 강조하는 "시에는 별다른 재능이 있는데 책과는 상관이 없다(詩有別材, 非關書也)"와 서로 의미가 상통한다.

　　엄우는 포회와 거의 동시대인으로서 강서시파에 반대하고, 중만당의 시풍을 좇던 사령파四靈派나 강호시파江湖詩派에 대해서도 불만을 표시

---

15) 戴復古, 石屛詩集, <石屛詩後集序>, ≪南宋文學批評資料彙編≫, p.445에서 재인용.

하였다. 그는 특히 신유학이 천하에 널리 퍼져 많은 시인들이 이理를 중시하여 학식과 철학으로서 시詩를 읊는 것에 대하여 강력한 이의를 제기하고, 문자와 학식에 의한 이해보다는 문자를 초월한 묘오妙悟를 중시하는 선종의 이론을 원용하여 성당시를 따를 것을 제창하였다. 따라서 이理를 중시하였던 신유학자와는 기본적으로 서로 대립적인 입장에 서 있다고 할 수 있다.

그러나 포회가 추종한 심학은 기본적으로는 신유학의 한 파라고 할 수 있지만 문자나 의론을 넘어선 주관적 심에 대한 자각을 보다 강조하였기 때문에, "이치의 길을 밟지 않는다.(不涉理路)"와 "언어문자의 그물에 떨어지지 않는다(不落言筌)"를 주장한 엄우와도 일맥상통하는 면이 있다고 하겠다.

정주이학과 심학의 성격의 차이를 불교에 대비시켜보면, 전자가 방대한 전적과 논리적 체계를 지니고 있는 교종에 가깝다면 후자는 문자를 세우지 아니하고 단도직입적으로 마음의 본체를 자각할 것을 강조하는 선종에 가깝다고 볼 수 있을 것이다. 이러한 면에서도 엄우와 포회의 시론은 상통하는 면이 있다고 할 것이다.

포회의 시론에는 이것 외에도 엄우의 시론과 서로 근접하는 부분이 다소 나타나고 있다.

시가의 무리들은 넓고 넓으면서 담박한 것을 높게 여긴다. 그 체에는 조화가 아직 드러나지 않은 듯한 것도 있고, 조화가 이미 드러난 듯한 것도 있다. 모두 자연스러움으로 돌아가서 그렇게 되는 까닭을 모르면서 그렇게 되는 것이다. 이른바 조화가 드러나지 않았다는 것은, 곧 비어 있고 고요하지만 흔적이 있고, 마음으로 이해하려고 하면 흔적이 없어, 공 가운데의 음이고 형상 가운데의 색이다. 잡으려고 하나 일찍이 잡을 수가 없으며, 저절로 조용히 거하였다가 용처럼 나타나고 연못처럼 조용하다가 우뢰처럼 소리를 내는 것이 있다. 이른바 조화가 이미 발하였다는 것은 참된 경치가 앞에서 드러나고 생생한 의취가 드러나며, 혼연천성渾然天成하여 하늘을 꿰맨 자국이나 틈이 없고, 사물이 사물에 부합하여 종이에 새긴 듯한 흔적이 없다. 대개 스스로 순전히 참되어 그림자 정도가 아니고 온전히 옳아서 비슷함 정도가 아니다. 그러므로 그것을 보면 비록 천하의 지극히 질박한 것으로 보이지만 실은 천하의 지극한 화려한 것이고, 비록 지극히 메마른 것처럼 보이지만 실은 지극히 기름진 것이다. 도연명 일파와 같이 하늘로부터 온 자들도 오히려 근접하는 정도에 그치는데 진실로 어찌 완전히 합할 수가 있겠는가?

> 詩家者流以汪洋淡泊爲高. 其體有似造化之未發者, 有似造化之已發者, 而皆歸于自然, 不知所以然而然也. 所謂造化之未發者, 則沖漠有迹, 冥會無迹, 空中之音, 相中之色, 亦有執着曾不可得, 而自有尸居而龍見, 淵默而雷聲者焉. 所謂造化之已發者, 眞景現前, 生意呈露, 渾然天成, 無補天之縫罅, 物各副物, 無刻楮之痕迹, 蓋自有純眞而非影, 全是而非似者焉. 故觀之雖天下之至質, 而實天下之至華, 雖若天下之至枯, 而實天下之至腴, 如彭澤一派來自天稷者, 尙庶幾焉, 而亦豈能全合哉.[16]

여기서 담박한 풍격을 추구하는 것이나 ≪중용≫의 이발미발설을 시가 이론에 적용한 것은 신유학자의 면모를 잘 보여주고 있는 것들이라 하겠다. 그런데 '공 가운데의 소리'와 '형상 가운데의 색'은 ≪창랑시화滄浪詩話≫에도 그대로 나오는 말로서 다분히 선종의 냄새를 풍기고 있다. 그리고 "조용히 거하였다가 용처럼 나타나고 연못처럼 조용하다가 우뢰처럼 소리를 낸다"는 ≪장자≫에 나오는 구절로서[17] 군자의 무위자연하는 가운데 변화무쌍한 변화를 보이는 기상을 가리키는 것이다. 이로 보아 포회는 불교와 도교의 이론을 원용하는 데에 거리낌이 없음을 알 수 있다. 다음의 구절은 이러한 성향을 잘 보여주고 있다.

선배들에게는 일찍이 "시를 배우는 것은 마치 참선을 배우는 것과 흡사하다"라는 말이 있다.[18] 저 참선에는 본디 돈오라는 것이 있고, 또한 모름지기 점수하여야 비로소 얻는 것이 있다. 돈오는 마치 어린애를

---

16) 包　恢, ≪敝帚稿略≫ 卷二, <答傅當可論詩>.

17) ≪莊子·在宥≫ : "君子苟能無解其五臟, 無擢其聰明, 尸居而見龍, 淵默而雷聲, 神動而天隨, 從容無爲而萬物炊累焉, 吾又何暇治天下哉".

18) 魏慶之, ≪詩人玉屑≫ 卷一에는 趙章泉, 吳思道, 龔聖任 등의 學詩絶句 몇 편을 들고 있는데, 모두 첫 구절이 "學詩渾似學參禪"으로 시작된다. 이로 보아 당시 선의 논리를 빌어 시학을 논하는 풍조가 유행하였음을 알 수 있다.

처음 낳을 때 하루만에 지체가 이미 이루어진 것과 같고, 점수란 길러서 어른을 만드는 데 세월이 오래되어 비로소 지기志氣가 설 수 있는 것과 같다. 이는 비록 이단의 말이지만, 말에 또한 일리가 있으니 가히 시에 베풀 수가 있겠다.

前輩嘗有學詩渾似學參禪之語,　彼參禪固有頓悟,　亦須有漸修始得.　頓悟如初生孩子,　一日而肢體已成,　漸修如長養成人,　歲久而志氣方立.　此雖是異端,　語亦有理,　可施之於詩也.19)

남송 말기에는 시와 선禪의 교류가 활발해져 선종의 이론을 시가 이론에 적용하는 것이 유행하였다. 포회는 비록 유학자였지만 선종의 이론을 시가 이론에 적용하는 것을 꺼리지 않았다.

포회는 시에 있어서 학식이나 문자와는 무관한 정취가 있음을 주장하고 선의 논리를 어느 정도 수용하였다는 면에 있어서 엄우와 일맥상통하고 있는 것은 사실이다. 그러나 실제로 그들이 지향하는 시에 있어서의 최고의 경계와 풍격은 서로 약간 다르다. 엄우가 가장 이상적인 시의 모델로 제시한 것은 성당의 시이며, 그 가운데서도 이백과 두보를 가장 높이 평가한 데 비해, 포회는 도연명을 가장 높이 평가하고 있다. 그는 조화의 미발과 이발을 완전히 갖춘다는 것은 현실적으로 불가능하지만 그래도 도연명이 비교적 근접하고 있음을 강조하였다.

다음으로 그는 진실한 시란 무병신음하는 것이 아니라 진실한 감정과 뜻을 펼치는 것임을 강조하였다.

이른바 일찍이 시를 짓지 않으려 하지만 짓지 않을 수 없다는 것은 또한 다만 만나는 바가 어떠하냐에 달려 있을 따름이다. 혹은 느끼고 접촉함을 만나고 혹은 두드리고 치는 것을 만난 이후에 시가 나오게 된다. ≪시경≫의 변풍과 변아와 후세 시의 뛰어난 것이 이러한 것이다. 이는 대개 초목이 본래 소리가 없으나 건드리는 바가 있어서 울고, 금석이 본래 소리가 없으나 두드리는 바가 있어서 우는 것과 같으니 모두 자연스럽게 우는 것이다. 만약 초목이 접하는 바가 없는데 저절로 소리를 낸다면 요사스런 초목이요, 금석이 두드린 바가 없는데 저절로 소리

---

19)　包　恢, ≪敝帚稿略≫ 卷二, <答傅當可論詩>.

를 낸다면 요사스런 금석이니, 듣는 사람이 아마도 그것이 괴상한 물건의 소리인가 의심하여 귀를 막고 피하기에 겨를이 없을 것이다. 세상의 시라는 것도 이와 같지 않은 것이 드물다. 대개 본래 정情이 없는데 억지로 끌어내어 그 정情을 일으키고, 본래 뜻이 없었는데 망령된 생각으로 그 뜻을 세우니, 애당초 저쪽에서 건드리는 바가 있어 이쪽에서 그를 이어받고, 저쪽에서 두드리는 바가 있어 이쪽에서 그에 응한 것이 아니다. 고로 말이 많을수록 더욱 부화해지고 문사가 공교할수록 더욱 치졸해져서 요사한 초목금석의 소리와 다를 바가 없다.

所謂未嘗爲詩而不能不爲詩, 亦顧其所遇如何耳. 或遇感觸, 或遇扣擊而後詩出焉, 如詩之變風變雅與後世詩之高者是矣. 此蓋如草木本無聲, 因有所觸而後鳴, 金石本無聲, 因有所擊而後鳴, 無非自鳴也. 如草木無所觸而自發聲, 則爲草木之妖矣, 金石無所擊而自發聲, 則爲金石之妖矣. 聞者或疑其爲鬼物而掩耳避之不暇矣. 世之爲詩者鮮不類此. 皆本無情而牽强以起其情, 本無意而妄想以立其意, 初非彼有所觸而此承之, 彼有所擊而此應之者. 故言愈多而愈浮, 詞愈工而愈拙, 無以異於草木金石之妖聲矣.[20]

그는 초목금석이 밖으로부터의 건드리고 두드림에 의해 소리를 내는 것처럼 시도 밖으로부터의 접촉과 자극에 의해 안에서 진실한 감정과 진실한 의경이 발동하여 밖으로 흘러나오는 것임을 강조하였다. 그는 진실한 감정과 진실한 뜻이 없이 쓰는 시는 마치 초목금석이 밖으로부터의 건드림이나 두드림이 없이 내는 소리와 같이 요사한 것일 따름이라고 하여 내용 없는 시에 대해 통렬한 비판을 가하고 있다. 이는 내용 없이 수사적 아름다움에 치우친 시를 배격하고 진실한 사상과 감정이 담겨 있는 시를 쓸 것을 제창하는 것으로서 매우 의의 있는 주장이라 할 수 있다.

그러나 그가 주장한 진실한 감정이나 진실한 뜻이고 하는 것이 진솔한 감정을 바탕으로 현실의 모순과 부조리를 반영하는 방향으로 발전하지 못하고 개인적인 고매한 지덕이나 흥취를 노래하는 데서 그쳐버리는 것은 내성을 중시하였던 신유학자 문학관의 한계라 할 것이다.

그는 또 다른 사람이나 앞 사람을 모방하지 않고 자신의 성정을 읊

---

20) 包　恢, ≪敝帚稿略≫ 卷二, <答曾子華論詩書>.

고 자신의 뜻를 운용할 것을 강조하였다. 그는 오언시의 기원을 논한 <논오언소시論五言所始>라는 글에서 오언시가 이릉李陵과 소무蘇武에서 부터 시작된 것이 아니라 우하시대虞夏時代의 오자지가五子之歌에서 시작된 것이라는 주장을 하면서[21] 아울러 다음과 같이 주장하고 있다.

> 그러나 시가는 순임금, 하나라, 상나라, 주나라에서 나왔는데, 또한 그 체와 격이 누구에게서 시작하였는지 알 수가 없다. 후세에는 대개 스스로 성정을 노래하고 스스로 뜻을 부려서 천기의 오묘함을 드러내면서 자연의 소리를 두드려 내는 것을 하지 못하고 매번 반드시 틀에 짠 듯이 앞 사람의 체와 격에 얽매어 그로써 모방하여 시를 짓는다. 하나라도 맞지 않는 것이 있으면 좇아서 비방하니 고루하도다. 그 詩를 짓는 것이여.
> 然歌詩出于虞夏商周,　又不知其體格之始于誰乎.　後世略不能自詠性情, 自運意旨, 而發越天機之妙, 鼓舞天籟之鳴, 動必規規焉拘泥前人之體格, 以倣效而爲之. 一有不合, 卽從而非之, 固哉, 其爲詩也.[22]

그는 시가 순임금과 삼대에서 나왔다고 하지만 그들의 체제와 격율은 또 누구에게서 비롯된 것인가 하는 의문을 제기하고 있다. 오언시의 기원을 순임금 시대까지 소급한 것은 그다지 설득력이 없지만, 그를 바탕으로 하여 앞 사람을 답습하고 모방하는 것에 대해 반대하는 논지를 펼치고 있는 것은 상당히 주목할 만한 가치가 있다고 할 수 있겠다. 게다가 그가 말하는 전인 속에는 ≪시경≫의 작자들도 포함될 수가 있어 그의 이 주장은 종경宗經의 태두리에서 벗어나는 파격적인 요소가 있다.[23] 그가 신유학자의 문학관으로서는 파격적이고 진보적인 주장을 할 수 있었던 배경은 일체 외부로부터의 견문과 지식보다는 자기를 우뚝 세우는 것을 더 강조하였던 심학의 학문적 태도에서 나왔다고 할 수 있을 것이다.

---

21) 위의 책, 卷二, <論五言所始> : "五言之體, 說者類以爲始於漢之李蘇, 曾不思詩原於虞夏之歌, 鬱陶乎予心, 顔厚有忸怩. 五言已權輿於五子歌.
22) 위의 책, 卷二, <論五言所始>.
23) 蔡鐘翔 등 공저, ≪中國文學理論史≫, 卷四, p.470 참조.

　이상으로 포회의 문학관을 간략히 고찰해보았는데, 그의 문학관은 물론 신유학자로서의 한계가 없는 것은 아니지만 다른 신유학자들에 비해 상당히 진보적이고 파격적임을 알 수 있다. 특히 시가에 있어 앞사람의 체제나 격율을 모방하지 말고 자신의 성정과 뜻을 노래할 것을 주장한 것은 명대 공안파公安派의 선구가 된다고 할 수 있겠다.24) 그럼에도 불구하고 문학의 현실반영적인 측면보다는 개인의 성정이나 지덕을 중시하였던 것은 신유학자 문학관의 일반적인 현상이라 할 수 있다.

---

24) 명대 공안파 역시 같은 심학 계통인 왕학좌파의 영향을 많이 받았다는 것을
　　보아도 심학이라는 철학 체계가 지니고 있는 진보성을 짐작할 수 있다.

11 신유학자의 문학관이 문학에 미친 영향

신유학은 송대에 흥성하여 원대를 거쳐 명대에 이르기까지 줄곧 중국 사상계의 주류가 되어왔다. 그 중에서도 정주학파의 학설은 원대 이후 관학으로 추존되었으며, 그들의 주요 전적들은 과거 시험의 과목으로 채택됨으로써 과거제가 폐지된 청말까지 사대부들의 필독서가 되었다. 따라서 신유학은 송대 이후 사대부들에게 있어서 그들의 철학적 사유로부터 생활양식에 이르기까지 지대한 영향을 끼쳤다고 할 수 있으며, 문학 또한 상당한 영향을 받았다. 이 장에서는 신유학자들의 문학에 대한 태도가 송대 이후의 문학, 그 중에서도 시문에 어떠한 영향을 끼쳤는지에 대해 고찰하고자 한다.

신유학자들의 문학에 대한 이론은 앞에서 살펴보았듯이 각기 다양하지만, 그 전체적인 지향점은 크게 세 가지로 들 수 있다. 하나는 중도경문이고, 하나는 문학 작품의 내용에 있어 이전의 전통유가에 비해 현저히 개인적인 지덕과 성정을 강조하는 경향이고, 하나는 이理의 중시이다. 그런데 원래 내성을 중시하던 신유학이었지만 원대 이후 관학화되면서 그 성격이 다소 변모되었다. 즉 통치자의 이데올로기라는 측면에서 외왕적인 측면이 보다 강조될 수밖에 없었다. 이에 따라 그들의 문학관도 다소 변질되어 원래 내성적 측면이 중시되었던 중도경문은 점차 문학의 교화적 기능을 강조하는 방향으로 바뀌고, 개인의 지덕과 성정을 중시하던 면모에는 온유돈후한 시교를 바탕으로 군주의 덕을 칭송하거나 태평성대를 구가하는 면이 가미되었다. 이理를 중시하는 측면에는 그다지 큰 변화가 없었다. 물론 이는 신유학의 주류라고 할 수 있는 정주이학을 기준으로 한 것이다.

신유학이 발흥하였던 송대

많은 중국문학 개설서에서 송대의 시문에 미친 신유학의 영향을 논하고 있으며, 특히 송대 시문의 특징이라고 할 수 있는 설리적 경향이 신유학의 흥성에서 기인한 것이라고 기술하고 있다. 신유학자들은 시문에 있어 이理를 매우 중시하였는데 그들의 이러한 태도가 송대 시문의 특징 가운데의 하나인 설리적 성향과 밀접한 관련이 있다는 것은 사실이다. 그런데 여기에는 약간의 시기적인 문제가 있다. 즉 송대 시문의 특징이 언제 형성되었냐는 문제와 그것이 신유학의 발전 시기와 어떻게 연관되는가 하는 문제이다.

송초의 시문은 당말 오대의 여습을 극복하지 못하고 있다. 먼저 시를 보도록 하자. 송초 시단의 시풍에 대해서는 크게 두 가지의 설이 있는데, 하나는 매요신과 구양수이 출현하기 전에는 양억楊億, 유균劉筠, 전유연錢惟演 등이 주도하는 서곤파西崑派가 송초 시단을 줄곧 지배하였다는 설이고,[1] 또 하나는 송의 개국 이래 백거이를 추존하는 백체白體가 먼저 유행하고 뒤이어 가도賈島를 추존하는 만당체晚唐體가 주로 재야에서 유행하다가 이들보다 약간 늦게 서곤체가 유행하였다는 설이다.[2] 이들은 모두 당인의 시를 답습하고 있다는 점에서는 동일하다고

---

1) 대부분의 문학사에서 이 설을 따르고 있다.
2) 이 설의 대표자는 梁崑인데, 그는 《宋詩派別論》, 臺北 : 東昇出版事業公司, 1980, pp.6-31에서 송초 시단을 좌우한 주요 시파로서 시대순에 따라 이들 三體派를 들고 있다. 최근의 논문인 陳植鍔의 〈試論王禹偁與宋初詩風〉, 《中國社會科學》, 1982, 第二期 및 〈宋初詩風續論〉, 같은 책, 1983, 第一期와 白敦仁의 〈宋初詩壇及三體〉, 《文學遺産》, 1986, 第三期에서는 약간의 차이는 있

할 수 있다. 산문에 있어서는 특별한 파가 없이 전반적으로 화미한 변려문이 유행하였으며, 유개, 석개, 목수 같은 이들이 한유와 유종원의 고문을 추존하면서 당시의 유미주의적 문풍을 개혁하려고 하였으나 역부족이었다.

이러한 상황 속에서 송초 시문을 개혁하는 데에 주도적 역할을 하였던 이는 구양수였다. 그는 매요신과 아울러 송시의 새로운 경지를 개척하였으며 산문에 있어서도 한유와 유종원의 고문운동을 계승 발전시켜 송초 이래의 화려한 문풍을 일소하였다. 구양수의 문하에서 증공, 왕안석, 소식, 소철蘇轍 등이 배출되어 시와 산문 공히 극성기를 맞이하게 되었던 것이다. 당대의 시문과는 다른 송대 시문의 여러 특징들은 이들에 의해 형성되었으며 설리적인 성향도 이들의 시문에서 이미 잘 나타나고 있다.

송대의 시문이 구양수에 의해 기틀이 잡혀지고 왕안석과 소식에 이르러서는 본격적인 궤도에 올랐던 반면 신유학은 이들보다 약간 늦게 발흥한다. 신유학의 발흥시기에 대하여 송초 세 선생인 호원胡瑗, 손복孫復, 석개까지 거슬러 올라가거나 심지어 당대의 한유나 이고까지 거슬러 올라가는 경우도 있지만 앞에서도 고찰하였듯이 이들은 신유학의 형성에 전초 역할을 하였을 뿐이며 신유학의 실제적인 출발은 주돈이로부터 시작되었다고 보는 것이 더 타당하다. 주돈이는 구양수 보다는 열 살 연하이고, 매요신보다는 열다섯 살 아래이다. 그리고 구양수가 관직으로 보나 사회적 명망으로 보나 이미 상당한 영향력을 행사할 수 있을 때 주돈이는 보잘것없는 지방의 하급관리에 지나지 않았으며 사람들에게 그다지 알려지지도 않았다. 구양수의 뒤를 이어 송대 시문의 발전에 많은 공헌을 하였던 왕안석과 소식은 각기 장재와 정이의 동년배가 된다. 그런데 이들은 정치적 의견이나 학술적 견해 차이로 서로 반목질시하였으며,3) 학문적으로도 교류가 거의 없었다.

───────────────

으나 대체로 이를 따르고 있으며, 西崑體가 송초의 시단을 줄곧 지배하였다는 것에 대해 이의를 제기하고 있다.

북송 신유학의 가장 중요한 인물인 정이는 특히 문학을 경시하는 태도를 지니고 있었는데 그가 이렇게 문학에 대해 부정적이고 문학가들을 노골적으로 공격한 것은 앞에서 고찰하였듯이 내면 수양을 중시하는 신유학의 내성적 특징에서 나온 것이지만 당시 문학지사의 우두머리 격인 소동파와의 불화에서 기인한 면도 무시할 수 없다. 정이와 소식의 알력은 흔히 낙촉지쟁洛蜀之爭이라고 하는데, 이는 정이가 낙학의 영수였고 소식이 촉학의 영수였기 때문에 붙여졌던 명칭이다. 이들은 모두 구법당에 속하였고 또 정치적으로는 뚜렷한 견해 차이를 드러내지 않았다. 이들의 충돌은 주로 학술적인 태도와 사상풍격에서 기인한 것이었다.

소식은 일생 유가사상을 근간으로 하였으며 ≪역전≫, ≪서전≫, ≪논어설≫ 등의 유교 경전의 주석서를 내기도 하였지만, 불교와 도교에 대해서도 장점이 있으면 취하려고 하는 합리적인 사고방식을 지니고 있었고 생활 태도에 있어서도 벼슬살이와 은자 생활을 조화 절충시킨 중은中隱의 태도를 일생 동안 견지하였다.[4] 이러한 폭넓은 사고방식을 지니고 있고 게다가 문학과 예술을 사랑하는 예인적 기질을 지녔기 때문에 소식은 정이처럼 근엄하고 금욕적인 태도를 지니고 고답적인 유가에 집착하는 유생에 대해 평소 매우 못마땅하게 생각하였다. 이러한 상황 속에서 신유학자의 문학관이 당시의 문학에 영향력을 행사하기는 힘들었을 것이다.

소문 사학사 가운데의 한 사람인 황정견은 신유학에 대해 극단적으로 대립적이었던 소식과는 달리 신유학에 대해 수용적인 입장을 보였으며 따라서 그의 문학관에는 신유학자의 문학관과 어느 정도 서로 일

---

3) 장재와 왕안석은 구법과 신법이라는 정치적 견해 차이로, 소동파와 정이천은 다 같이 구법당에 속하나 사상적 견해 차이로 인해 서로 화합할 수 없었다.

4) 中隱이란 백거이의 <中隱>시에서 계시 받은 것으로 세속을 완전히 떠나 은거하는 小隱과 몸은 조정이나 세속에 있으면서 마음만 세속을 떠나 있는 大隱의 중간을 말한다. 즉, 한직을 맡고 있으면서 마음을 세속적인 일에 빼앗기지 않는 것을 말한다. 류종목, ≪蘇軾詞研究≫, 서울대학교 박사학위논문, 1991, pp.32-36 참조.

치하는 점이 보이고 있다.5) 그것은 황정견의 학술 연원이 소식보다는 신유학자에 보다 근접하기 때문이다.6) 황정견의 영향 아래 형성되었던 강서시파에는 다수의 신유학자들이 참가하여 문학과 신유학의 교류를 촉진시켰다.7) 그러므로 송시의 발전에 신유학자의 문학관이 어느 정도의 영향을 끼쳤다고는 할 수 있다. 그러나 송대 시문의 설리적인 특징은 북송 중엽에 이미 어느 정도 모습을 갖추고 있으므로 신유학이 송대 시문의 설리적인 성향을 보다 가속화하고 심화시키는 데에 많은 공헌을 하였다고 할 수는 있어도 설리적인 성향을 형성하는 데에 직접적으로 영향을 끼쳤다고 보기는 어려울 것이다. 그러면 송대 시문의 설리적 경향은 어떻게 형성되어진 것인가?

원래 시문에 설리적 요소를 담는 것은 송대만 그랬던 것은 아니었다. 위진시대의 현언시玄言詩로부터 설리를 숭상하는 경향은 이미 나타나고 있으며, 그 후 도연명, 진자앙, 한산寒山, 유우석, 백거이 등의 작품에도 이런 경향이 있다. 특히 이백과 두보는 의론으로 시를 짓거나 산문으로 시를 짓는 풍토의 선구자였으며 한유는 이 방면의 대가였다.8) 다만 송대 이전에는 이러한 경향이 보편적이 아니었던 데에 비해 송대에는 보다 보편화되어 하나의 중요한 특징이 되었던 것이다.

송대의 시문에 이러한 설리적 경향이 두드러진 것에 대하여 혹자는 주로 사회적 분위기에서 찾고 있다. 군권약화정책, 고도의 중앙집권 정

---

5) 오태석, ≪黃庭堅詩硏究≫, 대구 : 경북대출판부, 1991, pp.136-137 참조.
6) ≪宋元學案·濂溪學案≫에는 황정견과 소식을 모두 주렴계를 사숙한 자로 보고 있으나 주렴계와 이들 간의 학문적 관계는 거의 없다고 보아야 할 것이다. ≪宋元學案≫에는 황정견을 <蘇氏蜀學略> 외에도 <范呂諸儒學案>, <華陽學案>에 각각 열입하여 李常과 范祖禹의 문인으로 간주하고 있다. 이 중 이상은 촉낙지쟁 때에 중립을 지켰지만 낙학에 보다 근접하고 범조우는 정이와 의기투합하였던 사람이다. 이로 보아 황정견은 비록 소문사학사의 한 사람이었지만 소식과는 달리 신유학자의 영향을 상당히 많이 받았음을 알 수 있다.
7) 강서시파와 신유학자 사이의 교류에 대해서는 다음 항에서 다루고자 한다. 그것은 신유학자들이 강서시파에 참여한 것이 주로 북송말과 남송 전기에 해당하여 남송대에서 다루는 것이 보다 타당하다고 생각되었기 때문이다.
8) 馬積高, ≪宋明理學與文學≫, p.14 참조.

책, 지식인에 대한 우대와 탄압을 겸한 정책으로 말미암아 송대의 지
식인들은 개척형이고 외향형인 당대의 지식인들에 비해 보수형이고 내
향형이 되었으며 이러한 특징이 인생과 우주에 대해 사색하고 탐구하
도록 만들었다는 주장이다. 아울러 유불도 삼교의 발전과 융합교통도
이를 촉진하는 데에 많은 역할을 하였다고 덧붙이고 있다.9) 혹자는 송
대의 시가 육조에서 당대로 이어지는 주정주의적 시풍을 떨쳐버리고
이理로써 시를 쓰고, 의론으로써 시를 쓰고 문자로써 시를 쓰는 주지주
의적인 경향으로 향하는 커다란 질적인 전환을 수행한 주요 원인으로
송대 사대부들의 학문과 독서에 대한 신앙적이기까지 한 집념을 들고
있다.10) 혹자는 당시의 '직각— 표현— 이미지— 감정'이라는 특징과 대
별되는 송시의 '논리— 사고— 개념— 이지'라는 특징은 바로 역사의 발
전 속에서 점차 형성된 문화의 특질에서 나온 것이라고 하고 있다.11)

결국 신유학 흥성의 배경이 되었던 정치경제적 변화와 과거 제도와
교육 제도의 발전 그리고 유불선 삼교의 교류 등의 여러 가지 여건이
송대의 지식인들로 하여금 당인에 비해 논리적이고 사색적이며 이지적
으로 만들었으며 이러한 성향이 문학적으로 표현된 것이 바로 그들 시
문의 주요한 특징인 설리적인 요소가 될 수 있었으며, 이러한 성향이
사상적으로 응집되어 나타난 것이 바로 신유학이라고 할 수 있다. 그
러므로 신유학의 흥성이 직접적으로 송대 시의 설리적 특징을 형성하
는 데에 영향을 끼쳤다고는 할 수 없을 것이다.

사실 북송대에는 신유학 발전의 초기 단계이고 신유학과 문학의 교
류가 활발하지 못하였으므로 신유학자 문학관의 영향력은 그다지 크다
고 할 수 없다. 그러나 신유학이 널리 유행한 남송대에 이르러서는 그
들의 문학관이 상당한 영향력을 지니게 되었다.

---

9) 馬積高, 같은 책, pp.14-22 참조.
10) 合山九, <宋詩の學問性>, 九州大, ≪中國文學論集≫ 一號, 1970, p.3 참조
11) 龔鵬程, <知性的反省—宋詩的基本風貌>, ≪宋詩論文選輯≫, 臺北 : 複文圖書
　　出版社, 1988, 卷一, pp.171-176 참조. 이것은 시뿐만 아니라 문에도 적용될
　　수 있을 것이다.

남송대의 신유학자 문학관의 발전이 문학에 끼친 영향을 논함에 있어서는, 신유학자 문학관의 집대성자인 주희의 활약시기를 중심으로 하여 크게 두개의 시기로 양분하여 논의를 전개하고자 한다. 주희가 본격적으로 활동하기 전에 일부 신유학자들이 강서시파에 참여하여 부분적으로 문학과 신유학의 교류가 이루어지던 시기를 전기로 하고, 주희의 활약으로 신유학의 세력이 크게 확장되고 또한 신유학자의 문학관도 이전에 비해 상당히 정비되어 신유학자의 관점에서 문학을 통합 흡수하려는 분위기가 형성되어 문학은 상대적으로 위축된 시기를 후기로 하였다.

북송 후기의 황정견은 송시를 보다 발전 심화시켰는데, 그의 시와 시론은 후인에게 많은 영향을 끼쳐 강서시파라고 하는 유파를 형성하게 되었다. 강서시파는 북송 말기부터 점차 강력한 세력권을 형성하기 시작하여, 남송대에 이르러서는 더욱 기세를 떨치게 되었다. 그런데 강서시파가 크게 세력을 떨치게 된 것은 신유학의 발달과도 어느 정도 관련이 있다.

강서시파에는 다수의 신유학자들이 나타나고 있는데, 그중 ≪강서시파종파도江西詩派宗派圖≫를 지은 여본중呂本中과 남송 초기 강서시파의 주요 인물인 증기曾幾 그리고 약간 뒤의 조번趙蕃 등은 모두 시인인 동시에 신유학을 궁구한 사람들이다. 물론 이들은 신유학의 정통을 이은 순수 신유학자라고 볼 수는 없다. 그러나 이들이 신유학자의 신분을 지니고 있으면서도 본격적으로 강서시파에 참여할 수 있었던 데에는 신유학자의 문학에 대한 입장과 강서시파의 문학적 주장 사이에 무엇인가 공통점이 있기 때문일 것이다.

황정견의 시론에는 신유학자의 문학관과 비슷한 주장이 보이고 있다. 그는 먼저,

문장은 도의 그릇이요, 말은 행실의 지엽이다.
文章者, 道之器也. 言者, 行之枝葉也.[12)

> 문장이란 유자가 가장 끝에 하는 일이다. 그러나 그를 찾아서 배울
> 때는 또한 그 곡절을 알지 않을 수 없다.
> 文章最爲儒者末事, 然索學之, 又不可不知其曲折.[13]

라고 하여, 문보다는 도를 중시하는 견해를 피력하고 있다. 물론 그는
문학가이므로 신유학자처럼 심하게 중도경문을 주장하지는 않았지만,
그래도 어느 정도는 문학을 경시하는 태도를 보이고 있다. 두번째 글
은 그의 유명한 창작론인 점철성금론點鐵成金論을 주장한 뒤에 나오는
문장이다. 문장이 말사라는 말은 신유학자들의 상투어이다. 황정견은
문학가로서 수사기교를 중시하면서도 어느 정도는 신유학자의 중도경
문적 입장을 수용하고 있다. 그는 또,

> 오직 이理를 위주로 하여야 한다. 이理가 얻어지고 나면 말이 순조로
> 워지며 문장이 자연 출중하여 빼어나게 된다.
> 但當以理爲主. 理得而辭順, 文章自然出群拔萃.[14]

라고 하여 시문에 있어서 이理의 중요성을 역설하였다. 이러한 주장은
신유학자의 주장과 서로 합치하며, 송초부터 형성되어 온 시문의 설리
적 성향을 보다 심화시키는 역할을 하였다.

　황정견의 문학관 가운데 소식과 크게 다른 면모를 보이고 있는 것은
시에 있어서 정치적 풍자의 성격을 가급적 자제하고 시를 개인적인 성
정을 도야하는 도구로 생각하였다는 점이다.

> 시란 사람의 성정이지, 조정에서 억지로 간쟁하거나, 길에서 원망하
> 고 분노하여 꾸짖거나, 이웃에게 화내고 좌중을 욕하는 것이 아니다. 그
> 사람됨이 충실하고 믿음직하고 돈독하고 경건하여 도를 안고 거하고 있
> 으면 때를 잘 만나거나 못 만나거나 사물을 만나 슬퍼하거나 기뻐하는
> 것을 자리를 같이 하여도 살필 수 없고 세대를 같이 하여도 들을 수 없

---

12) 黃庭堅, ≪黃山谷詩集注≫ 內集 卷十二, <次韻楊明叔序>.
13) 黃庭堅, ≪豫章黃先生文集≫ 卷十九, <答洪駒父書>.
14) 魏慶之, ≪詩人玉屑≫ 卷十四, 臺北 : 臺灣商務印書館, 1980.

다. 정情을 감당할 수 없을 때 곧 신음하거나 웃는 소리에 드러내면 가
슴이 풀어지고 듣는 사람 또한 권면하는 바가 있게 될 것이고 음악에
맞추어 가히 노래할 수 있고 간척干戚15)과 우모羽旄16)에 맞추어 가히 춤
출 수 있으면, 이것이 시의 아름다움이다. 드러내어 비방하고 능욕하고,
목을 뽑아 창을 받고 가슴을 풀어 헤쳐 화살을 받아서 하루아침의 분노
를 푸는 것을 사람들은 시의 화라고 여기는데, 이는 시의 근본을 잃어
버린 것이지, 시의 잘못이 아니다.

> 詩者人之性情也, 非强諫爭於廷, 怨忿訴於道, 怒隣罵坐之爲也. 其人忠信
> 篤敬, 抱道而居, 與時乖逢, 遇物悲喜, 同床而不察, 并世而不聞. 情之所不
> 能勘, 因發於呻吟調笑之聲, 胸次釋然, 而聞者亦有所勸勉, 比律呂而可歌,
> 列于干羽而可舞, 是詩之美也. 其發爲訕謗侵陵, 引頸以承戈, 披襟而受失,
> 以快一朝之忿者, 人皆以爲詩之禍, 是失詩之本, 非詩之過也.17)

그는 시란 개인의 성정을 읊는 것이지 정치적으로 풍자를 하거나 남
을 비방하는 것이 되어서는 안 되는 것임을 강조하고 있다. 그의 이
말은 아마도 소동파가 시로 인해 화를 입은 것을 타산지석으로 삼고,
본인 또한 정치적 시련을 겪으면서 나름대로 명철보신의 철학을 터득
하여, 이를 시에 적용한 것이라 하겠다. 그는 소동파의 시문을 극찬하
면서도 그의 비방하기 좋아하는 점에 대해서는 경계하였다.

> 동파의 문장은 천하에 뛰어나지만 그 단점은 욕하기 좋아하는 것에
> 있다. 신중히 그 궤적을 답습하지 않도록 해야 한다.
> 東坡文章妙天下, 其短處在好罵, 愼勿襲其軌也.18)

시에 있어서 풍자적인 측면은 <모시서> 이후 시의 교화적 측면과
아울러 유가적 시론의 양대 지주가 되어 왔다. 그러나 앞에서도 보았
듯이 신유학자들은 이 중에서 풍자적 측면에 대해서는 가급적 그 의의
를 희석시키고 온유돈후의 교화적 측면만을 부각시키려고 노력하였다.

---

15) '干'은 방패이고, '戚'은 도끼로서, 武舞를 출 때 잡는 것이다.
16) '羽'는 꿩의 깃이고, '旄'는 소의 꼬리로서, 文舞를 출 때 잡는 것이다.
17) 黃庭堅, ≪豫章黃先生文集≫ 卷二十六, <書王知載胸山雜詠後>.
18) 黃庭堅, ≪豫章黃先生文集≫ 卷十九, <答洪駒父書>.

황정견의 주장은 바로 신유학자의 이러한 주장과 노선을 같이 하는 것이라 하겠다.

신유학자는 전반적으로 문학에 대해 부정적인 입장을 지니고 있으며, 특히 수사기교에 대해서는 더욱 그러하였다. 강서시파에서 점철성금點鐵成金이니 환골탈태換骨脫胎 등을 통하여 표현의 참신을 추구하는 것은 분명 신유학자의 문학적 주장과 근본적으로 대립되는 것이다. 그러나 이상에서 살펴본 강서시파의 여러 가지 요소들은 신유학자의 문학적 주장과 어느 정도 비슷한 점이 있다. 이 때문에 북송말과 남송 전기에는 순수한 정통 신유학자라고 할 수 없는 다수의 방계의 신유학자들이 강서시파에 참여하여 문학과 신유학의 교류를 촉진시겼다.

북송 신유학자의 문학관은 편협하고도 소략하여 문학에 큰 영향을 미칠 수 없었을 뿐만 아니라 비교적 문학적 관심이 있는 신유학자들의 요구도 충족시킬 수 없었다. 더군다나 당시에는 시문이 과거 시험의 필수 과목이자[19] 지식인의 보편적인 교양의 하나가 되었기 때문에 신유학자 또한 문학에 대해 완전히 무시할 수는 없었다. 강서시파와 신유학자 간의 교류는 이러한 상황 속에서 일어난 부분적이고 일시적인 현상이었다. 이러한 현상은 남송 중엽에 이르러 주희가 북송 신유학자의 문학관을 집대성하고 심화시켜 보다 완정하고 순수한 신유학자의 관점의 문학관으로써 문학을 통제하려고 하자 자연히 사라지게 되었다.[20]

남송 중엽은 신유학의 극성기였다. 북송 신유학의 집대성자인 주희뿐만 아니라 호상학파의 장식, 심학의 육구연, 그리고 약간은 방계인 여조겸呂祖謙, 진량陳亮 등이 맹활약하여 신유학은 크게 흥성하였다. 이 중에서도 가장 많은 문인을 거느리고 방대한 세력을 과시하였던 파는 역시 정주이학파였다. 정주이학파의 집대성자인 주희는 신유학에서뿐만 아니라 문학에 있어서도 나름대로의 소양이 있어 신유학자의 관점

---

19) 당대에 이어 송대에도 시부로 取士하는 제도가 이어졌다. 神宗 熙寧 年間에 변법의 시행으로 잠시 시부를 폐지하고 經義로만 取士하였으나 哲宗 이후에는 시부와 경의를 병행하게 되어 남송말까지 계속되었다.

20) 馬積高, 같은 책, pp.59-60 참조.

에서 문학을 흡수 통합하려고 하였다. 남송 만년에 이르러서는 주희의 계승자이자 열렬한 전도자인 진덕수가 순수한 신유학자의 관점에 의거하여 ≪문장정종≫을 편찬하여 문학에 대한 신유학의 영향력을 보다 증대시켰다.

신유학이 극성기를 맞이하고 그들의 문학관 또한 보다 체계화되면서 문학에 대한 지배를 확대해 나감과 반비례하여 문학은 점차 쇠퇴일로를 걷게 되었다. 북송대에 크게 꽃피웠던 시와 문이 남송대에는 그다지 큰 문학적인 성과를 거두지 못하게 된 데에는 여러 가지 내외적 요인이 있겠지만 신유학의 흥성이 끼친 영향도 무시할 수 없을 것이다. 남송 사공학파의 주요 인물인 섭적葉適은 ≪습학기언習學記言≫에서,

> 정씨 형제가 도학을 드러내 밝히자 그를 따르는 사람이 열에 여덟 아홉이 되어 문학은 마침내 또한 쇠락하고 몰락하게 되었다.
> 程氏兄弟發明道學, 從者十八九, 文字遂復淪壞.[21]

라고 하여 정주이학이 문학 쇠퇴의 주범임을 강조하고 있고, 남송 말년의 주밀周密도 ≪호연재아담浩然齋雅談≫에서,

> 송의 문치가 비록 성하였다고는 하나 여러 선배들은 대체로 성리를 숭상하고 예문을 비하하였다. 주씨는 정씨를 위주로 하여 소씨를 억제하였고 여씨의 ≪송문감宋文鑑≫ 역시 버리고 취하는 데에 주씨의 뜻을 많이 따랐다. 이로 인해 문학이 많이 몰락하게 되었으니 지극히 애석하다. 수심水心 섭씨葉氏는 "낙학이 흥하자 문학이 몰락하였다"라고 하였는데, 그 말이 지극하도다.
> 宋之文治雖盛, 然諸老率崇性理, 卑藝文. 朱氏主程而抑蘇, 呂氏文鑑去取多朱意, 故文字多遺落者, 極可惜. 水心葉氏云, 洛學興而文字壞, 至哉言乎.[22]

하여, 섭적의 주장에 동조하고 있다. 정씨의 낙학은 북송 중엽에 발흥

---

21) 馬積高, 같은 책, p.78에서 재인용.
22) 蔡鐘翔 등 공저, ≪中國文學理論史≫ 第二卷, p.281에서 재인용.

하였으나 당시에는 여러 가지 내외적 여건으로 널리 퍼지지 못하였으며, 북송말과 남송초에 점차 세력을 확장해 나가다가 주희에 이르러 본격적으로 흥성하였던 것이다. 그러므로 섭적이 "따르는 자가 열에 여덟 아홉이었다"라고 한 것은 남송 후기를 지칭하는 것이라고 보아야 할 것이다.

물론 신유학이 문학에 반드시 부정적인 영향을 끼친 것은 아니다. 북송 중엽에 황금기를 맞이하였던 고문운동은 이후 신유학자 문학관의 지나친 경직성으로 인해 점차 쇠퇴한 것은 사실이지만, 신유학자의 문학관 때문에 실용성을 겸하게 되어 완전한 제자리를 차지하게 되었던 것도 사실이다.[23] 시에 있어서도 신유학은 정情을 위주로 하는 당시와는 다른 송시의 새로운 풍격, 즉 이理를 위주로 하는 경향을 보다 발전 심화시켰다. 그리고 지덕과 성정을 중시함으로써 시인의 고매한 인품에서 우러나오는 시의 내면적 깊이를 더하였다고 할 수 있다. 그러나 신유학자의 문학관은 정도의 차이는 있지만 대체로 문학에 대해 부정적인 입장을 지니고 있으며 문학 외적 요소인 의리나 도덕 등을 지나치게 강조하는 경향이 있어, 전반적으로 보아 문학의 건전한 생명력을 고갈시키는 부정적인 역할을 하였다고 할 수 있다.

신유학이 관학의 지위에 올랐던 원대

서북 변방에서 흥성하였던 몽고족의 국가인 원이 중국의 역사 무대에 본격적으로 등장한 것은 중원을 차지하고 있던 금을 멸망시킨 원 태종 6년(1234)부터였다. 이후 원은 세조 지원至元 16년(1295)에 남송을 멸망시키고 중국을 통일하였다. 그리고 혜종惠宗 지정至正 28년(1368) 남방에서 흥성한 한족 왕조인 명에 의해 수도인 대도에서 물러날 때까

---

23) 김학주, ≪중국문학사≫, 서울 : 신아사, 1989, p.357 참조.

지 약 한 세기 남짓을 중국 역사 무대의 주역으로 활약하였다. 원대에는 잡극과 산곡이라는 새로운 문학장르가 흥성하여 문학사의 주역이 되었다. 이에 비해 시문은 후대 문학사가들에게 상대적으로 소외되어 왔다. 그러나 원대에도 시문의 창작은 활발히 이루어졌으며, 원대라는 독특한 역사적 환경 속에서 그 나름대로의 풍격과 특징을 지니고 있어 최근에는 원대의 시문에 대한 연구도 조금 씩 진행되고 있는 편이다.

원대 시문의 발달은 흔히 세 시기로 나누어진다. 원이 중원의 금을 멸망시키기 전의 시기는 제외하고 금의 멸망 후부터 남송 멸망 후 약 이십년 뒤인 성종成宗 원정元貞 연간까지가 제1기가 되고, 이후 태정제泰定帝 태정泰定 초(1324)까지가 제2기가 되고, 이후 혜종 지정 28년 원이 중원에서 물러날 때까지가 제3기가 된다.24) 제1기는 주로 금과 남송의 유민 작가들이 문단의 주역이 되어 활약한 시기로서 남북 문화의 교류기 속에서 다양한 내용과 풍격의 작품들이 창작되던 시기였다. 제2기는 정치적 안정 속에서 시문이 크게 흥성한 시기이지만 내용이나 풍격에 있어서는 태평성세를 구가하고 온유돈후를 강조하여 별 다른 특징이 없다. 제3기는 원대의 쇠퇴라는 정치적 환경 속에서 2기와는 달리 여러 가지 다양한 풍격의 작품들이 원대 문단의 말미를 장식하였다.

원대에 이르러서는 대부분의 문학가들이 신유학을 겸하고 있거나 적어도 신유학자와 사승관계를 지니게 되었다. 원대 시문작가의 열에 일곱 여덟 명이 ≪송원학안≫에 나오고 있는 것만 보아도 이를 잘 알 수 있다. 따라서 원대 신유학의 발전은 원대 시문의 흥쇠와 밀접한 관련을 지니고 있다고 할 수 있다. 여기서는 원대 시문의 각 시기에 따른 변천을 신유학의 발전과 관련시켜 고찰하고자 한다.

북송 후기에 낙양과 관중지방을 중심으로 발흥하였던 신유학은 중원

---

24) 이 시기 구분은 馬積高, ≪宋明理學與文學≫, <元代詩文發達的道路與理學>을 참조한 것이다. 包根弟, ≪元詩研究≫, 臺北 : 幼獅文化事業公司, 1978에서도 2기와 3기를 나누는 데 있어서 약 십년 뒤인 혜종 지정 초(1335)를 기준으로 하고 있다는 것 외에는 동일한 견해를 제시하고 있다.

지방이 금에 의해 함락 당하자 그 중심지가 송조를 따라 남하하였으며 북방에는 전통 유학이 계속 전승되었다. 북방에 신유학이 전파된 것은 원이 금을 멸망시킨 한 후인 1235년 남송의 신유학자인 조복趙復이 포로가 되어 북경으로 와서 태극서원太極書院을 개원하면서부터이다. 물론 금 치하의 중원에서도 신유학이 전혀 없었다고는 볼 수가 없지만 당시의 신유학은 결코 사대부들 사이에서 영향력을 행사할 수 없었으며 대부분의 사대부들이 신유학을 경시하거나 심지어 반대하는 추세였다.25) 조복 이후로 조복에게서 영향을 받은 허형許衡 등이 활약하면서 원조 치하의 중원에는 신유학이 활발히 전파되어 갔다. 그러나 이 때에는 아직 전통 유학을 고집하는 저항 세력이 상당히 있었다. 남송의 멸망 후 남북의 교류가 활발해지면서 신유학의 세력은 크게 확산되었다. 이 시기는 원대 시문의 1기에 해당한다.

1기는 크게 전기와 후기 양 시기로 나눌 수 있는데, 금 멸망 이후로 송 멸망 이전까지가 전기이고, 송 멸망 이후로 원 원정 연간 까지가 후기이다. 전기에 활약하였던 작가는 주로 금의 유민인 원호문元好問, 야율초재耶律楚才, 이준민李俊民, 두인걸杜仁杰, 양굉도楊宏道 등을 들 수 있다. 후기에는 남송의 멸망으로 인하여 남과 북에 약간은 서로 다른 문풍이 형성되었는데, 북방 문단의 대표자로는 학경郝經, 유인劉因, 요수姚燧, 노지盧摯 등을 들 수 있고, 남방에는 남송의 방회方回, 대표원戴表元 등과 유민 시인인 사방득謝枋得, 사고謝翱, 방봉方鳳 등을 들 수 있다.

전기의 원호문이나 야율초재 등의 시문에는 신유학의 흔적이 별로 보이지 않으며 각각 문학적 성취도의 차이가 있으나 대부분 작가들의 작품들이 생기가 있다.26) 후대의 작가들은 거의 대부분 신유학의 영향을 받고 있다. 이 시기의 북방의 문학가들은 비록 신유학의 영향을 받고 있기는 하지만 그래도 북방의 전통인 고문가의 영향이 많이 남아 있어27) 시문도 비교적 웅방한 편이고 문학관에 있어서도 신유학자처럼

---

25) 馬積高, 같은 책, p.97 참조.
26) 馬積高, 같은 책, p.114 참조.

편협하지는 않았다. 이들 가운데 가장 신유학자의 색채가 농후한 사람은 학경이다.

> 문장을 짓는 데는 진실로 스스로 법이 있다. 고로 선유들은 문장을 짓는 것은 체제가 서고 난 뒤에 문장의 기세가 이루어진다고 생각하였다. 비록 그렇다고 하지만 이理라는 것은 법의 근원이요, 법이란 이理의 도구이다. 이理가 이르는 것은 도요, 법이 뛰어난 것은 기예이다. 이理를 밝히는 것이 법의 근본이다.
>
> 爲文則固自有法, 故先儒謂作文體制立, 而後文勢成. 雖然, 理者法之源, 法者理之具, 理致夫道, 法工夫技, 明理, 法之本也.[28]

그는 신유학자의 문학관을 보다 심화시키면서 이理와 법의 문제를 제기하고 있다. 그가 말하는 법이란 수사기교를 포함한 문장의 총체적인 작법을 말하는 것이고, 이理란 바로 만물의 근원이자 문장의 작법의 근원인 도를 말하는 것이다. 그의 이법론理法論은 후대 청대 동성파桐城派의 고문이론의 선구적 역할을 하고 있다. 그는 신유학자의 본색을 드러내어 다음과 같이 말하였다.

> 옛날에 문장을 짓는 것은 이理가 밝고 의義가 익어져 말로써 뜻을 드러내는 것이, 마치 근원의 샘이 땅을 떨치고 나와 유연하게 흘러가서 구비구비 빠르게 흘러가 스스로 모습과 법도를 이루어 강에 모여 바다로 흘러 들어가는 것과 같다. 빼어남을 기약하지 않아도 절로 빼어나고 법에 마음을 두지 않아도 모두 저절로 법도에 맞게 된다. 그러므로 옛날에 문장을 짓는 것은 법이 문장을 이룬 다음에 있으니, 말이 이理에서 나오고 문장이 말에서 생기고 법이 문장으로 드러나고 서로 원인이 되어 이루어지는 것이지 법을 구하여 문장을 짓는 것이 아니다.
>
> 古之爲文也, 理明義熟, 辭以達志, 爾若源泉, 奮地而出, 悠然而行, 奔注曲折, 自成態度, 匯于江而注之海, 不期於工而自工, 無意於法而皆自爲法, 故古之爲文, 法在文成之後, 辭由理出, 文自辭生, 法以文著, 相因而成也, 非與求法而作之也.[29]

---

27) 학경이나 王惲 등은 친히 원호문의 지도를 받았다.

28) 郝　經, ≪陵川集≫ 卷二十三, <答友人論文法書>, ≪文淵閣四庫全書本≫ 集部, 別集類四.

그는 의리가 밝고 익어지면 문장의 작법은 강구하지 않아도 저절로 좋은 문장을 지을 수 있음을 강조하여 이理와 법의 선후 문제를 확실히 하고 있다. 그리고 그는 작가의 수양의 문제에 있어 좋은 문장을 짓기 위해서는 밖으로 산천을 두루 유람하기보다는 내면의 수양을 통하여 안으로 유람할 것을 주장하는 내유론을 제시하였다.30) 이러한 면은 모두 신유학자의 문학관의 면모를 그대로 계승한 것이라 하겠다.

그러나 주희가 소식에 대하여 문장은 칭찬하면서도 이理에 밝지 못하다고 혹평하여 신유학자와 고문가를 명확히 구분하려 했던 데에 비하여31) 학경은 구양수 소식과 같은 고문가들에 대해서도 주돈이 장재 소옹 이정과 같이 문장이 이理에 밝다고 주장하였다.32) 그리고 신유학자들이 철저하게 중도경문의 입장을 견지하고 있었던 데에 비해 학경은 "도는 문장이 아니면 드러나지 않고, 문장은 도가 아니면 생기지 않는다."33)라고 하여 도와 문을 동시에 중시여기고 있어 고문가의 이론에 가까운 주장을 하고 있다. 이러한 면들은 아마도 그가 구양수와 소식을 계승하였던 원호문의 영향을 많이 받았기 때문이라고 할 수 있다.

남송이 망한 후 원에 유입된 남방의 작가들은 북방에 비해 신유학의 영향을 보다 많이 받았다. 그러나 그들도 맹목적으로 신유학을 추존하지는 않고 각기 개성을 살리고 있다. 특히 유민 시인들의 작품에는 망국의 비애가 가미되어 남송 후기의 시보다 더욱 볼 만한 것이 많다. 명말청초의 대학자 황종희黃宗羲는 남송 유민 시인 사고謝翶에 대해 "문장의 성함은 남송이 망했을 때보다 더 성했을 때가 없으며, 사고가

---

29) 위와 같음.
30) 蔡鐘翔 等 共著, ≪中國文學理論史≫ 二卷, p.558 참조.
31) ≪朱子語類≫ 卷百三十九 : "不必著意學如此文章, 但須明理. 理精後, 文字自典實. 伊川晚年文字如易傳, 直是盛得水住. 蘇子瞻雖氣豪善作文, 終不免疏漏處".
32) 郝 經, ≪陵川集≫ 卷二十二, <文說送孟駕之> : "有宋氏興, 歐, 蘇, 周, 邵, 程, 張之道, 始文乎理, 而復乎本".
33) 위의 책, 卷二十九, <原古錄序> : "道非文不著, 文非道不生".

특히 그러하다."[34]라고 극찬하였다. 같은 망국의 유민으로서의 동병상련의 심정을 감안한다 하더라도 남송 유민시인들의 문학적 성취를 설명하기에는 충분하다 하겠다.

1기 작가들의 전반적인 경향은 신유학의 훈습에 있어 정도의 차이는 있지만 그래도 신유학에 완전히 젖어들지는 않고 있어 내용도 비교적 다양하고 생기가 있는 편이다. 여기에는 몽고족이 한족을 지배하는 방법이 서툴러 사상을 통제하는 기술이 부족했던 것도 주요한 요인이 되었다. 몽고족은 무력으로 한족을 억압하고 여러 가지로 한족을 불평등하게 대우하였지만 학술 사상에 대한 통제에 있어서는 그다지 관심을 기울이지 않아서 원대의 학술 사상의 자유는 같은 이족 국가인 청뿐만 아니라 한족 국가인 송이나 명에 비해서도 더 풍부한 편이었다. 송이나 명이나 청대에 빈번하였던 문자옥이 원대에는 거의 없었다는 것이 이러한 사실을 증명해준다. 특히 초기에는 이러한 경향이 더욱 심하였으며 이러한 분위기 아래 현실에 대한 불만을 토로하고 모순된 현실을 반영하기가 비교적 용이하였던 것이다.[35]

그러나 2기에 들어오면서 정치적으로 안정되고 인종仁宗과 문종文宗 등의 제왕들의 중문정책에 힘입어 신유학이 크게 성하였다. 그리고 그들의 전적이 과거시험의 교재로 채택되었으며, 이에 따라 문학에 대한 신유학의 영향력도 더욱 증대하였다. 이 시대의 주요 작가로는, 남방에는 우집虞集, 양재楊載, 유관柳貫, 구양현歐陽玄, 원각袁桷 등을 들 수 있고, 북방에는 장양호張養浩, 원명선元明善 등을 들 수 있는데, 주로 남방

---

34) 文章之盛, 莫盛于亡宋之日, 而皐羽其尤也. 南雷文約, <謝皐羽年譜游錄注序>, 馬積高, 같은 책, p.121에서 재인용

35) 대부분의 문학사에서는 원대 시문의 성취가 그리 높지 않은 이유를 당시 시인들이 정치적인 압력으로 인해 모순된 현실을 폭로할 수가 없었기 때문이라고 하고 있는데, 이에 대해 趙孟頫 등의 소수 시인들의 작품만 보고 더욱 더 많은 시인들, 예컨대 북방의 원호문이나 남방의 방회, 대표원 그리고 여러 유민 시인들의 작품을 간과하였기 때문이라고 지적하는 사람도 있다. 馬積高, 같은 책, pp.123-124 참조. 包根弟, ≪元詩硏究≫, pp.15-21에서도 원대 시에 나타나는 현실에 대한 불만과 풍자가 잘 설명되어 있다.

문인들이 질과 양 모두 북방보다 앞서고 있어서 문단의 중심이 남방으로 옮겨가는 추세를 보이고 있다. 이 시기는 흔히 원대 시문의 황금기라고 하는데 대부분의 작가들이 정도의 차이는 있지만 신유학의 영향으로 아정한 풍격의 시문을 추구하였다.

> 우리 나라는 연우延祐 이래 하루 하루 문장이 성해져서, 경사의 여러 명공들은 모두 위진과 당을 숭상하여 금말과 송말의 폐단을 일시에 버리고 아정함으로 나아갔으니, 시가 크게 변하여 옛 것에 가까워졌다. 강서 선비 가운데 경사에 있는 자들도 그 시가 또한 구습을 모두 버렸다.
> 我延祐以來, 彌文日盛, 京師諸名公咸宗魏晉唐, 一去金宋季世之弊, 而趨於雅, 詩丕變而近於古, 江西士之京師者, 其詩亦盡棄舊習焉.36)

> 대개 원 대덕大德 이후에는 또한 명 선덕宣德 이후처럼 그 문장이 대개 부드러워 절박하지가 않고 평이하게 드러나 가지를 치지 않았다. 비록 유폐가 조금 씩 있고, 용렬하고 느슨한 것은 면할 수가 없는 바였지만 성세라고 이르지 않으면 안 된다.
> 蓋元大德以後, 亦如明宣德以後, 其文大抵雍容不迫, 淺顯不支. 雖流廢所滋, 庸沓在所不免, 而不謂之盛時則不可.37)

이상의 글들은 제2기 시문의 풍격의 경향을 잘 드러내고 있다. 일반적으로 이 시기를 원대 시문의 최전성기라고 칭한다. 물론 외견상으로는 극성기처럼 보일지 모르지만, 그 풍격상으로는 실은 위에서 말한 바처럼 용렬하고 느슨하여 별 다른 특징이나 생동감이 없는 시기였다. 제2기의 시문이 이처럼 일기에 비해 아정함을 추구하여 용렬해진 데에는 정치경제적 상황이나 여러 가지 다른 요인들도 많은 작용을 하였겠지만 신유학이 흥성하여 관학화가 됨에 따라 신유학자의 문학관이 끼친 영향도 무시할 수 없을 것이다.

제3기는 내부의 분란과 외부의 군웅들의 난리로 인해 원조가 몰락해가는 시기였다. 이 시기의 문단은 거의 남방 문인들에 의해 장악되

---

36) 歐陽玄, 《圭齋集》 卷八, <羅舜美詩序>, 文淵閣四庫全書本 集部, 別集類四.
37) 《四庫全書總目提要》 集部 別集類二十, <閒居叢藁>.

었는데, 주요 작가로는 양유정楊維楨, 대간戴艮, 가구사柯九思, 예찬倪瓚, 황공망黃公望 등이 있다. 이 시기의 대부분의 작가들도 신유학의 영향을 직접 간접적으로 받고 있지만 정치적 혼란기로 인해 이기처럼 온후하고 평화로운 경계는 이미 구할 수가 없었다. 오히려 신유학의 속박에서 벗어나고자 하는 경향이 조금씩 보이고 있다. 이러한 경향을 대변하여 시문의 풍격상에서도 2기와는 다른 현상이 나타나고 있다.

첫째로는 신유학이 추구하는 아정하고 고원한 풍격을 탈피하여 자신의 성령을 자연스럽게 표출하고자 하는 경향을 들 수 있고 둘째로는 비교적 강렬하고 노골적으로 현실에 대한 불만을 토로하고 풍자하는 경향을 들 수 있다. 이러한 경향으로 인해 이 시기에는 신유학자들에 의해 남녀상열지사라고 하여 금지되었던 궁사宮詞, 죽기사竹枝詞 등의 시들이 대량으로 창작되었으며, 현실 반영을 위주로 하는 악부시들도 많이 지어졌다.[38] 이러한 경향은 양유정에서 가장 극단적으로 잘 드러나고 있는데, 그의 악부시는 제재 면에서 아녀자의 풍정에서 민생과 국가 대계의 문제에 이르기까지 다양하고 체제 면에서도 여러 체를 다 지니고 있다. 그의 문학관은 신유학자의 속박을 어느 정도 돌파하였다는 데서 상당히 중요한 의의를 지니고 있다. 그는 일찍이,

> 시는 사람의 성정이다. 사람은 각각 성정을 지니고 있으니, 그런 즉 사람마다 각기 시가 있다. 스승에게서 얻은 것이 어찌 나 자신의 시가 될 수 있겠는가?
> 詩者, 人之性情也. 人各有性情, 則人各有詩也. 得於師者, 其得爲吾自家之詩哉.[39]

라고 말하여, 신유학자들이 늘 말하는 성정론을 약간 다른 각도에서 해석을 가하였다. 그의 이러한 견해는 신유학이 득세하였던 당시의 풍

---

38) 馬積高, 같은 책, p.130 참조.
39) 楊維楨, ≪東維子文集≫ 卷七, <李仲虞詩序>, 文淵閣四庫全書本, 集部, 別集類四.

토에서는, 상당히 파격적이었으며, 후대 공안파나 성령파의 선구가 되고 있다. 이러한 여러 가지 파격적인 면으로 인해 양유정은 명초의 왕이王彝에 의해 요사스런 문인이라고 칭해지기도 하였다.[40] 그 외 대간 등은 절강 금화 사람으로 주자학의 적자라고 하는 금화주학의 영향으로 인해 정통 신유학자의인 문학관을 고수하고는 있지만 신유학자의 도통과 고문가의 문통을 융합하려는 경향을 보이고 있다.[41]

이상으로 원대 시문의 변천과 신유학과의 관계에 대하여 간략히 고찰해 보았다. 원대 시문은 크게 세 시기로 나눌 수 있고 그 중 비교적 문학적 성취가 높은 것은 1기와 3기에 속하는 작품들이다. 그러나 원대 문단을 전체적으로 지배한 것은 신유학의 영향을 많이 받은 아정한 풍격의 작품들이다. 원대의 시문이 후대의 문학사가들에 의해 제대로 인정을 받지 못한 데에는 시문이라는 문학 장르가 당송대에 이미 정점에 이르렀기 때문에 새로운 발전의 여지가 별로 없었다는 것과, 잡극과 산곡이라는 새로운 문학 장르가 등장하여 문학사의 주류가 되었다는 것, 그리고 명인들이 몽고족의 왕조인 원의 시문에 대해 경시하였다는 것 등등의 여러 가지 요인이 있지만, 신유학의 발전으로 인한 시문의 쇠퇴도 어느 정도 요인이 될 수 있을 것이다.

신유학이 새로운 전기를 맞이하였던 명대

명대 시문의 발달과 변천도 원대와 마찬가지로 대략 세 시기로 나눌 수 있다. 명의 건국에서 헌종憲宗 성화成化 말까지가 1기로서 주요 작가로는 초기에는 송렴宋濂, 유기劉基, 고계高啓 등을 들 수 있고 약간 뒤인 영락永樂 연간에는 대각체臺閣體 시인인 삼양三楊과 다릉시파茶陵詩

---

40) 馬積高, 같은 책, p.133 참조.
41) 馬積高, 같은 책, p.134 참조.

派의 대표자인 이동양李東陽 등을 들 수 있다. 효종孝宗 홍치弘治 연간에서 가정嘉靖 연간까지는 2기로서 주요 작가로는 이몽양李夢陽, 하경명何景明을 비롯한 전칠자前七子와 이반룡李攀龍, 왕세정王世貞 등의 후칠자後七子 그리고 그 사이에서 이들과는 문학적 입장을 달리하였던 당송파의 당순지唐順之, 왕신중王愼中, 모곤茅坤, 귀유광歸有光 등을 들 수 있다. 신종神宗 만력萬曆 연간에서 명말까지가 제3기로서 이 시기의 주요 작가로는 양명학 좌파인 태주학파의 영향을 받은 공안파의 원굉도袁宏道, 원중도袁中道, 원종도袁宗道 삼형제와 그 비슷한 계통인 경릉파竟陵派의 종성種惺와 담원춘譚元春 등을 들 수 있다.

원대의 신유학이 양적인 팽창을 하였지만 질적으로는 그다지 큰 변화가 없었던 것과는 달리 명대에는 신유학 내부에 큰 변화가 일어났다. 주희가 완성한 주자학은 남송말 이후 명대 전기에 이르기까지 신유학의 주도적 세력이 되어 왔다. 그러나 육구연의 심학이 완전히 단절되었던 것은 아니고 원대에 이르러서도 면면히 그 맥을 계승하였으며 일부 신유학자들은 남송대의 대립관계에서 보다 발전하여 정주이학과 심학을 융합시키려고 하였다.42) 그러다가 명대 중엽에 이르러서는 왕양명이 육구연의 심학의 전통을 근간으로 하여 정주이학의 폐단을 시정하고 양지학이라고 하는 새로운 학문을 제창하였는데, 많은 학자들이 이를 추종함에 따라 이학은 상대적으로 위축되고 심학이 크게 흥성하였다. 이러한 신유학 내부의 변화와 발전은 자연 당시의 문학이나 문학 이론에도 많은 영향을 끼치게 되었다. 여기서는 각 시기의 사상적 흐름과 문학 사조와의 관계를 주요 작가를 중심으로 간략히 고찰하고자 한다.

제1기의 시문의 흐름은 전반적으로 보아 원대 시문의 전통을 계승한 시기라고 할 수 있다. 이 시기는 전기와 후기로 나눌 수 있지만 전체적인 특징은 원대에 이어 신유학자 문학관의 영향을 크게 벗어나지 못하고 있다는 것이다.

---

42) 侯外廬 등 共著, ≪宋明理學史≫ 上卷, pp.749-767 참조.

전기의 작가들은 원말에는 대부분 정치사회적 혼란기 속에서 현실의 모순과 부조리를 반영하는 시문을 창작하였으나, 명의 건국 이후에는 시문의 풍격이나 내용이 일변하여 주로 온유돈후한 풍격으로 유가의 윤리강상을 고취하거나 명 왕실의 공덕을 칭송하는 내용의 시문을 많이 지었다. 이는 아마도 명 태조가 문자옥을 많이 일으킨 것과 원대의 과거 제도를 개선 보완하여 신유학을 더욱 선양한 데서 기인한 것이라고 보아야 할 것이다.[43] 이 시기의 문학이론을 주도한 사람은 송렴이다. 그는 절강 금화 사람으로 주자학의 정통이라 할 수 있는 금화주학의 계승자인 허겸許謙에게서 신유학을 전수받았다.[44] 그는 신유학자이자 문학가로서 원대 시문의 일반적 흐름이라 할 수 있는 신유학 도통과 고문가의 문통을 통합하려 하였다.[45] 그는 황명으로 ≪원사≫를 편찬하면서 이전까지 있어왔던 문원전文苑傳을 없애고 이를 유림전에 포함시켜 버렸는데, 이를 보아도 그의 문학관의 기본 방향을 알 수 있다.

명초의 정치적 안정과 경제적 발전에 힘입어 비교적 태평시대가 계속되자 이에 황제 주변의 고관대작을 중심으로 명나라의 공덕을 칭송하고 태평성세를 구가하는 시문인 대각체가 유행하였는데, 대각체 시문의 풍격은 한 마디로 말해 아정함이었다.[46] 전대의 송렴이나 유기 등이 원명교체기의 사회의 현상을 목도하였기 때문에 명 이후에 비록 온유돈후를 강조하였다고는 하나 그래도 웅혼하고 생동감이 있는 데

---

43) 명대의 과거제도가 원대와 다른 점은 첫째, 원대에는 시부도 같이 보았으나 명대에는 經義와 論, 策만 보았으며 특히 경의를 중시하였다는 점이고, 둘째 원대에는 오경의 주석을 주로 신유학자의 것으로 하였으나 전통 유가의 주소도 겸하였는 데에 비해, 명대에는 완전히 신유학자의 주석을 전용하였다는 점이다.

44) ≪宋元學案·西山四先生學案≫에는 宋濂을 許謙의 제자로 두고 있다.

45) 郭紹虞, ≪中國文學批評史≫, p.281 참조.

46) 馬積高, 같은 책, pp.147-148에는 ≪四庫全書總目提要≫에 나와 있는 대각체 시문에 대한 평어를 몇 가지를 제시하고, 이들 시문의 풍격상의 특징은 한 마디로 말해서 아정함이라고 말하고 있다. 앞에서 원대 2기의 시문의 풍격을 논하면서 "蓋元大德以後, 亦如明宣德以後, 其文大抵雍容不迫, 淺顯不支"라고 하였던 것과 비교해보면 이들의 풍격이 서로 일치함을 알 수 있다.

비해 이들의 시문은 보다 생동감 없이 아정함에만 치우치고 있다. 삼양은 신유학자와 직접적 사승관계는 없지만 정치적 안정기 속에서 화평한 심경을 읊다보니 자연스럽게 신유학자들이 추구하는 시문의 경계에 이르게 된 것이라고 보아야 할 것이다.

대각체가 유행하는 가운데 이에 대해 미흡함을 느끼는 무리들이 있었으니, 하나는 진헌장陳獻章을 중심으로 하는 이학체시파이고, 하나는 이동양을 중심으로 하는 다릉파이다. 진헌장은 대각체가 성정을 함양하기에는 아직 부족하다고 여기고 "자미는 시의 성인이고, 요부는 또 따로 전하는 것이 있다. 후래의 문인들 중에 두 가지의 묘함을 겸한 사람이 드물구나"[47]라고 하여 시인의 시와 신유학자의 시를 통합하려고 하였으나 그다지 호응을 받지 못하였다. 이들보다는 대각체의 지나친 아정함을 수정하여 비교적 심후한 풍격을 제창하였던 이동양의 다릉파가 영향력이 훨씬 컸다고 할 수 있다. 그러나 다릉파 또한 비록 전칠자의 선구가 되었다고는 하나[48] 기본적으로는 송렴 등의 영향[49]과 대각체의 영향을 많이 받고 있어[50] 명대 문단의 일반적인 성향인 온유돈후함을 벗어나지는 않고 있다. 이 시기는 주로 문학과 신유학을 융합하려는 원대 제2기의 경향을 계승·발전시키고 있음을 알 수 있다.

명대 시문 발전의 제2기는 주로 전후칠자에 의해 주도되었는데, 이들의 주요한 문학 주장은 복고주의에 있다. 그러나 그들의 복고는 단순히 복고만을 위한 것이 아니라 남송말 이후로 점차 진행되어 와서 명초에까지 영향을 미친 신유학과 문학의 통합추세에 대한 반발이었다고 할 수 있다. 명대 중엽은 정주이학에 대한 반성과 비판이 가해지던 시기였다. 먼저 왕양명이 양지를 주장함으로써 정주이학의 격물치지설에 대해 비판을 가하고 새로운 해석을 내렸으며, 왕정상王廷相과 나흠

---

47) 錢　穆, ≪理學六家詩≫, 臺北 : 中華書局, 1974, p.88 : "子美詩之聖, 堯夫更別傳. 後來操翰者, 二妙少能兼".
48) 郭紹虞, ≪中國文學批評史≫, p.294 참조.
49) 위의 책, p.290 참조.
50) 馬積高, 같은 책, p.150 참조.

순羅欽順은 유물주의적 이기관으로 주회의 이기관과 대립하였으며,[51] 축윤명祝允明과 양신楊愼도 주자학의 위선적이고 실제 인정에 부합하지 못하는 측면에 대해 신랄한 비판을 가하였다.[52] 이러한 전반적인 사상의 흐름 속에서 문학에 있어서도 전후칠자가 중심이 되어 신유학의 영향력을 극복하려고 노력하였던 것이다.[53]

일반적으로 전후칠자들은 "문장은 반드시 진한이고 시는 반드시 성당이어야 한다(文必秦漢, 詩必盛唐)"[54]를 주장하였다고 하지만 실제로 그들은 시에 있어서 완전히 성당만을 고집하지 않고 위진에서 당까지 두루 취하였고 문에 있어서도 비록 서한 이후의 작품에 대해 다소 무시하는 경향이 있지만 철저하게 무시하지는 않았다.[55] 그들이 철저히 배격한 것은 송대 이후의 시문이었으며 그 이유는 신유학과 상당한 관련이 있다.

송유가 흥하면서 옛 문장이 폐하였다. 송유가 폐한 것이 아니라 문인들 스스로가 폐한 것이다. 옛날의 문장은 그 사람을 표현하려면 그 사람과 같으면 그만이었다. 마치 그림을 그리면 닮게 할 따름인 것과 같았다. 이러한 까닭에 현자는 잘못을 꺼리지 않고 어리석은 자는 아름다움을 훔치지 않았다. 그런데 지금의 문장은 그 사람을 표현하려면 아름답고 추함이 없이 모두 도에 합당하려고 하니, 심하도다, 뜻을 전함이여. 이러한 고로 실질을 살피면 사람이 없고 아름다움을 뽑아내면 문장이 없다. 그러므로 말하기를 "송유가 흥하면서 옛 문장이 폐하였다"라

---

51) 侯外廬 등 共著, ≪宋明理學史≫ 下卷, p.476 : "明確提出唯物論的理氣觀, 而和朱熹理氣觀相對峙, 這是明代中葉才有的. 羅欽順, 王廷相就是這方面的思想代表".
52) 馬積高, 같은 책, pp.159-162 참조.
53) 왕양명은 철학적인 측면에서 주자학을 비판하였지만 문학에 있어서는 동일한 보조를 취하였다. 그것은 육상산이 정주이학에 반대하면서도 문학관에 있어서는 그다지 큰 차이가 없는 것과 같다. 혹자는 왕양명과 전후칠자의 관계를 거론하기도 하는데, 왕양명은 이몽양과 서로 교분관계가 있고 같이 문학 활동을 한 적도 있지만 단지 일시적인 것이고 또한 구체적으로 전후칠자의 문학주장에 동조한 적은 없다. 이에 대해서는 崔完植, ≪王陽明詩研究≫, 臺北 : 國立臺灣師範大學博士學位論文, 1984, pp.34-42를 참조.
54) ≪明史·李夢陽傳≫.
55) 馬積高, 같은 책, pp.165-166 참조.

고 하는 것이다. 어떤 자가 묻기를 "무엇을 이르는 것입니까?"라고 하니 공동자空同子가 말하기를 "아! 송유가 이理를 말한 것이 어찌 찬연하지 않았겠는가? 어린 아이들도 거기에 대해 말할 수 있었는데, 그들이 또한 성性과 행이 반드시 합하지는 않는다는 것을 알았겠는가?"

宋儒興而古之文廢矣. 非宋儒廢之也, 文者自廢之也. 古之文, 文其人, 如其人便了, 如畫焉, 似而已矣. 是故賢者不諱過, 愚者不竊美. 而今之文, 文其人, 無美惡, 皆欲合道, 傳志其甚矣. 是故考實則無人, 抽華則無文, 故曰宋儒興而古之文廢. 或問何謂. 空同子曰, 嗟, 儒曰理, 不燦然歟. 童稚能談焉, 渠尙知性行有不必合邪.56)

이몽양은 송유가 흥하면서 문장의 도가 폐하게 되었다고 주장하였다. 앞 절에서도 고찰하였듯이, 송대 신유학의 흥성은 송대 시문의 설리적 경향에 상당한 영향을 끼쳤으며, 또 나아가서는 송대 문학의 쇠퇴에도 무시할 수 없는 요인으로 작용하였다. 그러나 신유학은 적어도 직접적으로 송대 시문의 설리적 경향을 형성하는 데에는 영향을 끼치지 못하였으며, 북송대의 시문, 그 중에서도 구양수와 소식을 중심으로 한 고문은 신유학의 발달과는 직접적으로는 관련이 없는 것이었다. 따라서 이몽양의 주장은 약간 부정확하다고 할 수 있다. 그렇지만 당시 문단의 쇠미함을 신유학 때문이라고 자각하고 이를 시정하려는 것은 일리가 있으며 문학작품에 있어 이理에 부합하는 것보다는 진실한 묘사를 중시하는 점은 긍정적인 측면이라 할 수 있을 것이다. 이몽양은 신유학에 반대하기는 하였지만 글 가운데에 이理를 말하는 것을 반대하지는 않았는데, 후칠자의 대표적 인물인 이반룡은 이理에 대해 더욱 부정적인 태도를 취하고 있다.57)

전후칠자가 송대 이후의 시를 반대한 것 역시 같은 맥락에서 이해될 수 있을 것이다. 이몽양은,

시는 당에 이르러 옛 가락이 없어졌다. 그러나 스스로 당의 가락이

---

56) 李夢陽, ≪空同集≫ 卷六十六, <論學上>, 文淵閣四庫全書本, 集部, 別集類五.
57) 馬積高, 같은 책, p.165 참조.

있어 가히 노래 부를 수 있고 뛰어난 것은 그래도 족히 음악에 맞출 수 있었다. 그러나 송인은 이理를 주로 하고 가락을 중시하지 않아 이에 당의 가락이 또한 없어졌다. … 또한 시화를 지어 사람을 가르치니 사람들이 다시는 시를 모르게 되었다. 시에 어찌 일찍이 이理가 없었겠는가? 만약 오로지 이理의 말만 하려 한다면 어찌 문장을 지으면서 시라고 하지 않는가?

　詩至唐, 古調亡矣. 然自有唐調可歌詠, 高者猶足被管絃. 宋人主理不主調, 於詩唐調亦亡. … 又作詩話敎人, 人不復知詩矣. 詩何嘗無理, 若專作理語, 何不作文而爲詩邪.[58]

라고 하여, 시란 모름지기 가락이 있어야 한다고 주장하였으며, 송인들은 가락 대신 이理를 주로 하였기 때문에 시를 모르게 되었다고 하고 있다. 그는 시의 음악성이라고 할 수 있는 가락을 강조하여 송인들의 산문으로 시를 쓰고 이理로써 시를 쓰는 경향을 반대하였다. 그리고 모름지기 진실한 감정이 있어야 진실한 시가 있음을 주장하고 나아가 지금의 진실한 시는 곧 민간에 있음을 주장하였는데, 이러한 주장들은 그의 문학이론의 긍정적인 측면이라 할 수 있다.[59]

　전후칠자들의 문학 주장은 남송말 이후 신유학의 흥성으로 인하여 쇠미해진 문학을 부흥하고 원대 이후 명대 전기까지 계속되어온 신유학자 문학관의 영향을 떨쳐버리기 위한 것이었다. 그들은 이를 위하여 신유학이 흥성하기 전인 당대 이전의 시문을 배울 것을 주장하였던 것이다. 그러나 당 이전의 시문만 배우자는 그들의 문학 주장은 신유학자의 영향력을 극복하고 대각체를 무너뜨릴 수는 있었을지 몰라도 결국은 의고주의적인 방향으로 흘러 독창성이나 개성 없이 모방과 표절만 일삼는 폐단을 낳았다.[60] 이는 그들의 문학관의 한계라고 할 수 있을 것이다.

　전후칠자의 영향력은 자못 드세어, 중간에 왕신중, 당순지, 모곤, 귀

---

58) 李夢陽, ≪空同集≫ 卷五十一, <缶音序>.
59) 蔡鐘翔 등 공저, ≪中國文學理論史≫ 三卷, pp.70-76 참조.
60) 김학주, ≪중국문학사≫, p.488 참조

유광 등의 당송파들이 이들과 견해를 달리하여 나름대로의 문학적 주장을 펼치고 그에 따른 문학적 성취도 이루었지만, 대세를 막을 수는 없었다. 만력 연간에 이르러서야 전후칠자의 복고주의를 적극 반대하고 개성적인 문학을 주장하는 무리들이 나타나기 시작하였다. 3기의 시문이론을 주도한 사람은 이탁오李卓吾와 공안파의 원씨 삼형제와 경릉파의 종성과 담원춘이다.

이 시기는 왕양명의 양지학이 좌파와 우파로 분화되어 각기 발전되어가던 시기이다. 양명학의 나뉨은 주로 그 수양론에 있는데 양지는 일단의 배양공부를 필요로 한다고 주장하는 파가 추수익鄒守益, 섭표聶豹 등의 우파이고, 양지는 지금 이루어져 스스로 있는 것이므로 따로 연마할 필요가 없음을 주장하는 파가 왕기王畿, 왕간王艮 등의 좌파이다.[61] 이 중에서 가장 극단적인 노선을 취한 사람은 왕간인데, 그는 태주학파의 시조이다. 태주학파의 학문적 성격에 대하여 명말청초의 황종희는 이단이라고 하였고[62] 현대의 여러 철학사에서도 왕명학파와는 성격을 달리한다고 주장하고 있다.[63] 그러나 심학의 한 갈래임에는 틀림없다.

태주학파 가운데 문학에 가장 큰 영향을 끼친 사람은 이탁오이다. 그는 이학자들이 강조하였던 천리를 보존하고 인욕을 제거하는 것을 노골적으로 반대하여 사욕을 긍정하였으며 신유학자의 도통론을 부정하고 심지어 공자에 대해서도 맹목적으로 믿지 말 것을 주장하였다. 그의 주요한 문학 주장은 동심설童心說이다.

천하의 지극한 문장은 동심에서 나오지 않은 것이 없다. 만약 동심이

---

61) 勞思光 著, 정인재 역, ≪중국철학사≫ 송명편, p.532 참조.
62) 황종희의 ≪明儒學案≫에서도 왕수인의 여러 제자들을 각기 지역에 따라 浙中 王門, 江右 王門 등으로 호칭하는 데 비해 태주학파에 대해서는 王門이라는 말을 생략하고 '泰州學案'이라고 칭함으로서 그것이 이단임을 드러내고 있다.
63) 예컨대, 侯外廬 共著, ≪宋明理學史≫에서는 태주학파를 다른 왕학의 후계와는 달리 별개의 독립적인 학파로 취급하고 있으며, 勞思光의 ≪중국철학사≫에서도 왕학의 여러 문파 가운데 가장 이단적인 파로 간주하고 있다.

항상 있으면, 도리가 작용하지 않고 견문이 서지 않게 되니, 문장을 이루지 않는 시대가 없고, 문장을 이루지 않는 사람이 없으며, 하나의 체제로서 글을 창작하였을 때 문장이 아닌 것이 하나도 없다. 시는 어찌 반드시 옛날의 선집이어야 하며 문장은 어찌 반드시 선진이겠는가? 내려와 육조가 되고, 변하여 근체시가 되고, 또 변하여 전기가 되고, 또 변하여 원본院本이 되고, 잡극이 되고, ≪서상곡西廂曲≫이 되고, ≪수호전水滸傳≫이 되고, 오늘날 과거 시험의 글이 되었는데, 이것들은 모두 고금의 지극한 문장이어서 시세의 선후로 논할 수가 없다.

天下之至文, 未有不出于童心者也. 苟童心常存, 道理不行, 聞見不立, 無時不文, 無人不文, 無一樣創制體格文字而非文者. 詩何必古選, 文何必先秦. 降而爲六朝, 變而爲近體, 又變而爲傳奇, 變而爲院本, 爲雜劇, 爲西廂曲, 爲水滸傳, 爲今之擧子業, 皆古今至文, 不可得而時勢先後論也.[64]

그의 철저한 반전통적 사고방식이 동심설에서도 잘 드러난다. 그는 도리를 헤아리는 마음과 견문으로 이루어진 마음이 작용하지 않을 때 비로소 지극한 문장을 지을 수 있음을 강조하였다. 그리고 그는 각 시대마다 다 나름대로의 제체를 갖춘 문장이 있으며 그것들은 모두 지극한 문장이어서 시대의 선후로써 논할 수 없는 것이라고 주장하여 당시 유행하던 복고주의의 풍조를 통렬히 공격하였다. 서위徐渭, 초횡焦竑, 탕현조湯顯祖 등도 이에 호응하여 반복고의 기치를 들었다. 그러나 본격적으로 시문의 창작과 이론을 통하여 반복고를 주장한 사람은 이탁오의 영향을 많이 받은 공안파의 원씨 삼형제이며, 그 중에서도 원굉도가 가장 유명하다.

세상 사람들이 당을 좋아하면 나는 당에는 시가 없다고 말합니다. 세상 사람들이 진한을 좋아하면 나는 진한에는 문장이 없었다고 말합니다. 세상 사람들이 송을 낮추고 원을 배척하면 나는 시문은 송원의 여러 대가들에게 있다고 말합니다. 옛날에 노자는 성인을 없애려고 하였고 장자는 공자를 풍자하고 훼방하였지만 그러나 지금 그 책은 없어지지 않았습니다. 순자는 성악을 말하였는데 또한 맹자와 동시에 전해질 수 있었던 것은 무엇 때문입니까? 견해가 자신으로부터 나와서 일찍이 반 사

---

64) 李贄, <童心說>, ≪明代文學資料彙編≫ 下集, p.624에서 재인용.

람의 고인에게도 의지하지 않으니 하늘을 떠받치고 땅 위에 우뚝 서 있는 바이어서 지금 사람들이 비록 꾸짖고 비방할 수는 있어도 폐할 수가 없기 때문입니다. … 그대는 저의 시가 당인과 비슷하다고 이르는데 이 말은 진실로 맞습니다. 그러나 요컨대 유우幼于가 취한 바는 모두 저의 시 가운데 당인과 같은 시이지 저의 득의한 시가 아닙니다. 무릇 당의 시와 같은 것을 보고 취하였으니 그 취하지 않은 것은 결단코 당의 시가 아님을 가히 알 수 있습니다. 이미 당의 시가 아닌 것은 어찌 중랑中郎이 스스로 지닌 시라고 이르지 않을 수 있겠습니까? 또한 어찌 유우가 취하지 않은 것으로써 중랑이 스스로 득의하지 못하였다고 보장할 수 있겠습니까? 저는 스스로 얻는 것을 구할 따름이니 다른 것은 어찌 감히 알겠습니까?

世人喜唐, 僕則曰唐無詩. 世人喜秦漢, 僕則曰秦漢無文. 世人卑宋黜元, 僕則曰詩文在宋元諸大家. 昔老子欲死聖人, 莊子譏毀孔子, 然至今其書不廢. 荀卿言性惡, 亦得與孟子同傳. 何者? 見從己出, 不曾依傍半個古人, 所以頂天立地, 今人雖譏訕得, 却是廢他不得. … 公謂僕是亦似唐人, 此言極是. 然要之幼于所取者, 蓋僕似唐之詩, 非僕得意詩也. 夫其似唐者見取, 則其不取者, 斷斷乎非唐詩可知. 旣非唐詩, 安得不謂中郎自有之詩, 又安得以幼于之不取, 保中郎之不自得也. 僕求自得而已, 他則何敢知.[65]

그의 이 말은 복고파의 주장을 타파하기 위한 것이었다. 그는 모름지기 자기 자신에게서 나온 견해를 존중하였으며 고인을 모방하는 것에 대해서는 철저하게 부정하였다. 공안파들은 시문을 지음에 있어 스스로 얻는 것을 가장 중시하였다. 공안파의 문학적 주장은 한편으로는 전후칠자의 복고주의를 타파하기 위한 것이지만 또 한편으로는 신유학의 부정적인 측면이라고 할 수 있는 개인의 자유로운 성정에 대한 속박을 타파하기 위한 것이었음은 말할 필요도 없다.

앞에서도 보았듯이 전후칠자의 문학 주장은 명초의 아정하기만 하고 맥없는 대각체를 타파하기 위한 것이었다. 그러나 단순히 대각체만을 부정하는 것이 아니라 원대 이후 계속되어온 신유학의 문학에 대한 영향력을 불식하기 위한 것이었다. 그들은 문학에 있어 이理의 합당함을

---

65) 袁宏道, 《袁中郎全集》, <與張幼于書>, 《明代文學批評資料彙編》 下集, p.660 에서 재인용.

떠나 진실한 감정을 펼 칠 것을 강조하였으며, 그 구체적인 실천 방안으로 신유학이 흥성하기 전인 당대 이전의 시문을 표본으로 하여 학습할 것을 주장하였던 것이다. 이로 보아 전후칠자와 공안파는 한편으로는 복고와 진화, 모방과 개성으로 서로 대립하고 있지만 서로 일맥상통하는 면이 있다.

공안파는 문학 이론은 매우 진보적이어서 주목할 만 하지만, 실제 창작면에 있어서는 자칫 통속적이고 경박하게 될 위험성이 있으며 실제로 이러한 경향이 그들의 폐단이 되었다. 이를 극복하기 위하여 등장한 것이 종성, 담원춘의 경릉파였는데, 그들의 문학적 주장은 공안파와 거의 다를 바가 없으며 다만 시문에 있어 깊고 그윽하고도 부드럽고 두터운 작품을 쓰려고 한 것이 서로 다를 뿐이다. 공안파나 경릉파는 모두 반복고를 주장하고 개성 있는 문학 작품을 주장함으로써 비교적 진보적인 문학관을 내세웠지만, 실제작품의 내용에 있어서는 주로 개인적인 심사나 정취를 다루었으며 당시 현실의 모순과 부조리를 다루는 작품은 별로 없다. 이는 이들이 비록 왕학의 영향을 받아 정주이학을 반대하는 성향이 있었지만, 왕학 또한 크게 보아서는 내성을 중시하는 신유학의 범주에 속하므로 그들의 관심도 정치적이나 사회적인 문제보다는 자연 개인적인 문제에 보다 기울 수밖에 없었기 때문일 것이다.

신유학이 쇠퇴하였던 청대

명말 청초는 또 다시 이민족에 의한 왕조 교체가 이루어지던 시기였다. 한족의 왕조인 명조가 만주족의 왕조인 청에 의해 무력하게 퇴패하는 가운데 한족 지식인들은 큰 울분을 느꼈으며, 나아가 명대의 학술문화 전체에 대한 전반적인 반성과 새로운 학문태도에 대한 모색을 구하였다. 명말청초의 삼대가라 칭해지는 황종희黃宗羲, 고염무顧炎武,

왕부지王夫之는 이러한 분위기 속에서 각각의 학문적 성격에 따라 입장과 정도의 차이는 있지만[66] 다같이 송명 신유학의 공허함을 지적하고 경세치용의 학문을 주장하였다. 이들보다 약간 뒤의 안습재顔習齋와 이서용李恕容은 보다 단호히 신유학의 폐단을 지적하여 정자와 주자가 주장한 심성이나 의리는 선학의 영향을 받은 것으로 실사와 실행을 주장한 공맹과는 판이하게 다른 길임을 강조하였다.[67]

　청초의 이러한 학풍은 청대의 학술로 하여금 송명대와는 다른 방향으로 발전하게끔 하였다. 강희康熙 연간에는 염약거閻若璩, 모기령毛奇齡 등이 고증을 중시하는 학풍을 일으켰다. 그러나 이때까지도 일반 학자들은 신유학을 신봉하였는데, 건륭乾隆 연간에 혜동惠棟이 나타나자 천하 사람들이 모두 모여들어 한학이 크게 흥성하였다.[68] 그의 문하에서 강성江聲, 전대흔錢大昕, 대진戴震 등이 나왔고, 다시 대진戴震의 문하에서 왕념손王念孫, 왕인지王引之, 단옥재段玉裁 등이 배출되어 천하는 한학 일색이 되었다. 이들은 훈고, 교감, 주석, 수집보완, 위서변별, 일서 편집 등의 실제적인 고전 연구 방면에 지대한 업적을 쌓았다. 물론 정주이학은 역대의 제왕들이 자신들의 지위를 공고히 하기 위하여 계속해서 선양하였으므로 관학으로서의 지위가 계속되었지만 송명대의 신유학은 건륭乾隆 이후에는 더 이상 학술 사상계의 주류가 될 수가 없었다.

　문학에 있어서도 신유학의 영향력은 원대나 명대와 비할 바가 못 되었다. 문학에 있어 신유학의 영향력을 벗어버리기 위한 노력은 이미

---

66) 황종희는 왕학의 후학인 劉宗周의 문인이므로 양명학 자체보다는 주로 광선에 빠진 왕학 좌파의 폐단에 대하여 집중적으로 공격하였다. 이에 비해 고염무는 주로 왕학의 폐단을 집중적으로 공격하였으며 왕부지는 장재의 기일원론을 중심으로 정주이학과 육왕심학을 모두 공격하였다. 勞思光 저, 정인재 역, ≪중국철학사≫ 송명편, pp.8-9 참조.

67) 안습재의 연보에는 51세 때 李恕容에게 "自一南遊, 見人人禪子, 家家虛文, 直與孔門敵對. 必破一分程朱, 始入一分孔孟, 乃定以爲孔孟程朱判然兩途, 不願作道統中鄕愿矣"라고 고하는 말이 있다. 錢　穆, ≪近三百年學術史≫ 上卷, 臺北 : 臺灣商務印書館, 1983, p.159에서 재인용.

68) 宇野哲人　著, 馬福辰　譯, ≪中國近世儒學史≫, 臺北 : 中國文化大學出版部, 1982, p.364 참조.

전후칠자로부터 계속되었으며 공안파에 이르러서는 더욱 가속화되었다. 청초의 삼대가들의 문학관은 전후칠자의 판에 박힌 복고주의도 배격하였지만 공안파의 부박한 성령설에 대해서도 공격하였다. 그들은 이전까지의 학술문화를 총정리하고 새로운 지평을 여는 입장에서 명대 문학의 역사적 교훈을 겸허하게 수용하고 문학에 있어서의 새로운 방향을 제시하려고 하였다. 삼대가 가운데 신유학에 대해 비교적 긍정적이었던 황종희의 문학관을 살펴보자.

그는 기본적으로는 도통과 문통의 합일을 추구하고 있다. 그는 <심소자경암초서沈昭子耿巖草序>라는 글에서 송원 시대 여러 학파의 학자와 문장가들을 열거하고 무릇 학술사상적으로 창조한 바가 있는 사람들은 그 문장 또한 뛰어나다고 주장하고 있다.

> 무릇 주희, 육상산, 여조겸, 위료옹, 진덕수, 황간, 왕백, 김이상, 유인, 오징 등은 이른바 학통을 이은 사람이 아닌가? 문장으로 논한다면 모두 《사기》와 《한서》의 빼어나고 신묘함을 그 안에 갖추고 있다. … 이른바 문장가로는 송초에 흥성하였던 류개, 목수, 소식, 윤수尹洙, 석개 등이 연원이 가장 깊은데 물을 뿌려 씻어내듯이 일가를 이룬 사람들이 아닌가?… 이로서 말하자면 학통을 이은 사람은 문장에 일찍이 뛰어나지 않은 적이 없고, 그 문장이 멀리 전해지는 사람은 학문의 밝음에 근본을 두지 않은 적이 없다. 내려오면서 실전하여 이학을 말하는 사람은 문사가 공교해져서 이理를 이길까봐 두려워 하니 그런 즉 반드시 직접 이르고 가까운 데서 비유하고, 문장을 말하는 사람은 문사를 닦는 것을 일로 삼으니 차라리 이理를 잃어버리려고 하고 "이학이 흥하여 문예가 끊어졌다"라고 말한다. 오호라! 또한 잘못되었다.
>
> 夫考亭, 象山, 伯恭, 鶴山, 西山, 勉齋, 魯齋, 仁山, 靜修, 草廬, 非所謂承學統者也. 而文以論之, 則皆有史漢之精神包擧其內. … 其所謂文章家者, 宋初之盛, 柳仲涂, 穆伯長, 蘇子美, 尹師魯, 石守道, 淵源最遠, 非汎然成家者也. … 由此而言, 則承學統者未有不善于文, 彼文之行遠者, 未有不本于學明矣. 降而失傳, 言理學者懼辭工而勝理, 則必直致近譬, 言文章者則以修辭爲務, 則寧失諸理, 而曰理學興而文藝絶. 嗚呼, 亦寃矣.[69]

---

69) 黃宗羲, 《南雷文定》 後集 卷一, 蔡鐘翔 等 共著, 《中國文學理論史》 券四, pp.114-115에서 재인용.

그는 송원 이래 계속되어온 신유학의 도통과 문학의 문통의 합일에 대해 등정적인 관점에서 논하고 있다. 그는 후대로 내려오면서 신유학과 문학이 한 쪽으로 치우쳐 폐단이 있게 되었음을 말하고 있다. 그가 든 "차라리 이理를 잃어버린다"와 "이학이 흥하자 문예가 끊어졌다" 등의 말은 모두 전후칠자의 주장70)으로서 문학에 대한 신유학의 영향력을 불식시키려는 의도에서 나온 것이다. 이로 보아 그는 신유학이 흥하여 문예가 폐하게 되었다는 주장에는 동조하지 않았음을 알 수 있다.

그러나 그는 정주이학가들이 주장하였던 것처럼 맹목적으로 문통과 도통을 합일하려고 주장한 것이 아니다. 그는 정주이학의 도통만이 아니라 육상산, 여조겸, 오징 등 신유학 별파와 왕안석, 유반劉攽, 진량陳亮, 진부량陳傅良 등 학술사상적으로 성취가 있는 모든 사람들을 들고 있는데, 이로 보아 좁은 의미의 정자 주자의 도통과 한유 구양수의 문통을 논하는 것이 아니라 학술과 문학을 논하고 있음을 알 수 있다. 즉 진실한 사상과 진실한 감정은 원래 분리되지 않는 것임을 강조하였던 것이다. 그의 주장은 신유학과 문학의 결별을 모색하였던 전후칠자의 주장을 비난하면서도 편협한 신유학자의 문학관을 극복하고 있다.

시론에 있어서도 마찬가지였다. 그는 기본적으로는 신유학자의 관점을 지니고 있다.

> 시란 그로써 성정을 말하는 것이다. 무릇 사람이면 그것을 능히 말할 수 있다. 그러나 자고이래로 좋은 시가 많은데 성性을 아는 사람은 어찌 그리 적은가? 대개 일시의 성정이 있고 만고의 성정이 있다. 무릇 오나라에서 노래하고 월나라에서 노래하는 것이나 원망하는 아낙과 쫓겨난 신하나 풍경에 접하고 사물에 느끼는 것은 그 말하지 않을 수 없는 것을 말하는 것인데 이것은 일시의 성정이다. 공자는 그것을 산거하여 '흥관군원'과 '사무사思無邪'의 뜻에 합당하도록 하였는데, 이는 만고의 성정이다. 우리들은 공자를 외우고 따르니 만약 시를 말한다면 또한 공자의 성정을 성정으로 삼아야 할 것이다. … 그러므로 시를 말하는 사람은

---

70) '寧失諸理'는 이반룡의 <逡王元美序>에서 나온 말이고, '理學興而文藝絶'은 이몽양의 <論學>의 '宋儒興而古之文廢矣'와 같은 뜻이다.

성性을 알지 않으면 안 된다.

　詩以道性情, 夫人而能言之, 然自古以來, 詩之美者多矣, 而知性者何其少也. 蓋有一時之性情, 有萬古之性情. 夫吳유越唱, 怨女逐臣, 觸景感物, 言乎其所不得不言, 此一時之性情也. 孔子珊之合乎興觀群怨思無邪之旨, 此萬古之性情也. 吾人誦法孔子, 苟其言詩, 亦必當以孔子之性情爲性情. … 故言詩者不可以不知性.[71]

　성정 가운데 성性을 더욱 중시여기는 태도는 신유학자들의 시에 대한 일반적인 입장이다. 그리고 사람의 성정을 개인적이고 일시적인 것과 보편적이고 영원한 것으로 나누고 후자를 성정으로 삼아야 한다는 것은 소옹이 일신의 편안하고 힘듦과 한 시대의 막히고 뚫림을 극복하자고 주장한 것과 같은 맥락이다. 황종희는 원래 양명학의 수정자인 유종주의 문인이기 때문에 그의 문학이론에는 자연 이러한 흔적이 많이 남아 있을 수밖에 없었다.

　그러나 그는 명말청초의 망국의 현실을 목도해왔기 때문에 여기에서 머물지는 않았다. 그는 우수와 곤궁 속에서 더 진실한 시가 나오며, ≪시경≫의 변풍과 변아는 진실한 정이 있어 천지와 귀신을 감동시킬 수 있다고 하고 남송의 유민시에 대해 매우 높이 평가하였다.[72] 이는 그들과 같이 혼란기 속에서 인생의 쓴맛단맛을 체험한 뒤에 내린 나름대로의 결론이라고 할 수 있을 것이다. 그의 이러한 주장들은 자연스럽고 담담한 풍격으로 고원한 지덕을 노래하기를 주장하였던 신유학자의 시론과는 완전히 상치되는 것이다.

　비교적 신유학자의 풍도가 많이 있던 황종희가 이러한 주장을 하였을 정도이니 고염무나 왕부지는 더욱 신유학의 영향으로부터 벗어날 것을 주장하였음은 재론할 필요가 없을 것이다. 청초의 시문과 시문이론은 왕조 교체기에 걸맞게 한족 지식인의 울분과 반성이 잘 드러나고 있다.

　그러나 청초의 혼란기도 지나가고 정치적 안정기 속에서 청조의 황

---

71) 黃宗義, ≪南雷文約≫ 四集 卷一, <馬雪航詩序>, 蔡鐘翔 등, 같은 책, p.107 에서 재인용.
72) 蔡鐘翔 등, 같은 책, p.104 참조.

실은 한족 지식인에 대해 한편으로는 작록으로써 포용흡수하고 한편으로는 문자옥을 일으켜 사상을 통제하는 정책을 펼쳤다. 이에 지식인들은 한편으로는 현실에 안주하면서 한편으로는 국가는 잃었지만 문화만이라도 보존하겠다는 생각으로 이전까지의 고전을 총정리하는 방향에 보다 관심을 기울이게 되었다. 문학에 있어서도 이러한 경향은 마찬가지여서 청초의 울분과 반성은 사그라지고 전반적인 복고의 풍조 가운데 이전의 시문이론에 대한 총정리가 행해졌다.

우선 시에 있어서는 당시를 추존하는 종당파와 송시를 추존하는 종송파가 대립하였으며, 종당파 안에서도 사공도司空圖의 ≪이십사시품二十四詩品≫과 엄우의 ≪창랑시화≫의 맥을 이어 시의 언외지미에 대한 이론을 집대성한 신운설神韻說, 이동양과 전후칠자의 이론을 중심으로 시의 표현양식과 언어의 음조를 중시한 격조설, 그리고 명대 공안파의 영향을 받아 종당이나 종송을 주장하지 않고 개인의 진실한 감정을 중시한 성령설 등의 다양한 주장이 대두하였다. 산문에 있어서도 남송 말기 이래 계속 논의되어 온 문통과 도통의 융합을 추구한 동성파가 널리 유행하였으며, 송대의 고문운동의 완성과 함께 산문의 주된 지위를 고문에게 넘겨준 변려문도 다시 유행하게 되었다. 이상의 시문이론 가운데 신유학의 영향이 비교적 많이 남아 있는 것은 시에 있어서는 격조설과 성령설의 대립이고 문에 있어서는 동성파의 고문이론이다.

심덕잠沈德潛의 격조설은 기본적으로는 전후칠자의 설을 계승한 것이다. 전후칠자는 격률이 고원하고 성조가 웅장한 당시를 시의 모범으로 삼았다. 심덕잠은 이들의 주장에 긍정하면서도 약간의 수정을 가하였다. 그 중 가장 중요한 것은 ≪시경≫의 풍아를 중심으로 교화, 성정, 온유돈후 등의 정통 유가시론의 근본 원칙에 보다 충실하려고 한 것이다.73) 전후칠자는 시에 있어서 이理를 위주로 하는 것을 반대하고, 이를 대신하는 것으로 진실한 감정과 음악성에 바탕을 둔 격조를 주장하

---

73) 蔡鐘翔 등 공저, ≪中國文學理論史≫ 卷四, p.459 참조.

였다. 그러나 심덕잠은 전후칠자와는 다른 역사적 환경에 있었으므로 비록 정情과 운을 중시하고 격조를 이었지만 이理에 대해서도 그리 배타적이 아니었다.

> 사람들은 시는 성정을 주로 하고 의론을 위주로 하지 않는다고 말하는데, 그럴싸하지만 또한 극진한 것은 아니다. 생각하건대 <소아>, <대아> 중에 어디에 의론이 없겠는가? 두보의 고시 중에 <봉선영회奉先詠懷>, <북정北征>, <팔애八哀> 등의 작품과 근체시 가운데 <촉상蜀相>, <영회詠懷>, <제갈諸葛> 등의 작품은 순전히 의론이다. 그러나 의론은 반드시 정情과 운을 지녀서 행해지는 것이니 비천한 사람의 모습에 가까워지지 말아야 한다.
> 人謂詩主性情, 不主議論, 似也, 而亦不盡矣. 試思二雅中, 何處無議論. 杜老古詩奉先詠懷, 北征, 八哀諸作, 近體蜀相 詠懷, 諸葛諸作, 純乎議論. 但議論須待情韻以行, 勿近傖父面目耳.[74]

그는 시에 있어서 의론은 무방하다고 하고 다만 정情과 운과 잘 조화만 이루면 된다고 하였다. 그의 주된 관심사는 정情이냐 이理이냐의 문제가 아니라 시를 통한 성정의 도야나 교화의 문제에 있었다. 이는 시의 규범화를 보다 강화하는 것으로서, 이로 보아 심덕잠의 격조설는 정주이학의 영향을 받고 있음을 알 수 있다.

격조설과 가장 대립적인 시론은 오뢰발吳雷發과 원매袁枚 등의 성령설이다. 격조설이 내용과 풍격에 있어 성정지정과 온유돈후를 주장하고 형식에 있어 정情과 음악성을 기본으로 한 격조를 주장하여 전반적으로 시의 규범화를 주장한 데 비해, 성령설은 무엇보다도 전통의 규범을 반대하고 개인의 자유로운 성정을 읊는 것을 강조하였다. 오뢰발의 다음의 문장은 성령설의 입장을 극명하게 드러내고 있다.

> 시는 성정을 근본으로 하는 것이니 진실로 억지로 할 수 없는 것이며 또한 억지로 할 필요도 없다. 근래에 시를 논하는 자들을 보면 혹은

---

74) 沈德潛, ≪說詩晬語≫ 卷下, 丁福保 編, ≪淸詩話≫, 臺北 : 明倫出版社, 1971.

> 슬픔과 우수가 지나치면 잘못된 것으로 여기고 또한 희노애락이 모두
> 마땅히 절도에 맞아야 한다고 주장하는데 이는 곧 도학을 강의하는 것
> 이지 시를 논하는 것이 아님을 알지 못한다.
>
> 　詩本性情, 固不可强, 亦不必强. 近見論詩者, 或以悲愁過甚爲非, 且謂喜
> 怒哀樂俱宜中節. 不知此乃講道學, 不是論詩.[75]

그는 시가 성정을 근본으로 하는 것임에는 동조하였지만 그 성정이
란 원래 억지로 교정할 수 없는 것이고 또한 교정할 필요도 없는 것이
라는 것을 강조하였다. 그리고 시로써 성정을 도야한다는 것 자체가
신유학자의 관점에서 나온 것이며 시를 논하는 것이 아님을 주장하였
다. 성령설은 물론 명말 왕학 좌파의 영향을 받은 공안파의 시론을 계
승한 것이다. 격조설과 성령설은 문학에 있어 전체주의와 개인주의, 그
리고 보수와 진보의 대립으로서 명말의 정주이학과 왕학 좌파의 대립
을 재연한 것이라 하겠다.

문장론에 있어 신유학자 문학관의 영향을 가장 많이 받은 것은 청대
의 대표적인 고문파인 동성파였다. 동성파는 방포方苞로부터 시작되어
유대괴劉大櫆를 거쳐서 요내姚鼐에 이르러 집대성되었으며 청말에까지
그 위세를 떨쳤다. 동성파 고문이론의 가장 큰 특징은 도학과 문학의
융합이라고 할 수 있다.

동성파의 창시자 방포는 스스로 "학행은 정자와 주자의 도를 계승하
였고 문장은 한유와 구양수의 사이에 끼였다."[76]라고 말하여 자신이
정주程朱의 도통을 이었으며 아울러 한구韓歐의 문통을 이었음을 주장
하였다. 그는 문장가는 문인인 동시에 성인이 되어야 한다는 이상 아
래 고문합일을 주장하였다. 그의 관점에서는 고문가들은 글은 잘 지었
지만 문장은 육경의 근거가 부족하고 도를 충분히 담지 못하고 있으며
이에 비해 정자나 주자와 같은 도학자들의 문장은 내용은 좋지만 글이

---

75) 袁　枚, ≪說詩管蒯≫, 丁福保 編, ≪淸詩話≫.
76) 方　苞, ≪方望溪全集≫ 附錄三, 各家序跋, <原集三序>, 四部叢刊初編縮印本:
　　"學行繼程朱之道, 文章介韓歐之間".

썩 좋지는 않기 때문에 도문합일이 이루어졌을 때 비로소 최고의 문장을 쓸 수 있다고 주장하였다. 이것은 남송말부터 논의되다가 원대에 활발히 추진되었던 정주이학의 도통과 한유 구양수의 고문의 문통의 융합을 추구하는 것이었다.

방포의 제자인 대균형戴鈞衡의 다음 글은 방포가 추구하였던 문장의 이상을 잘 설명하고 있다.

> 대저 선생은 정자와 주자를 배워 도에서 얻은 것이 갖추어졌다. 한유와 구양수는 문으로 인하여 도를 드러내었는데 문에 들어간 것이 정세하다. 문에 들어간 것이 정세하다고 하여 도가 반드시 깊어지는 것은 아니지만 이미 화려하고 묘하게 되어 헤아릴 수 없다. 도에서 얻은 것이 갖추어져도 문이 만약 구속받으면 바꾸어 마음대로 변화할 수 없다. 그러나 문장가의 정묘하고 깊은 경지를 오직 선생만이 팔을 흔들며 노닐며 다녔다.
> 蓋先生服習程朱, 其得於道者備. 韓歐因文見道, 其入於文者精. 入於文者精, 道不必深, 而已華妙不可測, 得於道者備, 文若爲所束, 轉未能恣肆變化, 然而文家精心之域, 惟先生掉臂游行.[77]

방포는 또한 문장에 있어 의법義法을 엄격히 지켜야 함을 강조하였다. 그는 문장을 씀에 있어서 유교의 도의, 특히 ≪춘추≫의 의를 바탕으로 삼고 ≪춘추≫의 포폄의 필법을 터득하고 난 뒤에 ≪좌전≫, ≪사기≫를 비롯하여 당송팔대가의 고문의 법을 종지로 삼아야 한다고 주장하였다. 여기서 의란 결국 유교적인 도를 말하는 것이고 법이란 문장의 작법을 말하는 것이다. 그가 말하는 고문의 의법義法이란 원대의 신유학자이자 고문가인 학경이 논한 이법理法에서 그 연원을 찾을 수 있을 것이다.

그러나 현실적으로 완전한 도문합일을 추구하는 것은 거의 불가능한 이상일 뿐만 아니라 문학을 사상의 굴레에 씌우는 것으로서 문학 자체의 생명력을 옥죄는 것이라고 할 수 있다. 실제로 방포의 문장에 대해

---

77) ≪方望溪全集≫ 附錄三 各家序跋, 四部叢刊初編縮印本.

서는 지나치게 아정雅正하기만 하고 웅대한 맛이나 기상이 없다는 것이 일반적인 평이다.

방포의 계승자인 유대괴는 이러한 한계를 극복하기 위해 도문합일이라는 기본 전제를 존중하면서도 문장에 있어서는 모름지기 신기음절神氣音節이 있어야 함을 강조하였다. 문장 속에는 정신과 기운이 살아 있어야 하고 음절의 조화로움도 필요하다는 주장이다. 그리고 유대괴의 제자인 요내는 스승이 말한 신기神氣를 보충설명하면서 신리기미神理氣味라는 새로운 개념을 도입하였고 음절을 보충설명하면서 문장은 격율성색格律聲色을 갖추어야 함을 강조하였다.

비록 이러한 보완장치가 있었다고는 하지만 동성파 고문이론의 기본적인 바탕은 바로 정이와 주희의 도통과 한유 구양수의 문통을 통합하는 것이었다. 동성파의 문장은 청말까지 그 위세를 떨쳤는데 이를 보아 신유학이 후대의 시문에 얼마나 지대한 영향력을 행사하였는지를 짐작할 수 있다.

12 맺는 말

송대에 발흥한 신유학은 기본적으로는 유가의 옷을 입고 있기 때문에 불교와 도교에 비해서 내면세계 내지는 초월 세계보다는 외면적 현실세계를 중시하였다. 그들도 공맹의 정치적 이상을 실현하는 것을 추구하였으며 변화된 정치 경제적 환경에 대응하여 새로운 차원의 사회 윤리를 확립하려고 노력하였다. 그러나 기존의 유학이 단순히 정치사상과 사회 윤리의 차원에 머물러 있었던 데 비해 신유학은 수양을 통해 성인에 이르는 것을 중시하고 있다는 것이 큰 차이이다.

그들은 이를 위해서 이전의 유학에서는 별로 중시되지 않던 심성론과 수양론을 사상의 중심영역으로 편입시켰다. 그들은 유가의 경전 가운데서 내면적 수양을 중시하는 부분을 부각시키고 새롭게 해석하였으며 아울러 기존의 유가에서 부족한 부분은 불교나 도교에서 빌려오기도 하였다. 좀 더 구체적인 수양론을 확립하기 위하여 실제적인 명상 수련도 하였다. 신유학에서 나타나는 내성의 중시는 이들의 문학관에서도 그대로 나타나고 있다.

이들은 전반적으로 도를 중시하여 문학을 경시하는 경향이 있는데 이러한 경향을 대표하는 문학관으로는 주돈이의 문이재도설과 정이의 작문해도설이 있다. 주돈이의 문이재도설은 표면상으로는 한유와 류종원의 문이관도설 내지는 문이명도설을 발전시킨 것처럼 보이지만 이들과는 그 성격이 판연히 다르다. 문이재도설에서는 문이관도설나 문이

명도설에 비해 문학의 지위를 보다 격하시키고 있으며 실제 담으려고 하였던 도도 경세치용적인 도보다는 주로 도덕적인 측면에 치우치고 있다. 도덕적인 측면을 강조한 것은 물론 외왕보다는 내성을 중시하였기 때문이며 문학의 지위를 격하시킨 것도 그것이 내성의 도가 되기에는 부족하였기 때문이었다. 정이의 작문해도설 또한 이와 같은 맥락에서 이해될 수 있을 것이다. 그는 문장을 짓는 것을 완물상지라 하여 철저히 무시하였는데, 그가 잃어버리지 않으려고 하였던 뜻이란 바로 안으로 심성 수양을 통하여 성인을 이루려는 뜻이었던 것이다.

이전의 유가적 문학관에서는 문학이 유미주의적 경향에 흐르는 것을 경계하고 문학의 정치사회적 공용성을 강조하기 위하여 문학 속에 도를 담아야 할 것을 강조하였지만 신유학자들이 주로 도덕적 수양의 도를 담아야 할 것을 강조하였으며 때로는 심신 수양에 전념하기 위해서 문학 행위 자체를 부정하기도 하였다.

신유학자들의 문학관에 나타나는 또 하나의 큰 특징은 개인의 지덕과 성정을 강조하였다는 것이다. 그들은 시문에 가장 중요한 관건으로 고매한 지덕과 성정을 들고 있으며 실제 그들의 작품 속에는 대부분 개인적인 지덕과 성정을 펼친 것이 주류를 이루고 있다. 그들의 이러한 경향은 고인의 시를 평하는 데에서도 잘 나타나고 있다. 신유학들이 거의 예외 없이 가장 높이 평가하고 좋아한 시인은 도연명과 위응물이었는데, 그 이유는 이들의 시에는 고매한 지덕이 잘 반영되고 있다고 보았기 때문이다. 그리고 유가의 우국충정을 대표하는 시인인 두보에 대해서는 그리 높게 평가하지 않고 있는데 그 주된 이유는 지덕이 높지 않다는 것이었다. 이러한 현상은 바로 내성을 중시여기는 신유학의 학문적 성향에서 기인한 것이다.

신유학자의 문학관에서 볼 수 있는 또 하나의 주요한 특징은 이理를 중시하였다는 것이다. 그들은 시문을 지음에 있어 이理에 밝아야 함을 강조하고 있는데 신유학의 핵심 개념 가운데 하나가 이理인 것을 생각하면 당연한 일이라고 할 수 있다. 이렇게 시문을 지음에 있어 이理를 강조하는 것은 문학에 있어 주정적 요소보다는 주지적 요소를 중시하는 경향으로 이어진다.

신유학들의 문학관은 공통적으로 내성을 중시하는 측면이 있으나 그 나타나는 양상들은 서로 약간 씩 다르다. 이러한 차이는 주로 그들의 학문적 태도와 생활정취의 차이에서 기인한 것이다. 북송의 신유학자들 가운데서도 학문적 태도나 생활정취가 도가적 성향에 가깝고 유가적 내성론이 아직 확립이 되어 있지 않은 사람들이 문학에 대해 보다 유화적임을 알 수 있었고 학문적 태도가 보다 유가 내성론의 본질에 근접하고 이에 따라 심성론과 수양론이 보다 체계화될수록 대체로 문학을 부정하는 태도를 견지하고 있음을 알 수 있었다.

북송의 신유학자 가운데 가장 도가적 성향이 농후한 사람은 소옹이었는데 그는 주요 이학가들 가운데 가장 많은 시를 남기고 있으며 시론에 대해서도 약간의 글을 남기고 있다. 그는 시에 있어서 지를 중시하고 정을 경계하는 입장을 지니고 있는데, 정을 부정적으로 보는 것은 내면적 수양과 밀접한 관련이 있다. 또한 사물로써 사물을 보는 이물관물론을 강조하고 있는데 이는 소옹의 수양론에서 나온 것이다. 그의 시는 대부분 자신의 개인적 흥취를 노래한 것들로서 이 또한 사회의 모순이나 현실을 반영하기보다는 개인적 지덕이나 정취를 중시하였던 신유학가 문학관의 일반적인 특징에 잘 부합하고 있다.

주돈이와 장재는 소옹만큼 문학을 애호하지도 않았으며 정이만큼 부정적인 입장도 지니지 않았는데, 주돈이가 대체로 소옹에 가깝다면 장재는 정이에 가까운 편이다. 주돈이는 문이재도설을 주장하였지만 실제 그의 취향은 산수지락을 흠모하고 고원한 풍취를 구하였다. 그의 얼마 되지 않은 시들이 대부분 산수를 그리워하고 탈속적인 정취가 풍부한 것만 보아도 이를 알 수 있다. 장재는 근엄한 태도로서 각고의 노력을 통하여 일가를 이루었으므로 자연 문학에는 부정적이었으며, 그의 시에도 문학적 운치는 거의 없다. 그의 사상은 북송 신유학사에서 초기의 도가적 느슨한 풍토에서 엄정한 유가적 기풍으로 나아가는 도정에 있는데 문학관에 있어서도 그러한 성향을 잘 드러내고 있다.

이정은 북송 신유학의 만기에 속하는데, 문학에 있어서는 가장 부정적인 태도를 보이고 있다. 정호가 보다 혼후한 기상이 많은 반면 정이는 보다 근엄한 기상이 많은데, 이러한 인격의 차이는 학문적 태도뿐만 아니라 문학에 대한 태도에서도 잘 나타나고 있다. 정이가 시문을 짓는 것은 도를 해치고 일에 방해가 된다는 극단적인 문학부정론을 취하고 있는데 비해 정호는 비교적 유화적인 편이다. 그들의 문학에 대한 입장은 그들의 시를 보면 잘 알 수 있는데 정이가 일생에 단 세 수의 시를 지어 자신의 문학관과 명실상부하고 있는 데 비해, 정호는 60여 수의 그리 많지 않은 시를 남기고 있지만 그 시의 내용들이 대부분 산수지락을 읊은 것이어서 주돈이나 소옹에 근접하는 면모가 있다.

북송대에 여러 갈래로 다양하게 발전하였던 신유학은 남송대의 주희에 이르러 집대성되는데 정이의 학설을 중심으로 주자가 집대성하였기에 흔히 정주이학이라고 부른다. 남송대에는 정주이학 외에 육상산이 제창한 심학이 주요 학파로 등장하는데 이들의 학문적 성향의 차이는 문학관에서도 그대로 반영되고 있다.

주희는 북송 신유학을 집대성하였을 뿐 아니라 문학에 대해서도 다른 어떤 신유학자보다 깊은 관심을 보여 가장 탁월한 업적을 남겼다. 북송대 신유학자들의 문학관이 주로 문학에 대한 자신의 입장을 표명하는 수준에 그쳤던 데 비해 주희는 신유학의 학문적 성과를 문학에 적용하여 보다 심도 있는 문학관을 펼치고 있다.

우선 그는 신유학의 핵심적인 개념인 이理와 기氣를 문학에도 적용하여 도를 본체인 이理에 대입시키고 문학을 현상인 기氣에 대입시켜 도가 근본이고 문장은 말엽임을 주장하였다. 그는 먼저 도본문말론의 관점에서 고문가들의 문이관도설이 잘못된 것임을 지적하였다. 그러나 문학의 독립성과 자체 규율을 완전히 무시하지는 않았다. 철학적으로 볼 때 정이는 철저하게 기氣에 대한 이理의 우위를 강조하였던 것에 비해 주희는 비록 이理가 만물의 근원이지만 현상계에서는 기의 영향력을 무시할 수 없음을 인정하였다. 이러한 입장은 문학관에서도 그대로 반영되고 있는데 주희는 문장은 문장 나름대로의 독립적인 지위와 영역이 있으며 도로써도 어찌할 수 없는 면이 있음을 인식하고 문학 자체의 심미규율에 대해서도 상당한 관심을 기울였다.

시에 대한 주희의 태도는 소옹과 정이의 태도를 절충한 듯한 태도를 보이고 있다. 그는 원래 시인적 소양이 풍부하였지만 심성의 수양을 위해 시를 금기시한 정문의 전통을 무시할 수 없어 한편으로는 시에 탐닉하였다가 한편으로는 반성하곤 하였다. 그러나 그는 끝내 시인적 면모를 잃지 않았는데, 이러한 주희의 태도는 후세 시를 좋아하는 신유학자들에게는 좋은 구실이 되었던 것이다.

그는 시문에 있어 이치와 지덕을 중시하였는데, 문에 있어서는 주로 이치에 합당한가를 중시하고, 시에 있어서는 주로 지덕의 고하를 중시하였다. 그는 이러한 기준으로 역대의 시문을 논하였는데, 문장에 있어서는 주로 구양수와 증공에 대해 긍정적인 평가를 내린 데 비해, 삼소에 대해서는 그 문학적 성과를 어느 정도 인정하면서도 의리에 합당하지 않음을 많이 지적하였다. 시에 있어서는 역대의 시인들 가운데 도연명과 위응물을 가장 높이 받들고 두보는 이들보다 아래에 두었는데, 이는 신유학자들의 내성적인 입장을 잘 드러내고 있다.

주희는 시문의 풍격에 있어서도 나름대로의 견해를 제시하고 있다. 그는 문장에 있어서는 평이하고 명백한 것을 주장하였고 시에 있어서는 자연 평담한 풍격을 이상으로 하였다. 이는 평이하고 명백한 풍격이 이치를 드러내는 데에 보다 합당하고, 자연스럽고 평담한 풍격이 고매한 지덕을 읊기에 더욱 어울리기 때문이었다. 따라서 그의 풍격론은 시문에 있어 이치와 지덕이 근본임을 강조한 그의 입장과 서로 상통하는 것이다.

주희의 문학관을 계승한 자는 진덕수와 위료옹인데, 이들은 문학가의 입장과 당시 흥성하였던 사공학파의 입장을 어느 정도 수용하여 신유학의 문학에 대한 지배력을 더욱 강화시키려고 하였다. 이중에서도 진덕수는 주희의 뜻을 받들어 신유학자의 문학관을 기준으로 하여 역대의 시문을 편집한 ≪문장정종≫이라는 시문선집을 만들어 신유학자들의 문학관의 영향력을 더욱 확산시켰다.

주희가 북송의 신유학을 집대성하여 일가를 이루었을 때 육구연은 정주이학과는 약간 다른 성격의 학문체계인 심학을 제창하였다. 심학도 신유학의 일파이므로 내성을 중시한 것은 마찬가지이며 오히려 정주이학보다 더욱 철저한 편이다. 심학의 특징은 정주이학이 주로 객관적인 성격이 강한 이理를 보다 중시하는 데 비해 주관적인 성격이 보다 강한 심心을 중시하였다는 데 있다. 이러한 철학적 성격의 차이는 그들의 문학관에서도 나타나고 있다. 심학의 개조인 육구연은 주희와는 달리 문학적인 소양이나 관심이 그리 많지 않아서 문학에 대한 주장이 별로 없다. 따라서 정주이학과 뚜렷하게 대별되는 문학관은 찾기는 어렵지만 그래도 주관적 심에 대한 강조의 흔적은 찾을 수 있었다.

이학가의 문학관과는 다른 심학가의 문학관의 특징을 잘 보여주는 사람은 포회이다. 포회는 심학가이자 시인으로서 그의 문학론은 주로 시에 집중되어 있다. 그의 문학관 속에는 신유학자 문학관의 일반적인 특징을 그대로 보여주는 부분이 있는가 하면 심학가 특유의 관점을 드러내는 부분도 있다. 그것은 시에 있어서 진실함을 강조하였다는 점이다. 그는 시가 진실해지려면, 독서나 견문의 테두리에서 벗어나야 하고, 무병신음해서는 안되고, 자신만의 성정과 뜻을 읊어야 함을 강조하였다. 독서나 견문의 테두리를 벗어나야 함을 강조한 것은 엄우의 ≪창랑시화≫의 견해와 일맥상통하는 면이 있고, 자신만의 성령을 강조한 것은 명대 공안파나 청대 성령설의 선구가 되고 있다.

심학은 원래 주관적인 심에 대한 자각을 강조하였기 때문에, 독서나 문자를 경시하는 경향이 있는데, 이러한 측면이 불립문자를 강조하는 선가의 이론을 빌린 엄우의 시론과 일맥상통하게 하였을 것이다. 그리고 심학은 정주이학보다 주체성을 많이 강조하였기 때문에 심학의 영향을 많이 받은 문학론은 복고나 모방보다는 개성과 독창성을 강조하는 방향으로 나아갈 수 있었던 것이다.

송대에 발흥한 신유학은 후기 봉건제국시대의 사회윤리의 기초를 다졌을 뿐만 아니라 사회문화 전반에 걸쳐 많은 영향을 끼쳤다. 특히 그들의 문학관은 사대부들의 정통 문학이라고 할 수 있는 시문에 적지 않은 영향력을 행사하였다.

송대까지 문학사의 주류의 지위에 있던 시와 문이 원대 이후로는 그다지 큰 주목을 받지 못하게 된 데에는 일단 도시의 발달, 시민의식의 성장 등으로 인해 민간문학인 사와 곡, 희곡과 소설이 크게 흥성하여 문학사의 새로운 주역으로 등장한 것이 가장 큰 이유라고 할 수 있다. 그러나 명대 이후 많은 문인들이 지적하였듯이 신유학의 흥성 또한 시문의 침체에 어느 정도 영향을 끼쳤다고 할 수 있다. 신유학자들은 전반적으로 문학보다는 도를 지나치게 중시하여 문학에 사상적 굴레를 씌우려는 경향이 있었고, 시문에 이理를 지나치게 강조함으로써 감성적 측면을 소홀히 하는 성향도 있었고, 시를 지음에 있어서는 고매한 지덕과 성정을 지나치게 중시하여 문학적 생동감을 억압하려는 성향이 있었다. 이것들은 분명 시문의 발전에 어느 정도 부정적인 역할을 하였던 것이 틀림없다.

그러나 신유학자들의 문학관이 반드시 부정적인 측면만 있는 것은 아니다. 그들의 중도경문의 성향은 문학의 입지를 약화하는 측면도 있지만 부화한 변려문을 떨쳐버리고 실용적인 고문을 정착시키는 데 분명 일조를 하였다고 볼 수 있다. 이理를 중시한 것 또한 문학의 감성적 측면을 소홀히 하는 부정적인 면도 있을 수 있지만 다른 각도로 보면 시문에 사상적인 깊이를 더해주는 긍정적인 측면도 있다.

시에 고매한 지덕을 펼치는 것을 중시한 것도 자칫 도학자연한 허위의식에 빠져 진솔한 생동감을 놓쳐버리는 폐단을 낳을 수도 있지만 시속에 도타운 인품의 맛을 더해주는 긍정적인 측면도 있다. 그리고 시를 성정 도야와 인격 수양의 방편으로 삼은 것은 시가 지니고 있는 현실반영과 사회 풍자적 기능을 제한하는 부정적인 측면도 있지만 다른 한편으로는 시가 지니고 있는 정서 순화의 기능과 자기 성찰의 기능을 더욱 심화시키는 일면도 있다. 이 부분은 특히 외왕보다는 내성을 더 중시하였던 송대 신유학의 특징에서 나온 것으로서 새롭게 조명할 필요성이 있는 부분이라고 할 수 있다.

 참고문헌

1. 原典類

毛公傳·鄭玄箋·孔穎達梳, 《毛詩正義》, 十三經注疏本, 臺北 : 藝文印書關.

孔安國傳·孔穎達疏, 《尙書正義》, 十三經注疏本, 臺北 : 藝文印書關.

王　弼·韓康伯 注, 孔穎達疏, 《周易正義》, 十三經注疏本, 臺北 : 藝文印書關
　　　　鄭玄注, 孔穎達疏, 《禮記正義》, 《十三經注疏》, 臺北 : 藝文印書關.

韓　愈, 《韓昌黎全集》, 臺北 : 新文豊出版社, 1977.

柳宗元, 《註釋音辯唐柳先生集》, 四部叢刊初集本, 上海 : 商務印書館縮印.

黃庭堅, 《黃山谷詩集注》, 臺北 : 世界書局, 1975.

黃庭堅, 《豫章黃先生文集》, 四部叢刊初編本, 臺北 : 臺灣商務印書館, 1967.

魏慶之, 《詩人玉屑》, 臺北 : 臺灣商務印書館, 1980.

邵　雍, 《伊川擊壤集》, 四部叢刊初編縮本.

邵　雍, 《擊壤集》, 四部叢刊初編縮本.

邵　雍, 《皇極經世書》, 中國子學名著集成, 093.

周敦頤·張　載, 《周張全書》, 《中國思想叢書》 第四卷, 서울 : 중앙도서영
　　　　인, 1988.

程　顥·程　頤, 《二程集》, 臺北 : 漢京文化事業有限公司, 1983.

朱　熹, 《晦庵先生朱文公文集》, 四部叢刊初編縮本.

朱　熹·黎靖德 編, 《朱子語類》, 臺北 : 華世出版社, 1987.

朱　熹, 《四書集註》, 臺北 : 學海出版社, 1988.

朱　熹, 《近思錄》, 臺北 : 廣文書局, 1981.

王懋竑, 《宋朱子年譜》, 臺北 : 臺灣商務印書館, 1987

眞德秀, 《西山先生眞文忠公文集》, 四部叢刊初編縮本.

魏了翁, ≪鶴山先生大全文集≫, 四部叢刊初編縮本.
陸九淵, ≪象山先生文集≫, 四部叢刊初編縮本.
包　恢, ≪敝帚稿略≫, 文淵閣四庫全書本　集部　別集類三.
郝　經, ≪陵川集≫, 文淵閣四庫全書本　集部　別集類四.
歐陽玄, ≪圭齊集≫, 文淵閣四庫全書本　集部　別集類四.
楊維禎, ≪東維子問集≫, 文淵閣四庫全書本　集部　別集類四.
李夢陽, ≪空同集≫, 文淵閣四庫全書本　集部　別集類五.
脫　脫　等撰, ≪宋史≫, 北京：中華書局, 1977.
黃宗義, ≪宋元學案≫, 臺北：新化圖書有限公司, 1987.
永　瑢　等撰, ≪四庫全書總目提要≫, 臺北：臺灣商務印書館, 1985.

2. 專著類

차주환, ≪中國詩論≫, 서울：서울대학교출판부, 1987.
김시준, ≪毛詩硏究≫, 서울：서린출판사, 1980.
김학주, ≪中國文學史≫, 서울：신아사, 1989.
오태석, ≪黃庭堅詩硏究≫, 대구：경북대출판부, 1991.
郭紹虞, ≪中國歷代文論選≫, 홍콩：中華書局, 1979.
郭紹虞, ≪中國文學批評史≫, 홍콩：宏智書店.
羅根澤, ≪中國文學批評史≫, 上海：上海古籍出版社, 1984.
敏　澤, ≪中國文學理論批評史≫, 北京：人民文學出版社, 1981.
敏　澤, ≪中國美學思想史≫ 卷二, 濟南：齊魯書社, 1987,
周勛初, ≪中國文學批評小史≫, 湖北：長江文藝出版社, 1981.
蔡鐘翔・黃保眞・成復旺 共著, ≪中國文學理論史≫, 北京：北京出版社, 1987.
黃啓方 編輯, ≪北宋文學批評資料彙編≫, 臺北：成文出版社, 1978.
張　健 編輯, ≪南宋文學批評資料彙編≫, 臺北：成文出版社, 1978.
曾永義 編輯, ≪元代文學批評資料彙編≫, 臺北：成文出版社, 1981.
葉慶炳・邵紅 編輯, ≪明代學批評資料彙編≫, 臺北：成文出版社, 1978.
吳宏一・葉慶炳 編輯, ≪南宋文學批評資料彙編≫, 臺北：成文出版社, 1978.
丁福保 編, ≪淸詩話≫, 臺北：明倫出版社, 1971.
錢　穆, ≪理學六家詩≫, 臺北：中華書局, 1974.

崔完植, ≪王陽明詩研究≫, 臺北 : 國立臺灣師範大學博士學位論文, 1984.

申美子, ≪朱子詩的思想研究≫, 臺北 : 文史哲出版社, 1988.

上野日出刀, ≪長崎に遊んだ漢詩人≫ 附記 ≪宋明儒者の詩≫, 福岡 : 中國書
　　　店, 1989.

吉川幸次郎 著, 鄭淸茂 譯, ≪宋詩槪說≫, 臺北 : 聯經出版社. 1988.

勞思光 著, 정인재 譯, ≪中國哲學史≫, 서울 : 탐구당, 1988.

羅　光, ≪中國哲學思想史≫, 臺北 : 學生書局, 1984.

侯外廬·邱漢生·張豈之 主編, ≪宋明理學史≫, 北京 : 人民出版社, 1984.

시마다 겐지 著, 김석근·이근우 譯, ≪朱子學과 陽明學≫, 서울 : 까치, 1985.

錢　穆, ≪朱子新學案≫, 臺北 : 三民書局, 1982.

E. 프롬, 鈴木大拙, R. 데마르티노 공저, 金鎔貞 역, ≪禪과 精神分析≫, 서울 : 정
　　　음사, 1981.

石　訓 等 編著, ≪北宋哲學史≫, 河南 : 河南人民出版社, 1987.

류명종, ≪宋明哲學≫, 서울 : 형설출판사, 1982.

李日章, ≪宋明理學研究≫, 臺北 : 復文圖書出版社, 1985.

黃秀璣, ≪張載≫, 臺北 : 東大圖書公司, 1988.

韋政通, ≪中國哲學辭典≫, 臺北 : 大林出版社, 1980.

徐遠和, ≪洛學淵源≫, 山東 : 齊魯書社出版社, 1987.

馮友蘭, ≪中國哲學史≫, 홍콩 : 開明書店.

李日章, ≪程顥·程頤≫, 臺北 : 東大圖書公司, 1986.

劉述先, ≪朱子哲學思想的發展與完成≫, 臺北 : 學生書局, 1984.

陳　來, ≪朱熹哲學研究≫, 北京 : 中國社會科學出版社, 1988.

야마다 게이지 저, 김석근 역, ≪朱子의 自然學≫, 서울 : 통나무, 1991.

陳榮捷, ≪朱子門人≫, 臺北 : 學生書局, 1982.

高令印, ≪朱熹事迹考≫, 上海 : 上海人民出版社, 1987.

蔡仁厚, ≪宋明理學≫ 南宋篇, 臺北 : 學生書局, 1989.

錢　穆, ≪近三百年學術史≫, 臺北 : 臺灣商務印書館, 1983.

錢　穆, ≪朱子新學案≫ 一卷, 臺北 : 三民書局, 1982.

黃景進, ≪北宋四子修養論≫, 臺北 : 政治大學碩士學位論文, 1971.

郭紹虞, ≪中國歷代文論選≫, 홍콩 : 中華書局, 1979.

宇野哲人 著, 馬福辰 譯, ≪中國近世儒學史≫, 臺北 : 中國文化大學出版部, 1982.

馬積高, ≪宋明理學與文學≫, 長沙 : 湖南師範大學出版社, 1989.

孫昌武, ≪唐代文學與佛敎≫, 臺北 : 谷風出版社, 1987.

찰즈허커, 박지훈 등 공역, ≪中國文化史≫, 서울: 한길사, 1987.

畢　萬・張連弟・趙則誠 主編, ≪中國古代文學理論詞典≫, 吉林 : 吉林文史出版
　　　社, 1985.

貝塚茂樹 외, 윤혜영 편역, ≪中國史≫, 서울 : 弘盛社, 1987.

林瑞翰, ≪宋代政治史≫, 臺北 : 正中書局, 1989.

朱瑞熙, ≪宋代社會研究≫, 臺北 : 弘文館出版社, 1986.

許樹安, ≪古代選擧及科擧制度槪述≫, 天津 : 天津人民出版社, 1985.

류종목, ≪蘇軾詞研究≫, 서울대학교 박사학위논문, 1991.

김종미, ≪韓愈의 古文理論 研究≫, 서울대학교석사학위논문, 1990.

許英龍, ≪朱熹詩集傳研究≫, 東海大學 碩士學位論文, 1985.

孟英翰, ≪北宋理學家的文學理論研究≫, 臺灣大學 碩士學位論文 1989.

우재호, ≪梅堯臣詩研究≫, 서울대학교 석사학위논문, 1985.

3. 短篇論文類

이재훈, <朱子之詩六義考>, ≪노성최완식선생송수론문집≫, 서울: 노성최완식
　　　선생송수론문집간행위원회, 1991.

김주한, <周敦頤의 文學과 文學觀>, ≪영남어문학≫, 제11집, 1984.

董金裕, <張載的文學觀及其道統文學上的地位>, 臺北: ≪孔孟學報≫ 第四十八
　　　期, 1990.

黃　坤, <朱熹的文學觀>, 上海, ≪華東師範大學學報・哲學社會科學版≫ 1983
　　　第二期.

黃　坤, <朱熹論創作和創作修養>, 上海, ≪華東師範大學・哲學社會科學版≫
　　　1984 第四期.

佐藤仁, <朱熹と陸游>, ≪小尾博士退休記念中國文學論集≫, 東京: 第一學習
　　　社, 1976.

李美珠, <朱子文學理論初探>, 臺北: ≪臺灣師範大學國文研究所集刊≫ 第二十
　　　六號, 1982.

蔡厚示, <朱熹的詩和詩論>, 福州, ≪福建論壇・文史哲版≫, 1991.

梁　崑, ≪宋詩派別論≫ 臺北: 東昇出版事業公司, 1980.

陳植鍔, <試論王禹偁與宋初詩風>, 北京, ≪中國社會科學≫ 1982년 第二期.

陳植鍔, <宋初詩風續論>, 같은 책, 1983 第一期.

白敦仁, <宋初詩壇及三體>, 北京, ≪文學遺産≫ 1986 第三期.

合山 九, <宋詩の學問性>, 九州大, ≪中國文學論集≫ 一號, 1970.

龔鵬程, <知性的反省－宋詩的基本風貌>, ≪宋詩論文選輯≫, 臺北 : 複文圖書出
    版社, 1988.

張 健, <邵雍詩論研究>, 臺北, ≪文學評論≫ 第五期, 1978.

程兆熊, <論邵康節的首尾吟及其詩學>, 홍콩, ≪新亞書院學術年刊≫, 第十二 集,
    1970.

王士博, <評邵雍的擊壤集>, 吉林, ≪吉林大學社會科學學報≫ 1985 第四期.

楊 勇, <朱子論韓愈文之文理>, ≪新亞書院學術年刊≫, 홍콩, 第十九集, 1977.

馬德隣, <朱熹黑格爾詩論之比較>, ≪上海師範大學學報·哲學社會科學版≫
    1985 第二期.

佐藤仁, <朱熹と陸游>, ≪小尾博士退休記念中國文學論集≫, 東京, 第一學習社,
    1976.

신성곤, <唐宋變革期論>, 서울대학교동양사학연구실편, ≪講座中國史Ⅲ≫, 서
    울 : 지식산업사, 1985.

하원수, <宋代士大夫論>, 위의 책.

이범학, <宋代의 사회와 경제>, 위의 책.

이범학, <朱子學의 성립과 발전>, 위의 책.

郭紹虞, <中國文學批評理論中道的問題>, 北京, ≪文學評論≫, 1957 第一期.

杜松栢, <宋代理學與禪宗之關係>, 馮炳奎 等著, ≪宋明理學研究論輯≫, 臺北 : 黎
    明文化事業公司, 1983.

杜松栢, <宋明理學與禪宗>, 위의 책.

박 석, <和光同塵이 禪宗 깨달음에 미친 영향>, 상명대 어문학연구소, ≪어
    문학 연구≫, 제8집, 1992. 2.

박 석, <禪宗의 言語와 文字에 대한 양면적 태도>, 중국어문학연구회, ≪중
    국어문학논총≫, 13집, 2000. 1.

박 석, <大巧若拙 사상과 宋代文化>, 같은 책, 22집, 2003. 2.

찾아보기

저자소개 ▪ ▪ ▪

▪ 박 석

서울대학교 중어중문학과 졸업
동 대학원 박사학위 취득
해군사관학교 중국어교관 역임
현 상명대학교 교수
미래사회와 종교성연구원 원장

저서

명상길라잡이
명상체험여행
두보초기시역해(공저)
두보지덕년간시역해(공저)
동양사상과 명상

송대의 신유학자들은 문학을 어떻게 보았는가

인 쇄 2005년 08월 22일
발 행 2005년 08월 29일

저 자 박   석
펴낸이 이 대 현
편 집 김보라 · 김민희
펴낸곳 도서출판 역락
　　　　서울 성동구 성수 2가 3동 301-80 (주)지시코 별관 3층
　　　　전 화 : 3409-2058, 3409-2060 FAX : 3409-2059
　　　　홈페이지 : http://www.youkrack.com
　　　　이메일 : youkrack@hanmail.net
　　　　등 록 1999년 4월 19일 제2-2803호

정 가 14,000원
ISBN   89-5556-387-6-93820

* 잘못된 책은 교환해 드립니다.